Mutti steigt aus

Das Buch

Die drei (Früh-)Rentnerinnen Maria, Sigrun und Elke denken überhaupt nicht daran, ihren Lebensabend in einem miefigen Altersheim zu verbringen, wenn eine Wohngemeinschaft im sonnigen Süden ein viel angenehmeres Leben verspricht. Auf geht's nach Gran Canaria, der Insel des ewigen Frühlings, wo die drei den Traum vom eigenen Haus in die Tat umsetzen wollen – und das ohne männliche Hilfe. Allerdings stellt sich bald heraus, dass auch das vermeintliche Paradies seine Tücken bereithält: Beim Kauf des gemeinsamen Traumhauses werden die drei von einem geldgierigen Makler übers Ohr gehauen. Nachbar Miguel, schwul und Anwärter auf die neue »beste Freundin«, wird dabei zum Verbündeten im Kampf gegen die spanischen Behörden, nervende Rentnerkolonien und die gierige Verwandtschaft. Dass Miguel auch noch einen attraktiven und äußerst charmanten Bruder hat, bringt die Rentnerinnenclique dann ordentlich durcheinander. Die »Männerfreie Zone« wird zum Schlachtfeld …

Die Autorin

Tessa Hennig ist seit vielen Jahren als freie Journalistin, Regisseurin und Autorin tätig. Sie ist vielbeschäftigte Drehbuchautorin, unter anderem für die große Prime-Time-Frauenunterhaltung. Wenn sie vom Schreiben und ihrem Wohnort München eine Auszeit benötigt, reist sie am liebsten nach Gran Canaria.

Tessa Hennig

Mutti steigt aus

Roman

List Taschenbuch

Besuchen Sie uns im Internet:
www.list-taschenbuch.de

Mix
Produktgruppe aus vorbildlich bewirtschafteten Wäldern und anderen kontrollierten Herkünften
www.fsc.org Zert.-Nr. GFA-COC-001223
© 1996 Forest Stewardship Council
FSC

Dieses Taschenbuch wurde auf FSC-zertifiziertem Papier gedruckt. FSC (Forest Stewardship Council) ist eine nichtstaatliche, gemeinnützige Organisation, die sich für eine ökologische und sozialverantwortliche Nutzung der Wälder unserer Erde einsetzt.

Originalausgabe im List Taschenbuch
List ist ein Verlag der Ullstein Buchverlage GmbH, Berlin.
1. Auflage Juni 2010
4. Auflage 2010

Umschlaggestaltung und Konzeption: bürosüd° GmbH, München
Titelabbildungen: © Gerhard Glück
Satz: LVD GmbH, Berlin
Gesetzt aus der Garamond
Papier: Munkenprint von Arctic Paper Munkedals AB, Schweden
Druck und Bindearbeiten: CPI – Clausen & Bosse, Leck
Printed in Germany
ISBN 978-3-548-60967-6

Kapitel 1

»Wer einmal Rosinen gegessen hat, dem schmecken keine Trauben mehr.«

Edgar pflegte dies immer zu sagen, um Maria in Gesellschaft gleichaltriger Frauen ein Kompliment zu machen, obgleich ihr natürlich klar war, dass er sich damit nur selbst in ein gutes Licht rücken wollte. Ein Mann, der so etwas sagt, erweckt den Eindruck, dass er bei jüngeren Frauen noch ganz gute Karten hat. Als Maria ihn eines Abends auf dem Bäckerball in der Nürnberger Meistersingerhalle – für beide ein alljährliches Highlight – offen darauf ansprach, lächelte er nur. Ein hinreißendes Lächeln, dem Maria selbst über Edgars Tod hinaus treu geblieben war.

»Ich liebe nur dich, und das war schon immer so.« Nicht mehr und nicht weniger hatte dieses Lächeln zu sagen. Einfach entwaffnend.

»Eine wohlschmeckende Rosine«, konstatierte Maria mit bittersüßem Blick, als sie an diesem Morgen ihr Antlitz im Spiegel sah und überlegte, ob sie trotz Edgars Abneigung gegen Kosmetika etwas Make-up auflegen sollte.

»Das Zeug verklebt die natürliche Schönheit einer Frau.« Oft genug hatte ihr verstorbener Mann Werbung für Gesichtscremes in dieser Weise kommentiert. Maria musste schmunzeln. Ob sie wirklich von innen strahlte, wie er immer behauptet hatte, ein Strahlen der Zufriedenheit, das Menschen schön macht, ein Strahlen, um das man jeden beneidet?

Das unbarmherzige Licht ihres Spiegelschrankes sprach allerdings eine andere Sprache. Als sie sich näher betrachtete und ihr lockiges brünettes Haar, das wie jeden Morgen kaum zu bändigen war, zurechtzupfte, bereute sie den lebenslangen Verzicht auf diverse Cremes und Öle nun doch. Sie trat einen Schritt vor und tastete ihre Problemstellen mit kritischem Blick ab. Kleine Fältchen um die Augen und eine von den Sorgen eines harten Berufslebens gezeichnete Stirn ergaben das Porträt einer Frau, die ihre beste Zeit hinter sich gelassen hatte. Die vielen Jahre in der Bäckerei, jeden Tag um halb fünf aus den Federn und bis sechs Uhr abends am Tresen stehen. Maria begann spontan, ihre Gesichtshaut bis zu den Ohren nach hinten zu liften.

Ein straffes, aber skurril verzogenes Gesicht und unnatürlich breite Lippen machten sie im Nu zu einer zwar faltenfreien, aber urkomischen Karikatur ihrer selbst. Genug, um sich aus der zäh an ihrer Seele klebenden Melancholie zu befreien. Maria setzte sogleich ein zufriedenes Lächeln auf. Das Lächeln einer Verkäuferin, entlarvte sie sich selbst. Sie hatte es zeit ihres Lebens hinter dem Tresen bestens einstudiert. »Haben Sie sonst noch einen Wunsch?« Es wurde allerhöchste Zeit, neu anzufangen und das unsichtbare Trauergewand, das längst zu einer zweiten Haut geworden war, endlich abzustreifen. Leichter gesagt als getan, wenn einen einfach alles an Edgar erinnerte. Sein alter Nassrasierer, ein antik anmutendes Artefakt in einer Porzellanschale, die er von seinem Vater geerbt hatte, stand immer noch an seinem Platz, einer kleinen Anrichte neben dem Waschbecken, auf der Edgar immer seine Sachen abgelegt hatte. Dauermelancholie war ein äußerst beunruhigender Umstand. Da drängte sich die Frage nach Therapiebedürftigkeit auf. War es etwa normal, wenn man sich Monate nach dem Tod des Gatten immer noch nicht von seinen Sachen trennen konnte? Sicher, sie konnte sich auch einreden, dass er in diesen Dingen weiterlebte. Kein Wunder, denn Edgars Eigengeruch, der wie ein erlesenes Parfum ihre Sinne benebelt und ihr das Gefühl gegeben hatte, noch einen letzten Hauch von ihm bei sich zu haben, ließ sich nicht leugnen.

»Wirf das alte Zeug doch endlich weg.« Wenn der eigene Sohn so etwas sagt, tut das verdammt weh. Es war respektlos, auch gegenüber dem Vater, der Robert über alles geliebt hatte, zumindest so lange, bis ihm klargeworden war, dass Robert die Bäckerei nicht übernehmen würde. Maria fuhr etwas wehmütig ein letztes Mal über das weiche Haar des Rasierpinsels und legte das Utensil aus vergangenen Tagen schließlich zur Seite. Es war allerhöchste Zeit, in die Gänge zu kommen. Der Flieger würde nicht auf sie warten.

»Hilfst du mir mit dem Kleid?«

Robert, selbst noch in Unterhosen und Socken, hatte nicht die Absicht, sich von Marion aus der Ruhe bringen zu lassen. Er kramte stoisch weiter in einer Schublade. Vielleicht würde sie dann ja kapieren, dass es tierisch nervte, alle fünf Minuten für sie strammstehen zu müssen. Drei Hemden lagen bereits auf dem Boden, was den legeren Ikea-Stil des kunterbunten Billig-Wohnen-mit-Schick-Schlafzimmers noch unterstrich.

»Kommst du jetzt?«

Robert verdrehte demonstrativ die Augen, wie immer, wenn seine Frau ihm auf den Zeiger ging, und schlüpfte eilig in das nächstbeste Hemd, das sich in einem desolat zerknitterten Zustand befand.

»Hast du die Hemden nicht gebügelt?«, fragte er.

»Keine Zeit.«

Marion, eine nicht mehr ganz fabrikneue, wenngleich äußerst attraktive Barbie-Puppe, tänzelte mit Unschuldslächeln herein und stellte sich demonstrativ mit dem Rücken zu ihm. »Ich war gestern mit Steffi und Sabine beim Einkaufen. Das weißt du doch.«

Richtig. Jetzt fiel es ihm wieder ein. Die Einkaufstrips mit Steffi waren in letzter Zeit ja zur Routine geworden. Er musste es wohl verdrängt haben. Wer erinnert sich schon gern daran, wie viel Geld die Ehefrau im wöchentlichen Kaufrausch vernichtet? Robert fummelte am Reißverschluss ihres Kleides herum. »Und du weißt, dass ich nicht bügeln kann.«

»Da sind doch noch genug gebügelte Hemden«, erwiderte sie trotzig.

»Kurzärmlige!«

Robert zog konsequenterweise den Reißverschluss ihres Kleides mit so viel Schwung nach oben, dass Marion leicht vom Boden abhob.

»Schlechte Laune?« Sie war anscheinend nicht aus der Ruhe zu bringen.

Robert resignierte. Seine Restenergie reichte gerade noch für ein schwaches Kopfschütteln.

»Ich möchte nur wissen, wer ihr den Floh ins Ohr gesetzt hat.«

Marion war wohl immer noch fassungslos darüber, dass seine Mutter, die so gut wie nie in Urlaub fuhr, schon gar nicht allein, eine Flugreise nach Gran Canaria gebucht hatte.

»Ihr wird die Decke auf den Kopf fallen.«

»Mir fällt sie auch bald auf den Kopf.«

»Wir waren doch erst im Urlaub«, widersprach er.

»Das ist drei Monate her … und der ganze Stress in der Agentur«, säuselte sie.

»Halbtags? Stress?« Wie konnte ausgerechnet Marion es wagen, dieses Wort überhaupt in den Mund zu nehmen?

»Ein halber Tag in einer Werbeagentur strengt mehr an als …« Marion suchte nach Argumenten, während sie das Kleid vor einem Garderobenspiegel in die rechte Form zupfte. Sie würde keine finden, jedenfalls keine plausiblen.

»Klar. Du hast auf alle Fälle mehr Stress als ich«, kam er ihr zuvor.

Robert stellte zufrieden fest, dass sein vorwurfsvoller Tonfall sie traf. In Sachen Stress hatte er in den letzten Wochen auf seinen beruflichen Streifzügen durch ganz Bayern wahrlich genug erlebt. Das war sein wunder Punkt, und Marion wusste immer, wann sie zu weit ging. Sofort wanderte ihre Hand versöhnlich in seinen Nacken.

»Du Armer. Jeden Tag unterwegs«, schnurrte sie.

Robert sah nur noch ihre katzengleichen Smaragdaugen, ihr entwaffnendes Lächeln und spürte ihre Hand, die sich schlangengleich an seinem Rücken entlangräkelte.

»Lass uns heute Abend schön essen gehen, ja?«

»Wird aber spät. Ich muss noch ins Allgäu«, antwortete er ausweichend.

»Ins Allgäu?«, fragte sie.

»Ein neues Internetreisebüro. Stell dir vor, die haben überhaupt noch keine Buchhaltungssoftware.«

»Das schaffst du schon. Ich muss los.«

So viel Anteilnahme konnte einem wirklich Mut machen. Marion löste sich abrupt von ihm und schnappte sich eine schicke kurze Jacke, die vor ihr auf einem Korbsessel lag.

»Und vergiss nicht, deine Mutter nach der Hypothek zu fragen.«

Dies war eines der Dinge, die ihm bleischwer im Magen lagen.

»Die braucht das Haus doch eh nicht. Aber wir brauchen das Geld!«, fügte sie hinzu und zog die Jacke an.

Drei prall gefüllte Mülltüten warteten darauf, in der Tonne vor Marias Einfamilienhaus entsorgt zu werden. Wenn nur der Deckel nicht wieder klemmen würde. Der tägliche Kampf mit den Tücken des Objekts.

»Na, schon im Reisefieber?«, tönte es wie aus dem Nichts.

Maria bemerkte erst jetzt ihre Nachbarin, deren Kopf über die Hecke ragte, die die beiden Grundstücke optisch trennte. »Hilde. Ich wollt eh zu dir. Der Hausschlüssel.«

»Wie lange bleibst du denn?«, wollte die Nachbarin wissen.

»Weiß ich noch nicht.«

Hilde in ihrem flauschigen Hausanzug aus Flanell, einem unsäglich schlabberigen Billigteil, das sie vermutlich aus der hintersten Ecke eines Schlussverkaufwühltisches hervorgezogen hatte, nahm einen von Marias Schlüsseln in Empfang. »Hast du schon von der Gruber gehört?«

»Die Gruber? Was soll denn mit der sein?«

»Autounfall. War nichts mehr zu machen.«

»Das ist ja tragisch. Gehst du zur Beerdigung?« Eigentlich war es Maria völlig egal, wer zu Angelika Grubers Beerdigung gehen würde, aber über was außer dem Wetter könnte sie sich mit Hilde um der guten Nachbarschaft willen sonst unterhalten? Immerhin würde die Frau sich in ihrer Abwesenheit um ihre Pflanzen kümmern, was ein Gespräch auf alle Fälle rechtfertigte.

Hilde zuckte mit den Schultern. »Ob überhaupt jemand hingeht?«

Im Nu wurden wieder Erinnerungen an die dicke Gruber wach, eine impertinente Frau, die am Ende ihrer Straße in einer kleinen Boutique arbeitete und ihr nimmermüde altbackene Kleidung in Grau- und Beigetönen andrehen wollte. »So eine Ironie«, sinnierte Maria vor sich hin.

»Wie meinst'n das?« Hilde war wie immer etwas schwer von Begriff.

»Erinnerst du dich noch? Letztes Jahr? Ich möchte nicht wissen, wie viele Leute die Gruber noch in dieses Wohnstift geschleppt hat.«

»Wahrscheinlich die halbe Straße«, erinnerte sich Hilde.

»Sie müssen sich rechtzeitig auf eine Warteliste setzen lassen ... Jetzt, wo Ihr Mann tot ist«, äffte Maria die Gruber nach. Unglaublich, dass sie sich von ihr tatsächlich hatte überreden lassen, einem Altersheim einen Besuch abzustatten. Ganz unverbindlich, hatte es geheißen. Aus dem geplanten »kurzen Ausflug« bei Kaffee und Kuchen war an einem sonnigen Tag, den Maria viel lieber mit einem Spaziergang im Park verbracht hätte, ein zweistündiger Aufenthalt bei einer geschäftstüchtigen Direktorin geworden, gefangen im Bürokäfig einer leidenschaftlichen Verkäuferin, die Maria gar nicht mehr gehen lassen wollte. Der Eigengeruch des Gebäudes hatte ihr an jenem Tag ein Schaudern über den Rücken gejagt. Die Luft hatte abgestanden und fahl geschmeckt, nach Krankheit und dem Duft des Sensenmannes, der, was in der Natur der Dinge lag, zu einem Stammgast geworden war. Nein, ein Altersheim kam nicht in Frage! Sie hatte nun wirklich keine Lust, sich den ganzen Tag bedienen zu lassen, um bei Brei und Pudding auf den letzten Atemzug zu warten.

»Die hat uns doch nur wegen der Provision mitgeschleppt«, platzte es empört aus Hilde heraus.

»Provision?«, fragte Maria. Was alles post mortem so herauskam. Einfach unglaublich!

»Wusstest du das denn nicht? Für jeden Interessenten gab's zehn Euro und einen höheren Rang auf der Warteliste. Ich bin mir sicher, dass sie schon ganz oben war.«

Immerhin war die Gruber jetzt im wahrsten Sinne des Wortes »ganz oben«, nämlich im Himmel. Die Vorstellung, dass sie nun als fette Putte auf einer Wolke sitzen und sich darüber ärgern würde, das Altersheim knapp verpasst zu haben, hatte etwas Erheiterndes. Ob die Wolke sie bei ihrem Gewicht überhaupt tragen würde?

»Tragisch, wirklich tragisch«, rang sich Maria mit aufgesetzter Trauermine ab, denn noch immer ging ihr das Bild der Putte nicht aus dem Kopf.

Hilde stimmte voll und ganz zu, wenngleich aus ganz anderen Gründen. »Andererseits, wer kümmert sich mal um uns? Na ja, du hast ja wenigstens noch Robert.«

»Robert? Der gießt ja noch nicht mal meine Blumen.«

»Wenn mein Mann mal nicht mehr ist ... ich weiß nicht ...«

Maria konnte Hildes Ängste gut nachvollziehen. Dennoch störte sie ihr mitleidiger Blick. »Damit muss man fertig werden, aber ins Altersheim kriegt mich niemand.«

Was für ein wunderschöner Morgen. Vor Sigrun lag die schier unendliche Weite des Meeres. Zug um Zug näherte sie sich dem verführerischen, tiefen Blau des Atlantiks, der sich nahtlos an den Pool anzuschließen schien. Am Beckenrand vor ihr tummelten sich zwei junge Mädchen in knappen Bikinis – wahre Schönheiten, die in jedem Modelwettbewerb bestehen würden und sie an ihre Jugend erinnerten, in der sie sich nebenbei auf dem Laufsteg Geld verdient hatte. Dennoch kein Grund, neidisch zu werden, denn Sigrun wusste, dass sie trotz ihrer achtundfünfzig Lebensjahre immer noch eine gute Figur abgab und sich rank und schlank, wie sie nun mal war, überhaupt nicht zu verstecken brauchte.

Ein Blick über den Rand des Pools lohnte sich. Erst jetzt konnte man eine äußerst gepflegte Uferpromenade erkennen, die sich vom Leuchtturm zu ihrer Linken bis hin nach Meloneras zu ihrer Rechten erstreckte – ein Gebiet, in dem es vor neuen Hotel- und Bungalowanlagen nur so wimmelte. Wie herrlich, sich im Wasser zu räkeln und dabei die spazierenden Touristen zu beobachten. Und erst diese gemütlichen Cafés, deren leinenfarbene Sonnenschirme nahtlos ineinander übergingen und den Spazierweg am Meer auf der Landseite kontrastreich zum satten Blau und dem Grün des Palmensaums flankierten. Wie gemalt!

»Hier könnte ich es noch eine Weile aushalten«, kommentierte Elke, die mit ihrer gelben Badekappe neben ihr wie ein übermütiger Delphin aus dem Wasser schoss.

»Auf Dauer im Hotel? Das wäre nichts für mich«, gab Sigrun ihr mit Nachdruck zu verstehen.

Elke rieb sich die Augen trocken. »Och, ich könnte mich daran gewöhnen, aber wer weiß, wenn wir Glück haben, schwimmen wir ja bald im eigenen Pool.«

Elke entdeckte eine Gruppe älterer Spaziergänger an der Uferpromenade. Eine der gebrechlich wirkenden Frauen war auf eine Gehhilfe angewiesen und kam nur im Schneckentempo voran. »Ob wir in ein paar Jahren auch mit so einem Ding daherkommen?«

»Du meinst mit einem Rollator?« So abwegig war Elkes Gedanke gar nicht. Wer wusste schon, was in ein paar Jahren sein würde. Man musste den Dingen realistisch ins Auge sehen. »Sagen wir mal so. Wir sind jetzt in einem Alter, in dem wir uns langsam rechts einordnen dürfen, und die beiden da unten, na ja, so weit sind die von der letzten Ausfahrt nicht mehr entfernt.«

Elke feixte. »Ausgerechnet du sprichst vom Altwerden. Sei ehrlich, hat dich schon jemals ein Mann auf über fünfzig geschätzt?«

Sigrun freute sich über Elkes Kompliment, auch wenn sie genau wusste, dass sie offenbar mit einem eingebauten Jungbrunnen in den Genen zur Welt gekommen war. »Wenn dich ein Mann schätzt, musst du sowieso immer zehn Jahre draufrechnen«, entgegnete sie bewusst trocken.

Elkes Miene verfinsterte sich. »Dann hat mich der Casanova da drüben wohl für noch älter gehalten, als ich bin.«

»Vielleicht hat er nur zu viel getrunken«, tröstete Sigrun ihre Freundin. »Außerdem hast du dich doch auch sehr gut gehalten.«

»Äußerlich schon, aber mein Rücken und meine Beine …«

»Mein Gott, da muss man sich eben zusammenreißen.«

»Vielleicht fahr ich ja auch schon ganz rechts, auf der Standspur«, bemerkte Elke leicht resigniert.

»Wer sagt denn, dass man auf der rechten Spur langsam fahren muss? Ein bisschen Gas zu geben, könnte dir nicht schaden – gelegentlich.«

Sigrun war davon überzeugt, Elke ab und an etwas wachrütteln zu müssen. Ihre Freundin war schon immer viel zu kopflastig, zu vernünftig, und so etwas machte nun mal alt und träge. Elkes Blick verharrte verdächtig lange auf jenem Alt-Casanova an der Poolbar, der sie angesprochen hatte. So jemanden musste Sigrun sich näher ansehen. »Dem würde ich erst gar nicht die Gelegenheit geben, mein Alter zu schätzen«, konstatierte sie mit abfälligem Unterton.

»Er hat mich doch nur zu einem Kaffee eingeladen.«

Sigrun war fassungslos und ließ sich dies auch anmerken.

Elke zappelte wie ein Fisch im Wasser.

»Was hätt ich denn tun sollen, etwa lügen?«

»Natürlich. Du hättest ihm sagen sollen, dass du schon weit über siebzig bist.«

Elke lachte befreit auf. Zuckerbrot und Peitsche. Damit ließ sie sich gut handhaben, außerdem wusste Sigrun, dass ihre Freundin sie für ihren trockenen Humor schätzte, vor allem, wenn es um Männer ging.

»Wir sollten uns langsam umziehen.«

Elke reagierte überhaupt nicht, stierte stattdessen mit glasigem Blick aufs offene Meer.

»Bleibst du etwa noch?«

Sigrun wunderte sich über Elkes Abwesenheit. War sie vorhin vielleicht doch einen Schritt zu weit gegangen?

»Was machen wir, wenn Maria abspringt?«

Aha, es ging also um ihre Zukunftspläne, die natürlich von Maria abhingen. Abwarten! Rumgrübeln bringt gar nichts. So etwas macht nur alt und grau. Sigrun beschloss, angesichts des zuvor Geschehenen nun doch lieber darauf zu verzichten, Elke diese Lebensweisheit auch noch reinzudrücken.

»Jemand, der noch nicht aufgesprungen ist, kann gar nicht abspringen.«

Elkes starr auf die Weite des Meeres gerichteter Blick verriet, dass es in ihr ordentlich rumorte.

»Wir sollten es ihr so schnell wie möglich sagen«, spuckte sie endlich aus.

»Noch ist nichts unterschrieben, beruhige dich. Außerdem bekommt man so ein Angebot nicht alle Tage.«

»Aber sie einfach so überrumpeln?«

»Wir zeigen ihr ein paar Alternativen«, antwortete Sigrun locker.

»Welche?«

»Eben. Es gibt keine.«

»Das ist Manipulation«, protestierte Elke vehement.

»Positive und zielgerichtete externe Entscheidungsfindung und nur zu ihrem Besten.«

Elke wirkte nicht gerade überzeugt.

»Du willst das Haus doch auch?«

Na endlich! Ein Nicken, wenngleich etwas zögerlich. Um ein Haar hätte Elke es geschafft, ihr ein schlechtes Gewissen zu machen.

»Es wird alles gut!« Elke nickte ein zweites Mal, und dennoch stellte sich Sigrun gerade die Frage, ob sie dieses Versprechen auch wirklich würde halten können.

Obwohl Robert wie immer eine Viertelstunde zu spät kam, wagte er es auch noch, vor ihrem Haus mehrfach zu hupen. Maria wartete bereits seit einer halben Stunde fix und fertig angezogen auf ihn. Um Punkt neun hätte er sie abholen sollen. Adrett sah der Junge ja aus – an sich ein guter Grund, stolz auf den Nachwuchs zu sein. Eigentlich – denn man konnte sich einfach nicht auf ihn verlassen. Auf so einen Sohn kann man ganz und gar nicht stolz sein, dachte Maria.

Es gab aber noch einiges mehr, was sie an ihm störte und was noch viel schlimmer war, weil es sie tief verletzte. Die regelmäßigen Besuche waren eingeschlafen, und selbst mit dem Familienritual, dem gemeinsamen Mittagessen an Sonntagen, hatte Robert gebrochen – ausgerechnet nach Edgars Tod. Ihr Sohn hatte sie verlassen, und zwar nicht wie ein junger Mann, der eine Frau heiratet, um mit ihr eine neue Familie zu gründen, sondern wie jemand, der einfach so davonläuft. Wie hatte er sich doch in den letzten Jahren zu seinem Nachteil verändert.

»Wenigstens fährt er mich zum Flughafen«, versuchte Maria sich zu beruhigen, als sie nach einem erneuten Hupen die Haustür hinter sich ins Schloss zog und Robert mit ihrem freundlichen Tresen-Lächeln begrüßte.

»Tut mir leid, ich bin nicht eher weggekommen.«

Schon wieder eine dieser abgedroschenen Floskeln. Der Junge könnte sich ruhig auch mal etwas Neues einfallen lassen.

»Dass du dich allein in einen Flieger traust.« Robert nahm ihr immerhin das Gepäck ab. »Wie lange bleibst du denn?« Ihr Sohn wunderte sich augenscheinlich über den prall gepackten, schweren Koffer.

»Weiß ich noch nicht.«

»Hast du denn kein Rückflugticket?«

Maria schüttelte nur den Kopf, was Robert sichtlich irritierte. Von ihren Plänen, sich nach einem Altersruhesitz auf Gran Canaria umzusehen, hatte sie ihm ganz bewusst noch nichts erzählt. Letztlich hing schließlich alles von den nächsten Wochen und dem ab, was auf sie zukam, und über ungelegte Eier zu reden, hatte ihr noch nie gelegen. Robert bohrte Gott sei Dank nicht nach. Stattdessen zuckte er nur etwas hilflos mit den Schultern und trug brav die Koffer zu seinem BMW, der offenbar frisch aus der Waschanlage kam.

»Habt ihr einen neuen Wagen?«

Da jammerte er unentwegt, dass die Geschäfte nicht gut liefen, kaufte sich aber einen Luxusschlitten nach dem anderen, dabei war er nach seiner Unternehmenspleite froh gewesen, überhaupt einen Job zu finden. Nun gut, vielleicht brauchte man ja ein repräsentatives Gefährt, wenn man Buchhaltungssoftware verkaufen wollte.

»Marion fand, dass ich einen vernünftigen Wagen brauche.«

Marion, natürlich. Sie hatte ihn voll unter Kontrolle. Eine Frau, die sogar bestimmte, wann der Sohn die eigene Mutter besuchen durfte.

Der alte Ärger kam in Maria hoch, obwohl ihr Robert galant die Beifahrertür öffnete.

»Dass du mal so weit wegfliegst. Und dann noch nach Gran Canaria«, wechselte Robert ziemlich plump das Thema.

»Was ist damit?«

»Ich weiß auch nicht. Einfach zu viele Neckermann-Touristen.«

»Also, ich fand es ganz schön. Und dir hat es damals auch gefallen.«

»Mama, da war ich sieben oder acht.«

Eine weitere Diskussion über die Kanaren schien aussichtslos. Lieber einsteigen und noch einmal Abschied nehmen, dachte Maria. Ein letzter Blick durch die Fensterscheibe des Beifahrersitzes auf das Haus, in dem sie so viele glückliche Jahre verbracht hatte. Das alles vielleicht für immer aufgeben? Schon die vage Möglichkeit, Deutschland den Rücken zu kehren, ließ ihr ein Schaudern direkt durchs Herz laufen. Maria seufzte wehmütig, als der Wagen sich in Bewegung setzte und das Haus, ihr gemeinsames

Heim mit Edgar, ganz schnell kleiner wurde, bis es nach einer Straßenbiegung verschwand. Dann kam die Furcht vor ihrer eigenen Courage, dem Alleinreisen, dem Flug. Einfach alles machte ihr plötzlich Angst. Robert schürte ihre Unsicherheit auch noch, indem er auf dem Weg zum Flughafen unentwegt Fragen stellte. Natürlich hatte sie ihren Auslandskrankenschein dabei, aber ihr Sohn wusste aus sicheren Quellen, dass man in Spanien einfach Glück haben musste, von der richtigen Ambulanz aufgegabelt zu werden.

»Ich bin doch gar nicht krank.«

Damit gedachte Maria, Roberts Schwarzmalerei zu unterbinden, aber er setzte nach. So ganz allein in der Fremde könne sonst was passieren.

»Hast du das denn nicht in der Zeitung gelesen? Die vielen Einwanderer aus Nordafrika? Die stranden alle auf den Kanaren. Und wenn dich jemand überfällt?«

»Mich überfällt schon niemand. Außerdem bin ich ja nicht allein.«

Robert stutzte.

»Sigrun und Elke sind doch schon dort.«

»Sigrun und Elke?« Er war offenbar so überrascht, dass er das Lenkrad leicht verriss und der Wagen bedrohlich zum Mittelstreifen hinaustrieb.

»Ja, und?«

»Davon hast du mir ja gar nichts gesagt.«

»Seit wann muss ich dir alles sagen? Du sagst mir ja auch nicht alles«, sagte Maria leicht empört.

»Und ihr macht da unten einfach so Urlaub?«, setzte ihr Sohn neugierig nach.

Angesichts Roberts Miesmacherei war nicht einzusehen, dass sie ihm sofort alle Karten auf den Tisch legen sollte.

»Na ja, wir haben uns schon eine halbe Ewigkeit nicht mehr gesehen.«

»Und dann trefft ihr euch auf einer Insel mitten im Atlantik?«

Roberts misstrauischer Blick sprach Bände.

»Das Klima soll sehr gesund sein.« Andere Argumente fielen ihr nicht ein. Sie hatte auch gar keine Lust mehr, sich weiter ausfragen zu lassen. Außerdem war der Terminal des Nürnberger Flughafens in Sicht.

Da war sie auch schon, die befürchtete Endlosschlange am Check-in-Schalter der Charterairline. Kein Wunder, wenn man zu spät von zu Hause wegfährt – meinem Sohn sei Dank!, dachte Maria. Kaum in die letzte Reihe eingefädelt, war Robert anzumerken, dass er immer zappeliger wurde. Sie würde es nicht ertragen, wenn er wie bei fast all seinen Besuchen gehetzt alle fünf Minuten auf seine Armbanduhr sehen würde.

»Du hast heut sicher noch jede Menge Termine. Ich schaff das schon«, sagte sie ihm mit fester Stimme.

Natürlich hätte sich Maria darüber gefreut, noch etwas Zeit mit ihm zu verbringen, aber sie hatte einfach keine Lust, seinen minütlich wachsenden Leidensdruck mit ansehen zu müssen. Auf einen Schlag wurde der Sohnemann ruhiger. Robert ließ sich sogar dazu hinreißen, sie mit einem kleinen Küsschen auf die Wange zu verabschieden. »Einen guten Flug.« Er winkte ihr noch schnell zu, bevor er das Gebäude verließ – fast schon zu viel des Guten.

Nun war sie wieder allein mit ihren Ängsten. Weitere Passagiere mit prallen Urlaubskoffern reihten sich hinter ihr ein, das Ganze fühlte sich an wie in der Warteschlange einer Achterbahn. Man hatte den Fahrchip in der Hand und wusste, dass man fahren würde, auch wenn man am liebsten wieder umkehren würde. Was, wenn ihr die Insel gar nicht gefiel?

»Das dauert immer so lange, aber Hauptsache, wir kommen mit.« Die sonore Männerstimme hinter Maria war so laut, dass sie jäh aus ihren Gedanken gerissen wurde. Man sah ihr die wachsende Unruhe und die nervösen Blicke auf die Anzeigetafel also an. Warum sonst hätte sie der ältere Herr hinter ihr ansprechen sollen? Andererseits, in solchen Situationen ist man dankbar für jede Ablenkung. Der Mann wirkte zudem auf den ersten Blick sympathisch, genau wie seine Begleiterin, offenbar seine Ehefrau. Die goldenen Ringe, zu denen sie sich einst ewige Treue geschworen hatten, waren nicht zu übersehen. »Waren Sie schon einmal auf Gran Canaria?«, wollte er von Maria wissen.

Zweifelsohne handelte es sich dabei um den Versuch einer Zwangskonversation, um sich die Zeit zu vertreiben, aber warum eigentlich nicht?

»Wir fahren jedes Jahr. Immer von Oktober bis April. Und Sie, machen Sie Urlaub?«

»Um ganz ehrlich zu sein, weiß ich das noch nicht so genau.«

»Beruflich? Touristikbranche?«, bohrte der Mitreisende nach.

So was von neugierig und unverblümt. Andererseits, die Schlange vor dem Schalter wurde und wurde nicht kürzer.

»Es kann sein, dass ich mir ein Haus kaufe.« Jetzt war es heraus. Maria wunderte sich darüber, mit welcher Leichtigkeit ihr dies über die Lippen kam.

»Die Immobilienpreise sollen ja gesunken sein. Als meine Frau und ich unseren Bungalow gekauft haben … Charlotte, erinnerst du dich noch? Wann war das genau?«

Marias »Zeitvertreib« überlegte angestrengt. Er wirkte mit seinen bestimmt schon über siebzig Jahren zwar noch körperlich rüstig, aber gelegentlich schien er Gedächtnislücken zu haben. Ob das die Auswirkungen eines Rentnerlebens unter Palmen sind?, fragte sie sich.

»1972. Da war doch die Olympiade in München.«

»Richtig, die Olympiade«, bestätigte seine Frau.

Die Miene des Mannes hellte sich auf. »Damals haben wir gerade mal sechzigtausend Mark bezahlt. Und jetzt ist der Bungalow eine halbe Million Euro wert«, gab er etwas großspurig an.

Äußerst beeindruckend, zudem gab diese Einschätzung ihr die Gewissheit, dass eine Immobilie auf Gran Canaria eine sichere Anlage sei.

»Wir haben uns damals unsterblich in die Insel verliebt. Da gab es ja noch nicht so viele Touristen und so viele schreckliche Betonbauten.«

Betonbauten? Hatte sie richtig gehört? Wie furchtbar. Hatte sich in den letzten Jahren dort wirklich so viel verändert?

»Aber wer weiß, wie es weitergeht. Wenn wirklich eines Tages ein Teil von La Palma ins Meer fällt, dann gibt's Gran Canaria nicht mehr. Dann müssen wir über Immobilienpreise nicht mehr reden.«

Wie? Eine Palme würde ins Meer fallen? Maria lächelte unverfänglich, in der Hoffnung, sich keine Blöße zu geben. Vielleicht hatte sie ja auch nur etwas falsch verstanden.

»Ein Tsunami mit einer hundert Meter hohen Todeswelle. Da braucht nur ein Stück der Insel abzubrechen.« Die Stimme des Mannes hatte einen beunruhigend bedeutsamen Unterton.

»Hör auf, Karl. Du machst der Frau ja Angst.« Charlotte stieß ihren Mann vorwurfsvoll in die Seite. »Du liest zu viel Bild-Zeitung.«

»Was soll ich denn sonst den ganzen Tag machen?«

»Ausruhen.«

»Von was?«

Ob sie sich im Alter mit Edgar auch so gezankt hätte? Noch dazu um irgendwelche ins Meer fallende Inselstücke?

»Wissen Sie. Da unten kann's einem schon mal langweilig werden. Deswegen verbringen wir den Frühling und den Sommer auch in Deutschland.«

»Mir ist nie langweilig«, behauptete Charlotte.

»Du sitzt doch den ganzen Tag vor dem Fernseher.« Maria amüsierte sich über Karls Konter.

»Gibt es denn im Süden der Insel nichts, was man unternehmen kann?« Maria begann sich nun doch zu fragen, ob sie für ein Rentnerleben überhaupt geeignet war.

»Ach, es gibt immer was zu tun«, winkte Charlotte ab.

Langsam, aber sicher bereute Maria, sich überhaupt auf ein Gespräch mit den beiden eingelassen zu haben. Während sich die Schlange im Schneckentempo abbaute, referierten Charlotte und Karl nämlich weitere dreißig Minuten über die Insel und hatten dabei nichts wirklich Positives zu berichten. Auf dem Programm standen wohnstiftähnliche Rentnerkolonien in San Agustín, Arquineaguín und Playa del Inglés, in denen angeblich den ganzen Tag nur Karten gespielt wurde, Schreckensvisionen von lärmenden Touristen, die von Oktober bis März wie Heuschrecken über die Insel herfielen, Homosexuelle, die tagsüber splitternackt durch die Dünen liefen und ungeniert zu zweit im Gebüsch verschwanden, desolate administrative Zustände der spanischen Behörden und die schlechte medizinische Versorgung. Nicht zuletzt deshalb flogen die beiden wohl immer wieder gern zurück nach Deutschland. Noch vor Erreichen des Check-in-Schalters hatte die Insel plötzlich ein ganz schreckliches Gesicht. Nachdem das Ehepaar aber auch an Deutschland kein gutes Haar ließ, lag es nahe, sie in die Schublade »notorische Nörgler« zu legen. Nachdem Maria nur noch zwei Rucksacktouristen von der langersehnten Boarding-Card trennten, bot Karl ihr an, dass sie sich jederzeit bei ihnen melden könne, falls sie Hilfe oder Rat brauchte. Sie könnten zusammen auf ihrer Terrasse mit Meerblick Kaffee trinken und Karten spielen. Die Örtlichkeiten klangen durchaus verlockend, die zu erwartende Konversation weniger. Maria entschied sich dazu, das Angebot zwar zu registrieren, es aber nicht anzunehmen, zumal sie ja noch gar nicht wusste, ob sie ihr Leben in Deutschland wirklich aufgeben wollte. Die beiden waren einfach zu nervig, wenngleich ihre gelegentlichen, vermutlich altersbedingten Sprachirrungen durchaus amüsant waren.

Das Nachtleben in Playa sei wie »Soda und Gomorrha«, hatte Charlotte behauptet. Karl hatte seine Frau mit verdrehten Augen verbessert und ihr einen Vortrag über ihre Wortfindungsstörungen gehalten. Dabei hatte er wohl übersehen, seinen Koffer ein Stück weiter nach vorne zu schieben und nachzurücken, was Charlotte mit »Du schwebst schon wieder in höheren Legionen« kommentierte.

Wird man so, wenn man alt wird, erst recht auf einer Rentnerinsel, auf der man sich anscheinend mit der Bild-Zeitung die Zeit vertreiben muss?, fragte sich Maria. So blieb nur noch, sich höflich zu verabschieden und den beiden eine angenehme Zeit zu wünschen. Die Vorfreude war dennoch dahin. Immerhin gab es gute Neuigkeiten von der freundlichen Dame am Check-in, die ihr das Gepäck abnahm. Trotz zehn Kilo Übergewicht verlangte sie keinen Zuschlag. Wenn das mal kein gutes Omen war.

Kapitel 2

»Maria kommt in einer halben Stunde an«, drängelte Elke mit einer Vehemenz, als ob sie den Papst persönlich abholen würden. Dass sie dabei auch noch hektisch im Hotelzimmer herumtänzelte, machte Sigrun zusehends nervöser.

»Ich hab's ja gleich.«

Sigrun sah prinzipiell nicht ein, sich von Elke hetzen zu lassen. Das Privileg, den Ton anzugeben, war eines der Dinge, die man ihr zusprach, und daran sollte sich auch nichts ändern. Dennoch ließ sie den Schminkpinsel mittlerweile in Tornadogeschwindigkeit über ihre Wangen rasen. Elkes mahnender Blick schaffte es sogar, den sonst obligatorischen Einsatz der Puderquaste zu verhindern. Ein paar Tupfer mit der flachen Hand mussten heute genügen. Der Verzicht auf Lippenstift kam jedoch nicht in Frage, was Elke angesichts der sauber zu ziehenden Konturen noch zappeliger werden ließ.

»Erst scheuchst du mich aus dem Pool, und dann kommst du nicht in die Puschen. Auf dem Weg zum Flughafen sieht dich doch eh keiner.«

Typisch Elke, die Denkweise einer Durch-und-durch-Pragmatikerin. Ein gepflegtes Äußeres und die Maxime, immer das Beste aus den weiblichen Vorzügen herauszuholen, machte man doch nicht von einer speziellen Lebenssituation abhängig. Ihre Freundin hatte gefälligst zu warten, bis der Lippenstift millimetergenau dort saß, wo er hingehörte. Ein bisschen mehr Sinn für Ästhetik könnte Elke auch nicht schaden, und ein letzter Kontrollblick in den Spiegel musste einfach sein. Seidenglattes schwarzes Haar umrahmte ein gepflegtes Gesicht mit wachen graublauen Augen, die eine natürliche Autorität ausstrahlten und ihr den Flair der ewigen Siegerin verliehen. So gefiel sie sich, und unter diesem Level würde sie nicht aus dem Haus gehen.

»Wir können. Bist du auch fertig?«, fragte Sigrun ihre Zimmergenossin etwas schnippisch.

Elke sah nun ebenfalls in den Spiegel. Sie wirkte neben ihr wie eine olle Pauschaltouristin, die sich im Urlaub einfach mal gehenlassen wollte: keine Schminke, blondes, gelocktes Haar, das ein Haarreif lieblos bändigte, und ein einfaches T-Shirt, das über der leger sitzenden Jeans schlabberte. So etwas würde Sigrun nicht einmal zum Putzen anziehen. Kein Match für ihr Designerkleid, das wie maßgeschneidert ihre immer noch tadellose Figur betonte.

»Am besten, du bleibst im Wagen, sonst haben wir gleich wieder ein Dutzend freiwillige spanische Helfer am Hals.« Das war Elkes Art, Sigrun zu sagen, dass sie einfach umwerfend aussah.

»Tu doch nicht so, als ob dir das nicht gefallen würde.«

»Mein Bedarf an Männern ist vorerst gedeckt«, gab Elke überzeugt Kontra.

»Sag niemals nie.«

»Ich lege es jedenfalls nicht darauf an.«

Elkes vielsagender Blick auf Sigruns Robe sprach Bände.

»Ach was, die Kanarios bespringen sowieso alles, was nicht schnell genug auf den Bäumen ist, ob mit oder ohne so einen Fummel.«

»Sigrun!« Elke spielte die Entrüstete, konnte sich aber nur mit Mühe das Lachen verbeißen.

Menschen, die einem nicht in die Augen sehen konnten, irritierten Robert. Er traute ihnen nicht. Dies war eines der Dinge, die er aus seinem Elternhaus mitnahm, ein Stück Lebenserfahrung seiner Mutter, die es ihm ermöglicht hatte, sich bisher recht ordentlich durch den Dschungel des Lebens zu schlagen. Robert wurde immer unruhiger, als der Banker, der ihm an einem festungsgleichen Schreibtisch gegenübersaß, einen Dokumentenstapel – seine laufenden Kreditverträge – wortlos hin- und herschob und dabei immer ratloser wirkte.

»Ein solches Objekt finden meine Frau und ich nie wieder. Erstklassige Lage und ein hoher Wiederverkaufswert«, brachte er die Fakten auf den Punkt. Was gab es da noch groß zu überlegen?

Der Banker – eine graumelierte Eminenz – der Robert schon aufgrund seines stattlichen Erscheinungsbildes ordentlich Respekt einflößte und ihm das Gefühl gab, wie in Studienzeiten in einer mündlichen Prüfung zu sitzen, nickte kurz und zog eines der vielen Papiere hervor. »Der neue BMW. Sie sind am Kreditlimit.«

»Die Geschäfte laufen gut, und bisher hat die Bank ja satt an uns verdient.«

Wieder nur andächtiges Nicken.

Robert spürte, dass er diesmal auf Granit beißen würde. Den Bären, dass die Geschäfte »gut« liefen, würde sich der Banker, der genauestens über seine monatlichen Geldeingänge Bescheid wusste, bestimmt nicht aufbinden lassen. Marion hatte sich aber ein größeres Haus in den Kopf gesetzt, natürlich in Top-Lage und mit den dazugehörigen Top-Preisen. Selbstverständlich wusste er, dass seine Mutter ihm eines Tages sein Elternhaus vererben würde, aber Marion hatte nicht die geringste Lust, zeit ihres Lebens in Nürnberg zu versauern. »Nürnberg kommt nicht in Frage! Ich verstehe gar nicht, wie du es dort so lange ausgehalten hast«, klang ihm ihre Stimme wie die Posaunen von Jericho im Ohr. Robert war gar nichts anderes übriggeblieben, als wie schon so oft nachzugeben. Im Grunde genommen waren ihre Argumente nicht so ganz von der Hand zu weisen. Die »fränkische Provinz«, wie Marion seine Heimatstadt nannte, ging ihm auch ordentlich auf den Zeiger.

»Tut mir wirklich leid, aber ich fürchte, wir haben keinen Spielraum mehr.« Die gottgleiche Stimme des Bankers fällte gerade sein Todesurteil.

Robert sank förmlich in sich zusammen. Eigentlich hatte er sich erhofft, mit purer Überzeugungsarbeit zu punkten. Zu viel Optimismus? Naive Blauäugigkeit? Waren es vielleicht unterbewusste Widerstände gegen Marions kapitalintensiven Appetit, die ihn ausgerechnet jetzt all seiner kognitiven Kräfte beraubten? Die Träume seiner Frau wurden jedenfalls gerade in Schutt und Asche gelegt. Es gab im Grunde nur noch eine Chance, auch wenn ihm bei dem Gedanken daran schlecht wurde. Noch hatte er nicht alle Karten ausgespielt, auch wenn sie gezinkt waren.

Robert holte tief Luft, inhalierte nach Sauerstoff japsend die papiertrockene Luft des vollklimatisierten Hightech-Büros, bevor er schweren Herzens in seine Jackentasche griff und einen Umschlag hervorzog. Der Banker verfolgte die Aktion mit unbewegter Miene, fast wie ein professioneller

Black-Jack-Spieler am Tisch eines Kasinos in Las Vegas, der den Gegner taxiert und nur darauf wartet, dass sich sein Gegenüber einen Fehler erlaubt. Robert hielt für einen Moment inne. Das schlechte Gewissen wollte einfach nicht aufhören, ihn zu plagen. Immerhin hielt er eine Vollmacht seiner Mutter in Händen, die sie ihm kurz nach dem Tod seines Vaters gegeben hatte. Sie hatte längst ihren Zweck erfüllt, könnte ihm jetzt aber dienlich werden. Der Zweck heiligt bekanntlich die Mittel. Er beschloss, dass Marion doch recht hatte. Das Haus war für seine Mutter sowieso viel zu groß. Eines Tages würde sie in ein Altersheim gehen, und an wem blieben die Kosten dann hängen? An ihm natürlich. Robert dachte an noch viel schlimmere Szenarien. Er war der einzige Sohn. Er würde die Kosten für das Pflegeheim bezahlen dürfen. Hypothetisch oder nicht, diese Gedanken legitimierten den letzten Schritt, um der grauen Eminenz den Umschlag zu überreichen.

»Ich kann Ihnen weitere Sicherheiten bieten.« Roberts Selbstbewusstsein kehrte mit einem Schlag zurück. »Eine Hypothek auf eine abbezahlte Immobilie dürfte ja wohl reichen.«

»Man heiratet hier keine gutaussehende Frau, und weißt du auch warum?«

Elke zuckte auf dem Beifahrersitz ihres Leihwagens erwartungsgemäß hilflos mit den Schultern.

»Weil die Kanarios wissen, dass sie fremdgeht.« Für Sigrun war Elke nach ihren zahlreichen Scheidungen und der jüngsten Trennung von ihrem letzten Beziehungskandidaten der ideale Ansprechpartner, um Männer durch den Kakao zu ziehen. Mit nichts konnte man sich besser die Zeit auf einer Autofahrt zum Flughafen vertreiben.

»Dann hab ich ja zumindest bei den Spaniern noch Chancen.« Typisch Elke. Eine ordentliche Portion Understatement. Dabei hatte sie gar keinen Grund zum Jammern. Sigrun war sich sicher, dass Elke bei den Männern noch gut ankam, wenn sie es denn wollte.

»Da müsstest du schon richtig fett sein, so richtig unförmig mit breitem, gebärfreudigem Becken.«

Elke verzog das Gesicht. »Leiden die Spanier an Geschmacksverirrung?«

»Schau, das ist ganz einfach. Hier braucht man eine Frau, um möglichst viele Kinder in die Welt zu setzen. Sie soll sich um den Haushalt kümmern und für die Kinder da sein. Der Mann geht dann fremd. Die Frau will keiner mehr haben, und so bleibt ihr nichts anderes übrig, als für die Familie da zu sein.«

»Das hast du doch bestimmt wieder in irgendeinem Modemagazin gelesen.«

Sigrun hatte keine Lust, sich zu rechtfertigen. Das brauchte sie auch nicht, denn gerade als sie den Kreisverkehr am Ende der an Bausünden aus den Siebzigern kaum mehr zu überbietenden Avenida Tirajana erreichten und in Richtung Schnellstraße zum Flughafen abbiegen wollten, überquerte eine typische spanische Familie den vor ihnen liegenden Zebrastreifen. Elke musste abrupt bremsen und starrte zu Sigruns Genugtuung fassungslos auf die Menschwerdung ihrer Theorien. Sigrun gönnte sich ein triumphierendes Lächeln, als Elke mit ansah, wie eine jener überdimensionierten Rubens-Frauen mit ihren zwei kleinen Kindern und ihrem schlanken Gatten im Schlepptau die Straße überquerte. Während der durchaus attraktive Mann sich genüsslich eine Zigarette ansteckte, schleppte sie sich mit den Einkaufstüten ab.

»Dieses Bild wird dir hier überall begegnen, jedenfalls im Süden und in den Dörfern.«

Elke blickte der spanischen Familie gebannt nach und übersah dabei, dass sich hinter ihr bereits ein lautstark hupender kleiner Stau gebildet hatte. Sigrun amüsierte sich, als ihre Freundin plötzlich in Hektik geriet und mit quietschenden Reifen in den Kreisverkehr in Richtung Flughafen schoss. »Was rast du denn so? Die Flieger haben hier doch sowieso immer Verspätung.«

»Und wenn nicht? Maria kennt sich doch nicht aus.«

»Hier geht niemand verloren, meine Liebe.«

»Hast du deine Patienten auch immer warten lassen?«

Elke war richtig angefressen. Sie hatte anscheinend immer noch nicht verdaut, dass Sigrun mit ihrem »angelesenen Halbwissen über die Kanaren« recht hatte. Nun versuchte ihre beste Freundin also, sie aus der Reserve zu locken. Und wenn dies jemand konnte, dann Elke. Die Bemerkung über ihre Patienten war ein Volltreffer! Sigrun hasste es, wenn man sie an ihr Vorleben erinnerte, an die Zahnarztpraxis, die sie in den letzten Jahren an den Rand des Wahnsinns getrieben hatte.

»Übrigens, hier soll es einige gute deutsche Zahnärzte geben«, setzte Elke nach.

In der Tat hatte Sigrun schon vor einigen Jahren darüber nachgedacht, sich im Ausland niederzulassen. Die goldenen Zeiten waren in der Heimat spätestens seit der ersten Gesundheitsreform vorbei, und viele ihrer Kollegen standen kurz vor der Pleite. Sigrun hätte ihre Praxis auch nicht mehr länger halten können. Die Geräte waren veraltet, und Neuinvestitionen hätte sie mit dem, was heutzutage zu verdienen war, zu Lebzeiten nicht mehr abbezahlen können. Sich kaputtzuarbeiten, nur um sich selbst einen

Arbeitsplatz zu schaffen? Hinzu kamen immer mehr Vorschriften und Verordnungen und das Gefühl, bei jeder Behandlung bereits mit einem Bein im Knast zu stehen. Wem machte es schon Spaß, im Mund anderer Leute herumzustochern? Nicht nur einmal hatte sie sich als promovierte Handwerkerin gefühlt, aber immerhin über viele Jahre eine gutbezahlte, was ihr zumindest früher jeden Morgen den Kick gegeben hatte, sich voll und ganz für ihre eigene Praxis zu engagieren. Aber wozu der ganze Stress? Mit dem respektablen Finanzpolster, das sie in den goldenen Jahren angespart hatte, ließ sich ein Frührentnerdasein unter Palmen solide finanzieren.

Es gelang Elke doch immer wieder, Menschen mit ganz harmlosen Bemerkungen auf subtile Art aus der Fassung zu bringen. Auch wenn Sigrun dies wusste und Elkes Absicht durchschaute, war es schon zu spät, um gegenzusteuern. Der Knopf war gedrückt, und einmal in Elkes Netz, gab es kein Entrinnen mehr.

»Und die suchen jemanden?«, biss Sigrun an, obwohl ihr der Köder gar nicht schmeckte und sowieso klar war, dass es Elke letztlich nur darum ging, sie einzubremsen.

»Sag bloß, du möchtest wieder arbeiten. Also, ich bin froh, dass ich nicht mehr in die Bank muss. Ich könnte es mir nicht mehr vorstellen, jeden Morgen aufzustehen. Den ganzen Stress brauch ich nicht mehr.«

Stress als Bankerin? Sigrun bereute, sich auf dieses Gespräch eingelassen zu haben. Nein, Elke hatte zeit ihres Lebens eigentlich nie Stress gehabt. Als wohlhabender Spross einer Bankiersfamilie hatte sie nie mit existentiellen Sorgen kämpfen müssen. Ihre Kämpfe spielten sich eher an der privaten Front ab. Drei geschiedene Ehen mit Männern, die ihr nach jeder Liaison auch noch eine Menge

Geld aus der Tasche gezogen hatten, waren vielleicht sogar noch stressiger als eine Zahnarztpraxis.

Sigrun kam nach reiflicher Überlegung zu dem Schluss, dass sie nicht mit Elke hätte tauschen wollen. Sie hatte sich schon früh dazu entschieden, nicht auf bindungswillige Männer hereinzufallen. Dafür war sie zeit ihres Lebens zu unabhängig. Wenn da nur nicht diese vielen Momente der Einsamkeit wären, vor allem über die Feiertage, wenn man seinen Kummer nicht in Arbeit ertränken konnte. Gelegentlich hatte sie in solchen Phasen sogar Maria um ihre langjährige Musterehe beneidet. In der Schule hatten sie noch beide davon geträumt, eines Tages ganz in Weiß zu heiraten. Maria hatte sich ihren Traum erfüllt, Sigrun war andere Wege gegangen. Wer weiß, vielleicht habe ich dabei noch nicht einmal das schlechtere Los gezogen, sagte sie sich in diesem Augenblick, als sie mit in die Ferne gerichtetem Blick aus dem Fenster des Wagens auf die nicht enden wollenden Reihen von schneeweißen Windrädern sah. Symbole für ewige Bewegung und Beweis genug, dass nichts im Leben stillstand. Jedes Windrad stellte auf einmal einen ihrer kurzlebigen Lebensabschnittsgefährten dar. Mit einigen hatte sie sich schneller drehen können, andere hatten sich langsamer mit ihr im Kreis bewegt. War dieser ganze Beziehungskram nicht wie eine sich endlos windende Spirale? Verwunderliche Gedanken, wenn man sich selbst als Verfechterin der seriellen Monogamie bezeichnet, auch wenn diese zugegebenermaßen eher hochfrequent war.

Hatte sie sich wirklich immer nur im Kreis gedreht oder sich einfach nur genommen, wonach ihr war? Eines jener »Windrädchen«, seines Zeichens promovierter Soziologe mit Hang zur Beziehungsanalytik, hatte sogar behauptet, sie sei hedonistisch in ihrer Wesensart. Damals hatte sie sich darüber aufgeregt, aber aus heutiger Sicht würde sie ihm sogar zustimmen. Das Einzige, was ihr blieb, war die Freundschaft zu Maria und Elke, sozusagen die letzte Konstante in ihrem Leben, auch wenn die drei unterschiedlicher nicht hätten sein können.

»Wir sind gleich da.« Elke rettete sie davor, in eine tiefe Krise zu rutschen.

»Worüber hast du denn die ganze Zeit nachgedacht?«

»Nichts ... Ich freue mich auf Maria.«

»Ich mich auch.«

Nichts war schöner, als gleich beim Ausstieg aus dem Flieger von wohltuender Wärme in Empfang genommen zu werden. Dazu noch die frische Brise vom Meer. Maria konnte sich vorstellen, sich hier wohl zu fühlen, als sie gemeinsam in Reih und Glied mit all den »Neckermännern« die Gangway hinunterging. Da war ja wieder das Ehepaar vom Flughafen. Obwohl sich die beiden als anstrengend erwiesen hatten, konnte man sie um ihre traute Zweisamkeit im Alter beneiden. Auch andere ältere Paare verließen im Pulk mit Familien und einigen Alleinreisenden den Flieger. Schade, dass es ihr nicht vergönnt war, solche Momente mit Edgar zu genießen. Jetzt nur nicht wieder zurückblicken und in lähmende Melancholie verfallen! Sigrun und Elke warteten sicher bereits auf sie.

Wann hatten sie sich eigentlich das letzte Mal gesehen? Das muss vor zwei Jahren auf Edgars Beerdigung gewesen sein, überlegte Maria, nachdem sie einen der freien Plätze im Bus zum Terminal ergattert hatte. In solch schwierigen Zeiten weiß man gute Freunde besonders zu schätzen. In Sigruns und Elkes Armen hatte sie sich ausweinen können und sich nicht zusammenreißen müssen. Sigrun und Elke waren wirklich etwas Besonderes. Sie waren ihre Familie, sofern man als Familie die Menschen bezeichnet, die einem am nächsten stehen. Die meisten Schulfreundschaften hatten sich im Laufe ihres Lebens verloren oder sich auf gelegentlichen Informationsaustausch auf Klassentreffen reduziert. Komisch, dass der Kontakt zu Sigrun und Elke nie abgerissen war. Dabei hatten sie sich höchstens ein- bis zweimal im Jahr gesehen und noch nicht einmal besonders oft miteinander telefoniert, aber immer wenn sie sich trafen, fühlte es sich so an, als sei gar keine Zeit vergangen.

Hoffentlich hatte es sich Maria nicht wieder anders überlegt. Komischerweise überfielen Elke diese Zweifel erst jetzt, da sie gemeinsam mit Sigrun inmitten einer Gruppe von uniformierten Reiseleitern vor dem verglasten Ausgang der Gepäckhalle stand und gespannt die automatische Schiebetür fixierte, die bereits die ersten Urlauber ausspuckte. Sie erinnerte sich nur zu gut daran, dass sie in einem schier endlosen Telefonat mit Engelszungen auf Maria eingeredet und sie davon überzeugt hatte, dass ihr ein Tapetenwechsel guttun würde. Elke musste sich nun eingestehen, dass jenes Gespräch eher den Charakter eines volkshochschulgleichen Vortrages gehabt hatte – ein Diskurs darüber, warum sich Altwerden in Deutschland gar nicht lohnte, vor allem, wenn man niemanden mehr hatte, für den man da sein musste oder der für einen da war. Griffige Argumente waren dabei schnell zur Hand: vom Leben in gesundem Klima bis hin zu geringeren Energiekosten. Sie hatte Maria vorgerechnet, dass sie es sich irgendwann in naher Zukunft noch nicht einmal mehr würde leisten können, ihr Haus zu beheizen. Wer wollte schon in Deutschland alt werden? Die Stimmung im Land wurde immer schlechter, und der Staat sei auf dem besten Weg, bankrottzugehen. Wie sollte Maria in so einem Umfeld jemals den Verlust ihres Mannes überwinden? Seit seinem Tod kreiste ein großer Teil ihrer Gespräche sowieso nur um das eine. Natürlich hat man als beste Freundin immer ein offenes Ohr, aber mit der Zeit hatten sich die Themen wiederholt, die kleinen Episoden, die Maria aus ihrer gemeinsamen Zeit mit Edgar wie auf Knopfdruck abrufen konnte. Sie konnten sich über das Liebesleben von Ameisen unterhalten oder über die Frage, ob Neil Armstrong tatsächlich der erste Mensch auf dem Mond war. Es spielte bei Maria keine Rolle. Jedes Wort griff sie auf, um es sogleich aus Edgars Sicht zu kommentieren. Es war allerhöchste Zeit, Maria aus ihrem selbstgeschaffenen Gedankengefängnis herauszuholen.

Aber war es keine Anmaßung, sich derart in das Leben anderer einzumischen, jemanden aus seiner gewohnten Umgebung herauszureißen? Hieß es nicht immer, dass man alte Bäume nicht verpflanzt? Elke musste sich eingestehen, dass sie inzwischen selbst ein alter Baum war, und sie war sich auch nicht ganz sicher, ob Sigruns Idee, hier auf der Insel den Lebensabend zu verbringen, das Gelbe vom Ei war. Wahrscheinlich hatte sie sich in den Gesprächen mit Maria eher selbst dazu überredet, Deutschland den Rücken zu kehren. Ein einfacher Trick, um die eigenen Ängste im Zaum zu halten. Beruhigend und ermutigend zugleich war der Umstand, dass es keine attraktiven Alternativen gab. Allein würde sie ihren Lebensabend gewiss nicht verbringen, warum dann nicht gleich an einem schönen Ort?

»Du wirst sehen. Wenn Maria erst mal kanarische Luft

geschnuppert hat, beißt sie an«, riss Sigrun sie aus ihren Gedanken.

Mehr als ein vages optimistisches Lächeln konnte Elke sich allerdings nicht abringen. Es gab noch so viel zu klären, aber viel Zeit blieb ihnen nicht mehr. Sigrun hatte zwei Tage nach ihrer Ankunft bereits alle Immobilienanzeigen durchforstet und war auf ein wahres Traumobjekt gestoßen, eine gepflegte Bungalowanlage mit Blick auf die Dünen. Es war Liebe auf den ersten Blick. Dummerweise hatten sie sich schnell entscheiden müssen, und ohne Marias Investment würden sie sich trotz Sigruns Finanzkraft den Bungalow nicht leisten können. Allein mit Sigrun hier zu leben, käme auch nicht in Frage. Maria musste also möglichst schnell überzeugt werden. All die quälenden Fragen, die ihr in den letzten Tagen schwer auf den Schultern gelegen hatten, fielen mit einem Schlag von ihr ab, als Maria nun leibhaftig vor ihnen stand.

Sie strahlte über beide Ohren, als ihr Sigrun in die Arme fiel.

»Du wirst überhaupt nicht älter«, konstatierte Maria, deren herzerfrischendes Lächeln Elke klarmachte, wie sehr sie ihre Freundin in den letzten zwei Jahren vermisst hatte.

»Ach was, die Schminke wird nur immer besser.«

Maria und Sigrun kicherten wie in alten Zeiten, und auch Elke stimmte aus vollem Herzen mit ein.

»Maria. Es ist so schön, dich zu sehen«, sagte Elke ihr mit vor Glück feuchten Augen.

Marias Strahlen verriet, dass es ihr genauso erging.

»Wie war der Flug?«

»Der ist mir gar nicht so lang vorgekommen.«

»Hast du Hunger?«

Maria machte eine abwehrende Handbewegung.

»Unsere Maria im Ausland.« Elke schüttelte ungläubig den Kopf.

»Ich kann es ja selbst noch nicht glauben.«

»Habt ihr euch schon ein bisschen umgesehen?«

Maria interessierte sich brennend dafür, was die beiden schon alles unternommen hatten. Vielleicht würden sie ihre Berichte etwas aufmuntern, denn die ersten Kilometer vom Flughafen in Richtung Süden waren alles andere als eine Fahrt durch eine einladende Landschaft. Vor ihr lagen eine beigegraue, steinige Geröllwüste, die sich bis zum Horizont erstreckte und im diesigen Licht des leicht bewölkten Himmels nicht minder kahles, gebirgiges Hinterland erahnen ließ, vereinzelte, verloren wirkende Bungalows, lieblos in die Öde gestanzte Reihenhaussiedlungen und ein wenig beblumtes Grün, das eher zaghaft den Mittelstreifen und den Fahrbahnrand zu zieren versuchte.

»Da vorn, in San Agustín gibt es einige schöne, geräumige Apartments mit Blick aufs Meer.« Sigrun lenkte die Aufmerksamkeit auf eine Anlage, die Maria sofort als Rentnerkolonie entlarvte.

Die hässlichen Betonbauten, die Sigrun ihr mit dem Hinweis auf den Meerblick versüßen wollte, hatten etwas von den Altenheimen, die sie von Deutschland her kannte und verabscheute. »Ich hab da eher an etwas Familiäreres, Kleineres gedacht.« Maria war sich sicher, dass diese Antwort diplomatisch genug war. Sie hoffte inständig, dass Elke und Sigrun nicht ernsthaft mit dem Gedanken spielten, sich in ein solches Objekt einzukaufen.

»Du sprichst mir aus dem Herzen.« Beruhigend zu wissen, dass Elke der gleichen Ansicht war.

Als sie jedoch den Ortsrand von Playa erreichten und auf

dem Weg zum Hotel weitere Bausünden in Beton an Maria vorbeizogen, zweifelte sie daran, sich hier jemals wohl fühlen zu können. Wo sie auch hinsah, überall mehrstöckige angegraute Gebäude mit kleinen Außenbalkonen oder Miniatur-Loggias und ein touristisches Restaurant, Supermarkt oder Souvenirladen neben dem anderen.

»Das ist die Touristenmeile. Hier gibt's eigentlich nur Restaurants und Hotels.«

»Schön ist es hier ja nicht.«

Warum wechselten Elke und Sigrun ständig betretene Blicke? Vermutlich weil sie mittlerweile schon redete wie Edgar. Alles musste erst einmal madig gemacht werden – aus reinem Zweckpessimismus. Ihre beiden Freundinnen sahen auf alle Fälle so aus, als ob sie eine kleine Aufmunterung vertragen könnten.

»Toll, diese ganzen Blumen.« Etwas Besseres, als die Vegetation am Wegrand zu loben, fiel Maria gerade nicht ein. Immerhin fühlte sich die Stimmung im Wagen nun wieder etwas entkrampfter an.

»Da vorne rechts ist das Sonnenland. Eine schöne Gegend«, sagte Elke und deutete aus dem Fenster, aber man ist von dort schon ziemlich lange bis zum Strand unterwegs.«

In der Tat wirkte der mit weißen Bungalows und Wohnhäusern bebaute Hügel, der sich bis ins Landesinnere zog, im warmen Licht der bereits tiefstehenden Nachmittagssonne wesentlich einladender als das Zentrum von Playa. Elke hatte wieder einmal nichts dem Zufall überlassen. Sie wusste über alles Bescheid.

»Sonnenland? Dass die Spanier einem Stadtteil einen deutschen Namen geben«, kommentierte Maria verwundert.

»Das ist ja das Schöne hier. Die Kanarier sind eben sehr

gastfreundlich und stellen sich auf ihre europäischen Nachbarn ein«, frohlockte Elke, was gar nicht ihre Art war, zumal ihr klar sein müsste, dass den Kanarios gar nichts anderes übrigblieb, als gastfreundlich zu sein. Ohne die Millionen, die ihnen die Touristen jedes Jahr an Land spülten, würden hier im Süden vermutlich immer noch Ziegenherden vor kleinen Dorfhütten stehen.

Als Sigrun Playa del Inglés hinter sich ließ und die Fahrt auf einer ziemlich steilen Anhöhe verlangsamte, erhaschte Maria einen Blick auf die Dünenlandschaft, die direkt zum Meer führte und von einer ganzen Reihe schachbrettartig in Reih und Glied stehenden Bungalows sowie einem gepflegten Golfplatz eingerahmt war.

»Das ist doch wirklich mal eine sehr schöne Ecke.«

Elke und Sigrun nickten wie zwei Synchronspringerinnen, wenngleich Elkes Gesichtsausdruck merkwürdig verkrampft wirkte.

»Aber es gibt doch bestimmt noch andere schöne Orte hier?« Maria hoffte inständig, dass die Insel etwas mehr zu bieten hatte als diesen einen malerischen Fleck.

»Es kommt immer darauf an, was man sucht. Las Palmas ist wie eine europäische Großstadt. Dort hast du einen schönen Stadtstrand, angeblich der zweitschönste nach Rio«, führte Elke in der offenbar selbsternannten Rolle der Reiseführerin aus.

»In die Stadt wollen wir doch nicht, oder?«

Sigrun und Elke setzten ihre »Kür« fort, indem sie einhellig den Kopf schüttelten.

»Weiter südlich gibt es noch ein paar kleinere Orte, aber da ist man schon ziemlich weitab vom Schuss, von den Bergdörfern ganz zu schweigen«, spulte Elke ihr Programm weiter ab.

»Wir müssen uns ja nicht sofort entscheiden.«

Wieder dieser irritiert betretene Blick von Elke, und eine Sigrun, die sich ihr Lächeln förmlich abrang.

Robert stierte auf ein vor ihm stehendes halb gefülltes Weinglas und kaute mechanisch auf einem Stück Weißbrot herum. Ein Blick auf die Uhr: schon zwanzig nach sieben. Um halb sieben hatte er sich mit Marion bei ihrem Lieblingsitaliener verabredet. Sie hatten allen Grund zum Feiern. Nach wochenlanger Auftragsflaute hatte die Allgäuer Milchgenossenschaft heute Nachmittag angebissen. Nun fehlte nur noch die Unterschrift nach Rücksprache mit der Geschäftsleitung. Mit der Hypothek sah es auch recht gut aus. Wenigstens einmal könnte Marion doch pünktlich sein. Robert ärgerte sich bei einem weiteren Blick auf die Armbanduhr so sehr, dass er den Rest des Weines eilig in sich hineingoss. Gerade als er darüber nachdachte, nach der Rechnung zu fragen, schneite Marion quietschvergnügt in Begleitung ihrer Freundin Steffi Obermayer herein.

»Hallo, Schatz. Ihr kennt euch ja schon.«

Was blieb ihm anderes übrig, als sich ein freundliches Lächeln in Steffis Richtung aus dem Gesicht zu stanzen.

»Tut mir leid. Du kennst das ja. Wenn Frauen einkaufen.« Marion stellte ihre prall gefüllten Einkaufstüten demonstrativ auf einen freien Stuhl – gleich mehrere Gründe, um sich auf die nächste VISA-Abrechnung zu freuen, standen aufgetürmt wie ein Mahnmal direkt vor seiner Nase. Ja, er wusste nur zu gut, was ein weiblicher Kaufrausch an Finanzen zu vernichten in der Lage war.

»Es ist meine Schuld. Ich hab Marion in Beschlag genommen«, gab Steffi bemüht devot zum Besten.

Faule Ausrede, aber der Form halber musste er sie wohl einladen.

»Möchtest du uns beim Essen Gesellschaft leisten? Die Küche hier ist ausgezeichnet.« Um ein Haar hätte er sich dabei die Zunge abgebissen. Zu gern hätte er mit Marion in trauter Zweisamkeit auf seinen heutigen Erfolg angestoßen. So blieb ihm nur eine hilflos anmutende Geste, die seine Frau vermutlich sofort durchschaute. Sein höflicher Ton passte wohl nicht so ganz zu seinem Gesichtsausdruck, der Steffi eindeutig die rote Karte zeigte.

»Es ist schon ziemlich spät«, warf sie mit einem perfekten Bambi-Blick in die Runde.

Robert atmete auf. Immerhin hatte Steffi seine nonverbalen Zeichen verstanden. So viel Feingefühl hätte er der grenzdebilen Busenfreundin seiner Frau gar nicht zugetraut. Marion hätte sich an Steffis Stelle einfach charmant lächelnd dazugesetzt. Aber Marion war nun mal Marion. Sie hatte andere Qualitäten, auch wenn man gelegentlich danach suchen musste.

»Ein andermal gerne.«

Marion schien nicht gerade begeistert zu sein, den Abend allein mit ihm verbringen zu müssen. Immerhin bemühte sie sich, unverbindlich zu lächeln – die berühmte gute Miene zum bösen Spiel.

»Bis morgen«, verabschiedete sich Steffi mit einem unverfänglichen Lächeln. »Lasst es euch schmecken. Ciao.«

Endlich verzog sie sich.

Marion schmollte.

»Du hättest ruhig etwas höflicher sein können«, warf sie ihm vor, als Steffi das Lokal verlassen hatte.

»Ich hab sie gefragt, ob sie mit uns essen möchte. – Etwas Wein?«

Marion nickte und vergrub sich hinter der Speisekarte. Robert kannte diese Momente nur zu gut. Wenn sie sich auf diese Weise zurückzog, war wieder mal »Reden« angesagt, der einzige Weg, um eine Frau dazu zu bewegen, keinen weiterführenden Streit vom Zaun zu brechen. Am besten mit viel Gefühl.

»Wir haben kaum Zeit mehr für uns, und da möchte ich die wenigen Abende nicht teilen müssen.« Perfekt! Genau auf so was standen die Frauen doch – ein Mann mit Interesse an Zweisamkeit.

Marion nickte aber eher beiläufig.

»Wie war dein Termin im Allgäu?«

Robert hätte nicht damit gerechnet, dass seine Frau ihn nach seinen Tagesaktivitäten fragen würde. So viel ungewohnte Anteilnahme entlockte ihm ein zufriedenes Lächeln.

»Die werden unterschreiben. Mit Wartungsvertrag.«

»Na also, und du machst dich immer verrückt.«

Marion legte die Speisekarte zur Seite und nahm seine Hand.

»Warst du auf der Bank?«

Ein geheimnisvolles Nicken würde ihm Größe verleihen, und es konnte nichts schaden, sie etwas zappeln lassen. Er gedachte, Marions aufkeimendes Interesse in vollen Zügen zu genießen und sie etwas auf die Folter zu spannen.

»Ja, und? Was haben sie gesagt?«

»Es sieht gut aus.«

Marion strahlte.

»Du meinst, wir können uns das Haus leisten?«

Robert nickte in Siegerpose, als ob der heutige Banktermin nur ein Spaziergang gewesen wäre. Marions Freude und Anerkennung waren ihm sicher. Der verliebte Blick eines Mädchens, das eben ein Geschenk bekommen hatte, belohnte ihn für all die Mühen.

Marion beugte sich zu ihm herüber und drückte ihm einen Kuss auf die Wange.

»Ich wusste, dass du es schaffst.«

Kapitel 3

Es gibt zwei Arten von »Ankommern«. Die einen brauchen nach der Anreise erst einmal Ruhe, die anderen treibt die Neugier sofort hinaus in das fremde Terrain. Maria gehörte offenbar zur Gruppe der Letzteren, was Elke, die es sich gerade im Licht der untergehenden Sonne in einem Korbsessel auf der Terrasse bequem gemacht hatte, ziemlich kalt erwischte, als Maria gegen die Tür ihres gemeinsamen Zimmers klopfte.

»Ich bin's«, trällerte sie gutgelaunt.

Woher nahm Maria nur diesen Elan? Sigrun blieb nichts anderes übrig, als ihrer besten Freundin in Unterwäsche die Tür zu öffnen. Wie in alten Zeiten im Skilager.

»Ich möchte noch ans Meer. Kommt ihr mit?«, fragte Maria mit Nachdruck.

Sigruns Make-up war noch tadellos. Gute Karten also.

»Klar«, tönte es vom Balkon.

»Ich zieh mir nur noch schnell was über.« Sigrun hasste es, sich bei der Auswahl eines Kleides zu hetzen, aber in diesem Fall wollte sie mal ein Auge zudrücken.

Sigrun übernahm beim gemeinsamen Ausflug zum Meer die Führungsrolle, was Maria ganz recht war, schließlich kannte ihre Freundin die Insel am besten. Irgendwie fühlte Sigrun sich an vorderster Front auch sehr gewohnt an. In zweiter Reihe hinterherzulaufen hatte außerdem den Vorteil, weniger auf den Weg achten zu müssen und mehr mitzubekommen, zum Beispiel den gutgekleideten älteren Herrn in Lacoste-Outfit, der Sigrun von Kopf bis Fuß musterte.

Auch Elke, die neben Maria lief, war der bewundernde Blick des Mannes offenbar nicht entgangen.

»So viel Glück möchte ich auch mal haben«, beschwerte sie sich.

Die arme Elke! Ein glückliches Händchen hatte sie in der Auswahl ihrer Männer bisher ja nicht bewiesen. Sie ein bisschen zu trösten, konnte nicht schaden.

»Wer weiß, vielleicht findest du auch irgendwann den Richtigen.«

»Den Richtigen? Den gibt's nicht, jedenfalls nicht für mich«, stellte Elke ohne den Schatten eines Zweifels fest.

»Du hattest Glück mit deinem Edgar.« Sigrun musste Elkes Bemerkung trotz des heftig tosenden Abendwindes aufgeschnappt haben und warf Elke einen unübersehbaren mahnenden Blick zu.

Einfach rührend, zu sehen, wie sehr alle um sie besorgt waren. Sigrun würde nun bestimmt versuchen, sie möglichst schnell auf andere Gedanken zu bringen. Maria war gespannt darauf, was ihre Freundin sich einfallen lassen würde, um sie vermeintlich aufzumuntern, und prompt sondierte Sigrun in blindem Aktivismus das Terrain nach möglichen Ablenkungen.

»Die Postkarten da drüben, die solltet ihr euch mal ansehen.«

Maria war sich sicher, dass Sigrun den Postkartenstand

rein zufällig ins Visier genommen hatte. Dennoch eine nette Geste, und tatsächlich hatte der Stand sehr schöne Ansichtskarten. Ein Panoramamotiv der Dünen hatte es ihr besonders angetan. »Vielleicht sollte ich Robert noch heute eine Karte schreiben, damit er sich keine Sorgen macht«, überlegte Maria laut.

»Wie ich ihn kenne, macht er sich sowieso keine Sorgen.« Sigrun traf ins Schwarze. Auch das war Sigrun. Etwas schönzureden war ihr fremd, und genau diese Charaktereigenschaft schätzte Maria so sehr an ihr.

»So schlimm ist er nun auch wieder nicht. Er hat mich zum Flughafen gefahren.«

»Hat er es von sich aus angeboten?«

Maria schwieg.

»Na also!«

»Er ist viel unterwegs ... eigentlich hast du ja recht.«

Ein leichter Ostwind bewegte den Sand, umgarnte die Blätter der Palmen und Sukkulenten, die spärlich aus dem von der untergehenden Sonne rot gefärbten Wüstenteppich sprossen. Vom Anblick der Dünen konnte Maria anscheinend gar nicht genug bekommen – eine große Erleichterung für Elke. Vielleicht hatten sie sich ja doch die richtige Ecke auf der Insel ausgesucht. Der anstrengende Spaziergang dünauf, dünab bereitete Maria offensichtlich großen Spaß.

Nun machten sich die vielen Stunden im Fitnessstudio bezahlt. Elke hatte keine Mühe, die Gipfel der großen Dünen zu erklimmen, Sigrun und Maria dagegen gerieten dabei ganz schön ins Schwitzen, aber die Anstrengung lohnte sich. Was für ein herrliches Panorama. Der Sand schimmerte rötlich, die Dünen warfen geheimnisvolle lange

Schatten. Die Sonne hüllte jene Bungalowsiedlung, die sie bereits von der Anhöhe der Schnellstraße aus gesehen hatten, in einladend warmes Licht.

»Das sind wieder diese Bungalows«, stellte Maria zu Elkes Zufriedenheit fest.

»Sind die nicht wunderschön? Stell dir nur vor, einer davon steht sogar zum Verkauf.«

Da war er wieder, der sanfte Druck, bei dem sich Elke erneut ertappte.

»Das können wir uns doch bestimmt nicht leisten.«

Maria schien angebissen zu haben.

»Kommt darauf an«, warf Sigrun ein.

Elke schluckte. Sie wusste ganz genau, dass es einzig und allein darauf ankam, ob sie Maria für ihr Traumobjekt begeistern konnten.

»Am besten, wir besprechen das alles bei einem gemütlichen Abendessen.«

Jeden Tag im Freien essen zu können, war für Maria eines jener unschlagbaren Argumente, die ihr den Gedanken an ein Rentnerleben unter Palmen ein Stück näher brachten. Der ruhig gelegene Tisch, auf dem ein geschmackvoll arrangiertes Blumengesteck seinen verführerischen Duft verströmte, und der Blick aufs Meer, das im Licht des Mondes mit sanfter Brandung gegen das Ufer schlug, luden nach einem opulenten Menü förmlich zum Träumen ein.

»Ich kann mich nicht erinnern, wann ich das letzte Mal so lecker gegessen habe«, würdigte sie das Dreigängemenü à la carte, zu dem sie Elke und Sigrun eingeladen hatten.

»Uns geht es so richtig gut.« Damit erhob Elke das Glas zu einem Toast. »Auf deinen ersten Tag.«

Maria stieß gerne mit an. »Und darauf, dass wir uns über

all die Jahre nicht aus den Augen verloren haben.« Drei Gläser trafen im Gleichklang zufriedener Seelen aufeinander.

»Um ganz ehrlich zu sein, ich hätte nicht gedacht, dass es hier so schön ist. Überlegt mal, wir könnten jeden Abend auf unserer eigenen Terrasse sitzen ...«

»Und ich hätte nicht gedacht, dass du auch nur den Gedanken in Erwägung ziehen könntest«, gab Sigrun zu. »Bei Elke war ich mir übrigens auch nicht so ganz sicher.« Sie wandte sich Elke zu, die sie fragend ansah. »Um ein Haar hättest du dich doch in ein neues Eheabenteuer gestürzt.«

Die Neuigkeit überraschte Maria gewaltig. Elke hatte sich über ihre Beziehungen bisher am Telefon immer sehr zurückgehalten, was vermutlich auch daran lag, dass Maria immer sehr viel von sich erzählte. »Was war eigentlich los mit diesem ...« Maria versuchte sich an den Namen des letzten Freundes von Elke zu erinnern.

»Bruno«, stellte Elke mit unverkennbarem Schmachtblick klar. »Er hat ja so was von gut ausgesehen und war sehr nett. Ich war richtig verknallt ... Wir haben uns super verstanden, ja, ich hab sogar darüber nachgedacht, ihn zu heiraten.«

Maria verstand die Welt nicht mehr und warf ihr einen dementsprechend verwirrten Blick zu.

Elke schien eine halbe Ewigkeit zu brauchen, um sich aus ihrer Verklärung zu lösen.

»Aber dann ist wieder Schema F abgelaufen«, fuhr sie auf einmal ganz sachlich fort.

»Was macht er denn beruflich?«, wollte Maria wissen.

»Er ist Schuhverkäufer in der Frankfurter Innenstadt, und früher war er mal Leistungssportler. Das sieht man ihm heute noch an.«

»Schade. Gutaussehende Männer in diesem Alter sind eine Rarität.« Sigruns Mund tat Wahrheit kund.

Entweder waren sie verheiratet, nach Rosenkriegen mit ihren geschiedenen Partnern seelisch ausgemergelt oder verwitwet. Was Letzteres in Sachen Beziehungsinteresse bedeutete, davon konnte Maria ein Lied in vorderster Reihe des Chors der einsamen Frauen singen.

Elke amüsierte sich über Sigruns Interesse. »Du kannst ihn gerne haben.«

»Er wollte dein Geld?« Maria beschloss, nun doch etwas mehr über Elkes letzten Anlauf in Sachen Liebe zu erfahren.

»Alle wollten bloß mein Geld.«

»Einfach so?« Sigruns Neugierde war offenbar auch geweckt.

»Er hat mich darauf angesprochen, ob wir im Ernstfall finanziell füreinander einstehen würden. Sprich, er wollte mein Geld.«

»Hat er dich angepumpt?«, bohrte Maria nach.

»Nein, das nicht, aber … Wenn du drei Ehen hinter dir hast, in denen es am Ende nur um Geld ging … Wahrscheinlich bin ich die einzige Frau auf der ganzen Welt, die ihren Ehemännern auch noch Unterhalt zahlen durfte.« Elke untermauerte ihre Worte mit einem kräftigen Schluck Wein.

»Hat er dich nun um Geld gebeten oder nicht?« Maria regte es auf, wenn jemand eine einfache Frage nicht kurz und knapp beantwortete.

Elke spielte für einen Moment mit ihrem Weinglas. »Nein, hat er nicht.«

»Woher willst du dann wissen, dass er genauso ist wie deine Exmänner?«

Elke wurde das Thema sichtlich unangenehm, und Maria nahm sich vor, nicht weiter nachzufragen.

»Hak ihn doch einfach ab.« Sigrun sprach Maria aus der Seele. Männer sollten sowieso kein Thema mehr für sie sein, zumindest brauchte man sie nicht, um zu dritt an einem der schönsten Plätze der Welt glücklich zu sein.

»Was glaubst du, weshalb ich hier bin«, erwiderte Elke resolut, was auf Maria aber nicht sonderlich überzeugend wirkte. Sie spürte, dass ihre Freundin immer noch unter der Trennung litt.

»Männer! Ich hab es euch ja immer gesagt. Du kannst nicht mit ihnen leben, aber auch nicht ohne sie.« Solche Sprüche passten ganz und gar nicht zu Elke. So langsam machte Maria sich Sorgen.

»Also, ich kann ganz gut ohne einen Mann leben«, gab sich Sigrun selbstbewusst.

Höchste Zeit, das Thema zu wechseln.

»Erzählt mir von dem Bungalow.«

Elkes Miene hellte sich augenblicklich auf. Wie auf Knopfdruck zog sie aus ihrer Tasche ein ganzes Bündel mit Prospekten heraus.

»Der Immobilienmarkt ist ganz schön abgegrast, jedenfalls was die schönen Objekte betrifft.«

Schon hatte Maria einen Hochglanzprospekt vor sich liegen. »Die Anlage hat einfach alles, was man braucht. Einen eigenen Pool, einen Hausmeister. Man kann zu Fuß zum Einkaufen gehen … und natürlich diese traumhafte Lage.«

Maria blätterte durch den beeindruckenden Prospekt. »Sind die Bungalows denn möbliert?«

»Das ist in Spanien gar nicht so unüblich«, wusste Elke ganz sicher. »Die Anlage ist einfach toll.«

»Phantastisch«, fügte Sigrun hinzu.

Maria sah sich erneut in einem Synchronspringerturnier. Sigrun und Elke grinsten zeitgleich und perfekt orchestriert. Ihr heutiger Auftritt würde für eine Goldmedaille reichen. Die beiden führten etwas im Schilde. Es wurde allerhöchste Zeit, ihren Freundinnen auf den Zahn zu fühlen.

»Was kostet die Immobilie denn?«

Elke schluckte. Maria sah ihr an, dass sie sich ein zuversichtliches Lächeln förmlich abringen musste. Es entging Maria auch nicht, dass Sigrun bei dieser Kernfrage gleich den Rest ihres Weines herunterkippte.

»Für ein normales Apartment für drei Personen zahlt man schon so um die hunderttausend, aber natürlich ist die Lage dann nicht so gut. Das sind Wohnungen und Häuser, wie wir sie auf dem Weg vom Flughafen gesehen haben«, führte Elke ganz sachlich aus.

Deshalb hatte sie sich also die Betonbunker ansehen müssen. Maria durchschaute Elkes Strategie, was man ihr offenbar ansah. Sigrun und Elke wurden sichtlich nervös.

»Diese Anlage, wie soll ich sagen …«

»Beste Lage«, warf Sigrun ein.

»Jetzt redet nicht so lange um den heißen Brei herum.« Marias Geduldsfaden wurde immer dünner.

»Nun ja, es ist schon eine beachtliche Summe.«

Maria beschloss, den geschäftlichen Teil des Abends etwas abzukürzen. So teuer würde das neue Zuhause ja wohl nicht sein. Dennoch entschied sie sich dazu, gleich mal etwas höher zu greifen. »Zweihunderttausend?«.

Elke und Sigrun wechselten besorgniserregende Blicke.

»Mehr?«

Elke fasste sich ein Herz: »Es sind vierhundertfünfzigtausend.«

In ihrem langen Geschäftsleben hatte Maria schon einige Überraschungen erlebt, aber diese Summe erschütterte sie für einen Moment bis ins Mark. Erst mal tief Luft holen.

»Wir können natürlich auch nach etwas Einfacherem Ausschau halten.«

Maria las in Elkes Augen, dass diese Möglichkeit zwar rein theoretisch bestand, aber nicht dem entsprechen würde, was sie sich vorstellten. Schön war sie ja, die Anlage. Ein sehr überzeugender Prospekt, der immer noch in ihren Händen lag.

»Das ist zugegebenermaßen mehr, als wir ausgeben wollten.«

Elke nickte schuldbewusst. »Aber dafür bekommen wir auch mehr.«

Sigrun wirkte absolut von dem Objekt überzeugt. »Ich hab zeit meines Lebens hart gearbeitet, und wer weiß, wie lange wir noch leben.«

»Wichtig ist natürlich auch, dass der Wert des Objektes erhalten bleibt«, fügte Elke hinzu.

Maria bekam angesichts des schönen Abends, dieser schier unwiderstehlichen Broschüre und des durchaus überzeugenden Überredungs-Pingpongs ihrer Freundinnen leichte Hitzewallungen, was sicher nicht an dem warmen Klima lag, sondern eher an dem Umstand, dass sie sich in diesem Augenblick bewusstmachte, weshalb sie wirklich hier war. Die Insel einfach nur mal unverbindlich ansehen? Sigrun und Elke hatten sich offenbar schon so weit aus dem Fenster gelehnt, dass Maria jetzt unmöglich einen Rückzieher machen konnte. Und das wollte sie auch gar nicht. Andererseits war die Summe stattlich, um nicht zu sagen uferlos. Elke und Sigrun mussten ihr wohl angesehen haben, wie sehr sie sich von ihnen überrumpelt fühlte. »Wir können uns den Bungalow ja morgen mal ansehen, ganz unverbindlich«, versuchte Sigrun sie zu beschwichtigen.

Das Objekt ihrer Begierde lag direkt an der Avenida Gran Canaria, der Luxusmeile von Playa, die sich halbkreisförmig um die Dünen zog und an der sich die schönsten und wohl auch teuersten Anwesen gruppierten. Die gepflegten Vorgärten und die üppige Bepflanzung sprachen dafür, dass sich jemand regelmäßig um die Anlage kümmerte. Die meisten Bungalows waren eher klein, ganz in Weiß, mit Eisenbeschlägen und schweren Holztüren. Dazwischen gab es größere Häuser, die alle mit einer Dachterrasse ausgestattet waren. Schmale Wege führten zu einem zentralen Swimmingpool, der von saftigem Gras – eine Seltenheit an der Südspitze der Insel – eingesäumt war.

Maria inhalierte die frische Luft vom Meer, die in der Mittagshitze für etwas Abkühlung sorgte. Jetzt nur nichts überstürzen. Einen klaren Kopf bewahren, sagte sie sich, als sie die Anlage betraten. Aus den guten Vorsätzen wurde jedoch nichts. Elke kam nämlich auf die alberne Idee, sie raten zu lassen, welches Haus die beiden als ihr künftiges Zuhause auserkoren hatten. Es fühlte sich in dem Moment fast so an wie Ostern im Garten von Marias Eltern, wo sie Jahr für Jahr nach Eiern und Geschenken gesucht hatten. Ein Riesenspaß, auch noch, als sie schon erwachsen waren. Gute Traditionen soll man fortführen. Warum also nicht? Maria ging zum Pool, der einen Rundblick über die Bungalows ermöglichte. Statt der Ostereier suchte sie nun ein Haus. Die freudige Anspannung war jedoch die gleiche geblieben.

»Vielleicht da drüben?«, mutmaßte sie.

Elke musste herzhaft lachen. Maria machte sich in dem Moment klar, dass ihr Geschmack noch erlesener zu sein schien als Sigruns sicherer Instinkt für Qualität, die auch hier ihren Preis hatte.

»Wenn du eine Million lockermachen kannst.«

Maria erschrak. Das Haus wirkte wie eine kleine Villa. Die Terrasse war komplett mit Blumen geschmückt, pinkfarbenen Bougainvillen, die sich von dem Weiß des Hauses besonders gut abhoben. Ein zweites Objekt in unmittelbarer Nähe war etwas kleiner und sah unbewohnt aus.

»Es wird wärmer«, gab Elke Maria zu verstehen, als sie in die richtige Richtung sah. Das war es also, ihr neues Zuhause.

»Eigentlich sollte der Makler längst hier sein«, bemerkte Sigrun ungeduldig.

»Vielleicht ist ja offen.«

Elke stürmte voran. Sie konnte es kaum erwarten, das Haus wiederzusehen. Hoffentlich würde es Maria gefallen. Dass sie sich fasziniert umblickte, war sicherlich mal ein gutes Zeichen. Einige freundliche Gesichter von potentiellen Nachbarn nickten höflich zum Gruß in ihre Richtung. Andere beäugten sie neugierig, taxierten sie als mögliche Käuferinnen. Soweit Elke dies nach dem ersten Eindruck beurteilen konnte, lag der Altersdurchschnitt bei über fünfzig. »Die meisten hier sind aus Deutschland. Ein paar Spanier und Skandinavier«, belehrte sie Maria und Sigrun, die sie zum Haus begleiteten.

Als sie ihr neues Heim in spe erreichten, merkte Elke deutlich, wie angespannt Maria war. Ihre Hand fuhr in einer fast zärtlichen Bewegung an der Brüstung der Terrasse entlang. Spätestens jetzt fiel Elke die schwere Last, die sie die letzten Tage über geplagt hatte, von den Schultern. Sie wusste nun, dass es Maria hier gefallen würde.

»Klimaanlage, moderne Einbauküche, komplett renoviert. Hier hat bis letztes Jahr ein deutsches Ehepaar aus Stuttgart gewohnt.« Brauchte es noch mehr Überredungskunst?

»Wollen Sie sich ein wenig umsehen?«, fragte eine männliche Stimme, die wie aus dem Nichts zu kommen schien.

Sigrun und Maria fuhren überrascht herum. Von der Terrasse des Nebengebäudes trat ein braungebrannter Mann um die fünfzig, der sie mit einem warmen Speedy-Gonzalez-Lächeln begrüßte.

»Miguel Hernandez oder einfach nur Miguel«, stellte er sich galant vor.

Sigrun ergriff die Initiative. »Elke und Maria. Ich bin Sigrun. Wir sind mit dem Makler verabredet.«

»Der kommt immer zu spät, wenn er denn kommt. Ein Wunder, dass er überhaupt etwas verkauft.«

Marias Leidensmiene aufgrund dieser in Aussicht gestellten Wartezeit schien empathische Gefühle, um nicht zu sagen pures Mitleid bei Miguel zu wecken.

»Ich hab einen Schlüssel, wenn Sie wollen?«, bot er charmant an.

»Wo haben sie den denn her?« Elke gedachte ihm etwas auf den Zahn zu fühlen.

»Ich hab jahrelang für die ehemaligen Besitzer die Blumen gegossen. Die waren ja oft in Deutschland.«

Miguels Grinsen hatte etwas Lausbübisches und war unwiderstehlich. Elke musterte ihn. Er wirkte sehr gepflegt, trug ein seidenes Halstuch und, was ihr sofort ins Auge stach, ein perfekt gebügeltes kurzärmliges Hemd. Seine Bewegungen waren geschmeidig, seine Stimme sanft. Als Miguel ihnen aufschloss, zog Sigrun sie zur Seite und flüsterte ihr »Eine Tunte« ins Ohr.

»Du meinst …«, erwiderte Elke.

»Na klar, das sieht doch ein Blinder.«

Das Haus war ein Traum in Weiß, das von massiven Holzelementen geschickt gebrochen wurde. Maria steuerte schnurstracks auf die Küche zu, denn dies war der Raum, in dem sie sich für gewöhnlich am liebsten aufhielt. Gemütlich musste sie sein und geräumig. Eine Küche sagte zudem viel über das ganze Haus aus. Miguel begleitete sie, hatte ihr sogar galant die Tür aufgehalten. Elke und Sigrun inspizierten in der Zwischenzeit die anderen Räume im oberen Stockwerk.

»Das Haus ist sehr gepflegt. Die Leute waren nicht oft hier«, bemerkte Miguel, als er sich in der Küche umsah.

»Wie lange sind Sie schon auf Gran Canaria?«

»Eine halbe Ewigkeit. Ab einem gewissen Alter hört man auf, die Jahre zu zählen«, sagte er mit einem Lächeln.

»Sie sind doch noch recht jung«, wandte Maria ein.

»Das täuscht, meine Teuerste. Mein Spiegel sagt mir jeden Morgen etwas anderes.«

»Da können wir uns ja die Hand reichen, aber da muss man durch«, solidarisierte sich Maria mit ihrem netten Nachbarn. Den müssen wir uns warmhalten, dachte sie.

»Genau das sage ich auch immer. Haltung bewahren, Contenance.« In seiner Stimme lag ein Hauch von Aristokratie und zugleich etwas Damenhaftes, das Maria schmunzeln ließ. Miguels positive Ausstrahlung und sein gepflegter Humor kamen gut bei ihr an.

»Sie sollten den Makler herunterhandeln. So viele Interessenten für das Haus gibt es nicht. Ich kriege von nebenan aus alles mit.«

Elke drängte sich in die Küche. Sie wurde immer hellhörig, wenn es um Verhandlungen ging. »Uns hat er erzählt, es gebe zahlreiche Interessenten.«

»Ich fürchte, er hat recht«, desillusionierte Sigrun die beiden. Durch die geöffnete Terrassentür hatte sie den Makler in Begleitung eines Ehepaars Mitte vierzig, das in Anbetracht der Anzahl von Goldketten, die um den Hals der Gattin baumelten, sehr finanzkräftig aussah, zuerst bemerkt.

Maria hielt es nicht mehr in der Küche. Ein anderer Bewerber? Das kam nicht in Frage. Diese Küche gehörte ihr, und niemand sollte es wagen, ihr das Allerheiligste streitig zu machen.

»Wenn Sie mich fragen, ein Berliner Geschäftsmann mit seiner Goldelse.« Miguel verzog verächtlich das Gesicht. »Seien wir doch mal ehrlich. Wer will schon neben solchen Leuten wohnen? Überhaupt, diese Karohosen! So was tragen doch nur noch Gruftpuppen auf dem Golfplatz.«

Miguel hatte es spätestens jetzt geschafft, Marias Herz zu erobern. Sigrun ging es offenbar genauso. Ihr warmes Lächeln zeugte von großer Sympathie für ihren Nachbarn in spe. Maria wusste, dass sie derbe Sprüche liebte, und für einen Nachbarn wie Miguel würde sie töten. Mit ebenjenem Killerblick empfing sie nun den Makler, eine wieselgleiche, hagere Gestalt mit Hakennase, der fast aus den Schuhen kippte, als er sah, dass bereits jemand im Haus war.

»Wir hatten einen Termin. Sie erinnern sich«, fuhr ihn Sigrun angriffslustig an.

Maria bewunderte sie für ihre natürliche autoritäre Ausstrahlung und den schneidenden Ton in ihrer Stimme.

»Hola«, mehr brachte der Makler nicht hervor, als sich die Frauenfront bedrohlich vor ihm aufbaute.

»Was geht hier eigentlich vor?«, wollte der Berliner Karohosenträger wissen.

»Hier hat wohl jemand einen desolat geführten Terminkalender«, setzte Sigrun nach.

»Tut mir leid, Señoras, meine Sekretärin …«

Die »Goldelse« machte Anstalten, das Haus zu betreten. Maria war froh, dass Sigrun sich ihr wie eine Löwin entgegenstellte. Sigruns Gesten und Körperhaltung, vor allem aber ihr stechender angriffslustiger Blick wirkten fast etwas bedrohlich, wenn auch der Situation angemessen.

»Also, ich muss doch sehr bitten. Wir haben auch einen Termin. Herbert, jetzt sag endlich mal was!« Die Stimme der Frau, die wie das piepsige Gekläffe eines Chihuahuas klang, war Maria unerträglich.

»Komm, Schatz, wir trinken einen Kaffee, bis die Damen fertig sind«, lenkte ihr Gatte jovial ein.

Gott sei Dank musste Maria diese Leute nicht länger ertragen. Zumindest hatten sie nun eine kleine Verschnaufpause. Auch der Makler wirkte erleichtert.

»Wie lange brauchen Sie?«, wollte Herbert wissen.

»Vielleicht eine halbe Stunde?«

Miguel mischte sich ein. »Also, das ist ja mal nicht die feine englische Art. Sie können die Damen doch nicht durch das Haus hetzen.«

Karo-Herbert wurde die Diskussion zu dumm. Er nahm seine Gattin an der Hand und zog mit den Worten »Die können sich das Haus ja sowieso nicht leisten« von dannen.

Als Maria die Bemerkung, die der Unsympath im Gehen lautstark und somit für alle unüberhörbar von sich gab, mitbekam, verengten sich ihre Augen.

»Wie ich Ihnen schon sagte, die Anlage ist sehr begehrt. Ich fürchte, ich kann den ursprünglichen Preis nicht mehr halten.«

»Was soll das heißen?« Wenn es ans Eingemachte ging, konnte Maria auch ziemlich schnell auf den Punkt kommen.

»Die anderen Interessenten wären bereit, noch ein wenig mehr zu investieren, für den Umbau ...«

»Ich dachte, die Anlage sei renoviert. Was gibt es denn da umzubauen?«, fauchte Sigrun den Makler an. So wütend hatte Maria ihre Freundin noch nie erlebt.

»Wenn ich mich recht erinnere, gab es bei Ihnen doch noch Probleme mit der Finanzierung.«

Von wegen Umbau oder Finanzierung. Ein Preistreiber war er, und so etwas konnten sie ihm nicht durchgehen lassen.

»Die haben sich eben geklärt«, trat Maria ihm resolut entgegen.

»Wir haben Ihr schriftliches Angebot, gültig bis morgen«, sagte Sigrun bestimmt. Von einem schriftlichen Angebot wusste Maria zwar noch nichts, aber wenn es eines gab, umso besser. Nun wurden ihr Sigruns und Elkes konspirative Blicke und ihre Synchronschwimmerauftritte vollends klar. Die beiden waren also sogar schon zwei Schritte weiter, als sie ursprünglich hatten verlauten lassen. Suchten sich ihre Freundinnen doch glatt, ohne auf sie zu warten, ein Haus aus und ließen sich auch noch ein Preisangebot machen. Egal. Das Haus war wunderschön, und die beiden hatten es sicher nur gut gemeint. Der Makler schien sich erst jetzt wieder daran zu erinnern.

»Am Preis wird nicht mehr gedreht.« Sigruns eiskalter Blick und der scharfe Ton sorgten für Totenstille im Haus.

»Tja, dann … geben Sie mir bitte bis morgen Bescheid. Zehn Uhr«, lenkte der Makler etwas kleinlaut ein.

»Machen wir!«, gab ihm Maria mit auf den Weg.

»Adios, Señoras. Es war mir ein Vergnügen.«

Miguel schüttelte ungläubig den Kopf. »Das glaube ich nicht. Eine Schande ist das. Also wenn es nach mir ginge, ich würde mich sehr freuen.«

Maria musste das alles erst einmal verdauen. Sie ging nach draußen auf die Terrasse und blickte auf die weite Dünenlandschaft, die sich vor ihr bis zum Meer erstreckte. Nein, dieses Haus gehörte ihnen. Sie fühlte sich auf einen Schlag stark, fast wie die Heldin aus ihrem Lieblingsfilm *Vom Winde verweht,* den sie mit Edgar unzählige Male gesehen hatte. Sie war in diesem Moment mindestens so trotzig wie Scarlett O'Hara. »Das Land ist das Einzige, wofür es sich zu arbeiten lohnt, zu kämpfen und zu sterben. Denn nur das Land ist ewig, sonst nichts.«

»Was war das eigentlich mit dem schriftlichen Angebot?« Maria wollte Sigrun und Elke beim Abendessen in der Hotelanlage in die Zange nehmen. Natürlich war sie froh darüber, dass die beiden ihr die Arbeit abgenommen hatten. Aber sie ärgerte sich nun doch darüber, dass ihre Freundinnen ihr die Entscheidung vorwegnahmen. Sie ein wenig zappeln zu lassen, konnte angesichts der konspirativen Aktion nichts schaden. Und wie die beiden zappelten.

»Wir dachten …« Ein betretenes Lächeln offenbarte Sigruns und Elkes schlechtes Gewissen.

»Du hast den Makler ja erlebt. Er hat von Anfang an Druck gemacht«, versuchte sich Elke zu rechtfertigen.

»Aber ich bin ja erst seit gestern hier. So was kann man doch nicht von heute auf morgen entscheiden.«

Maria sah Elkes Gewissen förmlich wie in der alten Lenor-Werbung neben sie treten, eine astral schimmernde Zwillingsgestalt, die Elke mit vorwurfsvollem Blick musterte.

»Andererseits. Ich finde die Anlage wunderschön und …« Maria tat so, als würde sie nach Worten suchen. Sigrun und Elke sahen sie an wie eine Lehrerin, die kurz vor der Zeugnisausgabe steht. Maria starrte bewusst ins Leere und kostete den Moment voll aus. Wahrscheinlich dachten sich die beiden gerade, dass sie sie zu sehr gedrängt hatten. Sollten sie ruhig. Andererseits wollte sie den Bogen auch nicht überspannen. Ihre Freundinnen litten sichtlich. Höchste Zeit, sie zu erlösen.

»Wisst ihr, mein ganzes Leben. Alles war immer geplant, von früh bist spät. Hat es mich glücklich gemacht? Man kann letztlich sowieso nichts planen. Schaut mich an. Ich hatte vor, mit Edgar alt zu werden. Pläne? Wozu überhaupt etwas im Voraus bestimmen?«

»Maria, es tut mir wirklich sehr leid. Ich glaube, wir waren einfach zu vorschnell.« Sigrun sah aus, als würde sie sich schwerste Vorwürfe machen.

»Wenn schon. Was soll ich mich denn noch umschauen? Wir nehmen es. Schluss, aus.« Maria staunte über ihre Entschlossenheit. Wider jegliche Vernunft, wider ihr Naturell als eher vorsichtige Geschäftsfrau, die sich noch vor Jahren selbst die Neuanschaffung eines neuen Verkaufstresens für die Bäckerei zehnmal überlegt hatte, war sie nun bereit, ein kleines Vermögen in ein neues Leben auf einer Atlantikinsel vor der afrikanischen Nordwestküste zu stecken. Immerhin hatte sie eine satte Witwenrente im Rücken und dank Edgars umsichtiger Vorsorge eine private Zusatzrente. Ohne diese Absicherung würde sie wohl heute noch am Verkaufstresen der Bäckerei stehen, um das Soll an Arbeitsjahren der gesetzlichen Rentenversicherung zu erfüllen. Nur keine Panik! Das Geld würde für ein Leben auf der Insel reichen. Es musste reichen!

Was für eine Erleichterung, wenn man sich einmal zu etwas entschlossen hat. Kein quälendes Abwägen mehr, aber so ganz glücklich schienen Elke und Sigrun noch nicht zu sein.

»Aber die Finanzierung. Wir bräuchten mehr als geplant.«

»Dann nehme ich eben eine Hypothek auf mein Haus auf. Irgendwann muss ich es sowieso verkaufen. Ich werd morgen mit meiner Bank reden.«

»Wolltest du nicht immer, dass Robert …«, gab Elke zu bedenken.

»Robert? Du meinst, weil er mich einmal zum Flughafen gefahren hat?«

Sigrun und Elke waren sprachlos. Sie fragten sich sicher, ob das die Maria war, die sie kannten, die Frau, die immer umsichtig und äußerst vorsichtig durchs Leben ging, die Sigrun immer um ihre Spontaneität beneidete.

»Das ist mein letztes Wort.«

Sigrun war anzusehen, dass sie von Marias neu gewonnener Souveränität sehr angetan war.

»Richtig. Diese Goldelse kriegt den Bungalow jedenfalls nicht«, untermauerte Sigrun Marias Entschluss gespielt schadenfroh.

Befreiendes Lachen. Die angespannte Stimmung löste sich im Nu auf. Das Thema war abgehakt. Marias Vorfreude auf das Haus war viel zu groß, um nachtragend zu sein. Tausend Gedanken schossen ihr durch den Kopf. Voll Tatendrang nach vorne. Wie würde ihr neues Leben aussehen?

Auch auf die Nachbarschaft mit Miguel freute sie sich. Es hätte genauso gut anders laufen können. Auf eine »neue Hilde« konnte sie gut und gern verzichten.

»Miguel hat einen guten Blick für Menschen. Ich mag ihn«, musste Maria ihre Gedanken einfach loswerden und freute sich über Elkes und Sigruns Bestätigung.

»Wenn man vom Teufel spricht.« Sigrun entdeckte Miguel, der nach den dreien Ausschau hielt, als Erste.

»Sucht der etwa nach uns?«, wunderte sich Elke.

»Ich hab ihm gesagt, wo wir wohnen, für alle Fälle«, stellte Maria klar.

»Miguel!« Sigrun winkte ihn zu ihrem Tisch.

»Das ist ja eine Überraschung.« Maria las in Miguels Gesicht, dass er sich ebenfalls sehr freute, sie wiederzusehen.

»Wollen Sie mit uns anstoßen? Auf eine gute Nachbarschaft«, schlug Sigrun ihm vor – ein Umstand, der Maria etwas beunruhigte, schließlich hatte sie noch nicht einmal mit ihrer Bank gesprochen.

»Sie haben sich also entschieden?«

Maria schenkte Miguel etwas Wein ein. »Also, was mich betrifft, ich hatte ja gar keine andere Wahl, nicht wahr, meine Lieben?«

Elke und Sigrun lächelten frech.

»Dabei kenne ich die Insel noch gar nicht richtig.« Miguel biss sofort an. »Das können wir ändern. Vielleicht fangen wir gleich mit dem Nachtleben an?«

Wenn jemand wusste, was auf Gran Canaria abends los war, dann Miguel. Es gab keine Bar, die er nicht schon einmal besucht hatte, keinen Club, der ihn nicht an irgendeine Episode aus seinem Inselleben erinnerte. Die Damen hatten sich offenbar vorgenommen, einen draufzumachen. Ihr Wunsch war ihm Befehl.

»Wir könnten ins Yumbo gehen«, schlug Sigrun auf dem Weg zu einem nahe gelegenen Taxistand vor.

Der Vorschlag überraschte ihn. »Ins Yumbo? Sind Sie sicher?«

Sigrun ließ keinen Zweifel daran, dass sie genau wusste, was sie dort erwartete.

Maria hingegen schien mit dem Begriff nichts anfangen zu können.

»Was ist denn mit dem Yumbo?«

»Fest in Tuntenhand, aber ganz witzig«, klärte Miguel sie während der kurzen Fahrt nach Playa auf.

Tunten? Maria wirkte etwas verwirrt, fast einen Tick besorgt.

»Machen Sie sich keine Sorgen. Ich bin auch eine.«

»Ach so. Na dann ...«

Es war ihm gelungen, Marias Bedenken im Nu zu zerstreuen. Abtauchen in die schwule Unterwelt Gran Canarias stand auf dem Programm. Miguel war sich sicher, dass den dreien das bunte Treiben gefallen würde. Gemischtes Publikum, viele Touristen in Feierlaune und jeden Abend Rambazamba. Nach einem kurzen Rundgang auf der Suche nach der richtigen Bar hatte auch Maria mitbekommen, dass »die vom anderen Ufer« auf Gran Canaria einfach dazugehörten und dass man mit den meisten dieser Paradiesvögel recht gut feiern konnte.

Die gutgelaunten Gesichter der Gäste, die es sich in den Cafés bequem gemacht hatten, sprachen Bände. Tanzbare Musik dröhnte aus fast jedem Lokal, und wie nicht anders zu erwarten war, konnten sich Sigrun, Elke und Maria für eine Travestieshow, die überwiegend von Engländern besucht war, auf Anhieb begeistern. »Tits and Ass«, einem Song, den Miguel aus dem Musical *A Chorus Line* kannte, riss die bereits etwas angeheiterten Gäste förmlich von den Stühlen.

»Die schaut ja aus wie Marilyn Monroe«, kommentierte Maria erheitert und wunderte sich offenbar darüber, wie wandlungsfähig die Travestiekünstler waren.

Gegen einen jungen Adonis in knappem Lendenschurz, der ihr den ersten Cocktail in einer kleinen, schnuckeligen Bar unter freiem Himmel servierte, hatte Maria offenkundig auch ganz und gar nichts einzuwenden. Miguel staunte darüber, mit welcher Lockerheit die drei älteren Damen mit den halbnackten Tatsachen umgingen. Sigrun brachte es zu Miguels großer Freude sogar fertig, den Kellner danach zu fragen, ob er unter der knappen Stoffbedeckung noch etwas trug.

Natürlich ließ er sie noch eine ganze Weile im Ungewissen. Erst musste Umsatz gemacht werden. Nach einem weiteren Cocktail, der Maria und Elke dazu brachte, unentwegt zu kichern, wurde auch diese Frage, über die Sigrun und Miguel fast eine halbe Stunde spekuliert hatten, endlich beantwortet. Wie köstlich! Maria fielen fast die Augen heraus, als sie einen kurzen Blick auf das erhaschte, was sich unter dem Lendenschurz des jungen Tarzans verbarg.

»Bist du jeden Abend hier?«, fragte Maria. Miguel hatte bereits dreifach mit Maria Brüderschaft getrunken und war mit ihr per du.

»Weißt du, Maria. Meine besten Tage sind vorbei. So einen alten Mann wie mich will doch keiner mehr haben«, stapelte er tief.

Maria sah sich um. Offenbar konnte sie Miguel angesichts des Publikums, das an ihnen vorbeischlenderte, gut verstehen. Je später der Abend, desto jünger wurden die Gäste, die sich um Clubs und Diskotheken, die überwiegend im Souterrain des Yumbo-Centers angesiedelt waren, scharten.

»Du musst einfach mehr auf die Leute zugehen«, mischte sich Sigrun ein.

Miguel winkte galant ab und bestand darauf, sein Einsiedlerleben weiterzuführen. Dabei gab es auch in seiner Altersklasse noch durchaus interessante Männer, zumindest meinte Maria dies in leicht angeheitertem Zustand gesehen zu haben. In einem Lokal namens *Na und,* einer Bar, die Miguel gerne mied, saß gleich ein ganzer Pulk Männer in Miguels Alter. Dort hinzugehen, um mit Gewalt einen der Touristen kennenzulernen und sich zu verlieben, nur um sich dann am Flughafen zum Abschied die Augen auszuheulen, wenn die Urlaubsliebe vorbei war, kam nicht mehr in Frage.

Trotz seiner Bedenken ließ sich Sigrun nicht davon abbringen, der Bar einen Besuch abzustatten. Mut hatte sie ja. Zu Miguels Überraschung nahm niemand Notiz von ihr. Die Bars waren alle zum Yumbo-Innenhof, einem großen quadratischen Platz mit kleinen Palmenhainen, hin offen und so stark frequentiert, dass Sigrun im Strom der nächtlichen Barstreuner gar nicht auffiel.

»Vielleicht halten die mich für eine Transe«, kicherte sie vergnügt, als sie ihn gegen seinen Willen an die Bar zog.

Miguel amüsierte sich wider Erwarten köstlich, jedenfalls so lange, bis Sigrun damit anfing, ganz konkret nach geeigneten Kandidaten für ihn Ausschau zu halten. Er zierte sich und gab ihr zu verstehen, dass er sich den Abend lieber voll und ganz auf seine charmanten Begleiterinnen konzentrieren wolle. Prompt bat Maria ihn um ein kleines

Tänzchen. Wenn er so charmant gefragt wurde, konnte er natürlich nicht nein sagen. »Marie, der letzte Tanz ist nur für dich«, köderte Rex Gildo sie auf die Tanzfläche.

Miguel mochte deutsche Schlager, was ihn natürlich wieder als Tunte outete, aber Maria mochte sie anscheinend auch. Dass neben ihnen noch zwei Männerpärchen tanzten, schien Maria zu fortgeschrittener Stunde und etwas angeheitert gar nicht mehr zu stören. Sie gab Miguel zu verstehen, dass dies gewiss nicht der letzte Abend im Yumbo gewesen sei. Auch Sigrun und Elke, die Miguel von der Tanzfläche aus im Getümmel beobachten konnte, schienen den Abend in vollen Zügen zu genießen. Elke, die sich an einem Cocktail festklammerte, ergötzte sich kichernd an den volltrunkenen, schrillen Gestalten, die vergeblich versuchten, irgendwen für die Nacht abzuschleppen. Sigrun dagegen, wie sie später im Taxi auf dem Rückweg gestand, hatte ein intensives Gespräch mit einer Drag-Queen geführt, die sie um ihr Outfit beneidete und ihr Tipps beim Vernähen von teurer Seide gab. Ein rundum gelungener Abend.

Kapitel 4

Maria lag am nächsten Morgen wie gelähmt im Bett, als sie der automatische Weckruf des Hotels um 8.30 Uhr aus tiefem Schlummer riss. Katerstimmung! Als sie sich im Spiegel ihres Badezimmers betrachtete, beschloss sie, künftig doch etwas Make-up aufzulegen. Genug Kosmetikläden gab es hier ja auf der Insel, noch dazu duty free.

Sigrun klopfte bereits an der Tür, und als sie ihre Freundin sah, kam ihr nur noch »Mein Gott!« über die Lippen. Maria wusste, was Sigruns Augen zu verkraften hatten, und nickte verständnisvoll. Es frustrierte sie, dass Sigrun die letzte Nacht offenbar wie ein Teenager wegsteckte.

»Um zehn ist der Termin im Maklerbüro. Nicht vergessen.«

»Ich muss noch mit der Bank telefonieren.« Maria versprach, sich zu beeilen.

Elke hatte an diesem Morgen eine ordentliche Schicht Make-up aufgetragen, um sich auch nur in die Nähe des Frühstücksbuffets und somit unter Mitmenschen zu wagen. Starr blickte sie auf die vor ihr stehende, frisch gefüllte Kaffeetasse. An Essen war überhaupt nicht zu denken. Das Klirren von Tellern und dumpfes Stimmengewirr, das gelegentlich von spitzen Kinderstimmen, die wie Nadelstiche in ihrem Kopf herumstocherten, in schmerzhafte Höhen getrieben wurde, machte ihr klar, dass sie für Partyleben dieser Art vermutlich schon zu alt war.

»Nie wieder so viel Alkohol«, schwor sie Sigrun, die sich mit einem opulenten Frühstück zu ihr setzte. »Sag niemals nie.« Sigrun sprach offenbar aus Erfahrung. Elke war klar, dass Sigrun wesentlich trinkfester war als Maria und sie selbst, was sich schon in jungen Jahren im Skilager, in dem sie sich kennengelernt hatten, abgezeichnet hatte.

»Dem Makler machen wir einen schönen Strich durch die Rechnung. Ich freu mich schon darauf.«

Elke wunderte sich erneut über Sigruns nicht enden wollende Energie und ihren Tatendrang. Maria schien die Nacht auch noch in den Knochen zu stecken.

Mit finsterer Miene und völlig zerknautscht trottete sie an den Frühstückstisch.

»Geht's etwas besser?« Sigrun hätte sich die Frage angesichts Marias Leidensmiene auch ersparen können.

Maria setzte sich wortlos. Sie wirkte tieftraurig. Erst jetzt begriff Elke, dass ihrer Freundin nicht die letzte Nacht im Nacken saß. Dafür wirkte sie zu ernst.

»Die Bank will mir das Geld nicht geben«, rückte sie endlich mit der Sprache heraus.

»Was?« Elke war fassungslos. Sigrun ging es offenbar nicht anders. »Aber du hast das Haus. Es ist immerhin abbezahlt.«

»Robert ... er hat eine Hypothek auf das Haus beantragt«, teilte Maria ihnen mit.

»Das kann er doch gar nicht ohne deine Einwilligung. Das Haus gehört dir«, versuchte Elke ihr klarzumachen.

»Ich fürchte, er kann. Ich hab ihm eine Generalvollmacht gegeben, als Edgar verstarb. Ich konnte mich seinerzeit nicht um die finanziellen Angelegenheiten kümmern und hab wohl vergessen, die Erklärung zu widerrufen.«

Elkes Gesicht wurde immer länger. Sorgenfalten gesellten sich zu den Spuren der Nacht.

»Was machen wir jetzt? Der Makler erwartet eine Zusage bis …« Sie sah auf die Armbanduhr. »O Gott, wir müssten längst unterwegs sein.«

Elke bemerkte, dass Sigrun nervös an ihrer Unterlippe nagte. Ihre Augen wurden zu schmalen Schlitzen – ein untrügliches Zeichen dafür, dass sie einen Notfallplan ausheckte.

»Du redest mit Robert. Ich knöpf mir den Makler vor.«

Sigrun erreichte mit gewetzten Krallen einen steril wirkenden Häuserblock aus bestem Beton der siebziger Jahre. Das Büro des Maklers befand sich gegenüber eines Einkaufszentrums mit dem orientalisch anmutenden Namen Kasbah. Ganze Horden von indischen Verkäufern lauerten vor ihren Souvenir- und Elektroartikelläden gierig auf Kundschaft. Sigruns Interesse, möglichst schnell einen Spiegel ausfindig zu machen, um ihre Kriegsbemalung ein letztes Mal zu überprüfen, etikettierte sie in den Augen des hungrigen Verkäuferrudels offenbar sofort als potentielle Beute. Wie gut, dass es überall Stände mit Sonnenbrillen gab. Ein Spiegel war schnell ausfindig gemacht. Make-up und Lippenstift mussten präzise sitzen.

»Deutschland?«, gellte es ihr entgegen.

Sigrun hatte weder die Nerven noch die Zeit, sich plump anbaggern zu lassen. Das sich anbahnende Verkaufsgespräch musste schon im Keim erstickt werden, und zwar so, dass es nicht in einem rüden »Verpiss dich!« endete. »Indien?« Offenbar war es der Mann nicht gewohnt, dass jemand seine Konversationspläne mit einer plumpen Gegenfrage durchkreuzte. Irgendein deutscher Ort wäre die richtige Antwort gewesen, woraufhin sie sich hätte anhören müssen, dass der Verkäufer die Stadt kenne und wunderschön finde. »Nix Deutschland?«, fragte er impertinent nach.

Ein kleines Spiel zum Warmlaufen kann nicht schaden, dachte Sigrun. »Nix Indien?«, antwortete sie frech.

»Ich Spanien, nix Indien«, brabbelte der untersetzte Inder in weißem Hemd und pechschwarzer Hose.

»Ich auch nix Indien«, schlug Sigrun den Ball in diesem absurden Verbaltennis-Match mit präziser Vorhand wieder auf die gegnerische Seite und wischte sich beiläufig einen halben Millimeter Lippenstift aus dem Mundwinkel. Fertig! Nichts wie weg, doch der Inder wagte es, sich ihr in den Weg zu stellen, eine seiner Sonnenbrillen in der Hand.

»Beautiful for beautiful Lady«, insistierte er.

Ungewollter Körperkontakt ging ja gar nicht. Wie kam er überhaupt dazu, ihr dieses geschmacklose Stubenfliegen-Puck-Markenimitat aufzudrängen, das vermutlich nicht einmal auf dem Goldzinken von Paris Hilton zur Geltung käme? Sigrun schnappte sich die Brille und setzte sie dem vor Schreck gelähmten Verkäufer auf die Nase. »You more beautiful«, frohlockte sie, bemüht, nicht lauthals loszulachen. Sie machte auf dem Absatz kehrt und steuerte pfeilschnell auf den Eingang zu, der zum Büro des Maklers führte.

»Böse Frau«, keifte ihr der offenbar beleidigte Inder hinterher.

Was für ein schönes Kompliment. Wie böse Sigrun wirklich sein konnte, gedachte sie allerdings erst dem Makler zu zeigen.

»Mit nur einem Klick erhalten Sie einen fertig ausgefüllten Bogen. Umsatzsteuervoranmeldung, Betriebsergebnis pro Quartal, statistische Auswertungen und Onlinebanking. Das geht alles wie von allein.« Robert strahlte selbstherrlich, als der Bildschirm seines Laptops brav das angepriesene Formular ausspuckte. Seine Euphorie, der Funke seiner Leidenschaft für Steuerpakete, wollte aber nicht so recht überspringen. Sein Kunde, Heribert Schneider, eine fahle Erscheinung und seines Zeichens Besitzer eines Schreibwarengeschäfts, das ein wenig an einen Tante-Emma-Laden erinnerte, starrte reglos auf den vor ihm aufgebauten Bildschirm. »Und immer wenn Sie ein Problem haben, sind wir für Sie da, rund um die Uhr.«

»Ich hab einen Steuerberater«, versuchte Schneider ihn abzuwimmeln.

»Den brauchen Sie gar nicht. Überlegen Sie mal, was Sie da jährlich an Kosten sparen.« Robert ließ nicht locker.

»Und wer gibt die ganzen Belege ein?«

»Ein Kinderspiel. Das dauert keine zehn Minuten am Tag.«

Wie oft hatte Robert sich dieses bedeutsame »Hmmm« schon anhören dürfen. »Hmmm« hieß, dass die Chancen für den Verkauf seiner Buchhaltungssoftware, die vermutlich nur er selbst problemlos bedienen konnte, ernsthaft in Gefahr waren. Er musste den Mann dazu bringen, ein paar Probebelege einzugeben. Kundschaft war keine im Laden, und angesichts des heftig gegen die Schaufensterscheibe prasselnden Regens war auch niemand zu erwarten. Sie waren also ungestört. »Angenommen, ich kaufe bei Ihnen eine Zeitschrift …« Weiter kam Robert nicht. Auf dem Display seines Handys erschien die Handynummer seiner Mutter. Robert drückte dem Händler blitzschnell die Maus in die Hand. »Probieren Sie es doch mal. Die Maus beißt nicht … Entschuldigen Sie bitte. Dauert nicht lange.« Robert verzog sich in eine Ecke, wo ein Grußkartenstand zumindest einen Hauch von Diskretion versprach. »Mama?«

Maria tigerte aufgeregt auf ihrem Balkon auf und ab, ihr Handy in der Hand. »Robert. Es ist mir egal, was Papa dir versprochen hat. Du hast mir auch schon viel versprochen. Es ist immer noch mein Haus.«

»Es ist wichtig, beruflich … Wir können nicht in Nürnberg bleiben«, versuchte sich Robert, dessen Stimme aus der Freisprecheinrichtung zu hören war, zu rechtfertigen.

Elke, die das Gespräch verfolgte, verdrehte die Augen. »Du machst das sofort wieder rückgängig mit der Hypothek.«

»Das geht nicht. Das läuft alles längst.«

»Robert, die Vollmacht … und ohne mich zu fragen. Was du da machst, das ist …«

»Urkundenfälschung …«, stachelte Elke sie auf.

»Urkundenfälschung und Betrug«, fauchte Maria in die Sprechmuschel.

Elke nickte und machte angesichts des scharfen Tons einen zufriedenen Eindruck.

»Du kannst nicht einfach das Haus verkaufen. Papa hätte dem nie zugestimmt«, sagte Robert. Natürlich zog er jetzt diese Karte. Das ganze Jahr über war Familie für ihn ein Fremdwort, und auf einmal holt er die Familienkarte hervor und beruft sich auf seine Rolle als Sohn. Wie pathetisch und ironisch! Marias Laune verschlechterte sich schlagartig.

»Ich habe mich entschieden.«

»Wenn du mich fragst, das ist eine Schnapsidee. Ein Haus auf Gran Canaria. Die Immobilien dort sind völlig überteuert. Weißt du überhaupt, wie viele Deutsche die Spanier schon über den Tisch gezogen haben?«

»Entweder du rufst jetzt sofort bei der Bank an, oder ich tue es.«

»Mir so in den Rücken zu fallen«, wetterte Robert.

Elke schien sich so über sein Verhalten zu empören, dass sie ihm, zumindest dem Telefon, einen Vogel zeigte. Marias Mutterinstinkt versuchte für einen Augenblick, mäßigenden Kontakt zu ihren auf Kampf eingestellten Gehirnsynapsen zu finden, jedoch mit nur geringem Erfolg. Mit einem nicht ganz so resoluten Blick und abgeschwächter Stimme blieb sie standhaft – Sohn hin oder her. »Es ist mein Leben, Robert.«

»Sicher, tut mir leid. Ich hätte dich vorher fragen sollen. Marion und ich, wir schlagen uns schon irgendwie durch«, krächzte die Stimme ihres zum Märtyrer mutierten Sohnes durch das Telefon.

Marias Freude über diesen Etappensieg hielt sich in Grenzen. »Rabenmutter!«, rebellierte ihr Bauch. »Egoistische Rabenmutter!«

»Ist alles in Ordnung? Bist du in Schwierigkeiten?«, fragte Maria sicherheitshalber nach. Roberts Märtyrermasche, die er obendrein mit einer Prise Anteilnahme würzte, zeigte erste Wirkung.

»Nein, nein, es geht schon. Ich regle das. Ich muss Schluss machen, ein Kunde …«

Klick, und schon war der Sohnemann weg. Marias Tigerlaune war verflogen. Kraftlos ließ sie sich in den Korbsessel sinken.

»Er hat einfach aufgelegt.«

Elke wirkte mindestens genauso fassungslos.

»Es ist nicht nur dein Leben. Es ist unser Leben«, machte sie ihr klar.

Maria blieb nichts anders übrig, als sich ein Nicken abzuringen.

»Frau Haberlander.« Sigruns Familienname klang aus der Kehle des schmierigen Maklers wie das Frohlocken eines katholischen Pfarrers kurz vor der Eucharistie. Sein spanischer Iglesias-Akzent verlieh diesem akustischen Klangerlebnis eine besonders skurrile Note.

Alles lief nach Plan. Bestens! Sigrun gedachte, ihre fein säuberlich orchestrierte Verführernummer abzuspulen, auch wenn sie die gierig aufflackernden Eurozeichen in Sanchez' Augen noch vor dem Beginn des Gespräches derart anwiderten, dass sie am liebsten auf dem Absatz kehrtgemacht hätte.

»Nehmen Sie doch Platz.« Mit der Hand deutete der Makler in einer gönnerhaften Geste auf eine kleine Couch, die zweckgebunden gerade mal Platz für zwei bot und in dem ansonsten äußerst spärlich, um nicht zu sagen puritanisch eingerichteten Raum etwas verloren und irgendwie hindrapiert aussah. »Möchten Sie etwas trinken? Vielleicht ein Gläschen Wein?«, fragte er sie einen Tick zu freundlich.

»Wasser«, desillusionierte Sigrun ihn, nicht ohne ihm zugleich ein interessiertes Lächeln zu schenken. Zuckerbrot und Peitsche hieß die Devise, und die erste Runde ging an sie.

Sanchez' Blick folgte erwartungsgemäß den geschmeidigen Bewegungen ihrer Beine, die sich übereinandergeschlagen ineinander räkelten und jeden Mann förmlich dazu zwingen mussten, sie ins Visier zu nehmen. Dazu in einer dezenten, fast gezierten Bewegung das Kleid etwas nach unten ziehen, um eventuelle Einblicke in begehrte intime Zonen gleich im Vorfeld zu vereiteln, wenngleich gerade diese Geste die Aufmerksamkeit genau auf jene Reize zu lenken imstande war. Sigrun liebte dieses Spiel. Die Pupillen des Maklers flackerten nervös hin und her – ganz wie bestellt. Wie einfach manche Männer doch tickten, und gerade jener Beineinsatz hatte Sigrun schon so manchen Sieg beschert.

»Es freut mich, dass sie das Haus nehmen.«

»Haben die anderen Interessenten abgesagt?«

Erstaunlicherweise ging Sanchez auf ihre Frage gar nicht ein.

»Sie haben die Finanzierung?«

»Haben Sie etwa nur eine Sekunde daran gezweifelt?« Der Kampf ging in die zweite Runde. Es galt, das Opfer mit Silberblick zu fixieren und gleichzeitig seine Augen immer in Bewegung zu halten. Bei der Hitze war ein kleines, fächerndes Liften der Bluse am zugegebenermaßen etwas freizügigen Ausschnitt nicht nur angebracht, sondern genau das richtige Mittel, um Sanchez nun ordentlich ins Schwitzen zu bringen.

»Nein, selbstverständlich nicht«, krächzte er.

»Es ist nicht immer leicht für eine Frau. Gerade in finanziellen Angelegenheiten. Wir sind froh, jemanden zu haben wie Sie«, heuchelte sie ihm vor. Nun noch einen Augenaufschlag und voll auf Kindchenschema setzen. Der Mann als Beschützer, nein, eigentlich ist jeder Mann ein Held, und auch Sanchez sollte sich in gottgleicher Position glauben.

»Es wird noch ein, zwei Tage dauern.«

Der Makler nickte, aber seine nimmermüde kreisenden

Flackeraugen klebten schon wieder auf Sigruns grazilen Händen, mit denen sie an ihrem Ausschnitt herumfriemelte.

»Ich wusste, dass ich auf Sie zählen kann.«

»Zählen? Sicher, Señora.«

»Und die anderen Interessenten?«

Der frischgebackene Held richtete sich auf, Kinn nach oben, sonore Stimme. Er fühlte sich in diesem Moment vermutlich tatsächlich wie ein Gott. »Schon vergessen.« Eine joviale Geste untermauerte die Beschwichtigung.

Sigruns Lächeln war ehrlich und erleichtert. Die goldbehangene Berlinerin und ihr Gatte waren also aus dem Rennen. Sigrun stand auf, reichte Sanchez die Hand, auf die er sofort die seine legen musste. Sigrun betrachtete diese ungewollte Nähe als kleines Opfer, das sie dem Immobiliengott bringen musste.

»Wann sehen wir uns wieder?«

Sigrun staunte über so viel Dreistigkeit.

»Zur Vertragsunterzeichnung.«

Der Makler lächelte geheimnisvoll, was Sigrun leicht irritierte.

Elke hasste es, mit dem öffentlichen Bus zu fahren, aber noch viel mehr, mit einem Leihwagen in das unbekannte Terrain einer Großstadt vorzudringen. Die stickige Luft und der mit Rucksacktouristen und Einheimischen überfüllte Bus konnten ihrer guten Laune jedoch keinen Abbruch tun. Seit Sigruns Anruf, der ihnen grünes Licht für ihren Banktermin gegeben hatte, war der Traum vom Leben unter Palmen in männerfreier Zone wieder zum Greifen nah.

»Denkst du, Miguels Bruder ist auch … na, du weißt schon?«, fragte sie.

»Schwul?« Maria nickte.

»Und wenn schon. Hauptsache, er hilft uns bei der Finanzierung und dem ganzen Verwaltungskram. Ich darf gar nicht daran denken, was da noch alles auf uns zukommt.«

»Miguel ist so hilfsbereit. Das kenne ich sonst nur von meinem Edgar«, merkte Maria für Elkes Geschmack eine Spur zu verzückt an.

»Ja, dein Edgar war ein Engel.« Für manche Bemerkungen sollte man sich sofort auf die Zunge beißen – oder am besten noch vorher. Nur kein Gespräch über Edgar anfangen, pochte es panisch in Elkes Großhirn. Maria tendierte in solchen Momenten dazu, wie auf Knopfdruck in grenzenlose Melancholie abzutauchen. Ein klarer Verstand war vonnöten, aber dafür war es vermutlich zu spät, wie an Marias Gesichtsausdruck abzulesen war.

»Nur weil du immer an die Falschen gerätst, heißt das noch lange nicht, dass alle Männer schlecht sind«, sagte Maria mit Nachdruck.

»Wenn du meinst.« Elke bemühte sich um einen lapidaren Tonfall und sendete ein Stoßgebet gen Himmel. Nur keine Grundsatzdiskussion über Männer vom Zaun brechen, zumal ihr Sigrun hier im Bus nicht zu Hilfe kommen konnte. Zu spät! Maria war offenkundig wieder in jenem verklärten Edgar-Zustand und dabei, sich alte Wunden aufzureißen.

»Edgar war ... einzigartig. Jeden Wunsch hat er mir von den Lippen abgelesen.«

Bis sie in Las Palmas waren, würde sie sicher wieder grundsätzlich reflektieren, ob es nicht doch besser wäre, alles abzublasen, nur um Edgars Grab nahe zu sein.

»Du hattest eben Glück«, sagte Elke.

»Großes Glück«, erwiderte Maria.

Erleichterung! Ein gemeinsamer Nenner war gefunden, obendrein zur rechten Zeit, denn die Silhouette von Las Palmas ragte bereits aus dem felsig-kargen Horizont.

Nichts ist verführerischer als ein schicker Einrichtungskatalog. Der Barbiefaktor für große Mädchen. Edle Möbel, die man sich in hundert Jahren nicht leisten kann, und kreative Designs erfordern die sofortige Renovierung der eigenen vier Wände und auf alle Fälle einen zahlungskräftigen Ehemann.

Marion glaubte, beides zu haben. Die Aussicht auf eine Dachterrassenwohnung in München jagte ihr beim genussvollen Blättern durch die Hochglanzseiten wohlige Schauer über den Rücken. Dazu noch ein Käffchen, eine Spezialmischung aus edlen Bohnen, versteht sich. Wenn Marion eine Katze wäre, hätte sie jetzt am liebsten geschnurrt. Sie wusste, dass Robert ihre Katalogeskapaden hasste, deuteten sie doch darauf hin, dass er wieder ein paar Scheine lockermachen musste. An diesem Nachmittag war jedoch alles ganz anders. Wo war sein vorwurfsvoller Blick? Wo waren die Panik in seinen Augen und die schlechte Laune?

»Abend, Schatz.« Roberts Strahlen erschien Marion so ungewöhnlich, dass es nichts Gutes verriet. Und was hielt er da in den Händen? Doch nicht etwa Kataloge? Marions Interesse war per se geweckt, zumal er ein ganzes Bündel von Reisekatalogen auf den Tisch legte. »Wir sollten wieder mal wegfahren«, schlug er ganz beiläufig vor.

Marion hatte sofort karibische Traumstrände vor ihrem geistigen Auge, den tropischen Cocktail auf ein Fingerschnippen in die Hängematte geliefert. Mauritius, die Seychellen oder gar die Südsee? Robert hatte sicher ein paar besonders lukrative Abschlüsse getätigt. Wie groß war dann der Schock, als sich herausstellte, dass es sich um Spezialkataloge für die Kanarischen Inseln handelte. Aus einigen Seiten lugten gelbe Post-its hervor, die Marions schlimmste Befürchtungen Realität werden ließen.

»Gran Canaria? Hast du sie noch alle?«

»Warum, dort ist es schön, und man fliegt nicht so lange.«

»Da ist doch … nichts.«

»Na, hör mal, die haben tolle Dünen und ein sagenhaftes Klima.«

»Ist deine Mutter nicht da unten?«

Marion registrierte sehr wohl, dass Roberts Nicken eher beiläufig war. Was hatte er zu verbergen?

»Sie mag mich nicht. Das weißt du genau. Also, warum fliegen wir da runter?«

Typisch Robert. Wie gerne wich er ihren Fragen aus. Stattdessen hielt er ihr die Seite mit einem zugegebenermaßen netten Hotel unter die Nase.

»Fünf Sterne, exklusives Publikum. Die Schiffer war auch schon dort. Kann sich nicht jeder leisten.«

Versöhnliche Worte und Balsam für die Seele, aber zugleich klingelten sämtliche Alarmglocken. Woher hatte er verdammt noch mal das Geld?

»Schatz. Wir könnten mal wieder so richtig ausspannen.«

»Wir brauchen jetzt sehr viel Geld, für den Umzug und für neue Möbel«, bremste Marion ihren offenbar amoklaufenden Ehemann ein.

»Klar, hab wieder was verkauft.«

Vielleicht war Robert ja doch nicht der Loser, für den sie ihn immer hielt? Und warum eigentlich nicht? Ein paar Tage in der Sonne würden ihrem Teint sicher nicht schaden.

»Ein Platz an der Sonne.« Das Motto der ehemaligen Kolonialmächte schien heute noch genauso gültig zu sein wie Anfang des letzten Jahrhunderts. Vor Pablo, einem graumelierten, rassigen Spanier, dem jeder bescheinigte, Ruhe und Gelassenheit auszustrahlen, hing die Landkarte von seiner Wahlheimat Gran Canaria, seitdem er das quirlige Leben Madrids verlassen hatte. Als Sohn einer Deutschen mit guten Deutschkenntnissen gesegnet, war er zu einer Art Statthalter der neuen deutschen Kolonie geworden.

Vielleicht lag dies auch an seinem großen Interesse für alles Deutsche. Er hatte ein Faible für die deutsche Kultur oder vielmehr das, was es einmal an deutscher Kultur gegeben hatte. Kant, Heidegger, Nietzsche & Co.: Hirnnahrung und ideal, um dem trockenen Geschäft mit Zahlen zumindest nach Feierabend zu entkommen. Tagein, tagaus hatte er über Kreditanträge zu entscheiden, und sein Ressort hatte am meisten zu tun. Als er die vielen Fähnchen mit den von seiner Bank finanzierten Objekten mit zufriedenem Blick betrachtete, machte er sich klar, bei wie vielen Deutschen er bereits koloniale Gelüste hatte stillen können. Der südliche Teil der Insel von San Agustín bis Meloneras war faktisch fest in deutscher Hand. Ausgerechnet Playa del Inglés, der »Strand der Engländer«, jener hellhäutigen und in der Regel bereits nach wenigen Tagen krebsroten Touristen, war zur Hochburg von Rentnern und Partyvolk made in Germany geworden – eine wichtige Einnahmequelle der Insel. Vielleicht sollte man beim Stadtrat den Antrag stellen, diesen Abschnitt in Playa del Aleman umzubenennen, malte er sich schmunzelnd aus.

Ein dezentes Klopfen an der Tür riss ihn aus seinen historisch-politischen Überlegungen. Zwei Damen waren für heute angekündigt, vermittelt von seinem Bruder Miguel.

Elke und Maria, die seine Sekretärin hereinbat, zwei äußerst attraktive Erscheinungen, begrüßten ihn mit einem »Hola!«. Als er ihnen die Hand reichte und sich als »Pablo Hernandez« vorstellte, konnte er sich des Eindrucks nicht erwehren, dass die Blonde ihn ungewöhnlich lange fixierte.

»Elke Eberle. Angenehm«, stellte sie sich vor.

Die Begrüßung der anderen Dame fiel eher knapp und sachlich aus. »Maria Freund.«

Ein schöner Name, und was für eine schöne Frau. Ihre sanften, ausdrucksstarken braunen Augen erinnerten ihn sofort an seine verstorbene Gattin Eleonora. Nun war er es, der seinen Blick nicht von Maria lassen konnte. »Nehmen Sie doch Platz.«

Die beiden zogen es offenbar vor, zu stehen.

Frau Eberle überreichte ihm alsgleich eine Dokumentenmappe.

»Wir haben Ihnen alle Papiere zusammengestellt. Den Grundstücksplan finden sie ganz hinten.«

Sie war also für das Geschäftliche zuständig. Pablo griff nach den Unterlagen, doch anstatt sich ihrer anzunehmen, wanderte sein Blick neugierig zu Maria, die sich in seinem Büro umsah und offensichtlich Gefallen an einem seiner Velázquez-Gemälde fand. Die vier Männer mit nackten Oberkörpern, die um eine glühende Schmiede standen und einer sakralen Erscheinung in orangefarbenem Gewand lauschten, zogen sie in ihren Bann.

»Sie mögen Velázquez?«, fragte er sie eher beiläufig, während er die ersten Seiten des Dossiers studierte.

»Ich war vor ein paar Jahren im Prado in Madrid. Er ist mein Lieblingsmaler.«

»Es ist natürlich nur eine Replik. Ich hab es auf einem Kunstmarkt in Barcelona erstanden«, erklärte er.

»Wie er die Bewegung eingefangen hat. Es wirkt fast wie ein Schnappschuss, und wie hübsch dieser Engel ist.« Frau Freunds Blick klebte förmlich an dem Gemälde. Pablo ging zu ihr und betrachtete nun ebenfalls das Bild an der Wand.

»Eigentlich ist das gar kein Engel.« Er litt etwas darunter, sie desillusionieren zu müssen.

»Es ist Apollo, der den Gehilfen des Gottes Vulkan vom Seitensprung von Venus und Mars berichtet.«

»Aber der Heiligenschein ...«, widersprach die attraktive Frau. In der Tat umgab Apollo ein sternförmiges Strahlen.

»Muss wohl der Einfluss sakraler Malerei gewesen sein.«

Frau Freund wirkte für einen Moment irritiert und tief in Gedanken. Vermutlich war er in ihren Augen nun der besserwisserische Bankier. Seine Frau hatte ihm nicht nur einmal vorgeworfen, gelegentlich zu lehrmeisterhaft zu sein. Mit einem Themawechsel ließ sich die ungute Situation bestimmt noch retten.

»Sie waren oft in Madrid?«

»Ein paarmal mit meinem Mann.« Die Art, wie sich Frau Freund ein Lächeln abrang, bot jede Menge Spielraum für Interpretationen. Entweder war sie liiert und wollte auf Abstand gehen, oder sie war nicht mehr mit ihrem Partner zusammen. Noch bevor sich Pablo weitere Gedanken dazu machen konnte, fiel ihr noch eine Strichzeichnung auf, die über einer Kommode hing.

»Ist das ein Original?«

Pablo nickte.

»Ich habe es vor Jahren auf einer Auktion erstanden.«

Nun schien sich auch Frau Eberle für Kunst zu interessieren.

»Das ist doch bestimmt ein Vermögen wert.«

»Es ist nur eine Strichzeichnung, aber ich schätze ... ja.«

Im Nu stand auch Frau Eberle ehrfürchtig vor der Kohlekritzelei.

»Also ich würde so etwas ja zu Hause aufhängen«, überlegte sie und starrte fast andächtig auf die Zeichnung.

»Ich wohne in einem Viertel, in dem gelegentlich eingebrochen wird. So ein Bild versichert einem niemand. Die Bank ist sozusagen der sicherste Ort. Außerdem sehe ich es dann jeden Tag.«

»Verstehe.« Frau Eberle nickte eifrig.

»Vielleicht sollten wir uns jetzt doch einmal ihre Unterlagen ansehen. Sie brauchen ja eine Finanzierung.«

Endlose Reihen weißer Windmühlen zogen auf der Rückfahrt nach Meloneras an Maria vorbei, die schweigend aus dem Fenster des Linienbusses starrte.

»Was glaubst du, was so ein Velázquez wert ist? Auf alle Fälle eine sichere Anlage. Kunst überdauert einfach alles, mal abgesehen von der eigenen Immobilie.« Erst jetzt bemerkte Elke, dass Maria überhaupt nicht bei der Sache war.

»Maria?«

»Ja.«

»Was heißt ja? Wenn dich die Windmühlen mehr interessieren ... Sag mal, freust du dich denn gar nicht?«

Maria wirkte leicht weggetreten, und es dauerte ungewöhnlich lange, bis sie ihr antworten konnte.

»Ich hab Edgar noch gefragt, warum dieser Engel keine Flügel hat.«

O Gott, jetzt drehte sie völlig durch. Das böse Wort »Edgar«, noch dazu im Zusammenhang mit Engeln. Elke verstand kein Wort.

»Engel?«

»Na, im Museum. Edgar hatte den Reiseführer.«

»Und?«, fragte Elke nach.

»Er hat so getan, als ob er es nachgelesen hätte. Es war gar kein Engel. Es war ein griechischer Gott, deshalb hatte er auch keine Flügel.«

Erst jetzt war Elke klar, wovon Maria überhaupt sprach. Das Velázquez-Gemälde.

»Er wird halt keine Lust gehabt haben nachzusehen. Ist doch auch völlig wurscht. Hauptsache, Hernandez hilft uns, den Kauf durchzuziehen.«

Maria war es aber alles andere als »wurscht«. Vermutlich hatte sie jetzt damit zu kämpfen, dass sich ihr Göttergatte Edgar seinerzeit in Madrid ein wenig respektlos verhalten hatte. Eine Bagatelle, aber für Maria gleich wieder ein Weltuntergang. Elke kannte die Männer nicht anders. Interesse für Kunst? Fehlanzeige. Lieber sagte er irgendetwas, nur um Ruhe vor der Frau zu haben. Hundertmal erlebt. Wie schön, dass Pablo es ungewollt geschafft hatte, Edgars glühenden Heiligenschein etwas abzudimmen. Andererseits, wer wusste schon, was das wieder alles in Maria auslösen würde. Nur schnell das Thema wechseln, zurück ins Hier und Jetzt. Das Herz ab- und den Kopf wieder einschalten.

»Ich hätte nicht geglaubt, dass alles so glatt läuft. Irgendwie dachte ich, ein Immobilienkauf in Spanien sei kompliziert.«

»Na, immerhin bringe ich mein Haus mit ein«, protestierte Maria.

Geschafft! Maria war wieder ansprechbar.

»Dieser Hernandez findet uns, glaub ich, recht sympathisch. Und dass auch alles so schnell geht. Irgendwie ein toller Mann.«

»Ich glaube nicht, dass er sich für dich interessiert.«

Maria aufmüpfig? Das waren ja ganz neue Töne. Wer sich

für sie interessierte und wer nicht, würde Elke immer noch selbst entscheiden.

»Das Bild! Der ist bestimmt wie sein Bruder.«

Über Elkes Kopf kreisten ein weiteres Mal viele Fragezeichen.

»Welcher normale Mann hängt denn halbnackte Kerle in seinem Büro auf?«, wurde Maria konkreter.

Am Ende hatte Maria recht. Elke sah ihre Felle schon davonschwimmen. Da fiel ihr noch ein, dass auch das Thema dieses Bildes perfekt in diese Schublade passte. Hernandez hatte offenbar obendrein ein Faible für griechische Mythologie. Griechenland und Homosexualität passten zusammen wie die Faust aufs Auge. Andererseits, nein, das durfte einfach nicht sein. Endlich ein Mann, der gut aussah und finanziell unabhängig war. Auf alle Fälle wäre er einen Versuch, um nicht zu sagen eine kleine Sünde wert.

»Ich finde, wir sollten ihn trotzdem zum Essen einladen. Immerhin ist Miguel sein Bruder.«

Miguel fiel ein Stein vom Herzen, als Pablo ihm telefonisch mitteilte, dass er seinen Traumnachbarinnen in spe helfen könne, den Immobilienkauf durchzuziehen. Um die Behördengänge, den ganzen Papierkram und um eine Zwischenfinanzierung, bis Maria ihre Finanzlage geregelt hatte, wollte er sich kümmern. Die Anrufe seines Bruders waren seit dem letzten Streit etwas seltener geworden. Zwar wusste Miguel, dass Pablo ihn liebte und dass er sich immer auf ihn verlassen konnte, aber die nimmermüden Versuche, ihn doch noch vom »anderen Ufer« in die »normale Welt« zurückzuholen, was immer das auch sein mochte, hatten bei einer Gala in Las Palmas zu einem größeren Zerwürfnis geführt.

Pablo hatte ihn mit einer seiner besten Kundinnen verkuppeln wollen. Dies wäre an sich nichts Verwerfliches gewesen, aber das Argument seines Bruders, dass ab einem gewissen Alter sowieso nicht mehr viel »laufen würde« und er froh sein könne, einen Partner zu haben, auch wenn dieser weiblich sei, stieß ihm übel auf. Dabei war ihm klar, dass sein Bruder rein rational gedacht natürlich recht hatte. Umso mehr amüsierte er sich, als er aus Pablos neugierigen Fragen über Maria und Elke herauslas, dass er demnächst in die Kupplerrolle schlüpfen durfte. Sein Bruder hatte offenbar ein Auge auf Maria geworfen, kein Wunder, denn sie sah Eleonora sehr ähnlich.

»Das ist doch das Haus gleich bei dir gegenüber?«, wollte Pablo wissen.

Miguel ahnte, dass er in nächster Zeit häufiger Besuch von seinem Bruder bekommen würde.

»Und sie sind wirklich alleinstehend?«

Miguel wusste nichts Gegenteiliges – Öl in das gerade frisch entfachte Feuer seines Bruders.

Kapitel 5

»Männer! Keine Männer!«, bellte Sigrun so laut am von Fackeln beleuchteten Pool ihres Hotels, dass sogleich einige Poolnachbarn, die es sich ebenfalls in den bequemen Korbstühlen bei einem abendlichen Drink bequem gemacht hatten, die Köpfe in ihre Richtung schwangen. Vermutlich hielten sie die drei für eine männerhassende Lesbentruppe.

Was dachte sich Elke eigentlich? Kaum war sie ein paar Tage hier, setzte sie sich einen Banker in den Kopf, und das nur, weil er ihr Haus finanzierte. Elke versank überraschenderweise für einen kurzen Moment schuldbewusst hinter ihrem Cocktail. Maria stocherte eher lustlos in ihrem herum, was Sigrun nur noch mehr aufregte.

»Wisst ihr, dass ich noch nie einen Banker hatte? Dabei wäre das doch so naheliegend.« Elke konnte einfach keine Ruhe geben.

»Nur weil deine Eltern eine Bank hatten?« Sigrun schüttelte fassungslos den Kopf.

»Der ist bestimmt nicht hinter meinem Geld her«, rechtfertigte sich Elke.

»Klar, Banker sind Heilige. Wach auf, Süße! Banker leben davon, hinter dem Geld anderer Menschen her zu sein.

Das sind grenzdebile Vollidioten, die das Geld ihrer Kunden verspekulieren.«

»Señor Hernandez hat so was doch gar nicht nötig.«

»Was glaubst du, was er an uns verdient? Rechne nur mal die Zinsen für die Zwischenfinanzierung hoch. Für die Abwicklung kassiert er bestimmt noch Provision. Da wäre ich auch nett.«

»So ist er nicht«, warf Maria ein, die die ganze Zeit schweigend dagesessen hatte.

Sigrun traute ihren Ohren nicht. Stille! Auch Elke warf ihrer Freundin einen erstaunten Blick zu. Seit wann mischte sich Maria in Männergespräche zwischen ihr und Elke ein? Wieso nahm sie diesen Hernandez auch noch in Schutz?

»Dir gefällt er wohl auch?«, fragte Sigrun forsch.

Maria winkte ab, aber Sigrun las in Elkes Augen, dass sie Marias beschwichtigende Geste ebenfalls ganz und gar nicht überzeugte.

»Miguel hat uns übrigens zum Frühstück eingeladen, auf seiner Terrasse.«

Elke strahlte. Natürlich sah sie darin eine Gelegenheit, Miguel über seinen Bruder auszufragen. Sigrun war fassungslos. War ihr Projekt, in Ruhe hier auf der Insel den Lebensabend zu verbringen, bereits jetzt zum Scheitern verurteilt? Männer bedeuteten Ärger, dessen war sich Sigrun sicher.

Wenn es jemals so etwas wie Restzweifel an Marias Blitzentscheidung, auf der Insel alt zu werden, gab, so wischte sie der Anblick ihres Hauses, das sich von Miguels Terrasse aus in seiner ganzen Pracht offenbarte, nun endgültig beiseite. Maria inhalierte die salzhaltige Luft, und jeder Atemzug schien ihr Kraft zu spenden. Tiefblauer Himmel umrahmte die Dünen, leichter Ostwind liebkoste den Sand, der sich sanft wie ein wehender Schleier durch die Dünenlandschaft bewegte. Im Licht der Morgensonne funkelte das Meer wie ein Silberstreif aus lupenreinen Diamanten.

»Ich kann mich daran einfach nicht sattsehen.« Miguel, der ihnen das Frühstück servierte, sprach ihr aus der Seele. Auch Elke und Sigrun saßen nur da und genossen den Augenblick sichtlich, völlig entspannt und in sich ruhend. Dieser Zustand änderte sich jedoch schlagartig, als wie aus dem Nichts ein gutgelauntes »Guten Morgen« mit leichtem spanischem Akzent die fast schon meditative Stille in tausend Stücke riss.

Pablo stand mit Strahlelächeln vor ihnen – eine Dokumentenmappe in der Hand. Elke sprang auf wie ein junger Hund, der seit Wochen sein Herrchen nicht mehr gesehen hatte, und stürmte auf ihn zu. Pablo hatte es geschafft, von jetzt auf gleich ein gewisses pubertär anmutendes Leuchten in ihren Augen zu entzünden.

»Señor Hernandez. Das ist ja mal eine Überraschung«, begrüßte Elke ihn.

Auch Sigrun schien von Pablo sehr angetan zu sein. Sie musterte ihn mit einem verdächtig verwegenen Lächeln. Ohne jeden Zweifel beeindruckte sie seine äußerst attraktive Erscheinung. Maria kam nicht umhin, sich einzugestehen, dass Pablo in seinem legeren Leinenanzug einfach umwerfend gut aussah. Noch bevor sie sich dazu entschließen konnte, ihm die Hand zu reichen, schoss Sigrun an ihr vorbei.

»Wir kennen uns noch nicht. Haberlander. Ach was, warum so förmlich? Sigrun.«

»Angenehm«, erwiderte Señor Hernandez freundlich und reichte Sigrun die Hand.

Elke stand der Futterneid förmlich ins Gesicht geschrieben. Sigrun sah eindeutig besser aus, und sie verstand es, Männer um den Finger zu wickeln. Sie als potentielle Konkurrentin zu haben, würde Elke ganz und gar nicht schmecken, dessen war sich Maria sicher.

»Ich habe gute Nachrichten für Sie.« Pablo wandte sich Maria zu, ein Umstand, der sie irritierte.

Es war unverkennbar, wem er das warme und wem das unverbindlich fröhliche Strahlelächeln schenkte. Maria konnte nicht anders, als es zu erwidern. Kein Wunder, dass Sigrun und Elke daraufhin irritierte Blicke wechselten. Es musste für die beiden so aussehen, als ob sie Pablo ins Visier nähme, dabei wollte sie das gar nicht. Oder etwa doch? Die Art, wie Pablo sie ansah, die Geschmeidigkeit seiner Bewegungen und selbst der banale Akt des Öffnens seiner Dokumentenmappe strahlten mit hypnotischer Kraft eine besitzergreifende Ruhe aus. Der Spanier hatte kräftige, gepflegte Hände, etwas, worauf Maria bei Männern immer zuerst achtete. Die aufsteigenden Gefühle, die seine Nähe auslöste, galt es vehement zu unterdrücken. Das fehlte noch, dass sie sich auf ihre alten Tage verliebte.

»Ich habe heute früh mit Ihrer Bank und Ihrem Makler, Señor Sanchez, telefoniert. Sie bekommen die Hypothek, damit steht einem Notartermin nichts mehr im Wege. Wir als Partnerbank wickeln die Auszahlung und die hiesigen administrativen Schritte ab.«

Maria fiel ein Stein vom Herzen, und auch Sigrun und Elke atmeten erleichtert auf, schließlich konnten sie sich das Haus nur mit ihrem Anteil überhaupt leisten.

»Señor Sanchez hat für morgen Vormittag einen Notartermin vereinbart.«

»Schon morgen?«, erschrak Maria. »Ist das nicht ein bisschen überstürzt?«

»Sie können froh sein, dass es so schnell klappt. Normalerweise dauert so etwas Wochen. Ihr Makler muss gute Kontakte haben«, klärte Pablo sie auf.

»Das ist ja großartig«, warf Elke begeistert ein.

»Und die Hypothek auf mein Haus? Geht das denn so schnell?«

Pablo reichte ihr einige Dokumente zur Unterschrift.

»Ich habe alles vorbereitet.«

Maria starrte auf die vor ihr liegenden Dokumente, auf denen Kreuze die Felder für diverse Unterschriften markierten.

»Allerdings wird eine Zwischenfinanzierung notwendig sein.«

»Eine Zwischenfinanzierung?«, fragte Elke nach. »Normalerweise hat man doch nach dem Notartermin zwei Wochen Zeit, um die Kaufsumme zu überweisen.«

»Señor Sanchez hat mir erklärt, dass die Eigentümer das Geld dringend benötigen. Ein familiärer Notfall, aber machen Sie sich keine Sorgen, dafür haben wir ja eine Zwischenfinanzierung. Sie zahlen nur drei Prozent, und zwar höchstens für zwei bis maximal drei Wochen, bis die Grundschuld in Deutschland eingetragen ist.«

»Das ist aber wirklich sehr günstig«, bestätigte Elke mit einem Blick in die Runde.

»Sonderkonditionen meiner Bank für besondere Kunden«, gab Pablo mit einem Seitenblick auf Maria zu verstehen.

Maria nahm den Kugelschreiber, den Pablo auf die Dokumente gelegt hatte, zur Hand. Verrückt! Sie kaufte sich tatsächlich ein Haus auf Gran Canaria. Elke und Sigrun sahen sie gespannt an. Das abbezahlte Haus, das sie gemeinsam mit Edgar gebaut hatte, für das sie so viele Jahre geschuftet hatten, würde nun für ihr neues Leben herhalten müssen. Ihre Freundinnen hatten es da einfacher. Sie hatten genug gespart und mussten sich nicht verschulden. Andererseits war ihre Rente dank Edgars Lebensversicherungen ausreichend, um die Schulden zu stemmen. Maria hatte keine Lust mehr, lange herumzuüberlegen, und setzte ihre Unterschrift auf die Dokumente. Die Anspannung entlud sich schlagartig. Sigrun und Elke fielen ihr spontan in die Arme.

»Wenn das mal kein Grund zum Feiern ist.«

Er hatte offenbar vom Besuch seines Bruders gewusst. Wie sonst ließ sich erklären, dass innerhalb von Sekunden Sektgläser auf dem Tisch standen und in Windeseile ein Korken aus der gekühlten Champagnerflasche ploppte.

»Auf unser neues Zuhause!«

»Fünf Zimmer, Dachterrasse auf zwei Etagen, beste Lage.« Marion studierte mit einer Hingabe, die Robert geradezu unheimlichen war, die Immobilienanzeigen in der *Süddeutschen Zeitung*, die sie sich beim Einsteigen in den Flieger nach Las Palmas geschnappt hatte.

»Und, wie viel?«, fragte er sie leicht gereizt.

»Vierhundertfünfzigtausend.«

Robert war fassungslos, dass Marion sich überhaupt nach Wohnungen dieser Art umsah. Sie konnten angesichts der aktuellen Entwicklungen froh sein, irgendeine Wohnung in München zu bekommen, und wenn, dann sowieso nur zur Miete.

»Vergiss es! Mondpreise!«

»Man soll in guter Lage kaufen, wegen dem Werterhalt«, sagte sie.

»Trotzdem, viel zu teuer«, wehrte Robert ab.

»Aber es läuft doch so gut mit deinem Job.«

»Schatz. Ich möchte nicht zeit meines Lebens schuften, um ein Luxusappartement abzubezahlen. Wir sollten uns das mit dem Kauf sowieso noch einmal gründlich überlegen. Mieten geht schließlich auch.«

Ruckartig ließ Marion von der Zeitung ab. Ihr eindringlich misstrauischer Blick machte Robert schlagartig klar, dass sie Lunte roch.

»Mieten?«, fragte sie und zog die Augenbrauen hoch. Robert sah es in Marions Gehirnwindungen förmlich rattern. So einfältig sie in vielerlei Hinsicht war, in puncto Finanzen schien der liebe Gott sie mit einem biologischen Hochleistungsprozessor gesegnet zu haben.

»Die Hypothek ... Da stimmt doch was nicht.«

Sosehr sich Robert auch bemühte, sich nichts anmerken zu lassen, auf seiner Stirn stand nur für Marions Augen sichtbar »SCHULDIG« – in allen Punkten der Anklage.

»Urlaub auf Gran Canaria.« Marions lakonischer Unterton war unverkennbar.

»Es ist doch auch Urlaub. Wir müssen nur noch mal mit meiner Mutter sprechen«, erklärte er kleinlaut.

»Das geht auch am Telefon.«

»Normalerweise schon, aber ...«

»Was aber?«, unterbrach sie ihn.

Marions Schlangenaugen fixierten das Opfer. Der fauchende Unterton ihrer Stimme machte Robert schlagartig klar, dass es jetzt allerhöchste Zeit war, die Karten auf den Tisch zu legen.

Es war unverkennbar, weshalb Elke darauf bestanden hatte, Pablo zum Essen einzuladen. Miguel durchschaute ihre spontane Idee, sich für Pablos Einsatz bei der Hausfinanzierung erkenntlich zu zeigen, sofort. Jedes feine Restaurant in Meloneras hätte diesen Zweck erfüllt, aber es musste ja unbedingt ein Fischrestaurant in Puerto de Mogan sein.

Einen romantischeren Ort hätte sie sich nicht aussuchen können. Schneeweiße Häuser, an deren Fassaden kräftig leuchtende Blüten rankten, und kleine Gässchen, die alle zum Hafen mit seinen zahlreichen Restaurants führten, luden förmlich zu einem romantischen Spaziergang ein. Miguel amüsierte sich darüber, dass Elke es bisher trickreich geschafft hatte, seinen Bruder immer wieder in ein Gespräch zu verwickeln. Schon auf der Hinfahrt hatte sie unbedingt neben ihm sitzen müssen, auf der Rückbank von Miguels Wagen. Angeblich weil Maria vorne mehr Platz hätte. So etwas nannte man »sich jemanden krallen«.

Sigrun, die neben ihm und Maria herlief, fand dafür drastischere Worte. »Elke zeckt sich ganz schön an deinen Bruder ran.«

Miguel wusste ganz genau, dass Pablo sich viel lieber mit Maria unterhalten hätte, aber sein Bruder hatte sich wie immer gut im Griff. Fast schien es, als ob sich die beiden sehr gut verstünden. Elke gestikulierte gerade in Richtung eines besonders schnuckeligen Hauses, an dem ein Verkaufsschild angebracht war, und Pablo referierte vermutlich über die Immobilienpreise am südlichsten und wärmsten Touristenzipfel der Insel.

Vielleicht genoss sein Bruder auch nur die Aufmerksamkeit so vieler Frauen. Seit dem Tod seiner geliebten Eleonora hatte er sich immer mehr zurückgezogen. Elke hatte eine lebensfrohe Ader, und beide hatten einen gemeinsamen Background – die Bank. Miguel erschrak, als er sich bei dem Gedanken ertappte, dass sein Bruder bei Elke am

Ende noch anbeißen würde. Auch wenn Maria, die schweigend neben ihm herging, tapfer versuchte, sich nichts anmerken zu lassen, spürte Miguel genau, dass ihr Elkes forsche Art nicht passte. Vielleicht war es an der Zeit, etwas aus ihr herauszukitzeln. Es galt, nur den richtigen Moment abzuwarten, und als ob sein Stoßgebet erhört worden wäre, verschwand Sigrun endlich in Richtung eines Schmuckstandes, der sie wie das Licht die Motten anzog.

»Die beiden scheinen sich ja gut zu verstehen.« Irgendwie musste er Maria ja aus der Reserve locken.

»Sieht aus wie gesucht und gefunden«, entgegnete sie eine Spur zu trocken.

»Glaubst du das wirklich?«

»Eigentlich nicht.« Marias Lächeln signalisierte ihm, dass sie den Grund seiner Frage längst durchschaut hatte.

»Und ich dachte erst, er wäre so wie du.«

Miguel musste unwillkürlich lachen.

»Schwul? Pablo? Wie kommst du denn darauf?«

»Das Velázquez-Gemälde in seinem Büro.«

»Du wirst es nicht glauben, aber unser Vater war Schlosser. Er hat in einer alten Schmiede gearbeitet, auf dem Land. Pablo hat das Gemälde gesehen, und irgendwie hat es ihn daran erinnert.«

»Jetzt schmiedet er ja ein ganz anderes Eisen.« Marias Blick wanderte in Richtung Elke, die mit Pablo mittlerweile am Hafenbecken mit seinen weißen Segelyachten und Fischerbooten angekommen war. Zumindest auf die Distanz erweckten die beiden den Eindruck, als seien sie ein ganz normales Urlauberpaar.

»Und wenn ich dir sage, dass mein Bruder viel lieber mit dir spazieren gehen würde?«

»Dann würde ich dir antworten, dass ein solcher Spaziergang mit Elke sicherlich sinnvoller wäre«, erwiderte Maria, sichtlich um Souveränität bemüht.

»Er mag dich. Was glaubst du, warum er sich wegen der Finanzierung so ins Zeug gelegt hat«, fuhr Miguel fort.

»Dein Bruder ist ein sehr attraktiver Mann. Charmant ... Ich mag seine besonnene, ruhige Art. Ich kann verstehen, dass Elke sich in so jemanden verliebt.« Die Tatsache, dass Marias Blick immer wieder zu Elke und Pablo wanderte passte nicht zu dem, was sie von sich gab.

»Du weichst mir aus. Elke wäre nicht halb so aufgedreht, wenn sie nicht gesehen hätte, wie ihr euch heute Morgen angesehen habt.«

Miguel spürte, dass er Maria immer mehr in Bedrängnis brachte. Andererseits war es nicht normal, dass ausgerechnet die beiden Menschen, zwischen denen es offenkundig funkte, kein Wort miteinander redeten.

»Ich kann nicht«, brach es urplötzlich aus Maria heraus. Auf einen Schlag wirkte sie tieftraurig, was Miguel leidtat.

»Ich hab meinen Mann sehr geliebt. Auch wenn du das vielleicht nicht verstehst, er lebt weiter in mir, in meinen Erinnerungen.« Sie deutete auf ihr Herz. »Hier drin. Da ist einfach kein Platz mehr.«

Nun wurde Miguel klar, warum Maria die ganze Zeit so unnatürlich auf Abstand ging, aber war diese Einstellung gesund? Liebe über den Tod hinaus in Ehren, doch sollte er zulassen, dass Maria für den Rest ihres Lebens allein blieb, allein mit bloßen Erinnerungen, die sie daran hinderten, im Hier und Jetzt zu leben?

»Würde dein Mann wollen, dass du allein bleibst?«

Maria schüttelte den Kopf.

»Erinnerungen sind wichtig. Sie machen uns zu dem,

was wir sind, aber manchmal hindern sie einen daran, zu leben«, sagte er leise.

»Sind die nicht wunderschön?«

Ausgerechnet jetzt, da Miguel Maria fast so weit hatte, sich einen Ruck zu geben, sprengte Sigrun mit riesigen Ohrringen in der Hand jeden Anflug von Einsicht in tausend Stücke. Maria schien darüber auch noch dankbar zu sein. Miguel resignierte. Zumindest hatte er es versucht.

Sigrun hätte ihren Kopf verwettet, dass Elke sie kurz vor dem Ausflug um eines ihrer Kleider als Leihgabe bitten würde. Mit ihrem unförmigen T-Shirt-Schick und den Jeans von der Stange konnte sie bei einem Mann wie Pablo sicherlich nicht punkten. Zu ihrem großen Erstaunen hatte Elke offenbar auch noch ganz andere Robe dabei – für »alle Fälle«. Dabei hatten sie sich alle drei vorgenommen, dass es einen solchen Fall nicht mehr geben würde. Der »Fall« hieß Pablo, und Elke hatte sich zugegebenermaßen im Rahmen ihrer Möglichkeiten ziemlich aufgedonnert, durchaus geschmackvoll, was Sigrun ihr gar nicht zugetraut hätte.

Während des Essens ließ Elke nicht locker. Nahezu wesensverändert und mit dauercharmantem Lächeln bearbeitete sie den Banker aus Las Palmas, ohne auch nur eine Sekunde von ihm abzulassen. Die Themen gingen ihr einfach nicht aus. Ihr Repertoire reichte von den Risiken diverser Optionsscheine bis hin zu spanischen Kochrezepten, die sie anscheinend alle parat hatte.

»Sie kennen sich mit der spanischen Küche aber sehr gut aus«, bemerkte Pablo beeindruckt.

»Ach was, ich hab mir nur ein paar Gerichte angelesen.« Ein exemplarischer Satz. Erst subtil prahlen und dann mit

Understatement verfeinern – so setzt man sich gekonnt in Szene.

»Noch etwas Wein?«, fragte Elke. Hatte sie etwa vor, Pablo abzufüllen?

Der sonst eher wortkarge und unter ihrem Scheffel stehende Tollpatsch, der Durch-und-durch-Kopfmensch, der unter normalen Umständen nicht einmal in der Lage war, auch nur den Hauch komisch zu sein, hangelte sich von Lacher zu Lacher und kam damit auf den ersten Blick auch noch gut bei Pablo Hernandez an. Sigrun konnte einfach nicht anders, als auf Elke eifersüchtig zu sein – ein Umstand, über den sie sich ärgerte, zumal sie gar nichts von Pablo wollte.

Vermutlich ein Automatismus oder doch nur verletzte Eitelkeit, weil ausnahmsweise mal Elke im Mittelpunkt stand. Es wäre für sie ein Leichtes, sich an Pablo heranzumachen, aber was brachte ihr das? Mann und Frau passten einfach nicht zusammen. Punkt! Jedenfalls passte kein Mann zu ihr. Sigrun war sehr gerne allein. Beziehungen waren nun mal sehr aufwendig. Ständig musste man auf den anderen eingehen, den kleinsten gemeinsamen Nenner suchen und krampfhaft daran festhalten. Stichwort Toleranz, auch in Sachen Lebensansichten, Haushalt und alltäglicher Kleinkram.

Wie war sie es leid, sich schuldig zu fühlen, wenn sie für ein paar Stunden einfach nur mal allein sein wollte. Ständig daran denken zu müssen, ob es dem anderen gutging, wie man ihn glücklich machen konnte. So einen Stress brauchte sie nicht mehr in ihrem Leben, und Sex war ihr mittlerweile sowieso viel zu anstrengend. Sigrun, die alle für einen Vamp hielten, mutierte zu einer alten Jungfer. Sie musste unwillkürlich lächeln, weil ihr das letztlich egal war.

Natürlich liebte sie ihre Spielchen mit den Männern und gestand sich ein, dass ihr Anerkennung in Form eines verstohlenen Blickes immer noch Vergnügen bereitete, aber mehr brauchte sie nicht.

Ein Seitenblick auf Maria, die sich krampfhaft mit Miguel unterhielt, um jeglichem Augenkontakt mit Pablo aus dem Weg zu gehen, machte Sigrun klar, dass ihre Freundin da ganz anders gestrickt war. Sie brauchte die Geborgenheit eines Mannes. Es war mehr als offensichtlich, dass sich Pablo für sie interessierte, trotzdem war er zu keinem Zeitpunkt aufdringlich. Er bemühte sich zudem, Elke nicht das Gefühl zu geben, dass sie ihn langsam, aber sicher nervte. Souverän und ganz Gentleman. Was für eine seltene Kombination! Sigrun würde es nicht übers Herz bringen, diesen Mann von Maria fernzuhalten. Die Freundschaft zu Maria war ihr wichtiger als jeder Mann, auch wenn er Pablo Hernandez hieß.

Ihr Zorn auf Elke stieg ins Unermessliche, und am liebsten hätte sie ihr eine gewischt. Aufwachen! Merkst du denn nicht, dass du deiner besten Freundin im Weg stehst? Andererseits stand Maria sich ja selbst im Weg. Vermutlich sollte sie beiden eine klatschen, und da bot sich auch schon eine Gelegenheit. Elkes Blase schaffte das, was Miguel und Sigrun bereits seit Stunden erfolglos versuchten: sie endlich von Pablo zu trennen.

»Ich bin gleich wieder da.«

In Sigruns Ohren klang dies eher wie eine Drohung. Nichts wie hinterher!

Elke betrachtete sich mit Wohlwollen im Spiegel der Restauranttoilette. Der Kauf des speziellen Mieders, das ihre kaum mehr zu verbergenden Rettungsringe kaschierte, hatte sich gelohnt. Was für ein Mann! Wann hatte sie sich das letzte Mal so gut und so lange mit jemandem unterhalten? Pablo schien sich einfach für alles zu interessieren, was auch sie interessierte. Das klingt nach Bestimmung, redete sie sich mit frischem Adrenalin im Blut und Euphorie im Herzen ein. Sollte sie ausgerechnet hier endlich einen Mann gefunden haben, der zu ihr passte?

Noch schnell etwas Lippenstift nachlegen, denn das Salatöl hatte ihre Kriegsbemalung in Mitleidenschaft gezogen. Vielleicht musste sie sich ja schon bald in einem der vielen Duty-free-Shops nach einer kussechten Variante umsehen?

»Wenn du mich fragst. Das Rot ist etwas zu aufdringlich«, zischte es von der Seite.

Wie schön! Sigrun war eifersüchtig, noch dazu auf sie, die kleine, unscheinbare Elke. Offenbar ertrug sie es nicht, dass sich ein Mann ausnahmsweise mal nicht für sie interessierte.

»Ich weiß gar nicht, was du hast. Der passt doch prima.«

»Kriegst du eigentlich in deinem Männerwahn überhaupt noch mit, was um dich herum vorgeht?«, fragte Sigrun aggressiv.

»Männerwahn? Na, jetzt übertreib mal nicht. Nur weil ich mich mal für jemanden interessiere«, wehrte Elke ab.

»Wenn es wenigstens auf Gegenseitigkeit beruhen würde«, erwiderte Sigrun mit leicht lakonischem Unterton.

»Sag mal spinnst du? Ich hab mich schon lange nicht mehr so angeregt mit einem Mann unterhalten.«

»Du laberst ihn ohne Punkt und Komma zu. Er hat ja gar keine andere Chance.«

»Blödsinn!«

Elke atmete laut aus. Dumme Kuh! Einfach nicht provozieren lassen, dachte sie wütend. Der Lippenstift war jetzt sowieso viel wichtiger.

»Du bist so was von egoistisch. Was aus Maria wird, ist dir wohl völlig egal.«

»Maria?« Elke hätte nicht im Traum damit gerechnet, dass Sigrun ihre Freundin ins Spiel bringen würde. War Sigrun vielleicht am Ende gar nicht auf sie eifersüchtig? War sie tatsächlich so selbstlos, sich um Maria Gedanken zu machen?

»Die hat doch ihren Edgar«, kam es ihr ungewohnt bösartig über die Lippen.

Selbst Sigrun hatte daran zu schlucken.

»Du bist so was von … obermies.«

Sie nach Worten ringen zu sehen, war eine Seltenheit. Hatte sie etwa recht? Natürlich hatte sie mitbekommen, dass Pablo sich für Maria interessierte. Andererseits war sie es, die sich in den letzten Jahren mit Marias obsessiver Liebe für ihren verstorbenen Ehemann hatte herumschlagen dürfen, nicht Sigrun, jedenfalls nicht in gleicher Intensität. Wenn eines klar war, dann, dass Maria sich nie im Leben auf Pablo einlassen würde – Interesse hin oder her.

»Tut mir leid. So war das nicht gemeint.«

»Maria ist deine beste Freundin.«

»Eben drum. Wäre es dir lieber, wenn er bei ihr aufläuft?«

Elke bemerkte, dass es in Sigrun zu arbeiten begann. Offenbar war ihr Argument nicht so leicht von der Hand zu weisen.

Wenn man den ganzen Tag nur das vollklimatisierte Büro gewohnt war, konnten ausgedehnte Spaziergänge an der frischen Luft ziemlich anstrengend sein. Reichhaltiges Essen und kanarischer Wein, der es in sich hatte, kamen noch erschwerend hinzu. Die Fahrt zurück von Puerto de Mogan nach Playa dauerte zudem länger als erwartet. Stau über weite Strecken und eine Hitze, gegen die selbst die Klimaanlage von Miguels Wagen machtlos war. Noch anstrengender war es aber, sich den ganzen Tag mit einer nimmermüden Deutschen zu unterhalten, die es schaffte, die ganze Bandbreite persönlicher Interessen und Hobbys in nur wenigen Stunden auszureizen.

Elke war eine charmante Frau, und Pablo musste sich eingestehen, dass er ihre Gespräche durchaus genoss. Wer lange alleine ist und kaum noch privat mit dem anderen Geschlecht zu tun hat, dem tut Aufmerksamkeit dieser Art sehr gut. Elke war herzerfrischend offen und direkt. Sie hatte eine einnehmende Art, und was ihm besonders an ihr gefiel, war der Umstand, dass sie wusste, worauf es im Leben ankam. Sie kannte die Finanzwelt und hatte verstanden, wie sich das Rad des Lebens drehte. Elke konnte so schnell niemand etwas vormachen. Die ideale Frau eines Bankiers. Jemand wie Elke würde, wenn er abends vom Büro nach Hause kam, mit aufrichtigem Interesse fragen, ob er einen guten oder schlechten Tag gehabt hatte. Mit ihr konnte man sicher berufliche Sorgen oder Probleme besprechen. Jemand wie sie würde einen Mann nie mit typischen Frauenthemen über Mode oder den Klatsch in der Gesellschaft langweilen. Sie war auf ihre Art eine tolle Frau. Gleichklang des Geistes in jeder Hinsicht, aber wo blieb der Gleichklang der Herzen?

Wie sehr hätte er sich gewünscht, mit Maria mehr Zeit zu verbringen. Er kannte sie kaum, und doch hatte jener flüchtige Blick auf der Terrasse seines Bruders genügt, um sein Herz in jene sehnsüchtige Schwingung zu versetzen, die er zuletzt bei Eleonora empfunden hatte. Das Gefühl, sich schon ewig zu kennen, obwohl man vom anderen so gut wie gar nichts wusste. Das Gefühl von Wärme und Nähe. Jene magische Anziehung, die den Wunsch, mit dem anderen den Rest des Lebens zu verbringen, aus dem Nichts in ungeahnte Höhen schnellen ließ, stellte sich bei Elke nicht einmal ansatzweise ein.

Wie oft hatte sich Pablo schon mit Freunden und Kollegen darüber unterhalten, welche Grundlagen die besseren für eine Partnerschaft seien. Sich verlieben, pochende Herzen oder eine solide, rational durchdachte Grundlage, die nicht nur alltagstauglich war, sondern auch einen gewissen pragmatischen Unterton hatte und, eingebettet in wachsende Freundschaft, die Jahre überdauern würde. Vielleicht war Elke ja tatsächlich eine Option? Bloßes Wunschdenken, denn als der Wagen vor Miguels Haus zum Stehen kam und Pablo mit Maria im Rückspiegel einen kurzen Blick tauschte, waren alle logischen Überlegungen mit einem Streich wie weggefegt. Verdammt! Er musste diese Frau einfach wiedersehen.

»Da wären wir. Ich fahr Sie gleich weiter zu Ihrem Hotel«, bot Miguel an.

»Die paar Meter können wir doch auch laufen«, wiegelte Sigrun ab.

»Wer hat noch Lust auf einen Kaffee? Miguels Versuch, den Ausflug in den Abend zu verlängern, war nett gemeint. Sicherlich wollte sein Bruder ihm noch eine Chance geben, aber Pablo sah Sigrun und Maria an, dass sie genau wie er von den Strapazen des Tages erschöpft waren.

»Gerne.« Elke war offenbar noch topfit und hatte mit Sicherheit die Absicht, ihn weiter in Beschlag zu nehmen. »Sie bleiben doch noch?«

Das klang eher wie eine Aufforderung als wie eine Frage. Wie kam er aus dieser Nummer bloß wieder raus?

»Ich muss noch ein paar Dinge in Las Palmas erledigen, aber wenn Sie Lust haben …« Pablo drehte sich um und wagte es, Maria, die neben Sigrun und Miguel auf der Rückbank saß, direkt in die Augen zu sehen. »Ich habe ein kleines Boot. Wir könnten ein wenig rausfahren und die Insel vom Meer aus erkunden. Vielleicht morgen Nachmittag?«

»Großartig!« Klar, dass Elke da nicht mehr zu halten war.

Auch Sigrun schien der Gedanke zu gefallen. »Ein Segler?«

»Und was für einer. Ich hab das Boot von meinem Vater.«

»Ich besitze einen Segelschein.« Elke hatte tatsächlich noch eine Trumpfkarte in der Hand.

Nur Maria wirkte etwas zögerlich.

Jetzt oder nie. Pablo musste einfach deutlicher werden, auch auf die Gefahr hin, eine Abfuhr zu ernten.

»Und Sie? Begleiten Sie uns?«

Selbst Bruchteile von Sekunden konnten zur Ewigkeit werden. Was sollte er nur tun, wenn sie jetzt nein sagte? Er müsste einen Nachmittag mit Elke und Sigrun auf seinem Boot verbringen und würde unentwegt darüber nachdenken, was Maria jetzt wohl tat.

Maria ließ sich Zeit. Elkes Leidensmiene, die angesichts seines Interesses, Maria unbedingt dabeihaben zu wollen, nur allzu verständlich war, würde sie vielleicht davon abhalten, ihn zu begleiten, doch dann endlich ein erlösendes Nicken. Da war es wieder, jenes Lächeln, auch wenn es nur angedeutet war. Pablos Tag war gerettet, denn was war schöner, als mit Hoffnung durchs Leben zu gehen, auch wenn sie noch so vage war.

Kapitel 6

Robert war mehr als nur mulmig zumute, als er an der Rezeption nach der Zimmernummer seiner Mutter fragte. Genau genommen durfte er gar nicht wissen, wo sie war. Es war ihm aber gar nichts anderes übriggeblieben, als mit seinem Zweitschlüssel, den ihm seine Mutter für Notfälle gegeben hatte, in ihrem Haus nach Hinweisen zu suchen. Wie er es sich gedacht hatte, bewahrte seine Mutter alle Rechnungen wie früher in dem kleinen Sekretär im Wohnzimmer auf. Anhand der Buchungsunterlagen hatte er ihr Hotel schnell ausfindig gemacht.

»Notfall« war ein dehnbarer Begriff. Seine Mutter war dabei, sich eine Immobilie auf Gran Canaria zu kaufen. Wenn das kein Notfall war. Robert wusste vom Hörensagen, wie viele deutsche Touristen jedes Jahr aufs Kreuz gelegt wurden. »Time Sharing« hieß das Zauberwort. Am Ende fiel seine Mutter auch noch auf so was rein und würde ein Vermögen dafür hinlegen, ein paar Wochen pro Jahr in einem lausigen Apartment verbringen zu dürfen. Jeder wusste, dass sich das gar nicht rechnete. Was sollte sie sich sonst kaufen wollen? Für immer auf der Insel? Ganzjährig? Dies würde allerdings erklären, warum sie gleich so viel Geld brauchte.

»Zimmer 430. Hier vorne ist ein Telefon. Wählen sie einfach die Vier-drei-null«, sagte die uniformierte Rezeptionistin.

Unentschlossen stierte Robert auf den Apparat. Die ganze Aktion fühlte sich so an wie früher in der Schulzeit, wenn er etwas ausgefressen hatte und seiner Mutter schonend beibringen wollte, das demnächst ein Verweis fällig war.

»Jetzt mach schon. Ich hab Hunger. Je schneller wir das klären, desto besser«, drängelte Marion.

Sie würde seine Mutter am liebsten in ein Altersheim abschieben. Aus den Augen, aus dem Sinn. Sie war ihr in die Quere gekommen, und das wollte sie ihrer Schwiegermutter nicht durchgehen lassen. Koste es, was es wolle.

Roberts Hände zitterten, als er die Nummer wählte.

»Mama? Ich bin's.«

Gutgelaunte Urlauber, wohin man sah. Nach einem Ausflug gab es doch nichts Schöneres, als vor dem Abendessen bei einem Drink zusammenzusitzen und den Sonnenuntergang von einem der zahlreichen Cafés an der Strandpromenade aus zu genießen. Genau dies hatte Maria ursprünglich vorgehabt. Dass Robert ihr offenbar nachspioniert hatte und mit Sicherheit heimlich im Haus gewesen war, um in ihren Ordnern zu wühlen, brachte sie zur Weißglut. Sicherlich steckte Marion dahinter. Natürlich hätten sie sich auch im Hotel treffen können, doch bevor nicht geklärt war, was er von ihr wollte, schien es Maria ratsamer, Sigrun und Elke aus der Angelegenheit herauszuhalten. Familienangelegenheiten trug man nicht vor Freunden aus – eine von Edgars Maximen, der Maria auch heute noch strikt folgte.

Ein Treffen auf neutralem Boden in der Nähe des Hotels fand sie angesichts der unguten Situation mehr als nur angemessen. Außerdem wollte Maria ihren Freundinnen Marion ersparen. Da saß sie auch schon, schrill und bunt, in einem Strandkleid, das ihre Reize besonders zur Geltung brachte. Kein Wunder, dass Robert ihr hörig war. Ihr Sohn wirkte etwas geknickt, um nicht zu sagen ziemlich niedergeschlagen. Er hatte auch allen Grund dazu. An Mitleid oder gar Sorge um ihn war jetzt aber nicht zu denken.

»Maria.« Marion entdeckte sie dummerweise zuerst. »Maria, komm, setz dich zu uns.«

»Mama!«, rief Robert erfreut und winkte sie ebenfalls an ihren Tisch.

Irgendwie erinnerte Marions aufgesetzte Fröhlichkeit Maria an offizielle Familienfeste, die in den letzten Jahren zu Pflichtterminen geworden waren. Das gleiche gespielt freundliche Lächeln, bevor sie ihr ein Weihnachtsgeschenk, meistens irgendwelche Vitalbäder aus dem Drogeriemarkt, in die Hand drückte. Maria ließ sich weder an Weihnachten noch jetzt davon blenden.

»Was wollt ihr hier?«, fragte sie forsch. Es gab überhaupt keinen Grund, nicht gleich zur Sache zu kommen.

»Ein bisschen ausspannen«, log Marion, ohne dabei rot zu werden.

»So ganz spontan?«, hakte Maria mit einer ordentlichen Portion Misstrauen und scharfem Tonfall nach.

Ein eindringlicher Blick auf ihren Sohn reichte, um ihn noch mehr einknicken zu sehen.

»Mama, wir machen uns einfach Sorgen um dich«, winselte er.

Auf einmal setzte Robert eine ernste Miene auf. Maria

hielt es für angebracht, erst einmal nichts zu erwidern und sich mit dem fragenden Blick eines Großinquisitors zu ihnen an den Tisch zu setzen.

»Du stellst dir das so einfach vor«, gab er zu bedenken.

»Es ist einfach, Robert. Man sucht sich ein Haus, das einem gefällt, klärt die Finanzierung, und dann geht man zum Notar.«

Wieder Schweigen. Marion setzte dazu an, etwas zu sagen, aber Robert gab ihr mit einer Geste zu verstehen, dass sie besser schweigen sollte. Eine kluge Entscheidung, denn Maria war gerade in Kaiserlaune und hätte die Gelegenheit nur allzu gerne genutzt, um ihrer Schwiegertochter gründlich die Meinung zu geigen.

»Hast du denn alles genau bedacht? Was ist mit deiner Rente? Ohne festen Wohnsitz in Deutschland verlierst du bestimmt deine Rentenansprüche. Und die Krankenversicherung? Die ärztliche Versorgung? Hier sind doch alle Ärzte privat. Was glaubst du, weshalb die meisten Rentner zum Gesundheitscheck zurück nach Deutschland fliegen? Die haben hier nicht den gleichen Standard wie daheim.«

Er hatte sich offenbar gut auf diesen Auftritt vorbereitet. Wie auf Kommando zog Marion mehrere zusammengeheftete Kopien aus ihrer Strandtasche und legte sie auf den Tisch, um Roberts Argumente zu untermauern. Maria verschlug es die Sprache. So wütend war sie schon seit langem nicht mehr auf ihren Sohn gewesen. Zugegebenermaßen hatte sie sich tatsächlich noch keine großen Gedanken über die Folgen einer Auswanderung gemacht. Elke hatte ihr gegenüber nie von Problemen dieser Art gesprochen, und wenn jemand einfach alles minutiös und mit größter Sorgfalt prüfte, dann ihre langjährige Freundin. Elke hatte ihr gesagt, dass man sich die gesetzliche Rente auch nach

Spanien überweisen lassen könne. Hatte sie sich da etwa getäuscht? Angeblich gab es auch einen Betreuungsauftrag der Krankenkassen für im Ausland ansässige Deutsche, so dass sie hier auch auf Krankenschein zum Arzt gehen konnte. Robert wollte ihr bestimmt nur Angst einjagen.

»Die meisten Rentner, die sich hier ein Haus kaufen, wollen nach wenigen Jahren wieder zurück nach Deutschland. Mama, du kannst jederzeit hierherfliegen, wenn du ein bisschen Sonne brauchst«, setzte Robert nach.

»Elke, Sigrun und ich möchten hier zusammenleben. Das hat nichts mit ein bisschen Sonne zu tun.«

»Aber hier ist nichts. Was willst du hier denn den ganzen Tag über machen? Fernsehen? Am Strand liegen? Da verblödet man ja auf Dauer.«

Robert kramte aus Marions Anti-Auswanderungs-Schnellhefter einen Artikel mit der Überschrift »Trügerisches Paradies unter Palmen« heraus und hielt ihn ihr unter die Nase.

»Die meisten Leute stumpfen hier regelrecht ab. Was ich da gelesen habe, das bist nicht du.«

Maria erinnerte sich schlagartig an die Begegnung am Flughafen mit Karl und Charlotte, die regelmäßig auf Gran Canaria überwinterten. Ihr geistiger Zustand, den Maria wieder deutlich vor Augen hatte, schien Roberts Argumente regelrecht zu zementieren. Natürlich ging es ihm nur darum, ihr Haus für Marions Zwecke einzusetzen, aber steckte nicht auch ein wahrer Kern in alldem, womit er ihr das Inselleben madig machen wollte?

Nur nicht weich werden! Langeweile? Selbst wenn! Wobei mit Sigrun und Elke sicher keine Langeweile aufkommen würde. Ärztliche Versorgung? Na und? Dann würde sie eben zum Gesundheitscheck nach Deutschland fliegen. Sie könnte schon morgen aus heiterem Himmel tot umfallen. Ihr Sohn tat ja gerade so, als ob in Deutschland alles besser sei. Das Bild des deutschen Altenheimes schoss ihr wieder durch den Kopf. Ein starkes Bild, das ihr augenblicklich die Kraft gab, Robert zu widersprechen.

»Der Termin für die Vertragsunterzeichnung steht. Mir gefällt es hier, und der Entschluss ist wohlüberlegt.«

»Red doch noch mal mit den anderen. Das ist ein gewichtiger Einschnitt. Du sprichst ja noch nicht mal Spanisch.«

In dem Moment kam ein spanischer Ober, der akzentfrei Deutsch sprach, an den Tisch. Wie gerufen.

»Darf ich Ihnen schon die Karte bringen?«, fragte er freundlich.

Marion und Robert musterten sich irritiert.

Maria amüsierte sich köstlich.

»Das müssen Sie die beiden fragen. Ich esse gleich im Hotel.«

»Später«, herrschte Marion angesichts ihrer Niederlage den freundlichen Ober an.

Herrlich! Die Schlange giftig zu sehen, gab Maria die Gewissheit, mit ihrem harten Kurs gut zu fahren.

»Ihr könnt euch doch auch eine Wohnung mieten, da ist man flexibel. Denkt doch nur mal an die Renovierungskosten, für die man Rücklagen bilden muss. In unserem Haus ist bald eine neue Heizung fällig. Horrende Kosten! Das lohnt sich hinten und vorne nicht. Auf so ein Objekt nimmt man doch keine Hypothek auf.« Maria genoss es, ihren Sohn und Marion mit ihren eigenen Waffen zu schlagen.

Robert schluckte, und fast tat er ihr nun ein wenig leid.

»Vielleicht ist es besser, wenn du noch eine Nacht darüber schläfst. Wir könnten uns ja morgen noch mal treffen, um in aller Ruhe …«

Es wurde Zeit, ihrem Sohn zu zeigen, wo es langging. Eine Nacht darüber zu schlafen war gänzlich unnötig. Maria hatte urplötzlich das Gefühl, die letzten Jahre über alles Mögliche viel zu lange »geschlafen« zu haben. Sie hatte ihr Leben regelrecht verschlafen. Robert erinnerte sie an dieses alte Leben, das sie nicht mehr führen wollte. Zu viel Neues und Schönes war ihr bisher auf der Insel begegnet. Pablo Hernandez gehörte ganz sicher dazu, gestand sie sich zu ihrer eigenen Überraschung ein.

»Morgen bin ich den ganzen Tag nicht da.«

»Wo bist du denn?«, fragte Robert erstaunt.

»Ein sehr netter Spanier hat uns zu einem Segeltörn eingeladen. Ich muss jetzt los, sonst komme ich noch zu spät zum Abendessen.«

Die Stunde der Wahrheit. Notartermin und Vertragsunterschrift. Ganz im Gegensatz zu Elke und Maria hatte Sigrun nach dem gemeinsamen gemütlichen Abend in einer kleinen Bar der Hotelanlage ausgezeichnet geschlafen. Ein Traum ging in Erfüllung. Aus einer verrückten Idee wurde Wirklichkeit, und ihre Vorfreude auf das neue Leben war ansteckend. Maria und Elke hatten sich den ganzen gestrigen Abend bereits in schillerndsten Farben ausgemalt, was sie alles gemeinsam unternehmen konnten. Vom Spanischkurs bis hin zum Mountainbiking – ein Höhenrausch.

Die Hochstimmung hielt bei den beiden bis heute Morgen an. Sigrun hingegen war irritiert, da sie schon auf der kurzen Taxifahrt zum Maklerbüro immer unruhiger wurde. War es nicht üblich, einen Notartermin in dessen Büroräumen wahrzunehmen? Sanchez hatte sie beim Frühstück angerufen und ihnen angeboten, dass der Notar in sein Büro kommen könne. Sicher, damit hatten sie sich die Fahrt nach Las Palmas, die immerhin eine Stunde in Anspruch nehmen würde, erspart. Ungewöhnlich erschien es ihr trotzdem.

Señor Ramón Deluca, eine graumelierte, seriöse Erscheinung in dunklem Anzug, machte jedoch einen sehr soliden Eindruck. Er war deutschsprachig und kam ohne Umschweife zur Sache. Noch ein Umstand irritierte Sigrun. Waren bei einem Immobilienverkauf nicht auch immer die Voreigentümer anwesend? Sanchez hatte ihnen eine von Deluca beglaubigte Vollmacht vorgelegt und für die deutschen Eigentümer unterschrieben. In nur fünfzehn Minuten war der Vertrag verlesen.

Kaum hatte Elke, die sich eine halbe Ewigkeit mit dem Kleingedruckten beschäftigte, grünes Licht gegeben, war Maria nicht mehr zu halten. Schwungvoll und mit erfülltem Lächeln wanderte ihre Unterschrift zu Papier. Sigrun hatte fest damit gerechnet, dass sie zögern würde, wenigstens für den Bruchteil einer Sekunde. Selbst ein Nicht-Graphologe hätte daraus ersehen, von wie viel Energie und Lebensfreude das einem Violinenschlüssel ähnelnde »F« ihres Familiennamens zeugte. Maria so glücklich zu sehen war eine Seltenheit und einer jener Momente, die Sigrun in der Schatzkammer ihrer Erinnerungen wie den eigenen Augapfel zu hüten gedachte.

Deluca wünschte ihnen alles Gute und entschuldigte sich mit hohem Termindruck. »Sie glauben ja nicht, wie viel hier gekauft wird. Alles Gute, Señoras.«

Angesichts des hohen Kaufpreises hätte Sanchez durchaus auch eine Flasche Champagner springen lassen können, dachte Sigrun. Immerhin kassierte er fünf Prozent Provision. Stattdessen gab es schnöden Prosecco, billigen Importfusel, den man an jeder Ecke in den Supermärkten kaufen konnte.

»Meinen herzlichen Glückwunsch. Sie haben ein großartiges Haus gekauft«, gratulierte ihnen der Makler.

Er glaubte offenbar, was er sagte. In gewisser Weise war ihr nun auch zum Feiern zumute.

»Auf uns.«

Mit ihren erhobenen Schwertern, deren Klingen aus öden Pappbechern bestanden, kam Sigrun sich in diesem Moment wie ein Ritter der Tafelrunde vor. Sie waren endlich am Ziel, und es war einfacher als gedacht.

»Wenn Sie mich jetzt bitte entschuldigen würden. Ich habe noch einen wichtigen Termin.«

Sanchez' urplötzlich aufkommende Eile und die Art und Weise, wie er hastig die frisch unterschriebenen Dokumente in seiner Mappe verschwinden ließ, hatten etwas Irritierendes. Wie viele Häuser verkaufte er denn am Tag? Da war aber noch etwas, was Sigrun nun nicht mehr aus dem Kopf ging. Erst jetzt fiel es ihr auf. Sanchez hatte, seitdem sie in seinem Büro waren, keinen einzigen Blick auf ihr Dekolleté geworfen. Genau genommen hatte er sie noch nicht einmal beachtet. Verletzte Eitelkeit? Nein, über solch niedere Gefühlswallungen war man in diesem Alter längst hinaus. Dennoch nagte an ihr die Frage, warum der Makler sie nicht mehr beachtete. Kein Kompliment, nicht mal der geringste Ansatz. Irgendetwas war faul. Andererseits, Elke hatte die Verträge geprüft, die Bank hatte Kopien davon, und Pablo war bestimmt ein gewissenhafter Banker. Sie hatten ebenfalls jede einen Vertrag. Warum nur auf einmal dieses dumpfe Gefühl?

»Könnten wir vielleicht schon den Schlüssel haben? Jetzt, da alles klar ist«, fragte Elke und hielt demonstrativ die Hand auf. Sigrun wusste von ihrem letzten Immobilienkauf in Hamburg, dass man den Schlüssel erst ausgehändigt bekam, wenn die Bank dem Verkäufer die Summe überwiesen hatte. Typisch Elke, herausholen, was ging. Aber sie hatte recht. Warum sollten sie ihre Zeit im Hotel absitzen, wenn das Haus jetzt ganz offiziell ihnen gehörte?

Sanchez, der schon auf dem Sprung war, kämpfte sichtlich mit sich. Mit Warum-nicht-Miene friemelte er einen Schlüsselbund hervor und überreichte ihn Elke einen Tick zu unfeierlich, bevor er schon wieder nervös aus seine Uhr sah.

»Das ist nett. Vielen Dank.«

Noch nicht einmal ein unverbindliches Lächeln konnte der Makler sich abringen, außerdem schwitzte er trotz laufender Klimaanlage. Warum hatte er es nur so eilig?

Erst jetzt fiel Sigrun auf, dass sein Büro äußerst karg eingerichtet war. Am letzten Rest des billigen Proseccos zu nippen, gab Sigrun genug Zeit für einen zweiten Blick auf die Immobilienfirma. Keine Blumen, keine Dekoration, noch nicht mal ein Bild an den Wänden. Ein fast leerer Schreibtisch. Kein PC. Nur ein Telefon, das etwas altmodisch wirkte. In den Regalen keine Bücher. Mussten sich Makler nicht mit Immobilienrecht beschäftigen? Waren die ihr bisher bekannten Maklerbüros nicht alle bis an die Decke dekoriert? Makler tendierten dazu, sehr materialistisch zu sein, stellten ihren Reichtum gerne zur Schau. Das Mobiliar war edel, oft antik oder zumindest aus edlen Hölzern. Die meisten legten großen Wert auf wohnliche Atmosphäre, auf einen hohen Wohlfühlfaktor. Letzteres galt es schließlich auch zu verkaufen. Sanchez hingegen wirkte wie ein unbeschriebenes Blatt.

Vielleicht ist in Spanien ja alles ganz anders, versuchte Sigrun sich zu beruhigen, auch aus Rücksicht auf Marias und Elkes Feierstimmung. Außerdem wusste sie, dass sie zur Schwarzmalerei neigte.

»Alles Gute!« waren Sanchez' letzte Worte, bevor er sie hinausgeleitete und die Tür zu seinem Büro vor ihrer Nase abschloss.

»Geschafft!« Maria strahlte über beide Ohren.

Nur Elke schien Sigruns Gefühlszustand, eine gewisse Irritation, die ihr wohl ins Gesicht geschrieben stand, aufzufallen.

»Ist was?«

»Nein, was soll denn sein?«, log sie.

Jetzt nur nicht die anderen mit meiner Paranoia anstecken, dachte sie. Leichter gesagt als getan. Das Türschild seines Büros! Eigentlich war es ein Aufkleber. Niemandem sonst schien aufzufallen, dass er sich bereits an einer Ecke löste.

Elke konnte es kaum erwarten, endlich in ihr neues Heim einzuziehen. Die Koffer waren schnell gepackt, und der Abschied vom Touristenleben der prall gefüllten Hotelanlage fiel ihr nicht schwer. Etwas viel Schöneres stand in Aussicht: ihr eigenes Heim unter Palmen. Elke hatte den Schlüssel zu ihrem Glück sogar bei sich.

»Jetzt sperr schon endlich auf«, drängte Maria, als sie zu dritt mit ihren Koffern vor der Tür standen.

Eines war Elke klar, noch bevor sie in einer feierlichen Geste die Tür zu ihrem neuen Zuhause öffnete. Maria würde sofort die Küche in Beschlag nehmen und zu ihrem Territorium erklären. Eine klassische Dreiteilung aller im

Haushalt anfallenden Aufgaben, wie bei einer Wohngemeinschaft, kam nicht in Frage. Darüber waren sie sich einig.

Sigrun konnte zum Beispiel nicht kochen. Soviel Elke wusste, hatte ihre Freundin zwar unzählige Kochkurse belegt, war aufgrund der hohen Arbeitsbelastung in der Praxis aber nie dazu gekommen, sich an den Herd zu stellen. Zumindest war dies Sigruns offizielle Version. Sie hatte einfach kein Händchen dafür. Elke erinnerte sich an ein Essen bei Sigrun, das gründlich in die Hose gegangen war. Der Coq au vin schmeckte nach einem in Wein ertränkten Suppenhuhn, die Kartoffeln hätte man als Rohkost verkaufen können, und der Salat war so bitter, dass Elke sich damals mit einer angeblichen Löwenzahnallergie herausgeredet hatte. Vermutlich hatte Sigrun sie nur deshalb eingeladen, weil sie wieder einen Neuen an der Angel hatte – aus dem Kochkurs. Dennoch wäre es äußerst unangebracht, Sigrun dafür zu kritisieren; da sie selbst nicht sonderlich gut kochen konnte, saß sie sozusagen im Glashaus und sollte nicht mit faulen Eiern werfen.

Maria hingegen glänzte am Herd wie eine griechische Göttin. Die wenigen Frauenabende bei ihr, wenn ihr Mann mal wieder auf Geschäftsreise gewesen war, hatten sich immer zu kulinarischen Abenteuern entwickelt. Maria konnte es nun mal am besten. Insofern war es gut, ihr die Küche zu überlassen.

»Die Dunstabzugshaube ist picobello. Alles blitzeblank.« An solchen Dingen konnte sich Maria erfreuen.

»Reichst du mir mal das Tuch?«, bat sie.

»Warum? Ist doch alles sauber«, erwiderte Elke. Hoffentlich hatte Maria keinen Putzwahn, schoss es ihr durch den Kopf.

»Ich möchte trotzdem einmal ordentlich durchwischen.«

»Wir sollten besser zum Einkaufen fahren. Ich brauch zumindest einen Kaffee zum Frühstück«, sagte Elke.

Schon zog Maria ein halbleeres Instantkaffeeglas aus dem Schrank.

»Schau, es ist sogar noch etwas da, und Tee auch. Sogar Ingwertee.«

»Ich brauch frischen gemahlenen Kaffee«, protestierte Elke.

»In deinem Alter solltest du nicht mehr so viel Kaffee trinken.«

Was hieß hier in »deinem Alter«, und überhaupt, was fiel Maria ein, ihr vorzuschreiben, was sie zu trinken hatte und was nicht? Waren sie jetzt etwa schon dabei, den ersten Streit vom Zaun zu brechen, kaum dass sie eine halbe Stunde im Haus waren?

»Einkaufen lohnt sich sowieso nicht mehr. Ich hab grade mit Pablo telefoniert. Er holt uns in einer halben Stunde ab, und frischen Kaffee bekommst du an jeder Ecke«, versuchte Sigrun, die sich gerade damit abmühte, ihren zweiten Riesenkoffer hereinzuschleppen, zu schlichten.

Da war es wieder, jenes Reizwort: Pablo. Bisher hatte es noch nie Streit mit Maria gegeben. Sie machte immer das, was vernünftig war, sprich das, was Elke für das Richtige erachtete. Seit wann hatte Maria das Sagen? Fast schien es, als sei ihre zurückhaltende Freundin mit Unterzeichnung des Kaufvertrages ein anderer Mensch geworden. Ein erschreckender Gedanke, denn bisher hatten sie alle drei immer so gut harmoniert, weil eine jede so war, wie sie war. Herz, Kopf und eine Prise Humor. Was, wenn Maria nun aus der Reihe tanzte? Ihre devote Ader war ihr auf jeden Fall verlorengegangen. An sich etwas sehr Schönes, nur konnte jener

Funken zu einem lodernden Feuer werden, wenn nicht gar zu einem Waldbrand. Elke schluckte. Im Extremfall konnte ihr das bei ihren Bemühungen, Pablo zu erobern, den Weg zu seinem Herzen versperren.

»Wir müssen Señor Hernandez unbedingt mal zum Essen einladen«, schlug Maria vor.

»Gerne.« Was blieb Elke auch anderes übrig, als diese Idee so beiläufig wie möglich gutzuheißen?

Allerdings war damit klar, dass Maria ebenfalls Absichten hegte, sich Pablo anzunähern. Da nannte sie ihn ganz unschuldig und distanziert »Señor Hernandez« und plante eine Attacke auf seine Geschmacksnerven.

Diesen Kampf würde Maria mit Leichtigkeit gewinnen. Liebe ging bekanntlich durch den Magen. Auf einmal taten sich bei Maria Waffen auf, mit denen Elke nicht gerechnet hatte. Was, wenn Pablo den mütterlichen Typ bevorzugte? Maria wäre die ideale Frau an seiner Seite. Nein! Absurd! Schnell waren wieder all jene nächtelangen Edgar-Lobeshymnen in ihrem Gedächtnis. Maria würde ihrem Edgar über den Tod hinaus treu bleiben, es bestand also keine Gefahr. Andererseits, wer wusste schon, wie sich das Inselleben auf Marias Gefühlszustand auswirken würde? Weit weg von ihrem Haus, von ihren Erinnerungen?

Und wenn schon. Maria hätte es ebenfalls verdient, glücklich zu werden. Da hatte Sigrun völlig recht. Schließlich waren sie hier, weil sie seit Jahren die besten Freundinnen waren. Kein Mann war es wert, so eine Freundschaft zu entzweien. Es war allerhöchste Zeit für eine versöhnliche Geste. Elke beschloss, sich Marias Putzorgie anzuschließen, jedenfalls so lange, bis Pablo sie endlich abholen würde. Elke begann bereits, die Minuten zu zählen.

»Acht Euro?« Robert fielen fast die Augen aus dem Kopf, als ihm ein Ober den Getränkebeleg auf einem silbernen Tablett servierte. »Bar oder aufs Zimmer?«

»Aufs Zimmer«, mischte sich Marion ein, die in einem Korbsessel in tropischem Ambiente saß und sich im Schatten einer Palme räkelte.

»Das ist aber ganz schön gesalzen«, wagte Robert anzumerken.

»Schatz, wir sind im Urlaub. Da schaue ich nicht auf jeden Cent.«

Das Problem war, dass sie vermutlich in ihrem ganzen Leben noch nie auf Pfennige oder Cents geachtet hatte. Es war sein Geld, mit dem sie sich gerade in Form einer Piña Colada die Kehle spülte.

»Den Drink bekommst du in einem Strandcafé für die Hälfte.«

»Ich will aber jetzt einen. Soll ich mich erst anziehen, wenn ich Durst habe? Da können wir uns ja gleich Mineralwasserflaschen aus dem Supermarkt holen und aufs Zimmer stellen«, entrüstete Marion sich.

»Keine schlechte Idee, bei diesen Preisen.«

»Was ist eigentlich mit dir los?«

Robert hatte keine Lust mehr, seine schlechte Laune vor seiner Frau zu verbergen. Er stand vor dem Aus. Der Job war in Gefahr, keine erfolgreichen Abschlüsse, und das seit Monaten. Selbst die Allgäuer Milchfirma war im letzten Moment abgesprungen, weil ihnen die Software zu kompliziert war. Das Haus in München konnten sie damit vergessen, und nun saßen sie in einem der teuersten Hotels der Insel, und Marion verprasste das, was der Dispo gerade noch hergab.

»Mich kotzt das so an, dass du das Geld ständig raushaust«, musste Robert ihr endlich einmal ins Gesicht sagen.

Das war sie, die Kriegserklärung. Wie gerne hätte er Marion all das schon viel früher gesagt, aber bis jetzt hatte ihm immer der Mut gefehlt. Es sollte ja so was wie den Mut der Verzweiflung geben, und an Verzweiflung mangelte es ihm im Moment wahrlich nicht.

»Was kann ich denn dafür, wenn deine Mutter so stur ist?«, motzte Marion zurück.

Sehr viel. Wenn es dich nicht gäbe, wäre meine Mutter sicherlich einsichtiger, schoss es ihm durch den Kopf. Mit einer anderen Frau an seiner Seite hätten sie bestimmt ein besseres Verhältnis. Auf einmal kam ihm die Vision einer Heile-Welt-Familie, mit Kindern und einem Hund in bester LBS-Romantik. Das alles hätte er haben können, stattdessen ... Robert kam nicht dazu, den Gedanken zu Ende zu spinnen, denn Marions Bein wanderte unter dem Tisch schlangengleich an seinem Oberschenkel entlang.

»Schalt ab. Deine Mutter kriegt sich schon wieder ein«, säuselte sie.

Marions Fußspitze erreichte seinen Schritt. Spätestens jetzt würde er normalerweise dahinschmelzen und sich ihren Argumenten beugen. Diese Art der Steuerung sprang diesmal jedoch nicht an.

»Vergiss es. Du musst dich damit abfinden, dass wir nicht umziehen können, und wenn, dann nur in eine kleine Mietwohnung.«

Marions Fuß verschwand blitzartig von seinem hochsensiblen Terrain.

»Ich ziehe nicht in eine kleine Wohnung.«

»Dann müssen wir eben in Nürnberg bleiben.«

»In München gibt es viele tolle Wohnungen. Die kosten auch nicht viel mehr«, protestierte sie.

»Das können wir uns nicht leisten«, hielt Robert dagegen.

Marion setzte blitzartig ihren Gottesanbeterinnenblick auf. Vermutlich überlegte sie gerade, wann der Zeitpunkt gekommen war, um sich von ihm zu verabschieden.

»Du verdienst doch jetzt wieder ganz ordentlich. Der Urlaub. Du wolltest doch hierher.«

Nun war es wohl am besten, sich in Schweigen zu hüllen. Andererseits konnte er ihr nicht ewig die Rolle des erfolgreichen Softwareverteters vorspielen. Seine Firma stand kurz vor der Pleite, und vielleicht war dieses schöne Ambiente geradezu prädestiniert, um es seiner Frau jetzt beizubringen.

»Marion. Wir stehen finanziell nicht mehr so gut da wie früher. Ich hab im letzten halben Jahr so gut wie nichts verkauft.«

Jetzt war es endlich raus, aber an die Stelle der erhofften Erleichterung trat das Gefühl, als hätte jemand den Stöpsel einer prall überpumpten Luftmatratze gezogen – und er war diese Matratze. Langsam entwich die Luft. Das aufgeblasene Ego schrumpfte langsam, aber sicher, fiel faltig in sich zusammen und saß nun sterbend wie ein gebrechlicher Greis inmitten vitaler Gutlaunigkeit in einem Korbsessel unter Palmen – bereit für die Einäscherung. Eigentlich hatte Robert erwartet, dass Marion sich von einer Sekunde zur nächsten in Medusa höchstselbst verwandeln würde. Stattdessen rang sie sich ein zynisch-wissendes Lächeln ab und winkte keck in Richtung Ober, den sie gerade noch am Nachbartisch abfangen konnte.

»Noch einen.«

»Sehr wohl.«

Bisher hatte Robert Marion für ein naives Ding gehalten, eine Frau, die man herzeigen konnte und die es allein aufgrund ihrer äußerlichen Qualitäten wert war, mit ihr eine

Ehe zu führen. Zum Barbie-Dasein gehörte es nun mal auch, zu shoppen, und was wäre er für ein jämmerlicher Mann, wenn er seiner Frau kein angenehmes Leben finanzieren könnte? Dieses Kartenhaus brach nun endgültig mit ihrem fast schon abgeklärten Lächeln in sich zusammen. Vielleicht hatte sie ihn bisher nur ausgenutzt, und er war so bescheuert, sich ausnutzen zu lassen?

Eisiges Schweigen. Marion spielte mit ihren Haaren, prüfte, ob der Lack auf ihren Fingernägeln noch saß, und sprühte sich noch etwas mit Sonnenmilch ein. Kein weiteres Wort mehr zu den Finanzen. Robert vegetierte mit aufsteigendem Druck im Magen, jenem lauen Gefühl, das einem jegliche Lebensenergie entziehen konnte und eine Depression ankündigte, leidend vor sich hin. Ausgerechnet an einem der schönsten Urlaubsorte, ausgerechnet unter strahlend blauem Himmel und inmitten so vieler fröhlicher Gesichter musste er sich eingestehen, dass seine Frau vermutlich der größte Fehler seines Lebens war.

Kapitel 7

Die Mary V war eines jener Segelboote, in die man sich einfach sofort verlieben musste. Ein Einmaster, alles andere als protzig und doch mit gepflegten Planken, gepolsterten Außensitzbänken am Heck, einer versenkbaren Minibar, die von Deck aus zugänglich war, und einer Kajüte mit Mobiliar aus edlen Hölzern, was eine heimelige Gemütlichkeit ausstrahlte – eine Perle inmitten der wenigen Segelboote, die sich am frühen Nachmittag am Nordkap der Insel tummelten. Wie nicht anders zu erwarten war, klebte Elke ab der ersten Sekunde an Pablos Seite und wollte einfach alles über das Schiff wissen.

»Die Mary V war lange Jahre im Besitz unserer Familie. Als mein Vater starb, hab ich sie geerbt«, erklärte Pablo.

»Sie fahren sicher oft mit Miguel raus?«, wollte Elke wissen.

Da täuschte sie sich gewaltig. Miguel hatte mit Segeln überhaupt nichts am Hut. Er hasste das Schiff, verband er es doch mit seinem Vater, der bis zu seinem Tod nicht hatte akzeptieren wollen, dass er sich für Männer interessierte.

»Miguel macht sich nichts aus Segeln. Ich bin oft mit meinem Vater rausgefahren.«

»Am liebsten würde ich mit so einem Schiff einmal um die Welt segeln«, schwärmte sie.

Elkes Euphorie war nicht mehr zu bremsen, nicht ganz zu Unrecht. Einmal um die Südküste Spaniens, den starken Winden der Straße von Gibraltar trotzen, Marokko auf der einen, das spanische Festland mit dem Affenfelsen auf der anderen Seite. Kostbarste Erinnerungen hingen an diesem Boot. Auch mit Eleonora hatte er hier viele romantische Stunden verbracht. Laue Sommernächte bei ruhigem Wellengang in einer fern vom Massentourismus gelegenen Bucht der Nachbarinsel La Palma – Eleonoras Lieblingsplatz. Diese Zeit würde er heute noch als die glücklichsten Stunden seines Lebens bezeichnen.

Jetzt war Elke an seiner Seite, und die Frau, die er begehrte, saß mit Sigrun und Miguel am Heck und genoss die Aussicht auf die schroffe nördliche Steilküste mit ihren kleinen Fischerdörfern und steinigen Stränden, die nur selten einen Touristen zu sehen bekamen. Nicht einmal das leiseste Signal von Maria. Sie überließ Elke komplett das Feld.

Banker waren nicht jederfraus Sache. Diese Erfahrung hatte Pablo schon oft gemacht. Dabei fühlte er sich gar nicht so spröde wie viele seiner Kollegen. Maria kannte ihn nicht, und genau das war das Problem. Sie konnte gar nicht wissen, dass er eigentlich Pianist werden wollte, aber im ersten Semester an der Musikhochschule feststellen musste, dass sein musikalisches Gehör einfach nicht in der Lage war, Töne und Takte auseinanderzuhalten. Dabei spielte er ganz ansehnlich auf dem Piano.

»Mein Vater ist mit mir auch immer rausgefahren«, meldete Elke sich wieder zu Wort und riss ihn aus seinen Gedanken.

»Wir haben den Ärmelkanal überquert und sind dann einmal um die Insel.«

Immer wenn er an Maria dachte und daran, dass er bei ihr keine Chancen hatte, machte Elke irgendeine Bemerkung, die ihm wohl schicksalhaft und von oben gesteuert klarmachen sollte, dass sie im Grunde genommen sehr gut zu ihm passte. Sie hatten absolut die gleichen Interessen. In diesem Moment der Erkenntnis war die Frage naheliegend, ob es nicht besser wäre, Elke eine Chance zu geben. Was suchte er eigentlich? Eine Frau an seiner Seite würde ihn aus der wachsenden Einsamkeit befreien. Tagsüber hatte er genügend Kontakte, begegnete er ganz unterschiedlichen Menschen, die ihn forderten, die ihn abzulenken vermochten, aber was war mit den Abenden? Das erste Jahr nach Eleonoras Tod hatte unter dem Zeichen von Melancholie gestanden. Die Erinnerung an glückliche Momente hatte ihm gereicht, um die Einsamkeit und den Wunsch nach einer Frau nicht mehr zu spüren, doch die Droge der Trauer hatte nachgelassen. Eine Frau um jeden Preis?

»Ich hol uns was zu trinken.« Elke spürte wohl, dass er in Gedanken war.

Sie hatte zweifelsohne Feingefühl, und obwohl er immer mehr angenehme Seiten an ihr entdeckte, war er in diesem Moment froh, allein am Steuer zu stehen. Doch wohin sollte die Reise gehen? Die große Liebe, dessen war er sich sicher, erlebte man nur einmal. Sie war etwas ganz Besonderes. Wie oft hatte er darüber mit seinen Kollegen gesprochen. Er verglich diese Einzigartigkeit mit Paris. Bei seiner ersten Reise hatte ihn die Schönheit der Stadt förmlich überwältigt. Architektur, Kunst, die vielen Eindrücke, die jeden erschlagende Romantik und jener Flair, der Paris so einzigartig machte, hatten ihn verzaubert. Mit jeder weiteren Geschäftsreise war ein Teil dieses Eindrucks abgebröckelt. Der Gestank der Metro, die überfüllten Straßen, die nervenaufreibende Hektik in den Boulevards, die verfallenen Viertel – der Mythos hatte immer mehr an Glanz verloren.

Mit der Liebe war es wohl ähnlich. Pablo wusste, dass es letztlich nur darauf ankam, wie gut man miteinander harmonierte, wie alltagstauglich man war. Je weniger man sich von großen Gefühlen blenden ließ, desto zukunftssicherer war eine Entscheidung für oder gegen eine neue Lebenspartnerschaft.

»Ginger Ale mit Eis.« Elke reichte ihm ein Glas.

Sie erinnerte sich offenbar daran, dass er sich dieses Getränk am Vortag bestellt hatte. Sie war unglaublich aufmerksam und liebenswürdig.

»Danke.«

Das wäre jetzt bestimmt ein guter Zeitpunkt, um sich ihr zu nähern, überlegte er sich, als er von seinem Glas nippte. Elke wartete bestimmt nur darauf, aber Pablos Kehle schien wie zugeschnürt.

»Ich werd die anderen auch mal mit Getränken versorgen.«

Wieder diese Erleichterung, als Elke in Richtung Bar verschwand. Er war wieder allein mit sich und seinen Gedanken. Unwillkürlich musste er lächeln, als Maria zu ihm herübersah. Hatte sie sein Lächeln erwidert? Auf die Distanz und im grellen Licht der Sonne war dies schlecht einzuschätzen. Vermutlich nicht, und wenn es noch einen Moment des Zweifels gab, so wischte ihn Miguel, der ihn die ganze Zeit über immer wieder vom Heck aus beobachtet hatte und sicher wusste, was in ihm vorging, mit einem Handstreich zur Seite.

»Du verstehst dich gut mit Elke«, stellte Miguel fest.

»Findest du?«, fragte Pablo.

»Sigrun findet das auch.«
»Und Maria?«
»Pablo. Vergiss es einfach«, desillusionierte Miguel ihn.
»Was hat sie gesagt?«, hakte er nach.
»Nichts.«
Er war ihr also gleichgültig. Miguel hätte ihm diesen Umstand auch etwas schonender beibringen können.
»Sie ist dir sehr ähnlich«, fügte sein Bruder noch hinzu.
»Inwiefern?«
»Sie hat ihren Mann verloren. Die große Liebe.«
Schlagartig keimte wieder Hoffnung in Pablo auf. Sie hatte also das Gleiche durchgemacht wie er. Wenn jemand verstand, was in Maria vorging, dann er.
»Sie ist noch nicht so weit«, ermahnte Miguel ihn.
Hatte Pablo gehofft, sich Maria anzunähern, um zu spüren, ob sie seine Zuneigung in irgendeiner Form erwiderte, so wusste er nun, dass dieser missliche Zustand der Ungewissheit wohl noch eine Weile andauern würde. Miguel hatte sicher recht. Maria brauchte Zeit. Pablo zwang sich dazu, abzuschalten. Einfach nur den Rest des Tages genießen, den Fahrtwind spüren und den drei Damen, die es sich am Heck mit ihren Drinks bequem gemacht hatten, einen unvergesslichen Nachmittag bescheren.

Im Licht der untergehenden Sonne wirkte die Bungalowanlage friedlich. Die meisten Bewohner hatten sich zurückgezogen, um sich auf das Abendessen vorzubereiten. Der kleine Pool war leer. Sigrun erreichte das Haus als Erste, und was sie sah, ließ ihr das Blut in den Adern gefrieren. Die Eingangstür stand sperrangelweit offen.
Miguel inspizierte sofort das Türschloss.
»Es ist nicht aufgebrochen«, stellte er erleichtert fest.

»Wir sollten trotzdem die Polizei verständigen.« Maria machte sich sichtlich Sorgen.

»Hallo?«, rief Miguel in das Haus.

Sigrun wurde immer unruhiger. Sie waren kaum einen Tag in ihrem Haus, und schon wurde eingebrochen. Immerhin waren sie zu viert und hatten einen Mann dabei, wenngleich sie sich eher einen Mann wie Pablo als Verstärkung gewünscht hätte. Er hatte sich am Kai verabschiedet, angeblich, um sich auf einen wichtigen Geschäftstermin am Abend vorzubereiten. Wenn man Männer brauchte, waren sie nicht da.

Noch bevor Miguel das Haus betreten konnte, gellte ein hysterisches »Das müssen sie sein« aus dem Haus. »Ruf die Polizei.«

Einbrecher, die die Polizei riefen? So etwas hatte Sigrun auch noch nicht gehört, doch alles klärte sich auf einen Schlag, als sich die schrille Stimme in Form der Goldelse an der Türschwelle materialisierte. Wie eine Königskobra bäumte sie sich vor ihnen auf. Miguel sprang gleich erschrocken einen Schritt zurück.

»Was machen Sie hier?« Die Berlinerin war nicht in bester Stimmung und bekam im Nu Verstärkung von ihrem karohosentragenden Ehemann, der sich ein erstauntes »Sie?« abrang.

Sigrun preschte vor. Es war allerhöchste Zeit, die Schlange in ihre Schranken zu weisen.

»Was machen Sie in unserem Haus?«, stellte sie die beiden zur Rede.

»Woher haben Sie überhaupt den Schlüssel?«, wollte Maria wissen.

Goldelse verschlug es nur für einen kurzen Moment die Sprache.

»Ihr Haus? Was fällt Ihnen ein? Das ist unser Haus«, empörte sie sich.

»Vielleicht wünschen Sie sich, dass es Ihr Haus ist. Wir haben es gestern gekauft«, machte Sigrun klar.

Das Berliner Ehepaar wechselte erstaunte Blicke. »Wir auch.«

»Jetzt hören Sie aber mal auf mit dem Unsinn.« Elke konnte nun auch nicht mehr an sich halten.

»Was heißt hier Unsinn? Schatzi, zeig ihnen den Kaufvertrag.«

Obwohl der auffrischende Westwind für ordentlich Abkühlung sorgte, wurde es Sigrun schlagartig heiß. Es waren keine altersbedingten Hitzewallungen, die sie seit langem hinter sich gelassen hatte. Der Makler, das billige Türschild, der Notartermin in einem Maklerbüro inmitten eines heruntergewirtschafteten Einkaufszentrums, das unbewohnt wirkende Büro, nicht zu vergessen die Eile, in der das Geschäft abgewickelt werden musste. Wie ein Film lief ihre letzte Begegnung mit Sanchez vor ihrem geistigen Auge ab, und ihre schlimmsten Befürchtungen wurden wahr, als Goldelses Schatzi aus seiner Umhängetasche ein in Plastikfolie steckendes Dokument herauszog, das genauso aussah wie der Kaufvertrag, den auch sie unterschrieben hatten.

»Hier.«

»Schwein.« Sigrun musste ihrer Fassungslosigkeit Ausdruck verleihen.

»Wie reden Sie denn mit meinem Mann?«, zischte die Königskobra mit der dünnen Stimme eines aufgescheuchten Chihuahuas.

»Sanchez.«

Nun schien allen zu dämmern, dass sie einem Betrüger auf den Leim gegangen waren.

»Am besten, Sie packen ihre Sachen und verschwinden«, kläffte Goldelse leicht aufgebracht. Sie schien etwas schwer von Begriff zu sein.

»Lass mal, Mausi. Wir sollten das alles in Ruhe bereden.«

Der Groschen fiel.

»Man hat Ihnen das Haus auch verkauft?«

Rhetorische Fragen pflegte Sigrun grundsätzlich nicht zu beantworten, andererseits bedurfte es vielleicht eines weiteren Anstoßes, um die Sachlage endgültig zu klären. Erst als sie ihren Schlüsselbund aus der Tasche zog und ihn demonstrativ vor aller Augen hin und her schwenkte, gab die Königskobra ihre Angriffsstellung auf und verwandelte sich tatsächlich in ein kleines Mausi, das sich bei seinem Gatten hilfesuchend einhaken musste.

»Wir sollten den Makler anrufen.«

Marias Naivität regte Sigrun zum ersten Mal auf. Was sollte das bringen? Wahrscheinlich saß er längst in einem Flieger nach Südamerika und lachte sich schlapp.

»Haben Sie auch schon bezahlt?« Der Berliner schien sich mit der neuen Situation bereits vertraut zu machen.

An Marias Miene ließ sich die Antwort ablesen.

»Wir finden bestimmt eine Lösung. Vielleicht hat die Bank die Summe noch gar nicht ausgezahlt«, fügte er hinzu.

Optimismus war Mangel an Lebenserfahrung. Sigrun war sich sicher, dass Sanchez sich dank Pablos unkomplizierter Zwischenfinanzierung das Geld möglichst schnell und per Blitzüberweisung auf irgendein südamerikanisches Konto oder zu einer Steueroase hatte überweisen lassen. Nun war ihr auch klar, was er mit der »Notlage« der Besitzer gemeint hatte.

»Was machen wir denn jetzt?« Mausi war am Boden zerstört. Sigrun erging es nicht anders, insofern kam nicht einmal die Spur von Schadenfreude auf.

»Wir können unmöglich alle hier im Haus bleiben.« Elke hielt sich tapfer und versuchte mit sachlichen Überlegungen, das Beste aus dieser Situation zu machen.

»Wir gehen zurück ins Hotel.« Der Berliner schien vernünftiger zu sein, als Sigrun zunächst dachte.

»Aber ...«, winselte seine Frau.

»Nichts aber!«

Mausi schmollte, und Schatzi reichte Sigrun die Hand.

»Wiedemann. Ich schätze, wir sitzen nun im selben Boot.«

Elke hätte nicht gedacht, dass ihr einer von Miguels leckeren Cocktails einmal nicht mehr schmecken könnte. Der Spanier kümmerte sich engelsgleich um sie, denn der Schock saß auch Stunden später allen noch tief in den Knochen. Maria war auf einem der Terrassenstühle völlig in sich zusammengesunken und fast nicht mehr ansprechbar. Nicht einmal Miguels Nachos und Tortillas, die er in nur einer halben Stunde auf den Tisch gezaubert hatte, rührte sie an. Endlich kam Sigrun aus dem Haus. Sie hatten sich im Stillen darüber geeinigt, dass es wohl das Beste sei, sie würde mit Pablo telefonieren. Obwohl Elke sich um alles Geschäftliche kümmerte, wäre sie in ihrem gegenwärtigen Zustand nicht in der Lage gewesen, mit ihm zu sprechen. Maria erging es ähnlich.

»Er will versuchen, das Geld noch zu stoppen, aber das geht erst morgen früh«, sagte Sigrun niedergeschlagen.

Keine sonderlich guten Nachrichten also.

»Was machen wir denn bloß, wenn das Geld weg ist?«, fragte Maria.

»Koffer packen und wieder heimfahren.« Sigrun brachte es auf den Punkt.

»Pablo schafft das schon«, meinte Elke nur. Optimismus zu verbreiten war noch nie Elkes Stärke, schon gar nicht, wenn sie ihn mit geschwächten Stimmbändern aus sich herauszuhauchen versuchte.

»Ich bin müde.« Sigrun war offenbar auch ziemlich mitgenommen. »Ich geh ins Bett.«

»Ich auch«, schloss sich Miguel an, bevor er zu seinem Bungalow zurückging.

Elke und Maria sahen ihm eine Weile schweigend nach.

»Schade, dass Miguel sich nichts aus Frauen macht«, seufzte Elke und dachte sogleich daran, dass ihr schon wieder ein Mann das Geld aus der Tasche gezogen hatte und damit auf Nimmerwiedersehen verschwunden war. Ohne ihre Goldreserven hätte sie sich nicht einmal auf dieses Abenteuer einlassen können, und selbst die waren jetzt weg. Noch vor wenigen Stunden hatte sie davon geträumt, mit Pablo um die halbe Welt zu segeln, und nun saß sie mit Maria allein auf einer Terrasse, die ihnen nur zur Hälfte gehörte. Würde sich ein Rechtsstreit lohnen? So viele Fragen, und Elke war nicht mehr in der Lage, klar zu denken. Wahrscheinlich würden sie schon in den nächsten Tagen wieder in einem Flieger in Richtung Heimat sitzen. Aus der Traum!

Maria schien sich ihre Zukunft ebenfalls in düstersten Farben auszumalen. Sie wirkte völlig weggetreten und in einer anderen Welt.

»Es tut mir echt leid für dich«, sagte Maria zu ihr.

Es war wohl der richtige Zeitpunkt, um sich die Wunden zu lecken, aber warum tat sie Maria leid? Schließlich konnte ja niemand etwas dafür, dass sie an einen Betrüger geraten waren.

»Warum für mich? Das betrifft uns doch alle.« Sicher ist sicher, dachte Elke. Lieber noch mal nachfragen. Wer wusste schon, was in Marias Kopf vorging. Gelegentlich neigte sie zu Gedankensprüngen und kryptischen Äußerungen, die auf den ersten Blick keinen Sinn ergaben.

»Du weißt genau, wovon ich rede«, sagte Maria nach einigen Sekunden des Schweigens, in denen sie Elke nur angesehen hatte.

Sie spielte also auf ihr Interesse an Pablo an.

»Es ist ja wohl offensichtlich, dass er sich nicht für mich interessiert. Jedenfalls nicht genug«, musste Elke in dieser schwierigen Stunde einräumen. Sie hatten jetzt wahrlich wichtigere Probleme, als sich auch noch um einen Mann zu zanken.

»Das redest du dir nur ein. So etwas braucht Zeit«, versuchte Maria Elke zu trösten.

»Unsinn! Pablo hat nur Augen für dich. Fällt dir so etwas eigentlich gar nicht mehr auf?«, entfuhr es Elke unfreundlich.

»Ich finde, er hat sich rührend um uns alle gekümmert.«

Eine diplomatische Antwort. Hatte Maria denn gar nicht bemerkt, dass Pablo während der Bootsfahrt nur auf ein Zeichen von ihr gewartet hatte, als er von dem angeblichen wichtigen Geschäftstermin gesprochen hatte? Maria konnte manchmal ganz schön vernagelt sein.

»Es ist jetzt eh zu spät.«

Fast klang Maria ein wenig erleichtert. Wenn sie zurück nach Deutschland mussten, konnte sie sich wieder in Melancholie betten und den Rest ihrer Tage mit Friedhofsbesuchen verbringen. Es hatte keinen Sinn, weiter mit Maria zu reden. Das würde sie nur noch mehr runterziehen. Elke seufzte. Am besten, sie versuchte, etwas Schlaf zu finden, um zumindest von ihrem Leben auf der Insel zu träumen.

»Gute Nacht«, sagte sie und ließ Maria einfach sitzen.

Was für ein trister Morgen. Die erste Nacht in ihrem noch immer fremden Zimmer im ersten Stock eines Hauses, auf das sie sich so gefreut hatte. Erst jetzt in morgendlicher Stille nahm Maria sich die Zeit, darüber nachzudenken, ob sie sich in diesem Raum wohl fühlen könnte. Nussbaummöbel hatten ihr nie gefallen, aber der kleine Sekretär direkt am Fenster hatte etwas von jenem Biedermeier-Charme, den sie auch in ihrem Haus in Deutschland hier und da als Akzent gesetzt hatte. Eine Kommode, ein für Spanien wohl typischer Einbauschrank und ein Bett. Mehr würde sie nicht brauchen, aber ob sie jemals hierbleiben könnte, stand ja noch in den Sternen.

Maria quälte sich förmlich aus dem Bett. Ein Blick aus dem Fenster konnte die dumpfe Wehmut dieses Morgens nicht besser abbilden. Ein Einheitsgrau, durchsetzt von schwarzen Wolken, die sich nur träge bewegten, tauchte die Dünen in ein fahles Licht. Ein perfektes Bild der Trostlosigkeit. Angesichts der Stille im Haus ging sie davon aus, dass Sigrun und Elke noch fest schliefen. Maria atmete tief durch. Vielleicht würde ein starker Kaffee sie auf die Beine bringen. Allein auf der Terrasse, die sie höchstwahrscheinlich bald nicht mehr sehen würde. Wehmütig überlegte sie, was man alles daraus machen könnte. Statt der billigen weißen Kunststoffgartenmöbel würde sie eine Teakholzgarnitur aufstellen, aber letztlich bezog dieser Ort seinen Charme nicht vom Mobiliar, sondern von jenem Blick auf das Meer und dieser kraftspendenden Stille, die nur, wie heute Morgen, vom Wind gelegentlich unterbrochen wurde.

»Mama?« Eine vertraute Stimme kämpfte gegen den kräftigen Westwind an.

Augenblicklich bereute Maria es, Robert gestern nach dem Notartermin eine SMS mit der Adresse des Hauses geschickt zu haben. Dass er gleich in aller Herrgottsfrühe, noch dazu unangemeldet, auftauchen würde, damit hatte sie nicht gerechnet. Robert hatte offenbar Lust, ihr Altersdomizil zu begutachten. Maria ging davon aus, dass er es ihr madig machen würde, und dazu brauchte es angesichts des Dilemmas, in dem sie steckten, sicher nicht viel.

»Guten Morgen, Robert.«

»Schön habt ihr es hier«, sagte er und trat auf die Terrasse.

Zu mehr als einem Nicken hatte Maria keine Kraft mehr.

»Solide Bauweise. Das ist wirklich eine tolle Anlage.«

»Möchtest du auch einen Kaffee?«, fragte sie.

Robert schüttelte den Kopf, starrte ungläubig auf das imposante Haus, das trotz des fahlen Lichtes nichts von seiner Schönheit einbüßte.

»Tut mir leid wegen gestern. Ich hätte dich nicht so unter Druck setzen sollen.«

Das waren ja ganz neue Töne. Vermutlich ein Strategiewechsel, um sie weichzukochen. Die Tatsache, dass Marion nicht dabei war, sprach Bände.

»Ich hätte es dir früher sagen sollen«, lenkte Maria schuldbewusst ein.

Robert nickte und nahm schweigend auf einem der Terrassenstühle Platz. »Es war dein gutes Recht. Immerhin ist es dein Haus, aber gerade jetzt … hätten wir das Geld gebraucht.«

Bei genauerem Hinsehen wirkte er etwas geknickt und merkwürdig fahl im Gesicht.

»Marion ist ziemlich enttäuscht.«

»Hast du mit ihr etwa gestritten?« Maria roch förmlich, dass es zwischen den beiden ihretwegen gekracht hatte.

Wieder Schweigen. Aus Robert war nur schwer etwas herauszukriegen.

»Wir haben fest mit der Hypothek gerechnet, als Starthilfe.«

»Wenn ich mich recht erinnere, wollte Marion unbedingt nach München. Ich hab das nie verstanden. Du bist Handelsvertreter für ganz Bayern. Da ist Nürnberg viel günstiger gelegen.«

»Du weißt doch, wie sie ist«, erwiderte er kleinlaut.

Natürlich wusste Maria das. Ihr war von Anfang an klar, dass Marion ihren Sohn nur dazu benutzte, um ihren Lebensstil zu finanzieren.

»In eure Ehe mische ich mich nicht ein, aber es würde sicherlich nicht schaden, mit deiner Frau mal vernünftig zu reden.«

»Vernünftig reden ...«, resignierte er.

Aha. Die beiden waren also sogar ordentlich aneinandergeraten.

Roberts Blick war für einen Moment in die Ferne gerichtet, dann lächelte er sie an.

»Hast du vielleicht doch einen Kaffee?«

Marias Mutterinstinkt ließ sie sofort aufspringen und die Thermoskanne von der Anrichte holen.

»Marion ist kein schlechter Mensch. Sie hat ihre Qualitäten. Du kennst sie nur zu wenig«, erklärte Robert und trank einen Schluck.

Maria musste sich zusammenreißen, nicht zu schmunzeln, denn die Qualitäten, auf die Robert anspielte, konnte sie sich lebhaft vorstellen. Warum gab er nicht einfach zu, dass Marion nicht das Gelbe vom Ei war?

»Ich sage gar nichts gegen sie, aber ich habe das Gefühl, dass sie dich ausnutzt.«

Damit hatte sie wohl ins Schwarze getroffen, was an Roberts Leidensmiene abzulesen war. Immerhin schien ihm der Kaffee zu schmecken.

»Der neue Job. Es läuft einfach nicht so, wie ich mir das vorgestellt habe«, erzählte er stockend.

»Weiß sie Bescheid?«, hakte Maria nach.

»Jetzt schon.«

Maria setzte sich neben ihren Sohn und sah ihm ernst in die Augen.

»Jetzt will ich dir mal was sagen. Dein Vater und ich, wir hatten auch schlechte Zeiten durchzustehen. Das meiste haben wir von dir ferngehalten. Was glaubst du, wie schwierig es war, als diese ganzen Billigbäcker, diese Selbstbedienungsketten, wie Pilze aus dem Boden schossen? Wir hatten Angst um unsere Existenz, aber es ging irgendwie immer weiter. In einer Ehe muss man zusammenhalten.«

Endlich war es raus. Wie oft hatte sie sich schon gewünscht, mit Robert einmal offen über ihre Vorstellungen von einer guten Ehe zu sprechen.

»Marion ist immer für mich da«, sagte er nur.

Wahrscheinlich meinte er damit, dass seine Frau sich gelegentlich dazu herabließ, ihm den Nacken zu massieren, wenn sie etwas von ihm wollte.

»Warum will sie unbedingt nach München?«, fragte Maria.

»Sie würde sich dort sicher wohler fühlen. Papa hat auch immer alles gemacht, damit du glücklich bist, oder nicht?«

Scharfe Munition! Da hatte Robert recht, nur mit dem Unterschied, dass sie von Edgar niemals Dinge verlangt hätte, die außerhalb ihres Budgets lagen. Gemeinsam an einem Strang zu ziehen war etwas anderes.

»Wir hatten wirklich Bedenken, dass du hier nicht gut aufgehoben bist. Ich hab mir Sorgen gemacht.«

Wieder konnte Robert punkten, denn ein Teil seiner Sorgen waren alles andere als unberechtigt.

»Aber wenn ich mir die Anlage so ansehe, bin ich beruhigt. Du bist hier ganz gut aufgehoben, denn ihr könnt hier aufeinander aufpassen, habt Gesellschaft. Marion und ich hätten ja gar nicht die Zeit, uns um dich zu kümmern.«

Genau damit war zu rechnen. Also doch Altersheim. Maria würde sich in ihrem Haus vielleicht noch ein paar Jahre selbst versorgen können. Irgendwann müsste sie sich jedoch damit abfinden, in ein kleines Zimmer in einem Wohnstift umzuziehen. Sie würde nach wenigen Jahren so vereinsamen, dass sie sich täglich wünschen würde, ihren Edgar möglichst bald wiederzusehen. Und Geld hätte sie auch keines mehr. Ihre Zukunft war im Moment mindestens so düster wie die schwarze Wolkenfront, die auf die Küste zusteuerte. Aber noch war es nicht so weit, und auch wenn Robert und sie sich in diesem Moment ungewohnt nahekamen, hielt Maria eine innere Stimme davon ab, ihm von ihrem Scheitern zu erzählen.

Sigrun konnte sich nicht erinnern, wann sie das letzte Mal so schlecht geschlafen hatte. Sorgen kannte sie bisher nicht, jedenfalls keine, die sie so tief erschütterten wie die Aussicht, ihr gemeinsames Vorhaben wahrscheinlich abblasen zu müssen. Maria war schon wach und werkelte in der Küche herum. Es roch nach frischen Pfannkuchen. Auf dem Küchentisch stand bereits ein Tablett mit verschiedenen Marmeladen. Maria hatte sie vermutlich im Hotel gesammelt – in der weisen Voraussicht einer Hausfrau, die sich bereits gedacht hatte, dass sie gleich nach ihrem

Umzug kaum Zeit für Einkäufe haben würden. Miguel hatte ihnen mit dem Notwendigsten ausgeholfen, und Maria schaffte es, aus dem wenigen ein Frühstück zu zaubern.

»Morgen, Sigrun. Magst du einen Pfannkuchen?« Marias Lächeln war erfrischend, auch wenn ihr deutlich anzumerken war, dass sie es sich förmlich abringen musste.

Sigrun war eher nach einer Tasse schwarzen Kaffees extrastark, aber Marias liebevoll ausgesprochene Einladung konnte sie einfach nicht ausschlagen.

»So eine schöne Küche.« Marias Seufzen, das ein wehleidiger Blick auf ihren Lieblingsraum begleitete, klang nach einem Requiem auf das Haus.

»Jetzt wart doch erst einmal ab«, meinte Sigrun.

Maria schaufelte gleich drei Marmeladenportionen auf ihren Pfannkuchen und verstrich sie verspielt, als ob sie aus den unterschiedlichen Farben ein Gemälde anfertigen wollte.

»Auf was? Du hast doch selbst gesagt, dass das Geld weg ist.«

Noch bevor Maria dazu kam, den Pfannkuchen einzurollen, zerriss die Hausklingel die morgendliche Stille.

»Das wird Miguel sein.«

Maria täuschte sich. Der erhoffte Anruf von Pablo war hinfällig geworden. Er wollte es sich offenbar nicht nehmen lassen, ihnen die neuesten Entwicklungen persönlich mitzuteilen. Dies konnte eigentlich nur bedeuten, dass er ihnen etwas schonend beibringen musste. Sofort stellte sich ein nervöser Magen bei Sigrun ein. Als sie ihm die Tür öffnete und ihn ins Wohnzimmer geleitete, in dem Maria bereits den Frühstückstisch deckte, wurden daraus regelrechte Krämpfe.

»Guten Morgen, Pablo«, begrüßte Maria ihn mit freudigem Lächeln.

Aus seinem Gesichtsausdruck ließ sich beim besten Willen nicht ablesen, was in ihm vorging. Aus seinem Verhalten wurde jedoch schnell klar, dass er sich sehr darüber freute, Maria wiederzusehen.

»Guten Morgen, Maria.«

»Pablo, möchten Sie vielleicht mit uns frühstücken? Kennen Sie Pfannkuchen? In Spanien gibt's das nicht, oder?«, fragte Maria.

»Ich hab vor zwei Jahren auf einer Geschäftsreise nach Frankfurt welche probiert. Die haben ein bisschen nach französischen Crêpes geschmeckt.«

»So ähnlich, aber sie sind etwas reichhaltiger.«

Wie konnten die beiden sich angesichts der angespannten Lage nur über Pfannkuchen unterhalten? Vielleicht war dies ein gutes Zeichen, beruhigte Sigrun sich. Andererseits würde sie Pablo durchaus zutrauen, souverän auch mit noch so schwierigen Problemen umzugehen und sich nichts anmerken zu lassen.

»War es noch möglich, die Auszahlung rückgängig zu machen?«, fragte sie Pablo ganz direkt.

Obwohl Sigrun ganz genau wusste, dass ihre Freundin diese Frage genauso brennend interessierte wie sie, warf Maria ihr einen vorwurfsvollen Blick zu. Sigrun hatte es gewagt, sie bei ihrem »Pfannkuchenritual« zu stören. Liebevoll drapierte sie ein perfektes Exemplar für Pablo auf einen Teller und bestrich es mit Hingabe und Erdbeermarmelade.

»Es gibt gute und schlechte Nachrichten.«

»Die guten zuerst.« Sigrun war nach einer kleinen Stärkung ihres Nervenkostüms.

»Wir konnten das Geld zurückfordern, sozusagen im letzten Moment. Die Überweisung ist von einem spanischen Konto aus in die Schweiz gegangen. Die Schweizer Bank sollte es dann auf ein Konto in Argentinien überweisen. Gott sei Dank dauern Auslandstransaktionen nach Südamerika immer ein paar Tage. Buchgeld ist nun mal träge.«

Maria atmete erleichtert auf.

»Gott sei Dank! Pablo, Sie sind ein ... Engel!«, lobpries sie ihn.

Der Engel erstrahlte plötzlich wie ein Kerub. Eigentlich hatte Sigrun damit gerechnet, dass Maria ihn umarmte. Pablo vermutlich auch, aber er schien sich schon mit dem »Engel« zufriedenzugeben.

»Wir sollten die Polizei einschalten«, schlug Sigrun vor.

»Das hab ich schon, aber Sanchez hat sich, wie ich erfahren habe, bereits nach Argentinien abgesetzt.«

»Und der Notar, dieser Deluca?«

»War ein Betrüger. Die Kanzlei Deluca ist auf der Insel sehr angesehen. Er hatte alle Papiere gefälscht. Leider sind wir erst jetzt darauf aufmerksam geworden. Ich habe die Siegeldrucke verglichen. Es gibt nur minimale Abweichungen, aber unter einer Lupe sind sie deutlich zu erkennen.«

»Das ist unglaublich«, stellte Sigrun fassungslos fest. Sie war nun bereit für die schlechte Nachricht. Eigentlich konnte jetzt nichts wirklich Schlimmes kommen. Sie hatten ihre Ersparnisse zurück, und Maria hatte sich nicht umsonst verschuldet. Wieso wirkte Pablo aber angesichts dieser erfreulichen Wendung so, als hätte er noch etwas in petto, was ihnen ganz und gar nicht schmecken würde? Auch Maria schien zu ahnen, dass sie sich nicht zu früh freuen sollten.

»Nun zur schlechten Nachricht«, fuhr Pablo mit ernster Miene fort.

»Wir dürfen uns vor Gericht mit den Berlinern streiten, wem das Haus rechtmäßig gehört. Immerhin wurde es ja doppelt verkauft«, mutmaßte Sigrun.

Pablo schüttelte den Kopf. »Die Leute können einem leidtun. Sie haben, wie ich erfahren habe, einen Tag früher bezahlt. Ihr Geld ist weg. Einen Anspruch auf das Haus haben sie trotzdem nicht.«

Moment, beide Parteien hatten immerhin einen Kaufvertrag. Goldelse würde sicher nicht kampflos aufgeben.

»Es ist so: Genau genommen hätte der Makler das Grundstück überhaupt nicht verkaufen dürfen.«

»Warum das denn?« Maria verstand die Welt nicht mehr.

Sigrun ging es genauso.

»Das Haus hat bis vor einigen Jahren einer Frau aus München gehört. Sie ist verstorben und hatte zwei Kinder, die tragischerweise kurz nach ihrem Tod beide bei einem Verkehrsunfall ums Leben gekommen sind. Es gibt keine weiteren Verwandten.«

»Daher also die Vollmacht. Sanchez hat im Namen einer Toten unterschrieben und das Ganze auch noch notariell beglaubigt«, schlussfolgerte Sigrun fassungslos.

»Wenn es keine Erben gibt, dann fällt das Haus nach spanischem Recht an die Gemeinde. Das Haus wurde damit de facto nie verkauft.«

»Dann kaufen wir es eben noch mal.« Maria stellte sich die Angelegenheit offenbar einfacher vor, als sie war.

Pablos skeptischer Blick sprach Bände. »Ich bin mir nicht sicher, ob die Gemeinde das Haus verkaufen wird.«

»Wenn Sanchez und Deluca Betrüger waren, woher hatten sie dann eigentlich die Schlüssel? Woher wussten sie überhaupt, dass das Haus sozusagen vogelfrei herumstand?«, fragte Sigrun stirnrunzelnd.

»Reiner Zufall. Ich habe von einem Kollegen erfahren, dass es schon einmal eine Finanzierungsanfrage für dieses Objekt gegeben hat.«

Sigrun musste sich setzen. Die Sache wurde immer heikler, um nicht zu sagen zu einer jener »X-Akten« aus dem Fernsehen, mit ihr in der Rolle der Scully und Pablo als Moulder.

»Die beiden Kinder, also die Erben, wollten das Haus kurz vor ihrem Tod loswerden. Sie hatten sich schon mit einer hiesigen Immobilienfirma in Verbindung gesetzt, und es gab sogar einen Kaufinteressenten, der die Finanzierung aber nicht hinbekam. Nachdem sie auf tragische Weise auf einer Autofahrt nach Südtirol tödlich verunglückten, stand das Haus nicht mehr zum Verkauf.«

»Wie kommt jetzt Sanchez ins Spiel?«, wollte Sigrun wissen, in der Absicht, diese »X-Akte« gänzlich aufzuklären.

»Dreimal dürfen Sie raten, wer für diese Immobilienfirma tätig war. Kurze Zeit später hat er dann gekündigt.«

Sanchez hatte also versucht, das Haus im Alleingang zu verkaufen. Die Provision war ihm anscheinend nicht gut genug, machte sich Sigrun klar.

Schritte auf der Treppe, die von oben in den Wohnraum führte, verrieten ihr, dass Elke auf den Beinen war.

»Guten Morgen, Pablo«, begrüßte sie ihn kurz darauf freudestrahlend.

»Hallo, Elke.«

Elke blickte erwartungsfroh in die Runde.

»Und?«

Sigrun fasste sich ein Herz. »Ich habe gute und schlechte Nachrichten …«

Kapitel 8

Es gibt eine bestimmte Art von Männern, die nach außen hin gerne den großen Macker markieren und ihre Männlichkeit über das definieren, was sie darstellen. Dazu gehören Statussymbole wie ein schicker Wagen, aber auch eine Frau, die man im Kollegen- und Bekanntenkreis vorzeigen konnte. Marion, die sich im Pulk anderer Touristen vor der Morgengymnastikstunde am Pool mit ein paar Stretchingübungen aufwärmte, wusste ganz genau, wie Robert tickte. An sich passte er recht gut zu ihr, denn ein Mann wie er ging immer auf sie ein, und letztlich saß sie auch in schwierigen Konfliktsituationen immer am längeren Hebel.

Leider knickte Robert nicht nur bei ihr gerne ein, sondern auch beruflich, und Marion konnte sich das Gespräch mit seiner Mutter, das er heute Morgen beim Frühstück vage angedeutet hatte, lebhaft vorstellen. Vermutlich hatte er sich bei Maria ausgeheult. Die böse, böse Marion, die ihrem Sohn das Leben schwermachte. Damit ließ es sich aber gut leben, denn wenn Marion eines immer schaffte, dann Robert ein schlechtes Gewissen zu machen. Ein Trumpf, der immer stach, waren zudem ihre Reize, ihre Weiblichkeit, ihre Art, ihn um den Finger zu wickeln. Ganz bewusst entschied sie sich heute Morgen für ein bisschen Gymnastik, in einem die Sinne betörenden Outfit, versteht sich.

Robert lag in einem Liegestuhl, der ihm einen guten Blick auf die sportliche Morgentruppe – überwiegend Hausfrauen, die dringend eine Diät nötig hatten – gestattete. Der Aerobictrainer, ein muskulöser Adonis, hatte offenkundig ein Auge auf Marion geworfen, und dementsprechend legte sie sich ins Zeug. Robert konnte den Blick nicht mehr von ihr lassen, klebte förmlich an ihrem Shakira-Hüftschwung, und wie nicht anders zu erwarten, beäugte er Adonis mit wachsendem Misstrauen und wurde dabei immer zappeliger.

Über manche Dinge musste man erst gar nicht lange diskutieren. Ein Termin beim Gemeinderat stand an. Pablo, nach Marias reichhaltigem Pfannkuchenfrühstück frisch gestärkt, schlug vor, sich möglichst schnell mit den neuen Eigentümern, sprich den spanischen Behörden, in Verbindung zu setzen. Wer sonst außer Elke hätte Pablo begleiten können? Wer sonst hatte alle Zahlen fein säuberlich in einem Dossier und jederzeit griffbereit?

Dennoch wollte Maria unbedingt dabei sein. Nach ihrem gestrigen nächtlichen Krisengespräch auf der Terrasse, das sicherlich von Elkes Niedergeschlagenheit wegen des doppelten Hausverkaufs geprägt und somit nicht ganz objektiv gewesen war, hatte Elke ihr klar signalisiert, dass sie ihr nicht im Weg stehen würde, obwohl Maria nicht die geringsten Andeutungen gemacht hatte, dass sie Pablo für sich beanspruchte. Noch viel überraschender war der Umstand, dass der Spanier gar nichts davon hielt, gleich mit zwei Damen im Schlepptau bei der Gemeindeverwaltung vorzusprechen.

»Elke und ich, wir regeln das«, lautete seine klare Ansage, der sich Maria schließlich beugte.

»Es wird Ihnen zugutekommen, dass Sie beabsichtigen, ganzjährig auf der Insel zu residieren. Saisontouristen, die hier Immobilien aufkaufen, um nur ein paar Monate lang hier zu leben, sind nicht sehr gern gesehen«, erklärte er ihnen.

»Meinen Sie wirklich, wir haben Chancen?«, fragte Maria.

»Natürlich. Wahrscheinlich weiß die Gemeinde noch gar nicht, dass ihr das Haus gehört. Die Behörden würden es nur mitbekommen, wenn ein reeller Kauf stattfindet. Das Haus gehört einer Toten.«

»Ja, merkt das denn niemand?«, wunderte sich Elke.

»Solange die Erben alles per Bankeinzug weiterbezahlen, nein.«

Als Elke und Pablo beim Büro der Gemeinde, einem kahlen Betonverschlag in der Urbanisation von San Fernando, vorstellig wurden, war schnell klar, dass Pablo recht behalten sollte. Das Treffen mit einer gewissen Soledad Marrero, einer kleinen adrett gekleideten Spanierin mit lockigem Haar, die sie kurz begrüßte und nach der Schilderung des Sachverhalts erst einmal auf eine Bank vor ihrem Büro verwies, hatte sich Elke etwas flotter vorgestellt. In der Tat ließ sie die beiden erst einmal eine halbe Stunde warten, um sich einen Überblick über die Akten- und Eigentumslage zu verschaffen. Immerhin war das Gebäude, das förmlich nach Amt roch, klimatisiert, und Marrero hatte sie mit gekühlten Getränken versorgt.

»Wer weiß, vielleicht bekommen wir noch heute Bescheid, wie die Chancen stehen, zumindest inoffiziell. Ich kann mir nicht vorstellen, dass die Gemeinde in einer privaten Bungalowanlage gemeinnütziges Interesse an einer Wohnung anmeldet.«

»Wie lange dauert so eine Abwicklung?«

»Das kann mit etwas Glück sehr schnell gehen oder sich über Monate hinziehen. Wenn Sie Glück haben, dann verlangt die Gemeinde eine Summe knapp über dem Verkehrswert der Immobilie.«

»Also zwischen zwei- und dreihunderttausend?«

»Man merkt, dass Sie aus einer Bankiersfamilie stammen.« Pablos anerkennendes Lächeln signalisierte, dass sie ihn mehr und mehr beeindruckte.

»Also, wenn es klappt, dann lade ich Sie ein. Ins beste Restaurant der Stadt.«

»Sehr gerne.« Völlig überraschende Töne aus Pablos Mund.

Lag Maria etwa richtig und sie hatte sich in ihm getäuscht? Würde es nur etwas mehr Zeit brauchen, bis er ihr die gleichen Gefühle entgegenbringen konnte wie Maria? Dass es ihn zu Maria hinzog, darüber bestand angesichts seines Verhaltens keinerlei Zweifel. Bei einem Essen zu zweit hätten sie endlich die Gelegenheit, auf Smalltalk zu verzichten. Niemand würde ihnen zuhören, niemand würde sie taxieren. Sie bräuchte Maria gegenüber kein schlechtes Gewissen zu haben, müsste den Blickkontakt mit Sigrun nicht meiden und könnte sich unverkrampft mit dem attraktiven Spanier über Privates unterhalten. Ein zweites Kennenlernen und vielleicht Liebe auf den zweiten Blick? Vielleicht war die Aktion des Maklers am Ende sogar noch für etwas gut.

Elkes Höhenflug der Gefühle wurde jedoch jäh gebremst, als Soledad Marrero sie in ihr Büro bat und ihnen eröffnete, dass die Sache nicht so einfach war wie gedacht.

»Es gibt bereits einen Interessenten für das Haus«, teilte sie ihnen unverblümt mit.

Wieder ein Rückschlag. Dabei schien sich doch alles zum Guten zu wenden.

»Was heißt das?«, fragte Elke.

»Der andere Interessent hat schon viel früher seine Ansprüche angemeldet«, konstatierte die Spanierin mit gleichgültigem Unterton.

Elke wurde auf einen Schlag schlecht. Ihre Nerven lagen angesichts der Turbulenzen der letzten Tage sowieso schon blank. Sie steigerte sich sofort in den Gedanken hinein, dass alles umsonst gewesen sein könnte. Sie würden das Haus nie bekommen. Sie müsste wieder nach Deutschland, und damit würde sie auch Pablo ad acta legen müssen. Horrorszenarien von einem kurzen, wehleidigen Abschied am Flughafen schossen ihr durch den Kopf. Die Chance ihres Lebens. War wirklich alles umsonst?

»Moment. Wie ist das möglich? Wie lange wissen Sie denn schon vom Tod der Erben?« Pablo brachte Elkes Verwunderung auf den Punkt.

Endlich ein Mann, der zu kämpfen wusste. Sie könnte sich entspannt an seine Schulter anlehnen, zum ersten Mal in ihrem Leben könnte sie das Heft aus der Hand geben, ohne ihrem Partner zu misstrauen.

»Señor Hernandez, darüber darf ich Ihnen leider keine Auskunft geben.«

»Woher wissen Sie denn überhaupt, dass es einen Interessenten gibt?«, bohrte Elke gleich nach.

»Es hat sich jemand bei uns gemeldet.«

»Das kann gar nicht sein.« Elke war am Boden.

Die nette und anfangs äußerst hilfsbereit wirkende Dame mutierte innerhalb kürzester Zeit zum widerborstigen

Amtsschimmel, dennoch hielt Pablo heldenhaft die Zügel fest in der Hand.

»Jetzt gibt es weitere Interessenten, und soweit mit der ersten Partei noch keine Verkaufsverhandlungen geführt wurden, sind Sie zu einer Ausschreibung verpflichtet.«

Pablo bremste Marreros Galopp jäh ein. Sie hatte offenbar nicht damit gerechnet, dass der Banker sich so gut mit der hiesigen Rechtsprechung auskannte.

»Es wäre schön, wenn die Ausschreibung möglichst zügig angesetzt werden könnte.«

»Ich werde tun, was ich kann.« Sie klang nicht sonderlich überzeugend, was Pablo sofort auffiel.

»Ich finde, man kann den Damen nicht zumuten, wieder in ein Hotel zu ziehen. Sie haben das Haus in gutem Glauben gekauft und sollten so lange darin wohnen können, bis hinsichtlich des Verkaufs eine Entscheidung gefallen ist.«

»Rein rechtlich besteht dafür kein Anlass. Vielleicht ließe sich die Angelegenheit mit einem Mietvertrag lösen.« Marrero ließ einfach nicht locker.

»Wozu? Ich rechne mit einer zügigen Ausschreibung, auch in Ihrem Interesse«, konterte Pablo.

»Das liegt nicht in meiner Hand.«

Elke rutschte nervös auf ihrem Stuhl hin und her. Pablo argumentierte souverän, aber er konnte die Spanierin überzeugen. Ihr wurde fast schlecht, so angespannt war sie.

»Sie wissen, dass die Gemeinden alle Geschäfte über unsere Bank abwickeln, und zwar zu Sonderkonditionen, zu denen wir nicht verpflichtet sind. Stellen Sie sich vor, es würde sich herumsprechen, dass Sie der Auslöser dafür wären, wenn wir uns geschäftspolitisch umorientieren müssten.«

Dieser drohende Unterton und diese starke, kristallklare Stimme, die keinen Zweifel daran ließ, dass Pablo Marrero Schwierigkeiten machen konnte, falls sie nicht spurte – einfach grandios. Der Banker war Gold wert und erzielte die erhoffte Wirkung. Die Spanierin schien einzuknicken und rang sich widerwilligst ein einlenkendes Nicken ab, bevor sie die beiden mit einer Floskel aus ihrem Büro entließ.

Dieser muskulöse Schönling in seinem Aerobicoutfit war ja ganz schön direkt. Robert schnaufte laut. Wie es aussah, lud dieser Kerl gerade seine Marion an der Poolbar auf einen Drink ein. Es wurde allerhöchste Zeit, sein Revier zu markieren, und zwar mit Nachdruck.

»Zwei Piña Colada bitte. Möchten Sie auch einen?« Der Überraschungsmoment, als Robert wie aus dem Nichts neben Marion auftauchte, war ihm gelungen.

»Nein danke, ich trinke keinen Alkohol«, gab Mr Aerobic angesichts der doch etwas peinlichen Situation überraschend souverän zu verstehen.

Das konnte er seiner Großmutter erzählen. Robert war sich sicher, dass er gemeinsam mit dem Partyvolk ordentlich abzufeiern wusste.

Marion blieb gar nichts anderes übrig, als sofort einzulenken und ihn vorzustellen.

»Robert, mein Mann.«

»Angenehm, Dieter.« Dieser Typ hatte einen beeindruckend festen Händedruck.

»Ich wünschte, ich hätte mehr so sportliche Kursteilnehmer wie Ihre Frau«, schwärmte Dieter.

Natürlich wünschte er sich das. Wer würde sich das angesichts des insbesondere an diesem Morgen desolaten und überwiegend viel zu fetten »Kurs-Buffets« nicht wünschen. Rubens hätte an den anderen Kursteilnehmerinnen, die neben ihnen an zuckerhaltigen Dickmachern nuckelten, sicher seine wahre Freude gehabt.

»Ich mach das jetzt jeden Tag. Es tut mir total gut.« Marion wusste wie immer gekonnt nachzusticheln. Dieter hatte aber wohl die Brisanz der Lage erkannt. Es war in den guten Hotelanlagen nicht gern gesehen, wenn das Personal mit Gästen anbandelte. Ein Wort von Robert, und Mr Aerobic wäre in Schwierigkeiten. Was blieb Dieter also anderes übrig, als sich mit einem dezenten »Bis morgen« zu trollen. Kaum hatte Marion ihren Cocktail vor sich stehen, kam sie auch gleich zur Sache.

»Auf den Urlaub, Schatz«, lenkte sie ein.

Ihr Strahlelächeln war umwerfend und mindestens so süß wie der Inhalt des Cocktails, der auf ihn wartete. Irgendwie war sie ja auch süß, zumindest konnte sie es sein, wenn sie wollte und wenn es einem bestimmten Zweck dienlich war.

»Was wirst du jetzt unternehmen? Sprichst du noch mal mit deiner Mutter? Vielleicht hat sie das Haus ja nicht komplett mit einer Hypothek belastet. Vielleicht gibt es noch ein wenig Spielraum.«

Aha, nach dem Zuckerbrot kam die Peitsche.

»Marion, sie hat es sich verdient, glücklich zu sein. Das Haus ist großartig. Das Thema ist abgehakt.«

»Das ist doch alles Blödsinn. Im Moment ist alles großartig, aber lass sie mal erst ein paar Monate hier sein. Das wird schnell langweilig. Verdammt, sie kann jederzeit hier Urlaub machen.«

Alles einleuchtende Argumente.

»Dieter kennt sich aus. Die meisten Alten mieten sich ein Apartment und überwintern hier. Das ist viel billiger.

Keine horrenden Nebenkosten. Keine Einkommensteuer auf die eigene Immobilie, und man ist ungebunden.«

Dieter, offenbar ein besonders smartes Kerlchen, hatte Marion anscheinend mit all den Eingebungen versorgt, aber wo er recht hatte, hatte er recht. Dass Marion ihm in der kurzen Zeit an der Bar die ganze Geschichte vom Ärger mit seiner Mutter erzählt hatte, schockierte Robert jetzt auch nicht mehr.

»Man muss das immer von zwei Seiten sehen. Du bist immerhin ihr Sohn.«

»Ich kann und will das nicht von meiner Mutter verlangen«, sagte er mit Nachdruck.

»Du bist einfach zu weich«, erwiderte sie.

»Marion, sie darum zu bitten, sich noch mehr zu verschulden, wäre unanständig.«

Marion lachte spitz auf. »Anständig? Seit wann interessiert es dich, anständig zu sein? Ich erinnere dich nur ungern daran, dass du im letzten Jahr einen Teil deiner Provision nicht versteuert hast. Oder wie sieht es denn mit der kleinen Firma in Bayreuth aus? Du kassierst zwanzig Prozent Provision, obwohl du der Firma nur fünfzehn Prozent schuldig bist. Also, erzähl du mir nichts von Anstand.«

Es gibt Momente, da ist eine Piña Colada definitiv nicht stark genug. Marion wusste also bestens über seine Geschäfte Bescheid und entwickelte sich somit zur wandelnden Zeitbombe. Wer hätte das gedacht, dass sie sich mehr für seine Geschäfte interessierte, als ihm lieb war. Robert war immer der Meinung, dass seine Frau sich sowieso kein Wort von dem merkte, was er über seine Arbeit erzählte. Ein Fehler! Sie konnte, wann immer sie wollte, auf den roten Knopf drücken und ihn hochgehen lassen. Wozu

Marion erst fähig sein würde, wenn er auch nur vage den Wunsch äußern würde, sich von ihr zu trennen, daran wagte Robert noch nicht einmal zu denken.

»Schatz, wir sitzen im selben Boot. Du willst doch auch ein schöneres Leben.«

»Schon, aber … Siehst du denn gar nicht, wie egoistisch deine Mutter ist? Ihre Freundinnen sind ihr wichtiger als der eigene Sohn. Das ist doch nicht normal«, sagte Marion.

Angesichts des nicht gerade optimalen Mutter-Sohn-Verhältnisses der letzten Jahre war eine engere Bindung zu Elke und Sigrun mehr als normal. Robert leuchtete aber auch ein, dass seine Mutter auf ihre »Rente unter Palmen« keineswegs verzichten musste, auch wenn sie sich kein Haus kaufte.

»Es wäre für alle Beteiligten das Beste, wenn sie endlich zur Vernunft käme«, unterstrich Marion noch einmal mit Nachdruck, bevor sie sich wieder ihrem Drink widmete.

Wenn es etwas gab, womit Maria sich prima ablenken konnte, dann waren es Einkäufe in gutsortierten Supermärkten. Das Haus war geputzt, und um die Gartenanlagen würde sich der Hausmeister kümmern. Bereits um die Mittagszeit gab es einfach nichts mehr zu tun, womit sie sich das Warten auf Elke und Pablo verkürzen könnte. An Lesen war nicht zu denken. Vielleicht hätte sie doch darauf bestehen sollen, mit zur Gemeindeverwaltung zu fahren. Gott sei Dank waren zumindest einige kleine Supermärkte in Reichweite, und angeblich gab es ganz in der Nähe noch einen deutschen Metzger. Nachdem sie für die Küche zuständig war, konnte es sowieso nicht schaden, sich mit den Örtlichkeiten vertraut zu machen. Außerdem war sie gespannt, ob sie hier alles an Lebensmitteln bekam, was der deutsche Magen so gewohnt war. Miguel hatte ihr erzählt, dass es schwierig sei, sich mit allen Gemüsesorten einzudecken. Ausgerechnet an ihr Lieblingsgemüse, Zucchini und Avocados, komme man hier nur schlecht heran. Obst hingegen sei kein Problem. Auch die Auswahl an Wurstsorten lasse zu wünschen übrig, das Gleiche gelte für Backwaren. An eine reichhaltige Auswahl an Brot war hier nicht zu denken.

Schon bei ihrer Madridreise hatte Maria interessehalber mit Edgar einer spanischen Bäckerei einen Besuch abgestattet. Überwiegend Weißbrot und pappsüße Torten. Warum die mediterranen Länder sich an Baguette und alle möglichen Weißmehlbrotsorten gewöhnt hatten, war ihr ein Rätsel. Große Erleichterung also, als sie neben der deutschen Metzgerei auch noch einen deutschen Bäcker ausfindig machte. Sie müssten ihre Ernährungsgewohnheiten also nicht umstellen.

»Leider bekommt man hier nicht die gleichen Zutaten wie in Deutschland. Es muss alles importiert werden«, erklärte ihr der deutsche Bäcker, als sie sich eine Brezel für den kleinen Hunger zwischendurch kaufte.

Das schmeckte man auch. Die Brezel hatte einen ähnlichen Geschmack wie das, was sie von zu Hause gewohnt war, allerdings war der Teig eindeutig zu mehlig. So etwas könnte man in Deutschland niemandem zumuten. Es galt also, Abstriche zu machen. Ein kleiner Wermutstropfen, den das angenehme Klima in Marias Augen mehr als aufwog. Der Metzger bot ein viel angenehmeres Bild. Alles, was das spanische Herz begehrte, lag in seiner Theke. Fleischwurst, verschiedene geräucherte und gekochte Schinkenarten sowie zahlreiche Salamivariationen und Pasteten – mehr schien der Spanier nicht zu kennen und auch nicht zu verlangen. Die Wursttheke entpuppte sich bei näherem Hinsehen allerdings als Schlaraffenland. Hier musste der deutsche Gaumen keine Abstriche machen. Täglich gab es zudem mehrere Mittagsmenüs zu günstigen Preisen, und die vor der Metzgerei aufgebauten Bierbänke waren gut frequentiert.

»Siggi. Du weißt doch, dass ich keinen süßen Senf mag.« Die Stimme kannte sie doch. Maria drehte sich um. Karl und Charlotte vom Flughafen gönnten sich im Schatten eines großen Sonnenschirms mit dem Aufdruck einer deutschen Brauerei zwei Portionen Leberkäse mit Kartoffelsalat. Eine gute Idee und die ideale Gelegenheit für einen kleinen Plausch.

»Denk an deinen Cholesterinspiegel. Du weißt, dass du das gar nicht essen dürftest«, warf Karl seiner Frau vor.

»Ach was. Bis wir zu Hause sind, ist das alles schon wieder verdaut.«

»Dafür gibt's nachher aber keinen Kuchen mehr«, tadelte er sie.

»Und was soll ich bitte schön zum Kaffee essen?«, protestierte Charlotte.

»Kaffee ist sowieso schlecht. Denk an deine Leberwerte.«

»Karl, du übertreibst. Ich war doch erst beim Arzt. Er meinte, dass alles in Ordnung ist.«

»Natürlich, weil du immer zwei Wochen vor der Untersuchung nur noch gesunde Sachen zu dir nimmst. Du müsstest dich regelmäßiger checken lassen.« Karl wurde allmählich ungehalten.

»Hier gehe ich zu keinem Arzt«, wiegelte Charlotte ab.

»So schlecht sind die doch gar nicht«, entgegnete er.

»Auf einmal? Und was ist mit dem Urologen, der deine Prostata letztes Jahr mit den labberigen Plastikhandschuhen, die aussahen wie aus dem Supermarkt, untersucht hat? Du hast selbst gesagt, dass die auch noch Löcher hatten. Und die Hände hat er sich auch nicht gewaschen.«

Interessante Einblicke in den Hygienestandard der ärztlichen Versorgung auf der Insel. Maria amüsierte sich über Karls Reaktion. Ihm war es sichtlich peinlich, dass Charlotte dieses Thema lautstark in die Runde plärrte. Vielleicht würde sie auch eines Tages mit Elke oder Sigrun hier sitzen und sich über ihre Wehwehchen unterhalten – das typische Gesprächsthema, wenn Rentner zusammen waren. Dies schien hier nicht anders zu sein als in Deutschland.

Karl drehte sich nach einem Gewürzständer um und erspähte sie. Offenbar musste er eine Weile überlegen, um Maria einordnen zu können.

Ein kurzes »Hallo« und ein erfreutes Lächeln signalisierte Maria, dass der Groschen gefallen war.

»Schau mal, Charlotte, das ist die nette Dame vom Flughafen«, sagte er.

Seine Gattin brauchte ebenfalls eine Weile, um sich zu erinnern.

»Setzen Sie sich doch zu uns. Na, haben Sie sich schon gut eingelebt? Wie gefällt Ihnen die Insel?«

Maria nahm neben den beiden Platz. »Schön.«

»Und, werden Sie bleiben? Wir brauchen noch jemanden für unseren Bridge-Abend. Manchmal spielen wir auch nur ne Runde Mau-Mau«, sagte Charlotte und lächelte erwartungsvoll.

Bridge-Abend? Mau-Mau? Das klang ja immer mehr nach deutschem Altenheim. Vermutlich war dies neben Fernsehen Charlottes einzige Beschäftigung.

»Es gibt noch einiges zu erledigen. Papierkram. Vielleicht später einmal«, erwiderte Maria ausweichend.

»Wir wohnen in der Avenida Gran Canaria, das dritte Haus gleich nach dem Kreisverkehr da vorne. Sie müssen uns unbedingt mal besuchen.« Karl wischte sich den Mund mit einer Papierserviette ab.

»Gerne.«

»Aber in zwei Wochen sind wir wieder in Deutschland«, warf Charlotte ein.

»Ich dachte, Sie bleiben immer den ganzen Winter bis zum Frühjahr.«

»Unser Sohn hat Nachwuchs bekommen«, verkündete die frischgebackene Großmutter mit Stolz.

»Er hat wieder geheiratet. An sich wollte er nie Kinder, aber seine neue Frau hat ihn komplett verändert.«

»Er ist richtig bodenständig geworden«, fügte Karl mit Verwunderung in der Stimme hinzu.

Dass eine Frau einen Mann im Wesen verändern konnte, hatte Maria ja bereits erlebt. Eine Veränderung zum Guten war allerdings ein Luxus, um den sie die beiden beneidete. Andererseits würden sie ihren Enkel während der Wintermonate nicht sehen können. Vielleicht machte ihnen das aber auch gar nichts aus. Maria würde es jedenfalls nicht aushalten, so lange von einem Enkelkind getrennt zu sein. Gott sei Dank konnte sie sicher sein, dass Robert und Marion keine Kinder wollten. Immerhin ein positiver Aspekt aus dieser Liaison fatal.

»Das wird sicher nicht einfach für sie, so weit weg von der Familie«, sagte sie mitfühlend.

»Das Problem ist, dass die beiden berufstätig sind. Sie haben niemanden, der auf das Kind aufpasst.« Charlotte machte sich offenbar große Sorgen.

»Ich finde, das hätten sie sich vorher überlegen müssen. Wozu gibt es Mutterschaftsurlaub? Sie können uns jederzeit besuchen.« Karl hatte offenbar keine Lust, sein Winterdomizil zugunsten der Familie aufzugeben.

»Das sagst du jetzt. Wart erst mal, bis du den Kleinen im Arm hast.«

Dem konnte Maria nur voll und ganz zustimmen. Ein Kind konnte das Leben auf einen Schlag verändern.

»Irgendwann müssen wir sowieso wieder zurück. Das hast du selbst gesagt«, erinnerte ihn Charlotte.

Die nachfolgenden Argumente leuchteten Maria ein. Irgendwann war man einfach zu alt für den gut vierstündigen Flug. Zwei Wohnsitze zu unterhalten war anscheinend ziemlich aufwendig. Irgendwann musste man sich entscheiden. Die beiden hingen offenbar ziemlich an der Heimat. Sicherlich war dies auch der Grund, weshalb sie hier kaum Kontakte geknüpft hatten. Vermutlich wusste Charlotte, dass sie es ohne ihr Enkelkind nicht aushalten würde, und bereitete sich deshalb innerlich bereits auf einen Abschied vor. Dem Paradies den Rücken zu kehren würde ihnen leichterfallen, wenn sie alles Negative in den Vordergrund stellten. Viel Negatives konnte Maria bisher nicht über das Inselleben sagen, von dem Chaos des Immobilienerwerbs und der Unsicherheit, wie es nun weitergehen sollte, mal abgesehen. Vielleicht waren Elke und Pablo ja auch schon wieder zurück. Diese Ungewissheit konnte einen schier umbringen.

Ein richtig teures Restaurant gab es in den Touristenorten eigentlich gar nicht. Die wenigen edleren Restaurantbetriebe an der neu angelegten Strandpromenade von Maspalomas nach Meloneras hatten zwar gesalzenere Preise als anderorts, aber nicht unbedingt das beste Essen. Elke hatte nach dem Termin vorgeschlagen, ihn zum Essen einzuladen, auch wenn sie nur einen Etappenerfolg erzielen konnten, aber Pablo bestand darauf, sie einzuladen. Sie hatten gekämpft, Seite an Seite und in einer Harmonie, die er noch nicht einmal von seinen engsten Mitarbeitern kannte. Dies allein war ein guter Anlass. Anderen eine Freude zu machen, lag ihm im Blut, und Elke war mit seiner Wahl zufrieden. Zwar befand sich das Restaurant mitten im Getümmel einer ziemlich heruntergekommenen Einkaufsmeile am Ende des Strandes von Playa del Inglés, aber alle Einheimischen wussten, dass es dort den besten und frischesten Fisch gab.

Maria und Sigrun würden sich sicher wundern, wo sie blieben, immerhin waren sie nun schon drei Stunden unterwegs. Allerdings hatte Elke Sigrun bereits eine SMS geschrieben und ihre Verspätung angekündigt. Wie schnell die Zeit doch mit Elke verfliegen konnte. Ihre Kenntnisse des Immobilienmarktes waren frappierend. Rein theoretisch hätte sie bei ihm in der Bank anfangen können.

Das Essen kam zügig und schmeckte hervorragend. Von ihrem Platz aus konnte man den nicht enden wollenden Strom kunterbunter Touristen beobachten, die an ihnen in Badeoutfit vorbeischlenderten. Pablo bemerkte, dass Elke eine ganze Weile in Gedanken auf das bunte Treiben starrte. Irgendetwas beschäftigte sie.

»Ich hab mich die ganze Zeit gefragt, warum ein Mann wie Sie alleine ist«, brach es urplötzlich aus ihr heraus.

Nach einem Glas Wein hatte sie endlich den Mut gefasst, das Gespräch auf privatere Dinge zu lenken.

»Sieht man mir das an?«

»Nein, es ist nur sehr ungewöhnlich, wenn ein Mann, mit dem man einen Segeltörn macht, nichts von seiner Frau erzählt.«

Elke fühlte sich bereits jetzt wie eine gute Freundin an, wie jemand, dem man sich anvertrauen konnte. Dennoch empfand Pablo das Bedürfnis, sich ihr auf einmal öffnen zu wollen, als im höchsten Maße irritierend.

»Meine Frau ist vor zwei Jahren gestorben«, gestand er.

»Das tut mir leid.«

Nichts war schlimmer, als bemitleidet zu werden, auch wenn Elke deutlich anzumerken war, dass sie eher Anteil nahm, als sich peinlich berührt mitleidsvoll zu geben.

»Was ist mit Ihnen? Warum sind Sie allein?«, hakte er nach.

Mit so einer Gegenfrage ließ sich jegliches Bohren in unangenehmen Erinnerungen mit einem Schlag unterbinden. Elke war offenbar überrascht, aber ein privates Gespräch war ein Geben und Nehmen, insofern hatte er kein schlechtes Gewissen.

»Der Richtige war leider nie dabei.«

Eine diplomatische Antwort, aber angesichts des zweiten Glases Wein noch nicht zufriedenstellend.

»Glauben Sie, dass es den Richtigen gibt?«

»Bis ich hierhergekommen bin, hätte ich die Frage kategorisch verneint«, sagte sie leise.

»Was ist passiert?«, fragte Pablo nach.

»Eine viel zu lange Geschichte.«

»Wir haben noch Zeit.«

Elke holte tief Luft. Sie war sich offenbar nicht sicher, ob sie Pablo ihre Lebensgeschichte erzählen konnte.

»Wissen Sie, ich finde es eigentlich albern, dass wir uns siezen.«

»Finde ich auch. Pablo.«

»Elke.«

Vielleicht wollte sie auch nur vom Thema ablenken, aber Elke blieb am Ball.

»Als Tochter eines Bankiers … Mein Vater war im Vorstand einer Privatbank … Man gerät oft an Männer, die sich nicht unbedingt für einen selbst interessieren.«

»Das kenne ich, aber wozu hat man ein Herz?«, fragte er.

»Wer weiß, vielleicht habe ich keines«, erwiderte Elke.

»Das glaube ich nicht.« Geben und Nehmen. Pablo musste nun wieder etwas aus seinem Leben erzählen. Alles andere wäre in höchstem Maße unfair.

»Meine Frau, Eleonora. Sie stammte aus einem kleinen Dorf in den Bergen von Madrid. Wir haben uns auf einem Ausflug kennengelernt. Als ich erfuhr, dass ihr Vater ein einfacher Bauer war, was glaubst du wohl, was ich da zuerst gedacht habe?«

»Aber es war nicht so. Sie hat dich um deiner selbst willen geliebt«, mutmaßte Elke und blickte Pablo direkt in die Augen.

»Ja, und ich bin froh, dass ich nicht auf meine Eltern gehört habe. Sie waren gegen diese Heirat. Selbst einige meiner Freunde glaubten, dass Eleonora nur hinter meinem Geld her sei«, erzählte er weiter.

»Du hattest Glück. Kennst du den Ausdruck ›Griff ins Klo‹?«

Pablo konnte sich ungefähr vorstellen, was diese deutsche Redewendung zu bedeuten hatte.

»Man wird misstrauisch, und wer weiß, vielleicht zieht man das Unglück auch magisch an«, sinnierte Elke.

»Man kann Dinge sicher auch herbeireden. Negative Gedanken manifestieren sich irgendwann, außerdem neigt man dazu, sich zu sehr zu verschließen.«

Elke schienen seine Worte auf einen Schlag sehr nachdenklich zu stimmen, als ob sie gerade sämtliche »Griffe ins Klo« noch einmal dahingehend überprüfte.

»Es ist schon spät. Die anderen sitzen bestimmt auf Kohlen«, brach er das Gespräch ab.

Elke nickte. Sie schien erleichtert, dass der erste Vorstoß in privatere Gefilde zu einem Ende kam. Pablo konnte sich des Eindrucks nicht erwehren, dass Elke mit sich noch nicht ganz im Reinen war, und sobald er an Maria dachte, musste er sich eingestehen, dass er mit sich auch noch nicht ganz im Reinen war.

Maria einmal ruhig dasitzen zu sehen war eine Seltenheit. Sigrun kannte sie als quirlige Person, die immer etwas zu tun hatte, und sei es nur, hinter anderen hinterherzuräumen – ein Umstand, der Sigrun fast ein bisschen an Maria nervte. Nun saß sie auf der Terrasse, still und stumm, und starrte auf die vor ihr liegende Dünenlandschaft und das Meer.

»Es wird schon alles gutgehen«, versuchte Sigrun sie zu trösten.

Maria nickte zaghaft und nippte an einem Wasserglas.

»Robert ist hier.«

»Was?« Marias Sohn war auf Gran Canaria?

»Mit seiner Frau.«

Sigrun kannte die vielen Geschichten von Robert, der sich jahrelang nicht bei ihrer Freundin hatte blicken lassen. Sein Besuch musste in direktem Zusammenhang mit Marias Emigrationsplänen stehen. Dass er rein zufällig einen Urlaub hier gebucht hatte, konnte sie sich nicht vorstellen.

»Es geht um dein Haus, hab ich recht?«

Maria nickte nachdenklich.

»In seinem Job läuft es nicht so gut. Er ist ziemlich fertig.«

»Das ist sein Problem.« Sigrun sah beim besten Willen

nicht ein, dass eine Mutter für ihren erwachsenen Sohn, der sich seit seiner Heirat nicht mehr um sie kümmerte, geradestehen sollte.

»Du hast keine Kinder. Du weißt nicht, wie das ist. Robert wollte ja nur ein Darlehen, mit meinem Haus als Sicherheit. Die beiden hätten in München neu anfangen können. Ich komme mir einfach vor wie eine schlechte Mutter.«

»Du und eine schlechte Mutter? Du hast dich zeit deines Lebens für die Familie aufgeopfert. Darf ich dich daran erinnern, wie viele unserer Treffen du absagen musstest, weil Robert ein wichtiges Fußballspiel hatte oder auch nur, weil du der Meinung warst, ihn am Vorabend seiner Einschulung nicht allein lassen zu können. Du und eine schlechte Mutter. Das ist ja wohl ein mieser Witz.«

»Wahrscheinlich geht hier eh alles den Bach runter.«

»Möchtest du das?«

Maria schüttelte den Kopf, allerdings weniger resolut als sonst.

»Was willst du zu Hause? Jeden Tag auf den Friedhof gehen?«

»Was will ich hier?«, stellte Maria ihr die Gegenfrage.

Sigrun merkte, dass es noch etwas gab, was an ihrer Freundin nagte. So hin- und hergerissen kannte sie die Gute gar nicht. Maria hatte immer eine klare Meinung, die ihr anscheinend verlorengegangen war. War dies jetzt vielleicht der Preis dafür, dass sie sie bedrängt hatten? Maria hatte sich überraschend schnell und vor allem ziemlich spontan zu diesem neuen Leben entschieden. Die erste Euphorie, die einen beschlich, wenn man an einem derart wunderschönen Ort war, war sicher verflogen, und angesichts der dramatischen Ereignisse der letzten Tage war es nicht verwunderlich, plötzlich einfach alles in Frage zu stellen. Dennoch durfte Sigrun nicht zulassen, dass Maria so durchhing.

»Einfach in den Tag hineinleben. Einfach nur du sein, zum Beispiel«, riet sie ihr.

»Ich bin halt nicht so wie du.«

»Glück findet man nicht, indem man versucht, so zu sein wie jemand anders. Das kommt nur von innen. Nimm dir mal ein Beispiel an Elke. Die war so schlecht drauf, als sie hierherkam. Und schau sie dir jetzt an.«

»Wie ein aufgedrehter Teenager«, sagte Maria.

»Und? Was ist daran so schlecht? Ihr gefällt Pablo, und er ist ein toller Mann.«

»Ja, das ist er.«

Maria wendete den Blick von ihr ab und starrte schweigend auf das Meer. Wie schade. Zu gerne hätte Sigrun sich mit ihr über dieses Thema unterhalten, auch darüber, dass sie so verbohrt war und an allem festhielt, was ihr altes Leben betraf. Man lebte nun mal im Hier und Jetzt. Zu gerne hätte Sigrun ihrer Freundin gesagt, dass sie verdammt noch mal mehr an sich denken sollte, aber Marias tieftrauriger Blick verhinderte, dass sie das Gespräch fortsetzte. Maria konnte man nicht weh tun. Sigrun mochte sie viel zu sehr, um ihr die Wahrheit unverblümt ins Gesicht zu sagen. Vielleicht wachte sie ja eines Tages auf, und Sigrun hoffte inständig, dass es dann nicht zu spät war.

»Reichst du mir mal den Süßstoff?« wäre an sich ein Satz in einem normalen Tischgespräch, über den sich niemand aufregen würde. Eine ganz banale Angelegenheit, eigentlich noch nicht einmal der Rede wert. Die Tatsache, dass dieser Satz bei gemeinsamem Kaffee und Kuchen in ihrem Haus aus Pablos Mund kam und an Elke gerichtet war, hauchte dieser harmlosen Aufforderung um eine Gefälligkeit tonnenschwere Bedeutung ein – jedenfalls für Maria.

Die beiden waren also gemeinsam aus gewesen. In einem Fischrestaurant. Nein, auch noch in einem der besten Fischrestaurants. Elke wollte einfach nicht aufhören, davon zu schwärmen. Offenbar waren sie sich bei dieser Gelegenheit nähergekommen, warum sonst sollten sie sich auf einmal duzen? Die Art, wie Pablo Elke um den Süßstoff bat, klang vertraut und fast schon so eingespielt, wie Maria es von ihrer langjährigen Ehe mit Edgar her kannte.

»Um die Ausschreibung wird Soledad Marrero nicht herumkommen. Sie kann nicht eigenmächtig entscheiden, wer die Immobilie erhält«, führte Pablo seine Berichterstattung fort.

Warum konnte sich Maria nicht über diese gute Nachricht freuen? Immerhin bestand nun berechtigte Hoffnung, dass sie das Haus bekamen.

»Wie lange kann so etwas dauern?« Sigruns Optimismus schien etwas gedämpft zu sein.

»Normalerweise ein paar Wochen, aber ich denke, wir haben ihr genügend Druck gemacht.«

Hoffentlich fand dieser Schwebezustand bald ein Ende. Immerhin durften sie froh sein, dass die Behörden sie nicht dazu zwangen, wieder zurück ins Hotel zu ziehen. Dies hätte Maria nicht ertragen.

»Und wie läuft so etwas ab?«, wollte Sigrun wissen.

»Die Interessenten geben Gebote ab. Im Prinzip funktioniert es wie bei einer Versteigerung.«

»Wie stehen unsere Chancen?« Sigrun wollte wie immer alles genau wissen und ließ nicht locker.

»Ich kann mir nicht vorstellen, dass jemand so schnell

die Kaufsumme aufbringen kann. Dass es überhaupt einen anderen Interessenten gibt, ist sehr merkwürdig.«

Wahrscheinlich hatte irgendein schwerreicher Spanier es auf ihr Haus abgesehen. Was, wenn ihr Traum platzte? Maria seufzte tief. Robert bräuchte das Geld dringend. Falls der Kauf des Hauses nicht klappte, könnte sie ihrem Sohn genauso gut das Geld geben und ihr Gewissen damit erleichtern. Sigrun würde wieder nach Hamburg gehen, und Elke? Nach dem jetzigen Stand der Dinge war es nicht einmal mehr auszuschließen, dass sie hierbleiben würde, bei Pablo.

Seitdem er mit Elke zurückgekommen war, ging er immer, wenn sich ihre Blicke begegneten, sparsamer mit seinem Lächeln um. Zweifelsohne war er von Elke sehr angetan. Dass die beiden ihren Erzählungen nach zu schließen so harmonisch auf dem Amt an einem Strang gezogen hatten, konnte ja nichts anderes bedeuten, als dass er sich nun auf sie eingelassen hatte. Selber schuld! Wenn man die Aufmerksamkeit eines Mannes derart ignoriert, muss man sich nicht wundern, wenn er sich einer anderen Frau zuwendet, sagte sie sich. Sich einzugestehen, dass man etwas will, von dem man geglaubt hat, es nicht zu wollen, weil man es gar nicht wollen durfte, ist schier unerträglich und äußerst verwirrend.

Maria kannte sich selbst nicht wieder. Gefühlsschwankungen dieser Art waren ihr fremd. Wie oft hatte sie sich über irgendwelche Seifenopern im Fernsehen amüsiert. Das ewige Hin und Her, die Frage, ob sie ihn oder er sie kriegen würde, konnte sich über Dutzende von Folgen hinziehen. Idealer Quatsch, um sich beim Bügeln ein wenig abzulenken, aber manchmal auch so nervig, dass man den Helden am liebsten einen Schubs in die richtige Richtung geben wollte, denn wer wen bekam, war von Anfang an klar.

Elke brauchte diesen Schubs offenbar nicht mehr. Jetzt schenkte sie ihm auch noch Kaffee nach und erntete dafür einen dankbaren Augenaufschlag. Telenovela pur, nur dass Maria die aktuelle Folge dieser Soap absolut nicht gefiel.

Kapitel 9

Noch keine zwei Nächte in ihrem neuen Haus, und schon gab es Männerbesuch. Robert staunte nicht schlecht, als ihm Marias Freundin Elke in Begleitung eines adretten Spaniers die Tür öffnete und sich dieser als Señor Hernandez bei ihm vorstellte.

»Robert, was für eine Überraschung. Komm doch rein«, begrüßte Elke ihn.

Der eine ging, der andere kam.

»Mach dir keine Sorgen, wir kriegen das Haus«, beschwichtigte der Spanier Elke zum Abschied.

Haus und Sorgen? Das roch förmlich nach Ärger. Dieser Hernandez sah in seinem sportlich-eleganten Leinenanzug nicht gerade wie ein spanischer Tourist aus. Vielleicht ihr Makler oder der Besitzer der Anlage. Robert wusste, dass er sich auf sein Gespür für Menschen verlassen konnte – rein berufsbedingt. Die gute Nase eines Vertreters zu haben war eine Gottesgabe. Hätte er einen anderen Job und würde er nicht Software vertreiben müssen, die kein Mensch brauchte, könnte aus ihm etwas werden. Dessen war er sich spätestens in dem Moment sicher, als Elke ihm auf Nachfrage mitteilte, dass Hernandez von ihrer Bank sei. Ebenso wurde ihm schlagartig klar, dass Elke mehr als nur geschäftliches Interesse mit dem Banker verband. Ihm fiel sofort auf, dass sie dem Mann einen Tick zu lange nachsah. Soviel Robert wusste, war auch sie alleinstehend, aber würde ein Mann eine Frauenwohngemeinschaft nicht stören? Vielleicht hatte der Spanier sie bereits gestört, denn sein Vertreterinstinkt roch förmlich die dumpfe Stimmung, die sowohl Sigrun als auch seine Mutter verbreiteten, als er das Wohnzimmer betrat.

»Robert! Wann haben wir uns das letzte Mal gesehen?« Sigrun freute sich aufrichtig, als er den Wohnraum betrat.

Er erinnerte sich daran, dass sie ihn sogar einmal behandelt hatte, als er als kleiner Junge mit seiner Mutter auf Besuch in Hamburg gewesen war. Bis heute fragte er sich, wie die Freundschaft seiner Mutter zu Sigrun all die Jahre überdauern konnte. Unterschiedlicher konnten zwei Menschen nämlich gar nicht sein, aber vielleicht zogen sich Gegensätze ja auch an. Die Einzige, die sich nicht überschwenglich über seinen Besuch freute, war seine Mutter.

Sie ahnte sicher, dass er erneut mit ihr über ihre Pläne sprechen wollte. Wenn die Hypothek für ihr Haus in Nürnberg noch nicht voll ausgeschöpft war, könnte sie ihm aus der Patsche helfen. Kein Wunder also, dass sie plötzlich Lust hatte, etwas spazieren zu gehen.

Als sie dann auch noch sagte: »Lass uns zum Meer laufen«, war klar, dass sie keine Zuhörer gebrauchen konnte.

Meerspaziergänge hatten zudem etwas ganz Eigenes, man konnte freier sprechen. Vielleicht lag es an der direkten Konfrontation mit den Elementen. Das Meer stand für Weite und Klarheit. Eine Urkraft und Größe, die bis zum Horizont und noch viel weiter reichte. Es machte einem klar, dass man nur ein kleiner Teil dieser Welt war, ein vergänglicher Teil, den das Meer überdauern würde. Worte seines Vaters, der ausgiebige Spaziergänge an der Nordsee über alles geliebt hatte. Die banale Gewissheit, dass die Wellen kamen und gingen, hatte ihm Ruhe und Kraft gegeben, Beständigkeit und Durchhaltevermögen.

Maria erinnerte ihn daran, als sie sich ihren Weg über Trampelpfade, die von farbig markierten Holzpfählen markiert waren, durch die Dünen zum Meer bahnten. Es war immer schön gewesen im gemeinsamen Urlaub auf Sylt oder Rügen, unbeschwerte Tage und die wenigen Momente, in denen sein Vater Zeit für ihn hatte. Obwohl Robert das Schweigen seiner Mutter beunruhigte, war er dankbar dafür, sich diesen angenehmen Erinnerungen ungestört hingeben zu dürfen. An Konversation war sowieso nicht zu denken. Das Meer schien zum Greifen nah, doch der Weg über die hügelige Dünenlandschaft war selbst bei angenehm kühlem Westwind und einer bereits tief am Horizont stehenden Sonne ziemlich beschwerlich. Robert geriet etwas außer Atem und wunderte sich über die gute Kondition seiner Mutter, aber auch die eines anderen älteren Ehepaares, das mühelos an ihnen vorbeizog und sich in den Strom abendlicher Strandläufer, Touristen auf dem Weg zurück ins Hotel, Jogger, Walker und Residenten einreihte, die ihr tägliches Laufpensum vom Leuchtturm bis zur anderen Seite nach Playa absolvierten.

»Gibt es Probleme mit der Bank?« Robert musste jetzt einfach wissen, was los war.

»Das Haus ist doppelt verkauft worden.«

»Was? Das kann gar nicht sein. Die Papiere werden doch von der Bank geprüft.Und es gibt Grundbuchauszüge.«

»Die waren gefälscht.«

»Hoffentlich habt ihr noch nichts angezahlt.«

»Angezahlt ist gut. Wir haben die Summe komplett bezahlt.«

Aus und vorbei! Das Geld war also weg.

»Wir konnten die Überweisung aber noch rechtzeitig stoppen.« Robert atmete auf.

»Wie kann man sich nur so über den Tisch ziehen lassen«, warf er seiner Mutter kopfschüttelnd vor. Er spürte, dass er die momentane Schwäche seiner Mutter für seine Zwecke nutzen konnte – letztlich zu ihrem Besten, denn offenbar wimmelte es hier auf der Insel nur so von Betrügern. Da der Kauf offenbar geplatzt war, würde es nun in seiner Hand liegen, seine Mutter zum Aufgeben zu bewegen.

»Mit etwas Glück können wir es doch noch kaufen«, desillusionierte Maria ihn.

»Ich würde die Finger davonlassen.«

»Wir können sowieso nichts mehr ausrichten. Das Haus gehört der Gemeinde. Wir können froh sein, dass sie uns noch nicht rausgeworfen haben.«

»Mama, das bringt doch nichts. Ich würde hier niemandem trauen.« Hatte er tatsächlich »Mama« zu ihr gesagt?

Jetzt erst fiel ihm auf, dass er seine Mutter seit Jahren kaum mehr mit der ihr zustehenden Anrede bedacht hatte. An ihrer Reaktion, einem erstaunten Seitenblick, war deutlich zu erkennen, dass sie ebenso überrascht war wie er. Er hatte es immer tunlichst vermieden, seine Mutter mit dem Kosewort anzusprechen. Vermutlich ein Zeichen von wachsender Distanz. Vielleicht hatte sein Vater ja recht. Das Meer veränderte die Menschen, öffnete sie, zwang sie dazu, sich auf das Wesentliche zu besinnen. War eine Mutter nicht wesentlich? Worum ging es ihm eigentlich? Addierte sich zu seiner Absicht, sie zur Aufgabe ihres Vorhabens zu bewegen, jetzt nicht auch echte Sorge?

»Wir werden jedenfalls nicht aufgeben. Pablo, also Señor Hernandez, setzt sich für uns ein, und er hat gute Kontakte.«

»Kontakte! Wenn ich das schon höre. Ist dir denn gar nicht aufgefallen, dass er versucht, euch einzuwickeln?«

Seine Mutter erschrak förmlich.

»Wie meinst du das?«

»Na, Elke hat er schon rumgekriegt. Das ist ja wohl offensichtlich.«

»Er ist nicht so, wie du denkst«, widersprach Maria.

»Ich weiß nur, dass langsam, aber sicher meine schlimmsten Befürchtungen wahr werden.« Er musste an sich halten, um nicht laut zu werden.

»Robert, sei ehrlich. Es geht dir doch nur ums Geld. Ich will dir das gar nicht vorwerfen. Vielleicht wäre es wirklich besser, alles abzublasen, aber ich kann nicht anders.«

»Du bist ganz schön stur und egoistisch.«

»Ich bin zum ersten Mal in meinem Leben stur. Und wenn jemand die letzten Jahre egoistisch war, dann du. Von mir hast du das jedenfalls nicht und von deinem Vater auch nicht.«

»Papa war ja auch ein Engel«, sagte er spöttisch.

»Das war er. Er hat mir nie einen Wunsch abgeschlagen. Dabei hatte ich noch nicht mal irgendwelche großartigen Wünsche. Ja, so gesehen, war er wirklich ein Engel. Und du? Du denkst immer nur an dich«, entgegnete Maria empört.

Robert war fassungslos. Sein Vater ein Engel. Robert wusste ganz genau, weshalb der gottgleiche Engel seine Frau auf Händen getragen hatte: aus schlechtem Gewissen.

»Bevor du Marion kennengelernt hast, warst du ein anderer Mensch«, sagte sie leise und ließ den Blick übers Meer schweifen.

Jetzt ging diese Leier wieder los. Nur gut, dass der Strand breit genug war und sie nicht vor allen Leuten einen Streit vom Zaun brechen mussten.

»Das Thema haben wir schon durch.«

»Anscheinend nicht. Wärst du sonst hier?«

»Marion ist ein Teil meines Lebens. Sie ist in vielerlei Hinsicht eine tolle Frau«, sagte Robert trotzig.

»Ein Mann sucht sich seine Frau nicht nur nach ihrem Aussehen aus«, erwiderte Maria.

»Ich finde das nicht unwichtig. Ich hätte ja auch irgendeine langweilige Treuseele heiraten können. Das machen ja viele. Und nebenbei anderweitig ein bisschen Spaß haben.«

»Ich kenne niemanden, der so etwas tut«, entrüstete sie sich.

»Männer ticken nun mal so«, widersprach Robert.

»Dein Vater war auch ein Mann, und der hat nicht so getickt, auch wenn ich in deinen Augen eine langweilige Treuseele bin.«

Robert ließ sich zu einem verächtlichen Laut hinreißen.

»Richtig, Engel interessieren sich ja nicht für heiße Frauen. Mein Gott, bist du naiv.«

»Ich hatte eben Glück mit Edgar.«

Robert konnte angesichts dessen, was er von seinem Vater wusste, nicht anders, als unwillkürlich aufzulachen. Dieser zischende Laut, der in einem Gurgeln endete, musste so verräterisch gewesen sein, dass Maria ihn verdutzt und misstrauisch zugleich musterte.

»Ja, richtiges Glück.« Eigentlich sollte die Bemerkung die Situation deeskalieren und seine Mutter beschwichtigen, doch genau das Gegenteil war der Fall. Der bittere Nachgeschmack der ungewollt zynischen Aussage klebte auf seiner Zunge, die er sich jetzt am liebsten abgebissen hätte. Andererseits war er es so was von leid, sich Lobeshymnen über seinen großartigen Vater anzuhören.

Das Meer, Quelle der Wahrheit, die existentielle Macht. Hier und jetzt war der richtige Zeitpunkt, um seiner Mutter endlich die Augen zu öffnen.

»Vater hat dich betrogen. So viel zum Thema Engel und treue Seele.«

Jetzt war es endlich raus und Polen offen. Im Nu war da dieser messerscharfe Stich in seiner Magengegend. Was hatte er nur getan? Wie konnte er so etwas bloß in den Mund nehmen? Das tat weh, tief in seiner Seele. Ein Fehler, der sich nun nicht mehr rückgängig machen ließ. Ein Bruch. Ein Bruch, der sie für immer entzweien könnte. Die Reaktion seiner Mutter machte das Ganze nur noch schlimmer. Sie schien überhaupt nicht gehört zu haben, was er gesagt hatte. Oder verdrängte sie es nur? Die menschliche Wahrnehmung, so viel hatte er auf den zahlreichen psychologischen Schulungen während seiner Ausbildung gelernt, konnte unheimlich gut selektieren, und was letztlich im Gehirn ankam, stand auf einem ganz anderen Blatt.

Vielleicht hatte sie den Sinn nicht erfasst oder nicht erfassen wollen. Das wäre ein Glück. Vielleicht hatte eine Windbö ihr Gehör beeinträchtigt. Bloßes Wunschdenken, denn seine Mutter blieb plötzlich wie vom Blitz getroffen stehen. Sie starrte hinaus aufs Meer, wandte sich von ihm ab, und das war auch gut so, denn er hätte ihr nicht mehr in die Augen schauen können.

»Warum sagst du das?« Endlich ein Lebenszeichen nach minutenlangem erdrückenden Schweigen. Ihre Stimme war angeschlagen und so tieftraurig wie ihr Blick.

»Es war vielleicht an der Zeit«, versuchte Robert auch sich selbst zu beruhigen.

»Warum tust du mir so weh?«

»Entschuldige.« Er räusperte sich.

»Edgar hätte so etwas nie getan.«

Negieren war eine Reaktion, mit der in so einer Situation zu rechnen war, aber das konnte er nicht mehr zulassen. Viel zu lange hatte seine Mutter auf ihm herumgetrampelt, ihm das Gefühl gegeben, er sei ein Vollidiot, weil er sich in Marion verliebt hatte, eine unreife Frau, die in ihren Augen nur ein billiges Flittchen war.

»Er hat es aber getan«, sagte er bestimmt.

»Wann?«, fragte sie ihn, wieder etwas gefestigt und entschlossen, sich der Wahrheit zu stellen.

»Erinnerst du dich noch an die Einladung des Mehllieferanten nach München? Er ist allein hingefahren. Du wolltest den Laden ja nicht dichtmachen.«

»Was war in München?« Maria schluckte, sah ihn aber mit festem Blick an.

Die Welle kommt und geht. Gewissheit, Nachhaltigkeit und Halt. Robert blickte nun auch aufs Meer. Es gab ihm Kraft, wie seinem Vater.

»Ich war auch dort. Wir hatten uns zum Mittagessen verabredet.«

»Und?«, hakte sie nach.

»Ich war solo und wollte nicht allein sein«, erklärte Robert.

»Was hat das mit deinem Vater zu tun?«

»Erinnerst du dich noch an die Spider Murphy Gang?«, fragte er.

»Robert, jetzt mach endlich den Mund auf.«

»Skandal im Sperrbezirk.«

»Du bist ins Bordell?« Mehr Entrüstung und Ekel konnte man nicht in eine Stimme legen.

»Ich wollte es halt mal ausprobieren. Da gehen auch ganz normale Leute hin«, rechtfertigte er sich.

Seine Mutter schüttelte nur noch den Kopf.

»Er war an der Bar und ...«

»Sieh mich an.« Der strenge Blick einer Mutter bohrte sich tief in seine Seele.

»Ist das wahr?«

Robert nickte.

»Ich möchte allein sein.«

Dies war angesichts des Schocks, den sie zu verdauen hatte, nur allzu verständlich, aber sollte er jetzt einfach so gehen?

»Lass mich jetzt endlich allein.«

Der ungewohnt scharfe Ton in ihrer Stimme tat ihm weh, aber er gab ihm zugleich die Sicherheit, dass sie sich nichts antun würde. Wut und Zorn waren gut, und wo sonst könnte man sich von ihnen besser befreien als bei einem Spaziergang direkt am Meer.

»Ich hab es euch ja immer gesagt. Männer sind Schweine! Es gibt nur wenige Ausnahmen«, ereiferte sich Elke beim gemeinsamen Abendessen auf der Terrasse.

An sich war gegen tröstende Worte, und seien sie noch so banal, pauschal und von der Stange, nichts einzuwenden, aber Elkes Nebensatz in Sachen »Ausnahmen« stieß Sigrun auf. Trost dieser Art war bei Marias angeschlagenem Zustand kontraproduktiv, um nicht zu sagen fatal. Um ein Haar hätten sie die Polizei informiert, denn Maria schien verschollen zu sein. Erst bei Einbruch der Dunkelheit hatte sie sich zurückgemeldet, kreidebleich. Es war naheliegend gewesen, an ein Streitgespräch mit Robert zu denken, aber das, was Maria ihnen aufgetischt hatte, sprengte selbst Sigruns Vorstellungsvermögen.

Zu dem Schock gesellte sich aber nach und nach so etwas wie ein Schmunzeln, denn Sigrun wusste, wie die Männer tickten, und wenn sie jemals einen festen Partner gehabt hätte, einen Seitensprung dieser Art hätte sie ihm vermutlich verziehen. Man konnte ja nicht zeit seines Lebens immer nur Kartoffeln essen, oder so ähnlich. Dies galt auch für Frauen, jedenfalls für sie und ihren Freundeskreis, den sie seit vielen Jahren in Hamburg hatte. Liebe war eine Sache, aber kein Partner konnte dem anderen immer alles geben, alle Gelüste stillen. Gerade bei Maria konnte sich Sigrun lebhaft vorstellen, dass sie beim Sex über die Missionarsstellung nie hinausgekommen war. Edgar hatte also in den Apfel, genau genommen gleich in zwei gebissen, die ihm irgendeine Münchner Schlange gegen Bares vor die Nase gehalten hatte. Na und? Für die streng katholisch erzogene Maria eine Todsünde. Wie konnte sie der Ärmsten nur schonend beibringen, dass Edgar deshalb noch lange kein Schwein war.

»Maria, es war doch nur Sex«, versuchte Sigrun sie zu beruhigen.

Netter Versuch, aber offenkundig die falsche Wortwahl, denn kaum hatte Sigrun ihre Lebensweisheit zum Besten gegeben, brach Maria schon wieder in Tränen aus. Eine Kleenexbox, die Elke griffbereit auf den Tisch gestellt hatte, war bereits halb leer. Elkes Nerven lagen blank, denn sie konnte Maria einfach nicht weinen sehen.

»Ich räum mal das Geschirr weg«, sagte Elke. Plump, aber durchaus eine effektive und vor allem glaubhafte Ausrede, um sich aus dem Sommerregen, der sich in dicken Tropfen aus Marias Augen ergoss, ins Trockene zu flüchten.

»Ich Idiotin«, schluchzte Maria mit überraschend wütender Stimme. »… Die letzten Jahre … alles umsonst.«

»Umsonst?«

»Ich hab doch gar nicht mehr richtig gelebt.«

Wo sie recht hatte, hatte sie recht. Wie oft hatten Elke und sie versucht, Maria zurück ins Leben zu holen: Single-Busfahrten, Minigolfrunden, Volkshochschulkurse. Nein, Maria wollte ja mit Gewalt allein bleiben. Das nächste Kleenex musste herhalten.

»Ich bin ehrlich gesagt froh darüber, dass Robert dir das erzählt hat«, sagte Sigrun und legte ihr eine Hand auf den Arm.

»Das bin ich ja auch, irgendwo … Ach, ich weiß nicht.« Maria schneuzte ordentlich und versuchte sich für einen Moment zu fangen.

»Ich stell mir das gerade bildlich vor. Irgend so ein Flittchen macht sich an Roberts kleinem Freund zu schaffen, und en passant huscht sein Vater an ihm vorbei.« Sigrun konnte sich nicht mehr halten.

Es gab auch keinen Grund, Maria nicht mit etwas Humor aufzumuntern, der sich in amüsiertem Kichern manifestierte.

Maria setzte ihren Kaninchen-vor-der-Schlange-Blick auf. Normalerweise gefielen ihr derbe Sprüche, und dieser war wahrlich noch nicht das Härteste, was Sigrun bei ihren gemeinsamen Frauenrunden bisher von sich gegeben hatte. So etwas musste einfach mehr aufmuntern als ein debiler Männer-sind-Schweine-Spruch. Eine Schocktherapie, gewürzt mit schwarzem Humor, um das Geschehene zu banalisieren. Maria fing tatsächlich an zu lachen, doch irgendwie einen Tick zu hysterisch, und wie nicht anders zu erwarten war, schlug sich die Hysterie in einem erneuten

Wolkenbruch aus bitteren Tränen nieder. Die Kleenexbox verlor gleich die Hälfte ihres Inhalts und versiegelte damit die Früchte ihrer Trauer. Kein Zweifel. Dieser Abend war gelaufen.

Edgars Bild stand noch immer an seinem Platz auf dem Biedermeiersekretär in Marias Zimmer. Der gleiche Edgar wie gestern und all die Jahre zuvor strahlte ihr entgegen. Ein Mann, Mitte vierzig, am Strand von Sylt. Es war eine besonders gelungene Aufnahme, denn die Sonne stand so günstig, dass das Licht seine braunen Augen besonders zur Geltung brachte. Treue Augen! Seit dem Gespräch mit Robert war aus ihrem Mann ein anderer geworden.

Das gleiche Bild, das in Maria immer eine Mischung aus Geborgenheit und angenehm wehmütiger Melancholie ausgelöst hatte, verlor nach einer schlaflosen Nacht nun seinen Charme. Genau in jener Zeit musste er sie betrogen haben. Maria erinnerte sich noch genau an den Ausflug nach München. Edgar hatte sie immer zu überreden versucht, ihn zu allen möglichen Veranstaltungen zu begleiten, am Vorabend seiner München-Reise jedoch nicht. Es waren weitere Reisen gefolgt, ungewöhnlich viele Einladungen für einen kleinen Bäckereibetrieb. Maria hatte nie nachgefragt. Hatte er so sehr unter der eingeschlafenen Ehe gelitten? War es nicht normal, dass nach einer langjährigen Partnerschaft in sexueller Hinsicht die Luft raus war? Maria hatte nie das Gefühl gehabt, unterversorgt zu sein. Hätte sie nicht bemerken müssen, dass ihr Mann noch wesentlich agiler war? Warum hatte er seine Wünsche nie geäußert? Vermutlich waren sie beide Opfer ihres Berufs geworden. Jeden Morgen in aller Herrgottsfrühe aufstehen, erst in die Backstube und dann bis Geschäftsschluss verkaufen. Wie oft hatte Edgar es nicht einmal mehr geschafft, bis zur Tagesschau wach zu bleiben.

Maria beschloss, sich keine Vorwürfe zu machen. Sie schaffte es auch nicht, wütend auf Edgar zu sein. Tote ließ man in Frieden ruhen. Wie oft hatte Elke ihr dies gesagt. Hätte sie doch nur auf ihre Freundin gehört. Doch was würde es bringen, sich im Nachhinein über die Zeit, in der sie sich in ihrem Haus und in Erinnerungen vergraben hatte, zu ärgern. Letztlich hatten Edgar und sie eine glückliche Ehe geführt, und nach seinem Tod hatten jene Erinnerungen ihr die Kraft gegeben, mit dem Alleinsein fertig zu werden. Auf alle Fälle war es gut, dass sie jetzt Bescheid wusste. So gesehen könnte sie Robert dankbar sein. Ein neuer Lebensabschnitt hatte begonnen, und nun gab es erst recht keinen Grund mehr, in ihr altes Leben zurückzukehren. Wann, wenn nicht jetzt, sollte sie neu anfangen?

Kapitel 10

Wie immer, wenn ihn etwas belastete, kümmerte sich Miguel um seinen kleinen Garten, der nicht umsonst zu den gepflegtesten und farbenprächtigsten der Anlage zählte. Die seltenen Blumenarten, die sich normalerweise in dem überwiegend trockenen Klima gar nicht hielten, profitierten von dem Umstand, dass es ihm nur selten wirklich gutging. Zwar hatte er keine gesundheitlichen Probleme, und das ganzjährig milde Klima bot optimale Voraussetzungen, um sich typische Alterserkrankungen vom Leib zu halten, aber gegen wachsende Einsamkeit war nun mal kein Kraut gewachsen.

Ganze zehn Jahre hatte seine erste Beziehung gehalten, die er im Nachhinein als die Liebe seines Lebens bezeichnen würde, und wenn es nach ihm gegangen wäre, hätte er mit diesem Mann alt werden können. Leider hatte ihm das Schicksal einen dicken Strich durch die Rechnung gemacht. Jean-Luc, ein attraktiver schwarzhaariger Mann aus Nizza, hatte bei einem Autounfall sein Leben lassen müssen. Besonders tragisch wurde Jean-Lucs Tod dadurch, dass er sich am selben Tag wie Prinzessin Dianas Unglück in Paris ereignete. Miguel war von jeher ein Fan der großen europäischen Königshäuser, und auch wenn ihm die spanische Monarchie, Prinz Carlos und sein Hof sehr sympathisch waren, hatte sein Herz schon immer für die kleine blonde Rebellin am Hofe der Windsors geschlagen. Vielleicht war sie der Grund dafür gewesen, warum er sich die regelmäßige Lektüre von Gazetten angewöhnt hatte. In den Medien vom Tod Lady Dis in einem Pariser Tunnel zu erfahren, hatte ihm an jenem Tag förmlich den Boden unter den Füßen weggezogen.

Jean-Luc hatte an jenem Abend eine Geschäftsreise nach Barcelona unternommen – mit dem Flugzeug. Kaum in Madrid gelandet und vermutlich voller Sehnsucht, bald Miguel wieder in die Arme zu schließen, hatte er auf dem Heimweg vom Flughafen beim Überholen wohl die Geschwindigkeit eines entgegenkommenden Fahrzeuges unterschätzt und dafür mit seinem Leben bezahlt. An diesem Schock hatte Miguel jahrelang zu knabbern. Madrid war ihm irgendwann unerträglich geworden, zu sehr hatten ihn die Erinnerungen belastet. Die Entscheidung, auf den Vorschlag seines Bruders hin nach Gran Canaria zu ziehen, hatte den Charakter einer Flucht nach vorn.

Richtiges Glück hatte die Insel ihm bisher aber nicht gebracht. Die kurze Liebelei mit einem russischen Adeligen war leider im Sande verlaufen. Vitali hatte ganze drei Monate geschäftlich auf der Insel verbracht, doch sie hatte ihm nicht gefallen, und so war es naheliegend, Miguel ein Leben in Mütterchen Russland schmackhaft zu machen. Allerdings hatte sich schon beim ersten Besuch in St. Petersburg gezeigt, dass Miguel für ein Leben in Eiseskälte und inmitten einer mafiösen Gesellschaft, zu der Vitali beste Beziehungen unterhielt, nicht in Frage kam.

Sowohl Jean-Luc als auch Vitali waren in seinem Garten verewigt. Jean-Luc in Form einer Zypresse, die stolz vor dem Haus in den Himmel ragte und Schatten in der trostlos sengenden Hitze spendete, Vitali auf einer freien Fläche, die Miguel mit Taigagras bepflanzt hatte, aus Samen, die er gemeinsam mit Vitali in St. Petersburg gekauft hatte. Nach jedem abendlichen Gießen strömte der frische Duft von Zypressen auf seine Terrasse. Es roch nach Südfrankreich, nach Nizza, nach Jean-Luc. Jeder wichtige oder interessante Mensch, der ihm etwas bedeutete, lebte in seinem Garten weiter.

Miguel begann bereits, darüber nachzudenken, welche Pflanzen am besten zu Maria, Sigrun und Elke passten. Hoffentlich konnten die drei das Haus behalten. Solche Nachbarinnen zu haben wäre traumhaft. Maria würde er einen kleinen Rosenstock pflanzen – ein Klassiker für eine Frau, die ein großes Herz hatte. Für Elke etwas Passendes zu finden, würde bestimmt nicht einfach sein. Sie war ein Mensch, zu dem klare Formen passten. Es musste etwas sein, das auf der einen Seite ihren messerscharfen analytischen Verstand widerspiegelte, auf der anderen Seite aber erahnen ließ, dass sich hinter der eher grauen Fassade ein liebenswertes Wesen verbarg. Die Pflanze durfte nicht in berauschender Schönheit erstrahlen, nicht herausstechen und musste doch bei näherem Hinsehen ihren Glanz entfalten. Eine Lilie wäre eine Option, aber vielleicht einen Tick zu elegant.

Nachdem bereits der halbe Garten seine morgendliche Wasserration erhalten hatte, fiel ihm endlich die für Elke passende Pflanze ein. Er würde Hortensien für sie pflanzen. Für Sigrun war die Auswahl groß. Grelle Farben, die provozierten, die sofort auffielen, den Garten aber nicht unangenehm dominieren würden, denn auch Sigrun strömte Liebe, Freundschaft und eine gewisse Harmonie aus. Strelizien, die brachten es auf den Punkt.

Nur würde sich die Fahrt nach Las Palmas zu dem am Hafen ansässigen Importeur, der so ziemlich alle Blumensamen besorgen konnte, überhaupt noch lohnen? Was, wenn die drei wieder aus seinem Leben verschwanden? Vielleicht waren sie schon zurück ins Hotel gezogen. Auf der Terrasse war heute am frühen Morgen noch niemand in Sicht.

Es war wie immer um diese Zeit sehr ruhig in der Anlage, bis auf einen Spaziergänger, der sich mit einer Digitalkamera bewaffnet die Häuser ansah. Vermutlich ein Tourist, der sich auf dem Weg zum Strand verirrt hatte oder einfach nur neugierig war, wie die Bungalowanlagen in Dünennähe aussahen. Komisch aber, dass der Mann nicht an den Häusern entlangschlenderte, sondern gelegentlich Bilder von den Gärten machte.

Erst bei näherem Hinsehen fiel Miguel auf, wie gut der Mann aussah. Definitiv kein Engländer, auch kein Deutscher. Vielleicht ein Tourist vom Festland? Der Mann war ungefähr in seinem Alter, äußerst geschmackvoll gekleidet, hatte schwarzes Haar, fast wie Jean-Luc, und suchte offenbar Blickkontakt. Miguel lächelte, das konnte nicht schaden, und es wurde tatsächlich erwidert. War das etwa eine Aufforderung, näher zu kommen? Der Fremde steuerte jedenfalls auf seinen Garten zu.

»Hola! Tiene un jardin bonito, eh?«

Wie vermutet, entpuppte sich der Tourist als Festlandspanier. Sein Kompliment, dass Miguel einen schönen Garten habe, war mit nordspanischem Akzent gefärbt. Sehr ungewöhnlich, dass sich ein Mann für den Garten eines anderen Mannes interessierte. Welcher normale Mann interessierte sich schon für Gärten oder fing gar ein Gespräch über Blumen an? Und jener Fremde, der sich ihm sofort mit seinem Vornamen vorstellte, kannte sich auch noch mit der Fauna der Insel aus. Diego merkte sofort, dass die Bepflanzung in Miguels Garten nicht typisch für die Kanaren war. Je länger sie sich unterhielten, desto deutlicher zeichnete sich ab, dass Diego von der »gleichen Fraktion« war. Alleinreisende Spanier verirrten sich nur selten in den Süden, und Diego war alleinreisend. Angeblich hatte er ganz spontan Lust gehabt, ein paar Tage am Strand zu verbringen.

Es kam aber noch besser. Er lebe erst seit einem Jahr in Las Palmas und habe vor lauter Arbeit noch gar keine Zeit gehabt, den Süden der Insel zu erkunden, berichtete Diego. Kein Zweifel, dieser Mann war schwul, und noch besser war, dass er sich für sein Gegenüber interessierte. Grund genug, um ihm einen kleinen Drink zur Stärkung anzubieten. Schon keimte wieder die Angst in Miguel auf, sich unberechtigte Hoffnungen zu machen. Andererseits, was hatte er auf seine alten Tage zu verlieren? War die Frage, wo man in Playa am besten ausgehen konnte, nicht eine eindeutige Aufforderung sich näher kennenzulernen? Dass er auf seinem eigenen Grund sozusagen im Beisein von Jean-Luc und Vitali jemanden kennenlernen würde, der ihm auf Anhieb sympathisch war, daran hätte Miguel nicht im Traum gedacht.

Wer rastet, der rostet, lautete eine Weisheit, und dem galt es vorzubauen. Allein aus Eitelkeit ließ Sigrun es sich nicht nehmen, ihre morgendliche Gymnastik auf dem saftig grünen Rasen vor ihrem Haus mit eiserner Disziplin durchzuziehen. Nicht umsonst hatte sie sich all die Jahre so gut gehalten und konnte mit einer Figur aufwarten, mit der sie sich auch ohne Schönheitschirurgen vor einer Sofia Loren nicht zu verstecken brauchte. Jeden Morgen gleich nach dem Aufstehen trank sie ein Glas Wasser mit einer frisch gepressten Zitrone, der Stärkung der Leber wegen und um so manches Glas Wein, das sie am Abend gerne zu sich nahm, wieder wettzumachen. Dann kam der morgendliche Apfel, der Vitamine und des Cholesterinspiegels wegen. *An Apple a day keeps the doctor away.* Kopfhörer mit guter Musik im Ohr und den Moment eines herrlichen Morgens bei aufgehender Sonne genießen. Was konnte schöner sein?

Irgendwie wollte es Sigrun aber nicht so recht gelingen, sich auf ihre Übungen zu konzentrieren. Auf Miguels Terrasse stand ein äußerst attraktiver Mann, den sie nicht kannte. Am Ende ein Verflossener oder gar eine neue Liebe, die Miguel ihnen bisher verheimlicht hatte? Da tat er so, als könnte er kein Wässerchen trüben, und servierte seinem Gast nun offenbar frisch gepressten Saft aus einer Karaffe. *»Can't get you out of my head.«* Stilikone Kylie Minogue, deren Rhythmen Sigrun bei den morgendlichen Dehnübungen besonders schätzte, lieferte die perfekte Vorlage, um sich eine Liaison zwischen Miguel und dem Spanier vorzustellen. *»Two hearts … are beating together.«* Noch ein Kylie-Song, der das vor ihr liegende Szenario mit eindrucksvollem Soundtrack zu untermalen schien.

Miguel, der immerhin kurz von seiner kleinen Terrasse aus zu ihr herübersah und winkte, machte einen äußerst interessierten Eindruck und heischte förmlich nach der Aufmerksamkeit seines Gegenübers. Ganze dreißig Minuten – so lange dauerte ihr Morgenprogramm – saßen die beiden auf seiner Terrasse. Die Art, wie Miguel sich bewegte, sich zierte, lachte, wie er seinem Gast aus einer Karaffe etwas einschenkte, all das deutete darauf hin, dass er heftig flirtete. Der Fremde hatte tatsächlich ein umwerfendes Lächeln, ein Strahlen, das er ihr zuwarf, nachdem er sich von Miguel verabschiedet hatte. Das waren vielleicht Neuigkeiten, und Sigrun brannte darauf, von Miguel einfach alles über diesen Mann, der sein Interesse geweckt hatte, zu erfahren. Offenbar ging es ihm genauso, denn kaum war sein Gast außer Sichtweite, schoss Miguel auch schon heran.

»Das glaubt man doch nicht.« Sigrun schmunzelte darüber, wie aufgeregt der Spanier war.

»Da gießt man morgens die Blumen, und schon steht dieser Mann vor einem. Sieht er nicht traumhaft aus?«

»Spanier?«, fragte sie.

Miguel nickte eifrig.

»Diego, aus Las Palmas. Wir haben uns sogar verabredet, für heute Abend.«

Selbst ein Blinder hätte allein an Miguels Stimme erkannt, dass er sich gerade verliebt hatte.

»Das ist doch großartig.« Sigrun freute sich aufrichtig für ihn.

»Kommst du mit? Ich wäre dann nicht so verkrampft«, bat er und warf ihr einen fast schon flehenden Blick zu.

»Du weißt, dass ich keine Anstandsdame bin. Wäre das nicht ein bisschen aufdringlich?«, fragte Sigrun skeptisch.

»Er möchte euch kennenlernen.«

»Tatsächlich?«

»Ich hab ihm von meinen neuen Lieblingsnachbarinnen erzählt«, verkündete Miguel stolz.

Dies erklärte, warum Diego auch ihr ein Lächeln geschenkt hatte, als er vorhin an ihrem Haus vorbeigegangen war.

»Na, hoffentlich nur Gutes«, sagte sie.

Merkwürdig war das schon. Würde man bei einem zufälligen Kennenlernen ausgerechnet die Nachbarschaft, und sei sie noch so harmonisch, ins Spiel bringen? Noch dazu drei Rentnerinnen aus Deutschland, die, wenn es dumm lief, jederzeit wieder abreisen konnten? Vielleicht tickten schwule Männer da anders. Vielleicht waren sie etwas gesprächiger und tendierten dazu, weiter auszuholen.

»Warum nicht?«, sagte Sigrun. Miguel konnte sie sowieso keinen Gefallen abschlagen.

Maria – Wege ins Glück wäre eine sicherlich recht interessante Variante jener seichten Fernsehunterhaltung, in die Maria sich in den letzten Tagen hineinkatapultiert hatte. Nur war sie kein junges Ding mehr, das die ersten Gehversuche in Sachen Liebe unternahm. Es konnte doch nicht normal sein, dass sie beim Zubereiten der morgendlichen Pfannkuchen unentwegt an Pablo dachte. Sie hatten ihm sehr gut geschmeckt, und am liebsten würde sie ihm jeden Morgen diese Pfannkuchen machen.

Genau dieser Umstand beunruhigte Maria. Konnte es sein, dass sie sich in einer Art Trotzphase befand? Gestern noch der Schock, das frisch erworbene Wissen über ihren engelsgleichen Ehemann, den es gelegentlich in ein Bordell zog, und heute Pfannkuchenmelancholie und Gefühle für einen Mann, den sie zwar auf Anhieb für attraktiv befunden hatte, aber dank ihrer »treuseligen« Gefühlsduselei in die Wüste geschickt hatte. Mit ansehen zu müssen, wie Elke blitzartig die Treppe nach unten gerast war, als das Telefon geklingelt hatte, nur weil klar war, dass Pablo sich bei ihnen melden würde, weckte in ihr so etwas wie Widerwillen gegen eine Liaison der beiden. Dass Elke sie auf dem Weg zu ihrem Handy, das sie am Vorabend auf dem Küchentisch vergessen hatte, beinahe rücksichtslos umgerannt hätte, kam noch erschwerend hinzu. Was, wenn Elke es tatsächlich schaffte, mit Pablo anzubandeln?

Dieser Gedanke beschäftigte sie beim Anrühren des Teiges eigentlich noch mehr als die guten Neuigkeiten von Pablo, dass für nächste Woche ein Ausschreibungstermin angesetzt worden war. Selbst schuld! Elke hätte sich bestimmt nicht in den Vordergrund gedrängt, wenn sie von Anfang an mehr Interesse für Pablo signalisiert hätte. Schließlich hatte sie Elke nächtelang von Edgar und ihrem Kummer, ihn nicht mehr bei sich zu haben, erzählt. Es gab keinen Grund, ihrer Freundin Vorwürfe zu machen – und dennoch, Elke hätte sie fast umgerannt, rücksichtslos.

All das mussten die Eier, die Maria für den Teig aufschlagen musste, nun büßen. Krach! Die Hälfte daneben, was Sigrun, die gutgelaunt neben ihr in der Küche auftauchte, um sich etwas Saft aus dem Kühlschrank zu holen, amüsiert auffiel.

»Rate mal, wer sich verliebt hat«, fragte sie Maria glucksend.

Sarkasmus war jetzt alles andere als angebracht. Sigrun musste ihr nicht auch noch reindrücken, dass Elke sozusagen auf Droge war.

»Das war ja wohl unübersehbar«, gab Maria schnippisch zurück.

»Warst du etwa auch schon auf der Terrasse?«, erkundigte sich Sigrun leicht verwirrt.

Sigrun sprach in Rätseln.

»War Pablo hier? Ich dachte, er hätte angerufen.« Maria verlor den Faden, den ihr Sigrun vergnügt serviert hatte.

»Oh, wie ich sehe, geraten die Dinge hier etwas außer Kontrolle. Meine süße Maria ist eifersüchtig«, glaubte Sigrun nun zu wissen.

»Unsinn«, dementierte Maria.

»Doch, doch, doch! Und ich finde das einfach großartig!«, freute sich Sigrun.

Platsch! Das nächste Ei, ebenfalls mit zu viel Power aufgeschlagen, landete auf der Anrichte, was Sigrun dazu veranlasste, laut loszulachen.

»Liebeskummer lohnt sich nicht, *my Darling*.« Nun sang sie auch noch! Connie Francis ließ grüßen.

»Veralbern kann ich mich selber.« Maria war ernsthaft genervt und wischte die Eireste mit einem Küchentuch auf.

»Das hast du bereits, meine Liebe. Er mag dich. Worauf wartest du noch? Tu was, anstatt dich an den Eiern abzureagieren«, sagte Sigrun mit Nachdruck.

Leichter gesagt als getan. Zwar war klar, dass sie ihre Gefühle für Pablo nicht länger negieren konnte und angesichts dessen, was sie über ihren Ehemann erfahren hatte, auch nicht mehr wollte, aber vielleicht war die Verbindung von Pablo mit Elke schon zu weit fortgeschritten? Was, wenn sie das Haus nicht bekamen? Sich frisch zu verlieben und Gefühle zu investieren, nur um dann wieder abzureisen? Das musste furchtbar sein. Sie würde bestenfalls zu einem Kapitel in Pablos Leben werden und sich zu Hause die Augen ausweinen. Nichts hasste Maria mehr als Ungewissheit oder jenen Schwebezustand, der so viele Möglichkeiten offenließ.

»Miguel hat sich übrigens auch frisch verliebt, und ich sage dir, in ein richtiges Sahneschnittchen. Die beiden gehen heute aus.«

Erst jetzt begriff Maria, was Sigrun vorhin gemeint hatte.

»Echt?« Mehr konnte sie sich nicht mehr abringen. Die Turbulenzen der letzten Tage waren ja kaum noch zu fassen.

»Nimm dir mal ein Beispiel.«

Da hatte Sigrun ihr einiges voraus. Sie hätte sich in Sachen Männer nie so ungeschickt angestellt und würde sich einfach nehmen, was sie sich in den Kopf gesetzt hatte. Nur dummerweise war Maria nun mal anders. Sie kannte Pablo ja noch nicht einmal, jedenfalls nicht genug. Was hatten Schmetterlinge im Bauch, wenn er sie ansah, denn schon groß zu bedeuten? Um dies herauszufinden, musste sie sich jedoch auf den attraktiven Spanier zubewegen. Zumindest hatte sie keine Lust mehr darauf, die trauernde Witwe zu spielen und die Momente der Einsamkeit mit krankhafter Melancholie zu ersticken. Nicht für einen Mann, der sie betrog. Was für eine Farce.

Den Moment zu genießen und im Hier und Jetzt zu leben war etwas, was Marion sich schon in ihrer Kindheit zu eigen gemacht hatte. Ihr war es egal, ob man ihr aus diesem Grund Oberflächlichkeit unterstellte. Tatsache war nun mal, dass Grübeln bis zur Selbstzerfleischung absolut nichts brachte. Robert im abgedunkelten Hotelzimmer wie ein Häufchen Elend daliegen zu sehen war ein jämmerliches Bild. Jede »normale« Ehefrau hätte sich zu ihm gelegt und ihn gefragt, was ihn denn so bedrücke. Nur, was sollte das bringen? Er würde ihr erzählen, dass ihm seine Mutter erneut eine Abfuhr erteilt hatte. Warum neigte Robert nur dazu, viel zu schnell aufzugeben?

»Mensch, Robert, es ist toll draußen. Lass uns zum Schwimmen gehen. Am Strand sind herrliche Wellen«, versuchte sie ihn zu ködern.

»Hab keine Lust.«

Er wollte also offensichtlich allein sein und war nicht in der Stimmung zu reden. Rumliegen und schmollen konnte Marion hochaggressiv machen. Robert erinnerte sie an eine

Zeit, in der sie wochenlang so herumgelegen hatte, kraftlos, mit Depressionen kämpfend. Es war die Zeit, als ihr Vater die Familie verlassen hatte. Jahrelang hatte er ihre Mutter betrogen, mit unzähligen Frauen. Wie konnte man es nur fertigbringen, seine Familie einfach so sitzenzulassen und sich mit einer Jüngeren nach Amerika abzusetzen? Keinen Cent Unterhalt hatte er rausgerückt für sie und ihre Mutter, die in jenem Jahr nach einem Nervenzusammenbruch auch noch ihren Job als Sekretärin in einer kleinen Exportfirma verloren hatte und fortan bei Aldi an der Kasse ihr Dasein fristen musste. Ausgerechnet in Marions letztem Schuljahr war ihr Vater aufgeflogen. Abi verpatzt, auf einen Schlag kein Geld mehr und eine Mutter, die in Selbstmitleid zerfloss – ein verdammt guter Grund, um sich selbstmitleidig wie Robert in einen abgedunkelten Raum zu legen und sich zu wünschen, einfach nur noch einzuschlafen. Irgendwann rebellierten jedoch die Lebensgeister. Marion erinnerte sich noch genau an jenen Moment, als sie sich im Spiegel betrachtet und gefragt hatte, ob sie gut daran tat, ihr eigenes Leben einfach so wegzuwerfen.

»Also, ich geh jetzt zum Strand. Du kannst ja nachkommen«, bot sie Robert um des lieben Friedens willen an, aber er reagierte nur mit einem desinteressierten »Hmmm«. Gut, dann eben nicht.

Marion packte ihre Badesachen zusammen, während sich Robert im Bett von ihr abwandte. Unerträglich, aber von ihm würde sie sich nicht runterziehen lassen. Die Zeiten waren vorbei. Sich zusammenzureißen war verdammt hart, aber wenn man einmal den Kampf gegen den inneren Schweinehund gewonnen hatte, fiel es immer leichter, den Weg in die richtige Richtung weiterzugehen. Ad acta waren all die schrecklichen Erinnerungen gelegt. Zum Aufarbeiten keine Zeit! Vorwärts, immer mit voller Kraft voraus und sich das nehmen, was das Leben so bot.

In jener schlimmen Zeit, die sie einfach nicht aus ihrem Kopf bekam, hatte sie sich geschworen, nicht den gleichen Fehler wie ihre Mutter zu machen. Das eigene Ego einer scheinbar intakten Ehe zu opfern und die Zügel aus der Hand zu geben, kam nicht mehr in Frage. Kein Mann würde sie jemals so verletzen, wie ihr Vater ihre Mutter verletzt hatte. Männer, die sie zu dominieren versuchten, schoss sie sofort ab. Einmal in Jagdlaune und von Mutter Natur üppig mit alldem ausgestattet, was Männer an Frauen begehrenswert fanden, hatte sich der neu eingeschlagene Weg nicht nur als erfolgversprechend, sondern auch als der richtige erwiesen.

Die Strandtasche war gepackt. Einen allerletzten Versuch, Robert vom Reich der Toten aufzuerwecken, wollte sie noch riskieren.

»Mein Gott, soll deine Mutter doch hier auf der Insel versauern. Deswegen musst du mir nicht den Tag versauen. Wir sind im Urlaub!« Robert schien fassungslos über ihren Ausbruch zu sein, was Marion nur noch mehr aufheizte.

»Meinst du, es ändert sich etwas an der Situation, wenn du den Nachmittag im Bett verbringst? Sie kriegt das Haus doch eh nicht mehr.«

»Es geht nicht um das verdammte Haus«, fuhr er sie ungewohnt schroff an.

Ein kleiner Streit gefällig? Worum ging es dann?

»Ich hab einen schweren Fehler gemacht.«

Robert machte normalerweise nie Fehler, jedenfalls gestand er sie so gut wie nie ein. Dies gab Marion ausreichend Anlass, um die Badesachen zur Seite und sich ausnahmsweise doch zu ihm ans Bett zu setzen.

»Was ist passiert?«, fragte sie.

»Ich war so was von sauer auf meine Mutter. Das ganze Gerede über meinen tollen Vater«, brach es aus ihm hervor.

»Das geht mir ja schon länger auf die Nerven«, solidarisierte sie sich mit Robert.

»Er hat sie betrogen. Ich habe die ganze Zeit davon gewusst.«

Dass es ihr leidtue oder die Frage, wie seine Mutter diese frohe Botschaft aufgenommen habe, lagen Marion auf der Zunge, doch noch viel stärker war der Impuls, lauthals loszuprusten.

»Edgar. Dein Vater. Das glaub ich nicht.«

»Ich finde das überhaupt nicht witzig«, sagte er und wandte sich sofort wieder von ihr ab.

Natürlich war dies angesichts des eigenen Dramas aus ihrer Kindheit alles andere als witzig, doch offene Anteilnahme oder gar Mitgefühl kamen nicht in Frage. Zu groß war die Gefahr, in unliebsame Erinnerungen abzudriften. Dass ein Mann eine Frau betrog, dass diese Gefahr latent immer im Raum stand, an diesen Gedanken hatte Marion sich bereits gewöhnt. Banalisieren und Herunterspielen, es so leicht wie möglich zu nehmen, egal was passierte, war die einzig gesunde Strategie, um in dieser maroden Welt zu überleben.

»Wenigstens musst du dir jetzt nicht mehr anhören, was für ein toller Mann er war«, sagte sie daher nur.

»Sie ist fix und fertig. Du hättest sie sehen sollen. Sie wollte nur noch allein sein.« Er seufzte schwer.

Dieses Thema musste so schnell wie möglich vom Tisch, denn sich vorzustellen, was in Roberts Mutter gerade vorging, wäre unerträglich für sie.

»Und jetzt gibst du dir die Schuld daran. Das ist doch absurd.«

»Es war einfach unfair.«

»Was heißt hier unfair? Es ist die Wahrheit, und damit muss sie leben.«

Marion wusste nur zu gut, dass dies einfacher gesagt als getan war. Wie sehr hatte ihre Mutter damals gelitten. Ihm jetzt davon zu erzählen, um ihn zu trösten, war jedoch nicht drin. Sie würde danach stundenlang schlecht drauf sein und an den damaligen Schmerz denken. Hoffentlich hörte Robert endlich damit auf.

»Du kennst sie doch. Ihr ganzes Leben bricht zusammen«, fuhr er mit seiner Mitleidsmasche fort.

»Dann bricht es halt zusammen. Robert. Das ist nicht dein Problem, und mach es bitte auch nicht zu unserem Problem.« Marion versuchte, einen Schlusspunkt zu setzen, aus purem Selbstschutz, wie sie sich eingestehen musste.

Robert nickte Gott sei Dank zaghaft.

»Und jetzt lass uns endlich zum Strand gehen.«

Es hatte sich offenbar gelohnt, Robert nicht nur zuzuhören, sondern in gewisser Weise auch wieder wachzurütteln. Nichts war schlimmer als ein Ehemann, der durchhing, und angesichts der neuen Sachlage standen die Chancen nicht einmal so schlecht, dass Maria ihr Vorhaben endgültig aufgeben würde.

Warum um alles in der Welt rief Pablo mittags an, um Maria zu sprechen? Sofort stellte sich bei Elke auf dem Weg zur Küche ein leicht nervöser Magen ein, obwohl Maria ein leichtverdauliches Ratatouille zubereitet hatte. Selbst Sigrun, die sich gerade einen Kaffee zubereitete, wirkte eine Spur erstaunt über die Art, wie Maria das Telefonat annahm.

»Hola, Pablo«, hauchte Maria so rauchig in die Sprechmuschel, dass Elke unwillkürlich an die Stimme einer 0190er-Nummer aus der allnächtlichen Werbung der Privatsender denken musste. Sigruns Grinsen verriet, dass es ihr ähnlich erging.

»Tatsächlich? Das sind aber gute Nachrichten«, fragte Maria zuckersüß nach.

Hoffentlich bezogen sich die guten Nachrichten auf die Ausschreibung. Zu gerne hätte Elke das Gespräch mit angehört. Was konnte man schon mit einem gelegentlichen »Ja« anfangen? Die Spannung stieg.

»Nach Las Palmas? Warum nicht. Ich komme gerne. Den Bus kenne ich ja schon.«

Er wollte also, dass sie nach Las Palmas kam. Warum war nicht von allen dreien die Rede?

»Nein, Sie müssen mich nicht abholen.«

Und dann noch dieses »Adios« – wie frisch aus dem Spanischkurs. Was ging hier vor? Zu Elkes großer Beruhigung stellte sich heraus, dass es um Marias Finanzen ging. Die laufende Zwischenfinanzierung war ziemlich kostspielig, daher galt es, das Geld bis zur Ausschreibung vernünftig anzulegen, um die Sollzinsen zu kompensieren. Sigruns und Elkes Ersparnisse waren inzwischen wieder auf dem Cash-Konto und erwirtschafteten bereits gute Zinsen.

»Ich muss zu Pablo, um ein paar Papiere zu unterschreiben. Weißt du, wann der nächste Bus nach Las Palmas geht?«, fragte Maria bei ihr nach.

Natürlich wusste Elke dies. Der Bus fuhr jede halbe Stunde.

»Ich kann dich ja begleiten«, schlug sie vor.

»Das musst du nicht. Ich schaff das schon allein«, winkte Maria ab.

Noch bevor Pablo in ihr Leben getreten war, hätte sich

Elke dabei überhaupt nichts gedacht. Allerdings machte der Ton die Musik. Keine Spur mehr von Demut, vielmehr lag ein gewisser Imperativ in Marias Stimme, der nur allzu klarmachte, dass sie sich gerne allein mit dem Spanier treffen wollte.

Sigrun hatte Elke heute Morgen gesteckt, dass Edgar Maria betrogen hatte. Wer wusste schon, zu welchen Kurzschlussreaktionen die sich nun hinreißen lassen würde? Am Ende würde sie sich einreden, post mortem Rache an Edgar nehmen zu müssen. Vielleicht hatte sie auch das Gefühl, etwas verpasst zu haben. Edgar hatte sich in den letzten Jahren für Maria regelrecht als Spaßbremse erwiesen. Schluss mit lustig! Mutierte Maria nicht gerade vor ihren Augen zu einer lustigen Witwe, die drauf und dran war, sie aus dem Rennen um diesen grandiosen Mann zu stoßen? Das kam nicht in Frage.

»Du kennst dich doch mit dem ganzen Finanzkram gar nicht aus«, sagte Elke in dem Versuch, Maria zu verunsichern.

»Willst du damit etwa andeuten, dass wir Pablo nicht vertrauen können?«, bellte Maria sie regelrecht an.

Lag da so etwas wie ein angriffslustiger Ton in Marias Stimme? Auf alle Fälle mehr als ungewohnt.

»Darum geht es überhaupt nicht, aber du kennst die Zahlen gar nicht. Ich helfe dir gerne.«

Sigruns verräterisches Lächeln gab Elke zu verstehen, dass sie Maria ebenfalls durchschaute.

»Also, ich fahre nicht mit«, sagte sie amüsiert.

»Pablo hätte uns auch andere Anlageformen vorschlagen können. Vielleicht gibt es ja etwas Besseres als das Cash-Konto?«, versuchte Elke sich wieder ins Rennen zu bringen.

Maria überlegte.

»Ich räum nur noch schnell das Geschirr weg, und dann fahren wir. Den Bus um halb eins müssten wir noch schaffen.«

Eine klare Ansage, und das aus Marias Munde.

Endlich allein im Haus. Sigrun beschloss, die vor ihr liegenden ruhigen Stunden am frühen Nachmittag zu nutzen, um ihren über Jahre angewachsenen und berufsbedingt nie bewältigten Bücherstapel zu dezimieren – überwiegend Sachbücher über alle möglichen Themen, die sie interessierten. Für das Leben auf der Insel hatte sie geplant, endlich wieder mit dem Malen anzufangen und ihre im Laufe der Jahre erworbenen Fertigkeiten im Umgang mit Acrylfarben zu verfeinern.

Wie oft war sie in den vielen Nächten, in denen sie einfach keinen Schlaf gefunden hatte, im Fernsehen an Bob Ross – Gott hab ihn selig – hängengeblieben, jenem amerikanischen Maler mit Afro-Look, der in den dritten Programmen mit fast hypnotischer Kraft und sanftweicher Stimme innerhalb kürzester Zeit und mit beeindruckend einfachen Pinselstrichen bezaubernde Landschaften aus dem Nichts malen konnte. Zu ihrem letzten Geburtstag hatte Elke ihr das Buch zur Sendung geschenkt. Leinwände und Farben waren auf der Insel sicherlich gut zu bekommen, aber bevor sie wieder den Pinsel in die Hand nehmen würde, musste sie sich ein paar Anregungen holen. Was nutzten allerdings die schönsten Anregungen, wenn man sie nicht mehr lesen konnte? Wo war nur ihre Lesebrille? Schlagartig fiel Sigrun ein, dass sie die Brille in Hamburg vergessen hatte. Wenn jemand wusste, wo sie auf die Schnelle Ersatz herbekommen konnte, dann Miguel, der nur einen Katzensprung entfernt und in der Regel immer zu Hause war.

Fünf Minuten später klopfte Sigrun gegen die Terrassentür des Spaniers. Keine Reaktion, und auch im Haus war keine Regung durch die Vorhänge zu sehen. Vermutlich war er beim Friseur oder kaufte sich Klamotten für heute Abend.

»Moment«, gellte es nach dem dritten Klopfen aus dem Haus.

In der Scheibe, die das Licht der Sonne reflektierte, war auf einmal ein weißes Gesicht zu erkennen, das auf die Terrassentür zuschoss. Miguels Visage glich der einer Geisha. Bis auf die Augen hatte er sich mit einer Schönheitsmaske zugekleistert, und sein frischer Haarschnitt bewies, dass Sigrun recht hatte. Er bereitete sich auf sein Date heute Abend vor, und zwar minutiös.

»Entschuldige. Ich war im Bad. Komm doch rein«, sagte er.

Sigrun überlegte, wann sie sich das letzte Mal so eine Prozedur angetan hatte. Das musste schon Jahre her sein, und auch nur, um auszuprobieren, ob die Packung das hielt, was die Werbung versprach. Fehlanzeige! Pure Zeitverschwendung! Gesunde Ernährung sorgte für die beste Haut. Die Pampe war nur gut für die Psyche, aber Miguel sah dies offenbar anders.

»Das macht die Haut glatt und geschmeidig«, sagte er, voll und ganz davon überzeugt.

Es fehlt nur noch der Slogan »Weil ich es mir wert bin«, überlegte Sigrun schmunzelnd, als sie ihm ins Haus folgte.

»Ich hab noch eine Kurpackung. Dann glänzt dein Haar wie bei der Schiffer.«

Miguel musste unwillkürlich lachen.

»Her damit!«

»Du gehst ja ganz schön ran, aber was, wenn Diego eher auf männlich verwegene Typen steht?«, fragte sie nach.

»Meinst du wirklich?« Miguel erschrak. Die nackte Panik stand ihm ins Gesicht geschrieben.

»Das war ein Witz!«

Miguel atmete erleichtert auf.

»Ein gepflegter äußerer Eindruck ist das A und O, gerade bei Männern in meinem Alter.«

»Nur nichts dem Zufall überlassen. Verstehe. Du bist ein ganz schöner Draufgänger.«

Miguel hatte auffallend viel Landschaftsbilder von den Dünen, von begrünten Tälern und Canyons, die mit Nadelwäldern übersät waren, an den Wänden hängen. Schöne Malereien, die sie sofort an Ross erinnerten. Standen da etwa seine Initialen auf den Bildern? Ein schwungvolles M und ein H?

»Hast du die gemalt?«

»Mein Hobby. Ich bin über eine Fernsehsendung draufgekommen. Kennst du Bob Ross?«, antwortete Miguel.

»Geniale Sendung, aber an seinem Outfit sollte er wirklich mal arbeiten, vor allem an seiner Frisur«, sagte Sigrun völlig perplex.

»Ich find den Afrolook süß und vor allem seine ruhige Stimme.«

Sigrun war begeistert. Gleiche Wellenlänge! Miguel konnte ihr sicherlich wertvolle Tipps geben, und vielleicht würden sie einmal einen Ausflug machen und den Nachmittag gemeinsam vor je einer Leinwand verbringen. Der Mann hatte Talent, jedenfalls bei der Malerei. Sein Ordnungssinn hingegen ließ einiges zu wünschen übrig. Eigentlich hätte Sigrun einen perfekt organisierten und aufgeräumten Wohnraum erwartet, aber die Möbel waren von Klamotten übersät.

»Ich weiß einfach nicht, was ich heute anziehen soll.

Mondän, sportlich, eher dezent?«, fragte Miguel mit einer entschuldigenden Geste.

Sein Blick kreiste hilflos um den ausgelegten Klamottenhaufen, der alle möglichen Stilrichtungen und alle Farben des Regenbogens umfasste. Das Wohnzimmer war zum Backstage-Bereich einer Fashionshow geworden.

Sigrun, die schon immer ein gutes Händchen für Mode hatte, beschloss spontan, Miguel in dieser Frage nicht allein zu lassen. Verliebte Tunten tendierten dazu, sich in ihrer Liebestaumelhysterie einen Tick zu schräg zu kleiden. Angesichts dieser Auswahl an Labels hätte Miguel die Frage nach dem richtigen Outfit nicht beschäftigen müssen. Im Nu kombinierte sie ein orangefarbenes, kurzes Hemd mit einer hellen, sportlich eleganten Hose.

»Das steht dir!«, versuchte sie ihm klarzumachen.

Miguel hielt sich das Hemd vor den Oberkörper und musterte sich kritisch in einem kitschigen goldgerahmten Spiegel, der auf einer mit allerlei Kunst dekorierten Anrichte stand.

»Ist das nicht ein bisschen übertrieben? Nicht dass Diego denkt, ich möchte mit Gewalt einen auf jung machen. Was hältst du von dem Schwarzen?«

Grelle Farben konnte man Sigruns Meinung nach nur tragen, wenn man selbstbewusst war. Um aufzufallen, musste man die Blicke anderer aushalten, seien sie anerkennend oder eher ablehnend. Stattdessen in Trauer? Schwarz war sozusagen das, was immer ging, aber hier auf der Insel, mit all ihrer Blumenpracht, konnte Miguel sich ein Orange durchaus leisten.

»Kommt nicht in Frage! Du musst dich nicht verstecken.«

Miguel entledigte sich seines Leinenhemdes und schlüpfte in das neckische Teil.

»Mehr aufknöpfen.« Sigrun ertrug keine Männerhemden, bei denen nur ein Knopf offen war. Das sah bieder aus und absolut unsexy. Miguel hatte eine leichtbehaarte Brust, und die sollte er ruhig zeigen.

»Vielleicht ein bisschen zu gewagt?«, fragte er, als er sich im Spiegel betrachtete.

»Ganz und gar nicht. Es ist perfekt«, sagte Sigrun mit Nachdruck.

War Miguel etwa ein kleiner Biedermann? Erst jetzt fielen Sigrun die vielen Putten auf, die als Kantenhocker auf den Schränken saßen und in einem Bücherregal als Stütze dienten. Alle in Weiß. Weiß wie die Unschuld. Allerdings beruhigte sie sich sofort wieder, als sie in einem der Rahmen ein halbnacktes Armani-Model hängen sah. Vielleicht doch nur ein Dekotick.

»Also gut!«, versuchte Miguel sich selbst zu überzeugen.

»Ich hatte schon so lange keine Verabredung mehr«, gestand er.

»Da geht es dir so wie mir.«

»Wirklich? Aber du bist eine tolle Frau, ein absolut toller Mensch.«

Das ging, obgleich aus dem Mund einer Tunte, runter wie Öl.

»Keine Zeit«, sagte sie schnell.

»Bist du denn nie einsam?«, fragte Miguel und musterte sie nachdenklich.

Natürlich war sie einsam, sogar so einsam, dass sie in manchen Nächten dachte, sie würde daran ersticken.

»Tut mir leid, ich hätte das nicht fragen sollen.«

Miguels offene Art gefiel ihr. Offene Menschen waren eine Seltenheit. Offenheit ging einher mit Ehrlichkeit –

zwei Werte, die es in Sigruns Augen so gut wie gar nicht mehr gab.

»Als ich jung war, hatte ich keine Lust, mich fest zu binden. Ich hatte immer viele Freunde. Ich bin gerne ausgegangen, und es gab einfach zu viele interessante Männer«, erzählte sie.

»So tickt die schwule Welt leider auch.«

»Ganz schön hedonistisch, ich weiß, aber so war ich nun mal.«

»Und später?«, fragte er sie, während er den chaotischen Klamottenhaufen zu ordnen und aufzuräumen begann.

»Mit einer Zahnarztpraxis ist man gut ausgelastet, und die wenige Zeit, die ich hatte, wollte ich genießen«, sagte Sigrun.

»War denn nie jemand dabei, der dir besonders gut gefallen hat?«

»Klar, aber es hat einfach nicht gepasst. Nein, eigentlich habe ich mir in dieser Zeit klargemacht, dass mich Männer nur so lange reizen, bis sie anbeißen.«

Sigrun hatte all das noch nicht einmal ihren besten Freundinnen in dieser Deutlichkeit gestanden, vermutlich aber nur deshalb, weil sie niemand danach gefragt hatte.

»Ein männermordendes Monster.« Miguel grinste übers ganze Gesicht.

Sigrun musste lachen. Genau so kam sie gelegentlich rüber, dabei hatte sie gar nichts gegen Männer.

»Sie ticken einfach alle zu ähnlich. Dieses ganze Machtgetue. Kennst du die Sparkassenwerbung, in der drei Männer an einem Kartentisch sitzen und ihre Trümpfe ausspielen? Meine Frau, mein Haus, mein Auto, mein Hund. Das ist es doch. Ständiger Konkurrenzkampf, und die Frau wird zum ›*asset*‹. Jedenfalls bei den wirklich interessanten Alphatieren.«

»Und jetzt? Jetzt hättest du doch alle Zeit der Welt.« Miguels Frage hätte sich auf den Zeitraum der letzten zehn Jahre beziehen müssen. Mit ihrer jetzigen Situation und der Entscheidung, gemeinsam mit Elke und Maria auf der Insel den Lebensabend zu verbringen, hatte dies wenig zu tun.

»Es ist mir zu anstrengend geworden.«

»Die Liebe zu anstrengend?« Miguel wollte seinen Ohren kaum trauen.

»Wer redet denn von Liebe? Dates, IHM gefallen zu wollen, Sex … Der ganze Aufwand … jetzt mal ehrlich, ab einem gewissen Alter ist Sex einfach nicht mehr so aufregend«, sagte sie.

»Das ist leider wahr.«

»Das muss euch Männer doch ganz schön stressen.«

»Was?«

»Sex!«

»Es gibt ja Hilfsmittel. Die blaue Pille ist ein Segen«, erklärte Miguel und musste erneut grinsen. Darüber hatte er sich noch mit keiner Frau unterhalten. Sigrun war wirklich ein außergewöhnlicher Mensch.

»Siehst du, genau das mein ich. Stress! Und noch dazu auf Dauer gesundheitsschädigend.«

Sigrun spürte, dass Miguel nur noch halb so nervös war. Das Für und Wider von Beziehungen zu reflektieren, nahm offenkundig etwas Druck von ihm.

»Vielleicht sollte ich das Ganze heute Abend etwas lockerer sehen«, sagte er und zupfte an seinem Hemd herum.

»Genau das meine ich auch.«

»Trotzdem wäre es schön, wenn ich auf meine alten Tage … Ich hab Angst vor dem Alleinsein«, gestand er.

»Dagegen helfen Freunde. Außerdem hast du doch noch

einen Bruder.« Sigrun legte ihm aufmunternd die Hand auf den Arm.

»Das Schlimmste ist die Angst, enttäuscht zu werden.« Miguel brachte es auf den Punkt.

»Das kommt auf die Erwartungen an, und dafür bist nur du allein verantwortlich«, sagte sie.

Miguel nickte einsichtig.

Um ein Haar hätte Sigrun vergessen, weshalb sie überhaupt gekommen war.

»Hast du zufällig eine Lesebrille?«

Kapitel 11

Wenn man jemanden liebt, gibt man ihn nicht so schnell auf. Diese Erkenntnis konnte Berge versetzen und reichte, um sich auf die Suche nach einer Nadel im Heuhaufen zu machen. Diese Nadel hieß Elke Eberle. Angeblich passte sie zu einundachtzig Prozent zu ihm, was das Computerprogramm der Online-Partnervermittlung als besonders hohe Übereinstimmung wertete. Liebe auf den ersten Blick, und das, obwohl oder gerade weil sich Elke ihm am ersten Abend alles andere als aufgedonnert präsentiert hatte. Am besten gefiel ihm ihr wuscheliges Haar, das sich anscheinend nie so recht bändigen ließ. Er mochte Frauen, die etwas zurückhaltend waren, mit denen man sich jenseits der Society-Themen gut und auch ernsthaft unterhalten konnte.

Zwei gemeinsame Abendessen hatten genügt, um es ordentlich funken zu lassen – beidseitig. Das hatte ihn verwundert, denn er hatte sich nach zwei gescheiterten Ehen geschworen, sich nie wieder an eine Frau zu binden, die nicht auf eigenen Füßen stand und sich finanziell von ihm abhängig machen würde. Nicht dass er geizig war, aber wenn einen Frauen zweimal nur des Geldes wegen geheiratet hatten und man im Zuge der Trennung ordentlich bluten musste, riet das gebrannte innere Kind zur Vorsicht.

Vielleicht war dies auch der Grund, weshalb er sich auf die moderne Art des Kennenlernens im Internet einließ.

Elke hatte angegeben, dass sie eine kaufmännische Angestellte sei, immerhin grundsolide, und nach anfänglicher Skepsis hatte er erfolgreich Kontakt zu ihr aufgenommen. Dass sie auch aus Sicht des gebrannten Kindes die ideale Frau an seiner Seite sein könnte, hatte er erst viel später erfahren.

All dies schoss ihm in einem Café an der Avenida Tirajana durch den Kopf, während er unter einem schattenspendenden Sonnenschirm saß und Zuflucht vor der gleißend heißen Nachmittagssonne suchte. Die Wartezeit, bis der Ober den Eiskaffee servierte, vertrieb er sich mit den Bildern, die er von Elke ausgedruckt hatte. Er mochte sich gar nicht vorstellen, sie nicht zu finden. Da er ein Millionenimperium im Rücken hatte, waren die fünfhundert Euro, die es ihn gekostet hatte, um genaue Erkundigungen über sie einzuziehen, nicht mehr als ein Taschengeld und letztlich eine lohnende Investition. Die »einfache Angestellte«, wie Elke bei ihrem ersten Date immer wieder betont hatte, entpuppte sich als Bankierstochter.

Dies konnte nur einen Grund haben. Sie wollte genau wie er erst einmal das Terrain sondieren und hatte mit Sicherheit ebenso schlechte Erfahrungen mit Männern gemacht. Vermutlich hatte er sein Spiel beim dritten Date etwas zu weit getrieben. Das Thema, für den anderen bedingungslos zu sorgen, wenn er einmal in Not geraten würde, hatte in Elke vermutlich so etwas wie eine Panikattacke ausgelöst. Dass das Ganze nur als Test gedacht war, hätte er ihr an jenem Abend beim besten Willen nicht sagen können. Elke war nach jenem Abend jedenfalls spurlos aus seinem Leben verschwunden.

»Es passt einfach nicht.« Per Mail hatte sie alles klargemacht. Goodbye. Auf Nimmerwiedersehen! Eine Frau, die dieses Thema ausklammerte, kam für ihn nicht in Frage. Tröstlich also, dass sein Test funktioniert hatte, wenngleich nicht mit dem gewünschten Ergebnis. Erst am nächsten Tag hatte er erfahren, dass sie bestimmt niemand war, der es nur auf sein Geld absehen würde. Zu spät! Elke hatte fortan jegliche Kontaktaufnahme verweigert, dabei waren sie sich nach ihrem zweiten Abend nahegekommen und hatten völlig unerwartet im Taumel spontaner Leidenschaft eine unvergessliche Liebesnacht in ihrer Wohnung verbracht. Immerhin war es ihm gelungen, ihren derzeitigen Aufenthaltsort ausfindig zu machen. Sie war hier, auf Gran Canaria, irgendwo im Süden der Insel in einem Haus. Bereits über zwei Dutzend Makler hatte er abgeklappert, jedoch ohne Erfolg. In Reiseführern war nachzulesen, dass sich die meisten Deutschen in dem Gebiet zwischen Playa del Inglés und Meloneras niederließen – der berühmte Heuhaufen. Deutsche hatten seiner Erfahrung nach die Eigenart, sich im Ausland gemeinsam zu organisieren. Als Inhaber einer in Malaysia ansässigen Firma von Kleinelektrogeräten wusste er, dass es deutsche Gemeinden, Golfclubs, Radiostationen und jede Menge deutsche Geschäfte gab, die bestens über alles und jeden Bescheid wussten. Expatriierte Deutsche waren in der Regel sehr redselig, und wenn Elke wirklich wohlhabend war, hatte sie sich bestimmt nicht irgendeinen kleinen Bungalow in Flughafennähe oder im Hinterland gekauft. Er wusste, dass sie mit ihren Freundinnen Sigrun und Maria hier wohnte, und schloss, dass die beiden ihre Kapitaldecke verstärkten.

Schon seit zwei Wochen suchte er den Süden nach ihr ab. Es wurde höchste Zeit für einen Strategiewechsel. Namen waren Schall und Rauch, aber vielleicht würde sie ja jemand erkennen. Auf ein Neues! Mit Elkes Bild von der Online-Anzeige bewaffnet, startete er einen neuen Anlauf. Diesmal in der deutschen Metzgerei.

»Haben Sie diese Frau schon einmal gesehen?«, fragte er erneut ins Blaue.

»Sind Sie von der Polizei?« Mit dieser Reaktion der Frau hinter der Wursttheke war zu rechnen.

»Nein, sie ist eine gute Bekannte von mir. Sie wohnt wahrscheinlich mit zwei Freundinnen hier in der Gegend. Einer Maria aus München und einer Sigrun.«

»Eine Maria aus München kennen wir, nicht wahr, Karl?«, mischte sich eine ältere Frau ein, die sich gerade Bratwürste mit Sauerkraut servieren ließ. Sie hatte das Gespräch wohl verfolgt.

Sein Herz begann augenblicklich höherzuschlagen.

»Wirklich? Sie muss seit ein paar Wochen hier sein.«

»Also, die Maria, die wir kennen, ist erst seit ein paar Tagen hier«, erklärte die Frau, während sie ihre Wurst kleinschnitt.

Durchaus denkbar, denn er wusste ja nicht, wann die anderen angereist waren.

»Sind Sie wirklich ein Freund?«, fragte der Mann der auskunftsfreudigen Frau kritisch nach.

»Ganz sicher.«

»Karl, du weißt doch, wo Maria wohnt.«

»Nur eine Unterschrift hier und hier.«

Pablo hatte alles bestens vorbereitet. Elkes Vorüberlegungen und Spekulationen darüber, welche Anlageform für sie am besten sei, hätte Maria sich sparen können. Während der ganzen Busfahrt hatte Elke ihr einen Vortrag über das

Bankwesen gehalten, wohl in erster Linie, um ihr Mitkommen nach Las Palmas zu legitimieren.

»Fünf Prozent für Festgeld ist im Moment nicht schlecht«, führte Pablo aus. »Jetzt müssen Sie nur noch die Ausschreibung gewinnen.«

»Wie läuft so eine Ausschreibung eigentlich ab?«, fragte Maria.

»Jeder Interessent kann ein Gebot abgeben. Nach Fristablauf wird in der Regel das höchste Gebot berücksichtigt.«

»Wie viel sollen wir bieten?«, setzte Elke nach.

»Meiner Erfahrung nach kaufen die Einheimischen eher in Las Palmas, und Ausländer suchen meistens günstigere Anlagen. Mit etwas weniger als der Kaufsumme sollten wir auf der sicheren Seite sein«, erklärte Pablo ihnen.

Pablos Zuversicht und gute Laune waren ansteckend. Dass er ihnen noch die Stadt zeigen und mit ihnen ausgehen wollte, war ein Angebot, das sich nicht abschlagen ließ.

»Kommst du noch mit? Es wird bestimmt spät«, wandte sich Elke an Maria, als sie aufstanden.

Was dachte sich Elke bei dieser Frage eigentlich? Hält sie mich etwa für eine alte Oma, die um spätestens zehn im Bett liegen muss?, fragte sich Maria wütend. Und dann noch diese Heimlichtuerei zwischen Tür und Angel, damit Pablo ja nicht mitbekam, dass Elke sie ausbooten wollte. Unverschämt! Da gab es nur eine Antwort. Sie musste Pablo zu verstehen geben, dass sie ihm gegenüber nicht abgeneigt war. Wenn Elke ernsthaft glauben sollte, dass sie es nach langjähriger Ehe verlernt hatte, zu flirten, hatte sie sich getäuscht. Gekonnt warf Maria Pablo ein Lächeln zu, als er ihnen galant die Tür seines Wagens öffnete. Die Stadttour konnte beginnen.

Was war nur mit Maria los? Pablo verstand die Welt nicht mehr. Kaum hatte er sich mit dem Gedanken angefreundet, Elke näher kennenlernen zu wollen und mit ihr in Las Palmas auszugehen, schien Maria wie ausgewechselt. Da war es wieder, jenes Lächeln, nur diesmal sah sie ihm dabei auch noch direkt in die Augen und hielt seinem Blick stand, was Elke sichtlich unangenehm war.

Bei ihrem Spaziergang durch Mogan hatte Maria sich förmlich von ihm ferngehalten, und nun nutzte sie jede Gelegenheit, um ihm nah zu sein. Elkes Stimmung verschlechterte sich spürbar. Am besten wäre wohl, sich etwas zurückzunehmen und sich auf den versprochenen Ausflug in die Innenstadt zu konzentrieren. Die Casa de Colón, das Haus von Christopher Columbus, das sich in der Altstadt befand, war ein guter Einstieg, um den beiden seine Heimat nahezubringen.

»Schon beeindruckend, vor dem Haus des Mannes zu stehen, der Amerika entdeckt hat.« Maria zeigte sich begeistert von dem unscheinbaren weißen Gebäude, das zwei kleine Holzbalkone zierten, eines von vielen, in denen Columbus gelebt haben sollte.

»Alles nur ein Mythos. Genau genommen hat er Amerika nämlich gar nicht entdeckt«, konterte Elke mit leicht überheblichem Unterton.

Pablo wusste, dass es über die Entdeckung Amerikas verschiedene Theorien gab, aber spielte das überhaupt eine Rolle, wer zuerst an Land gegangen war?

»Wer soll es denn sonst entdeckt haben? Das lernt doch jeder in der Schule.« Maria zeigte sich missgestimmt. Die beiden gerieten regelrecht in Streit.

»Schulwissen aus der Hauptschule reicht halt manchmal nicht.« Elke verstand es in der Tat, auszuteilen.

Soviel Pablo aus den Unterlagen wusste, hatte Maria über viele Jahre eine Bäckerei geführt. Wahrscheinlich hatte sie nur eine einfache Schulbildung, was in seinen Augen überhaupt nichts zu sagen hatte.

»Ach, und wer hat das Land denn deiner Meinung nach entdeckt?«

»Die Phönizier natürlich. Das erste Seehandelsvolk der Welt.«

»Woher weißt du das?« Maria wollte nicht nachgeben.

»Eine Doku, im Fernsehen«, protzte Elke nonchalant.

»Glaubst du alles, was man dir im Fernsehen serviert? Du schaust doch sonst nur Richterin Salesch.«

»Und du? Du ziehst dir jeden Pilcher-Film rein. Klar, dass du da noch an den Weihnachtsmann glaubst.«

Es war einfach unfassbar, wie die beiden sich angiften konnten. Columbus selbst war ihnen offenbar völlig gleichgültig geworden. Vielleicht half es, das Gespräch wieder ins Hier und Jetzt zu führen.

»Soviel ich weiß, gibt es noch einige andere Anwärter auf die Entdeckung Amerikas, aber man kann, glaube ich, sicher sagen, dass Christopher Columbus sozusagen maßgeblich an der Kolonialisierung Amerikas beteiligt war. Ohne ihn würde Amerika jetzt nicht so aussehen«, meldete sich Pablo zu Wort.

Elke verstand offenbar sofort, dass sie ihn in eine unangenehme Lage gebracht hatten.

»Na ja, da schnappt man irgendetwas im Fernsehen auf«, versuchte Elke die ungute Situation zu retten.

»Auf alle Fälle ist das Haus wunderschön und mitten in der Altstadt. Und erst die vielen Blumen. Hinreißend«, schwärmte Maria.

Die beiden waren sich also wieder weitgehend einig, zumindest so lange, bis sie die Kathedrale Santa Ana mit ihren imposanten Zwillingstürmen erreichten. Nur weil Pablo in einem Nebensatz erwähnte, dass er das Gebäude nicht mochte, weil es mit den Jahren vom Straßenverkehr pechschwarz geworden war und die Stadt offenbar keine Gelder für die Sanierung lockermachen wollte, gefiel das Gotteshaus Elke auf einmal auch nicht mehr. Dabei hatte sie sich noch vor Minuten auf die Kathedrale gefreut und konnte angeblich von Kathedralen auf Städtereisen nicht genug bekommen.

»Furchtbar. Das sieht so aus, als hätte man einen schwarzen Block einfach so zwischen die Häuser gequetscht«, redete sie ihm nach dem Mund.

»Die werden halt aus Platzgründen um die Kirche herumgebaut haben.« Maria schien das Gebäude zu gefallen.

»Ach nee. Jetzt, wo du es sagst. Man denkt oft nicht an das Naheliegende. Übrigens, das ist eine Kathedrale, keine Kirche.«

Elke konnte also auch noch ziemlich schnippisch sein, was Maria aber geflissentlich ignorierte.

»Ich würde sie mir gerne von innen ansehen.«

Pablo war klar, dass Elke nun keinen Rückzieher mehr machen konnte. Sie hatte sich eindeutig gegen den Bau ausgesprochen.

»Geht nur ohne mich rein«, sagte sie – genau wie zu erwarten war. Eine Blöße wollte sich Elke offenbar nicht geben.

»Du kannst ja eine Kerze für Edgar anzünden.«

Was meinte Elke damit? Wer war Edgar? Vermutlich Marias verstorbener Mann. Elkes Eifersucht war offensichtlich, aber so unangenehm Pablo die Situation auch empfand, er konnte ihr nicht böse sein. Ganz im Gegenteil.

Schließlich war er an diesem Gefühlsdilemma mit schuld, hatte er ihr doch zumindest Interesse signalisiert. Dass Elke zu derart spitzen Bemerkungen fähig war, die eindeutig unter die Gürtellinie gingen, überraschte ihn. Die Stille der Kathedrale würde ihm etwas Ruhe spenden, und Maria war anzumerken, dass sie froh darüber war, für ein paar Minuten der Reichweite von Elkes Giftpfeilen zu entkommen.

Die sakrale Ruhe, der Geruch von Weihrauch und die angenehm kühle Luft frischten im Nu sein Gemüt auf und klärten die trüben Gedanken. Maria tauchte ihre Hand in ein Becken mit Weihwasser und bekreuzigte sich beim Eintreten in das Hauptschiff der Kathedrale. Pablo tat es ihr gleich, nicht um ihre Sympathie zu erhaschen, sondern vielmehr aus Überzeugung, vielleicht auch aus Gewohnheit oder als Tribut an seine streng katholische Erziehung. Seine Ehrfurcht vor einem Gotteshaus hatte nichts mit Religion oder der Kirche an sich zu tun, sie war vielmehr Ausdruck seiner tiefen Spiritualität. Maria beachtete diese Geste nicht einmal, so fasziniert war sie vom Innenleben der Kathedrale, die mit wunderschönen Skulpturen und Malereien spanischer Künstler aufwarten konnte.

Maria bewunderte das vordere Kirchenschiff.

»Ist die Kathedrale gotisch?«

»Nein«, flüsterte Pablo, um die wenigen Betenden, zumeist ältere Frauen, die in den vordersten Reihen in der Nähe des Altars knieten, nicht zu stören. »Der älteste Teil wurde im Stil des Barocks errichtet. Dann kamen im Laufe der Zeit noch Elemente der Renaissance und des Neoklassizismus hinzu. Die Kathedrale wurde ja schon 1497 erbaut. Zumindest hat man in diesem Jahr den Grundstein gelegt. Santa Ana ist der Sitz unseres Bischofs.«

Maria hatte er damit wohl sehr beeindruckt. Pablo überraschte, dass er sich an das Datum überhaupt erinnern konnte. Er hatte es in einem Reiseführer gelesen, und immer wenn er Gäste oder Geschäftspartner durch die Stadt führte, wollte ihm das Jahr der Grundsteinlegung nicht einfallen. Vielleicht brachte Maria es fertig, ihn derart positiv zu stimmen, ihn so anzuregen, dass er sich auf einmal selbst an Dinge erinnern konnte, die ihn gar nicht sonderlich interessierten. Nur noch ein paar Minuten einfach nur gemeinsam auf einer Kirchenbank sitzen und alles auf sich wirken lassen. Der Gedanke, dass Elke draußen auf sie wartete, nagte jedoch allmählich an Pablos Gewissen.

»Wir sollten Elke nicht so lange warten lassen«, sagte er.

Maria nickte, sah aber beim Hinausgehen keinen Grund zur Eile.

Elkes Leidensmiene war unverkennbar. Sie saß neben einer der Hundeskulpturen, die den Platz vor der Kirche zierten, und ihr vorwurfsvoller Blick wirkte nicht gespielt. Vielleicht sollten sie nun zum Ausgleich etwas machen, was ihr gefiel?

Elke ließ mit ihren Wünschen nicht lange auf sich warten. »Kann man hier auch shoppen?«

Ihr »Na, wie war's?« und Marias »Schön« machten schlagartig klar, dass die beiden nicht vorhatten, ihr seinetwegen ausgegrabenes Kriegsbeil zur Seite zu legen. Pablo stimmte den beiden Frauen zuliebe zu, denn shoppen war absolut nicht sein Ding. Wenn die beliebte Mall, die ganz in der Nähe der Strandpromenade lag, Elke und Maria erst einmal ablenkte, konnte es doch noch ein ersprießlicher Nachmittag werden.

Zu Pablos großem Erstaunen konnte Maria ebenfalls

ganz gut austeilen. Obwohl beide Frauen nicht sonderlich schlank waren, passte Elke mit ihrer etwas ausladenderen Figur nicht in jedes Kleid, das sie aus dem Schaufenster anlachte. Maria schlüpfte in eines jener Strandkleider, die Elke nicht passten – nur zum Spaß. Es passte wie angegossen, und sie sah im Gegensatz zu Elke richtig gut darin aus, was er aber nicht zu sagen wagte.

»Ach, eigentlich gefällt es mir gar nicht. Ist etwas geschmacklos«, sagte Maria fast schon gelangweilt.

Dass sie Elkes Traumkleid anprobierte und es, obwohl es perfekt passte, wieder zurückhängte, traf Elke offenbar ins Mark. Immerhin gingen die beiden jetzt nicht mehr verbal aufeinander los. Ablenkung aus zahlreichen Edelboutiquen sorgte für Schweigen, wohltuendes Schweigen, aber auch aufsteigendes Unbehagen. Pablo hatte es offenbar fertiggebracht, zwei Freundinnen, die ihren Lebensabend miteinander verbringen wollten, zu entzweien. Gott sei Dank fanden am Ende beide etwas, was ihnen gefiel. Maria eine Tagesdecke, Elke ein paar Ordner aus Leder, gedacht für alle Unterlagen, die den Hauskauf betrafen. Pablo erschöpfte der Ausflug, und er war froh, als sie sich irgendwann alle einig waren, eine kleine Rast einzulegen. Wie oft saß er in der Mittagspause in einem kleinen Café direkt an Las Canteras, dem Stadtstrand, den überwiegend Einheimische nutzten. In nur wenigen Minuten erreichten sie die Vorzeigepromenade der Stadt.

»Himmel, ist das schön hier.« Maria teilte offenbar seine Liebe zu diesem Strand.

»Nur schade, dass du kein Strandkleid dabeihast.« Elke hatte die Demütigung beim Kleideranprobieren offenbar immer noch nicht verdaut.

»Angeblich ist das der zweitschönste Stadtstrand nach der

Copacabana«, schwärmte Pablo und ließ den Blick über die vielen Cafés schweifen.

Sowohl Elke als auch Maria sahen dies wohl genauso, als sie seinen Lieblingsplatz mit Blick auf einen leuchtenden Sonnenuntergang erreichten. So viel Idylle musste einfach beruhigen, außerdem gab es jede Menge zu sehen. Vorbeischlendernde Pärchen, junge Leute auf ihren Rollerskates und vereinzelte Touristen, die aus den überwiegend spanischen Passanten regelrecht herausstachen.

Kaum hatte Elke ihren Kaffee getrunken, zog sie den Busplan heraus.

»Wollen wir nicht vielleicht noch gemütlich essen gehen? Ich kenne ein schönes Restaurant in der Altstadt«, fragte Pablo.

»Ich hab noch ein paar Sachen zu erledigen. Postkarten, ein paar Briefe. Ich bin mir sicher, ihr kommt ganz gut ohne mich zurecht.« Elke hatte nun nichts mehr Aggressives in der Stimme, eher Resignation.

Das tat Pablo unglaublich leid. Maria schien es ganz recht zu sein, dass ihre Freundin sich zurückziehen wollte.

»Ich muss. Der Bus geht in zehn Minuten.« Elke schnappte sich ihre Handtasche und verschwand in Richtung Busstation.

»Die traditionelle kanarische Küche ist ziemlich üppig, deftig und bodenständig.« Pablo fuhr, obwohl sie nun allein waren, mit seinem Touristenprogramm fort.

Auf der einen Seite war der Umstand, dass Elke zurück in den Süden fuhr, erleichternd, auf der anderen Seite hinterließ es in Maria Schuldgefühle. Auch Pablo schien in Gedanken. Warum sonst vermied er es, ihr direkt in die Augen zu blicken? Warum sonst vergrub er sich förmlich hinter der

Speisekarte? Gut, sie war sehr schön gestaltet und mit feinen, handgezeichneten spanischen Motiven versehen, aber jedes »Kunstwerk« so zu bestaunen, als stünde man vor der Mona Lisa in den heiligen Hallen des Louvre, war nun doch etwas übertrieben. Vielleicht mussten sie sich auch etwas warmlaufen und den unguten Nachmittag verdauen.

»Was essen die Einheimischen am liebsten?«, fragte sie ihn unverbindlich.

»Erbsen, Bohnen und Kartoffeln – ohne Kartoffeln ist ein Essen bei uns nahezu unvorstellbar. Fisch und Fleisch, am liebsten Kaninchen, aber auch mal Ziegenfleisch und natürlich Hühnchen und Schwein. Käse darf ebenfalls bei keiner Mahlzeit fehlen.«

»Das ist ja auch nicht viel anders als in der guten deutschen Küche.«

»Wir nehmen bestimmt mehr Öl und vor allem Knoblauch. Das Essen ist oft scharf gewürzt, und Kräuter gehören auch dazu.«

Nach Pablos interessanten Ausführungen war Maria allerdings immer noch nicht klar, was sie denn nun bestellen sollte. Unter anderen Umständen, den Nachmittag einmal weggedacht, hätte Pablo sich den Exkurs sicher erspart und ihr gleich einen kulinarischen Vorschlag gemacht.

»Können Sie etwas empfehlen?«, fragte sie und sah ihn erwartungsvoll an.

Pablo stutzte, überlegte und vergrub sich schon wieder hinter der Karte.

»Gofio. Dies Gericht wird normalerweise mit Mehl aus gerösteten Gerstenkörnern zubereitet, aber bei uns aus Mais. Wie wäre es mit Gofio Escalado, das ist eine feine Fischsuppe mit Gofio, Kräutern und Kartoffeln. Die haben die Ureinwohner schon gegessen.«

»Back to the roots.« Maria rang sich ein Konditorinnenlächeln ab, nur war Pablo nicht irgendein Kunde am Tresen, mit dem sie ein kleines Witzchen machte. Smalltalk lag ihr nicht, und den ganzen Abend über Variationen von Gofio zu reden, würde ihr nicht nur den Appetit verderben. Elkes plötzliches Verschwinden lag ihr zu sehr im Magen, als dass sie nun unverkrampft mit Pablo zu flirten in der Lage gewesen wäre, und es hatte den Anschein, dass auch er etwas verkrampft war.

»Könnte man so sagen.« Das Witzchen kam immerhin an. Pablo lachte, aber es war kein herzliches Lachen, mehr die Pflichtübung eines Bankers, der die witzige Bemerkung einer Kundin zu kommentieren versuchte. Von der beruflichen Ebene, dem Gespräch zwischen der Konditorin und dem Banker, hatte Maria nun genug.

»Ich glaube, Elke hat sich in Sie verliebt.« Jetzt war es endlich heraus, Pablo musste Stellung beziehen.

Aber stattdessen nickte er nur. Die Tatsache, dass er versuchte zu lächeln, deutete darauf hin, dass er ihr den schroffen Themenwechsel und die damit einhergehende Offenheit nicht übelnahm. Ganz im Gegenteil. Pablo wirkte erleichtert, dass er sich nicht mehr vor ihr zu verstecken brauchte.

»Und Sie, Pablo, haben Sie sich auch in Elke verliebt?« So direkt hatte Maria Gefühlsangelegenheiten noch nicht einmal mit Edgar besprochen. Vermutlich war es viel schwerer, mit dem eigenen Partner über die Liebe zu sprechen als mit einem Mann, mit dem man noch nicht einmal offiziell per du war. Die gewisse Distanz, die sie schon bereut hatte, gereichte ihr hier zum Vorteil.

»Maria. Ich weiß es nicht. Was denkst du?«

Die eben noch als für gut befundene Distanz schmolz

dahin. Pablos Blick lag fest auf ihren Augen. Es gab keine Chance mehr, in irgendeiner Form auszuweichen oder vom Thema abzulenken. Was sollte sie ihm jetzt bloß sagen? Dass sie sich im Grunde genommen gleich bei ihrer ersten Begegnung in ihn verliebt hatte? Wollte er das hören? Was, wenn sie sich getäuscht hatte, wenn sie sich mit dem Eingeständnis ihrer Gefühle vor ihm zum Narren machte? Andererseits, hätte er sie geduzt, wenn er nicht auch etwas für sie empfinden würde? War jene Bemerkung nicht die verdeckte Aufforderung, endlich den Mund aufzumachen? Aber was würde sie damit nur anrichten? Es würde ihr Leben aus den Angeln heben. Elke wäre am Boden zerstört. Sosehr Maria auch nach einer passenden Antwort suchte, die sich nicht festnageln würde, es fiel ihr einfach nichts ein.

Sekunden verstrichen. Pablos Augen verloren ihren Glanz. Er wirkte traurig und enttäuscht.

»Verstehe.«

Nun musste er annehmen, dass sie nichts für ihn empfand, dass er es war, der sich zum Narren gemacht hatte. Das hatte er nicht verdient.

»Es ist nicht so, wie du denkst. Ich verstehe das alles nur nicht mehr. Ich verstehe mich ja selbst nicht mehr. Eigentlich wollten Elke, Sigrun und ich hier in Ruhe leben, und dann geht auf einmal alles drunter und drüber. Mein Sohn taucht hier auf, weil er Geld für sein Haus braucht, und dann … Mein Leben ist auf einen Schlag nicht mehr so, wie es mal war, und dann kommst du, und Elke denkt, dass du mir völlig gleichgültig bist, aber das stimmt nicht … Ich …«

Pablos Hand, die sich sanft auf die ihre legte, schnürte ihr abrupt die Kehle zu.

»Ich weiß von deinem Mann. Ich habe das Gleiche durchgemacht. Du musst dich nicht erklären«, sagte er sanft.

Seine Hand fühlte sich nicht nur warm an. Sie spendete Trost, und zugleich ging von ihr ein eigenartiges Kribbeln aus, das von Marias ganzem Körper Besitz ergriff, fast so, als stünde sie unter Strom. Ein warmes Prickeln, das bis in ihre Zehenspitzen drang und ihr das Gefühl gab, diesem Mann willenlos ausgeliefert zu sein. Ein Wort von ihm, auch nur eine Berührung reichten, um sie fast dazu zu bringen, wie ein pubertierender Teenager loszuschluchzen. Kein Zweifel, die Gefühle, die Pablo in ihr auslöste, übertrafen sogar noch das, was sie empfunden hatte, als sie ihrem Mann zum ersten Mal begegnet war.

»Maria, ich möchte mich nicht zwischen euch drängen. Vielleicht ist es besser, wenn wir uns alle eine Zeitlang nicht sehen. Es ist so vieles durcheinandergeraten, auch bei mir.«

Pablo sprach ihr aus der Seele. Durcheinandergeraten war angesichts ihres förmlich aus den Angeln gehobenen Lebens noch untertrieben. Maria war dabei, ihr Leben drastisch zu verändern, nach all den Jahren des alltäglichen Trotts. In den letzten Tagen war so viel passiert, dass sie sich gar nicht mehr sicher war, ob sie überhaupt noch in der Lage war, klar zu denken. Zugleich kam aber die Angst auf, dass aus »eine Zeitlang nicht sehen« ein Abschied für immer werden konnte.

Die Liebe war ein seltsames Spiel. Nur gut, dass Sigrun jetzt nicht dabei war. Sie würde es fertigbringen, diese Erkenntnis laut singend und mit der Mimik von Conny Francis zum Besten zu geben. Wenn sie doch bloß etwas von Sigruns Leichtigkeit hätte, von ihrem Humor. Warum nur konnte sie das Leben nicht nehmen wie ihre Freundin? Warum nahm sie sich immer alles so sehr zu Herzen?

»Was denkst du?«, fragte Pablo, obwohl er die Antwort offenbar schon kannte.

»Ich sollte jetzt besser nach Hause fahren.«

Pablo nickte verständnisvoll.

»Ich fahr dich.«

»Nein. Ich werde den Bus nehmen. Ich bin jetzt gerne ein wenig allein.«

Pablo verstand, und Maria war froh darüber, dass sein Lächeln nicht die Spur bitter war.

»Wenn ich mal so aussehe, hänge ich mich auf.«

Sigrun konnte Miguels Einschätzung der vor ihr balzenden Ledertrine nur allzu gut nachvollziehen. Aus der viel zu engen Jeans einer glatzköpfigen Qualle drang nicht nur ein praller Bierbauch, sondern auch noch schwabbeliges Fett, das sich wie ein Lipom am Gürtelrand entlanghangelte. Ein mit Nieten bestücktes Lederharness auf nacktem Oberkörper hielt das wandelnde Beispiel für dauerhaft ungesunde Ernährung zusammen, jedenfalls größtenteils, denn zwischen den Lederriemen suchten die Fettpölsterchen bei jedem Schritt ihren Weg in die Freiheit. Ein BH hätte ihm vermutlich besser gestanden. Im Schlepptau hatte der Alte in der einen eine Bierflasche und in der anderen Hand einen jungen Kerl, der in seiner knackig engen Lederhose und dem schlichten T-Shirt sogar ziemlich attraktiv aussah.

»Das ist doch ein Stricher.« Sigrun konnte sich beim besten Willen keine andere Erklärung für so ein ungleiches Paar vorstellen.

Miguel, natürlich in seinem orangefarbenen Hemd, schüttelte vehement den Kopf. Er war erstaunlich entspannt, was angesichts des zweiten Cocktails, einem Munich Sunset, der für Stammgäste des GIO mehr Alkohol als Saftanteile enthielt, auch kein Wunder war.

»Den kenne ich vom Sehen. Die beiden sind schon seit zweieinhalb Jahren zusammen.«

Sigrun war immer der Meinung, dass sie so schnell nichts schockieren konnte, aber die Vorstellung, dass dieser junge Kerl sich von dem Lederteil befummeln ließ, war jenseits von Gut und Böse.

»Mir kommt gleich die Kotze hoch.«

»Jetzt sei nicht so. Wo die Liebe hinfällt.«

Vermutlich waren die beiden ein gutes Beispiel dafür, weshalb man in Sachen Liebe immer von hinfallen sprach. Die Liebe fiel hin, und da lag sie dann, am Boden, und alle Welt wollte, dass sie irgendwo hinfiel. Wie absurd! Hatte sie etwa auch schon zu viel getrunken? Nein, Ablästern war der ideale Zeitvertreib, um die Wartezeit auf Miguels Date etwas abzukürzen.

»Aber normal ist das nicht«, musste Sigrun trotzdem noch loswerden.

»Also, das ist ganz einfach. Der Ältere hat wie die meisten schwulen Männer Probleme mit dem Altwerden. Kinder haben die ja in der Regel nicht. Also sucht man sich einen Jüngeren, der einem das Gefühl gibt, noch ganz flott zu sein«, weihte Miguel sie in homosexuelle Beziehungsgefilde ein.

»Der ist doch nicht flott.«

»Vor zwei Jahren hat er noch ganz ordentlich ausgesehen. Schlimmes Rheuma, dann Kortison und Frust. Das geht ganz schnell.«

»Das muss ja mal die große Liebe gewesen sein«, mutmaßte Sigrun.

»Nicht so ganz. Es ist mehr so eine Art Symbiose.«

Miguels tiefenpsychologische Beziehungsbetrachtungen imponierten ihr immer mehr.

»Auch wenn du es vielleicht nicht glaubst. Der Dicke ist Privatdozent für Meeresbiologie in Las Palmas, und das findet der Junge halt toll«, erklärte Miguel und nahm noch einen Schluck von seinem Drink.

»Was macht er denn?«

»Eine kaufmännische Ausbildung im Export. Er ist ein lieber Kerl, aber er hat nicht so viel in der Birne.«

»Aha, also holt sich der Kleine Anerkennung, weil der Gescheite ihn überall mit hinschleppt.« Allmählich verstand Sigrun die Zusammenhänge.

»Und im Gegenzug fühlt sich der Alte jung. Na ja, ein finanzieller Aspekt kommt bei diesen Welpen oft auch noch hinzu«, fuhr Miguel fort.

»Welpe?«

»Schau ihn dir doch an, diese großen, unschuldigen braunen Augen.«

Sigrun lachte lauthals los. Der Welpe und sein angefettetes Herrchen inmitten des schrillen Tuntenvolks. Fehlten nur noch das Lederhalsband und eine Kette. Ein Anblick für Götter. Überhaupt hatten viele der Älteren jüngere Männer an ihrer Seite.

»In der schwulen Welt einen aufrichtigen Partner zu finden ist verdammt schwer.« Schon saugte Miguel den Rest des Munich Sunsets aus einem Strohhalm in sich hinein.

»Miguel! Und Sie müssen …« Diegos kräftige Stimme durchdrang sogar die laute Discomusik in der Bar.

»Sigrun!«, stellte sie sich vor.

»Ich glaube, Sie sind Miguels heimlicher Schwarm.«

Gutes Opening. Dieser Diego mit seinem verwegenen spanischen Akzent, der bei tiefen, rauchigen Stimmen immer besonders gut rüberkam, hatte offenbar Humor. Schon mal ein eindeutiges Plus. Dass er sich um zehn Minuten verspätet hatte, verzieh Sigrun ihm sogleich.

»Setz dich doch.« Miguel strahlte wie ein Honigkuchenpferd, als Diego ihm einen Kuss auf die Wange drückte, den Miguel erwiderte. Verglichen mit Ledertrine & Co., konnten sich die beiden wirklich sehen lassen. Ein hübsches Paar, das sofort die Blicke einiger Gäste in den umliegenden Bars, die sich nahtlos aneinanderreihten, auf sich zog. Balsam für Miguels Seele, die förmlich nach Anerkennung heischte und in alle Richtungen Seitenblicke warf, als ob er sagen wollte: »Schaut her, was ich auf meine alten Tage noch stemmen kann.«

»Ich war noch nie hier.« Diego blickte sich interessiert um, ihm schien die gute Stimmung zu gefallen.

»Na ja, du bist eben vom Festland. In Madrid ist aber auch einiges los. Warst du schon mal in Sitges?«

»Bei Barcelona? Nein, ich hab nicht viel Zeit, um auszugehen.«

»Da gibt es auch einen schwulen Strand«, sagte Miguel.

»Das wusste ich gar nicht.« Diego zuckte die Achseln.

Merkwürdig, soviel Sigrun wusste, hatten Männer seines Alters alle Standarddestinationen von Mykonos bis Oslo mindestens einmal bereist. Vielleicht stand er nicht auf Schablonenurlaub, ein Charakterzug, der eindeutig für ihn sprach.

»Noch einen.« Miguel bestellte seinen dritten Munich Sunset. »Was trinkst du?«

»Das Gleiche für mich«, bestellte Diego beim Ober, der die leeren Gläser einsammelte und sogleich in Richtung Bar verschwand.

»Gefällt es Ihnen in Spanien?«, fragte Diego Sigrun.

Seiner Charmeattacke konnte sie sich nicht entziehen. Eigentlich eine echte Anmachfrage, die auf der Rangliste der blöden Sprüche gleich nach »Sie sind auch hier?« rangierte. In diesem Fall und angesichts seines Perlweißlächelns fiel es ihr aber nicht schwer, ein Auge zuzudrücken. Außerdem, erinnerte sich Sigrun, war Diego schwul, und deshalb konnte die Frage nicht aus dem Mund eines zweitklassigen Abschleppers stammen. Sie war sicher ehrlich gemeint.

»Wissen Sie, ich bin aus Hamburg, und irgendwann gehen einem der Wind und der Regen auf den Keks.«

»Auf den Keks? Sie meinen, dass Sie viel lieber in der Sonne sind?«, fragte Diego etwas verunsichert.

Sigrun sah ein, dass sie sich mit blumigen Redewendungen etwas zurückhalten musste. Schließlich hatte sie schon großes Glück, dass Diego überhaupt Deutsch sprach.«

»Mein Deutsch ist nicht so gut«, fügte er fast schüchtern hinzu.

»Es ist toll«, warf Miguel ein. Immerhin war er mit ihm verabredet und musste mit ihm irgendwie ins Gespräch kommen.

»Ich habe zwei Jahre Deutsch in Madrid studiert, aber ich war leider nie in Deutschland.«

»Sie haben nichts verpasst«, erwiderte Sigrun prompt.

»Viele Deutsche kaufen sich in Spanien ein Haus. Mein Onkel hat nur deutsche Nachbarn. Er wohnt in Alicante.«

Sigrun hatte schon von den Deutschenkolonien im Süden des spanischen Festlandes gehört. Die ganze Küste war von der Ostküste bis Cadiz mit Ferienwohnungen zugebaut.

»Warum wollten Sie unbedingt nach Gran Canaria?«

Mittlerweile standen zwei weitere Munich Sunsets auf

dem Tisch. Diegos Redseligkeit, die sich im Moment noch auf die falsche Person konzentrierte, ließ Miguel gar keine andere Chance, als einige weitere kräftige Züge aus dem Cocktailglas zu nehmen.

»Ehrlich gesagt hab ich darüber noch gar nicht nachgedacht. Es hätte ja auch Teneriffa sein können. Aber ich habe hier ein paar sehr schöne Urlaube erlebt. Na ja, ich wusste eben, dass Mallorca nicht in Frage kommt, weil es im Winter dort ziemlich feucht sein kann, und die Flugzeit war auch ein wichtiges Argument.«

»Sie haben ein tolles Haus«, schwärmte Diego.

»Noch gehört es uns nicht.«

»Sie sind also nur zur Miete?«, hakte er nach.

»Nein, es gab ein paar Schwierigkeiten mit den Behörden«, erklärte Sigrun.

»Verstehe. Spanische Behörden sind nicht einfach. Ich möchte mir hier auch etwas kaufen. Irgendwann.«

Miguel, der inzwischen schon leicht frustriert war, blühte auf. Wahrscheinlich malte er sich bereits aus, mit Diego zusammenzuziehen. »Also, das ist bestimmt eine gute Idee«, drängte er sich endlich in das Gespräch.

»Man muss ja nichts überstürzen.«

»Wie lange bleibst du?«, wollte Miguel wissen.

»Solange es mir gefällt.«

Da war es wieder. Das charmante Lächeln, nur diesmal galt es Miguel, und Gott sei Dank kamen die beiden endlich ins Gespräch. Freiberuflicher Architekt war Diego also und mit seinem Notebook überall mobil – eine sicherlich nicht uninteressante Partie. Diego schwärmte von seinen Großprojekten in Las Palmas, die eines Tages sogar noch Madrid den Rang ablaufen würden. Trinkfest schien er auch zu sein. Während Miguel bereits mit den ersten Gesichtsentgleisungen zu kämpfen hatte, hielt sich sein Flirtpartner wacker, selbst nachdem er den dritten Cocktail intus hatte.

Diego war aufgrund seines angenehmen Äußeren und seines gutes Geschmacks, was Kleidung betraf, vermutlich wie für Miguel geschaffen. Er trug ein Hemd und eine Hose von Hugo Boss. Stylish, schick, elegant, und er hatte gute Umgangsformen. Fehlte nur noch ein Köfferchen von Luise Vögele, was Sigrun Miguel natürlich gleich stecken musste, als Diego für wenige Minuten auf dem Klo entschwunden war.

»Luise Vögele?«, fragte Miguel und rutschte auf seinem Stuhl hin und her.

»Louis Vuitton.« Sigrun liebte es, sich über Labelnamen lustig zu machen und Initialen in degradierender Weise zu entfremden.

»Das hat man heute doch gar nicht mehr«, winkte Miguel ab. Ein kleiner Höhenflug?, fragte sich Sigrun. Hatte sie nicht aufgeschlagene Katalogseiten bei ihm entdeckt, die für ebenjene Vögele-Koffer warben? Das nötige Kleingeld dafür, wer hatte das schon? Vermutlich Diego, denn als er wieder vor ihnen stand, war die Rechnung bezahlt.

»Also, ich würde jetzt gerne noch tanzen gehen«, sagte der Spanier unternehmungslustig.

Warum nicht? Der Abend hatte sich bisher als recht unterhaltsam erwiesen, und irgendwie brannte die Neugier in Sigrun, wie es mit den beiden wohl weitergehen würde. Sie standen auf und verließen das Lokal. Miguel wirkte ausgelassen und schien sich Hoffnungen zu machen. Sigrun konnte seine Zuversicht allerdings nicht teilen. Bildete sie sich das nur ein, oder hatte Diego tatsächlich einen verstohlenen Blick in ihren Ausschnitt geworfen, als sie aufgebrochen waren, um die Partymeile entlangzuschlendern? Erst jetzt fiel ihr auf, dass sein linker Ringfinger einen kaum wahrnehmbaren weißen Rand hatte. Natürlich hatte sie keine Ahnung, wie schwule Männer beim ersten Date miteinander umgingen, aber nach den ersten Tanzrunden im *Na und*? – Miguels Vorschlag, vermutlich in der Hoffnung, Diego beim Tanzen etwas näherzukommen – erschien es ihr schon komisch, dass irgendwie kein rechter Körperkontakt entstehen wollte. Diego hielt sich eisern auf der Tanzfläche, und sein Lächeln überstrahlte einfach alles. Miguel trabte seinen Bewegungen hinterher, aber immer wenn er versuchte, ihn zu berühren, tänzelte Diego geschickt aus dem Weg.

Sigrun hatte keine Ahnung, wie es unter Männern war, aber nach einer sich anbahnenden großen Liebe sah das im Moment beim besten Willen nicht aus.

Kapitel 12

Als Robert im Vorbeigehen ihr Spiegelbild in der Poolverkleidung sah, fiel ihm auf, dass Marion und er im Pulk der anderen Touristen, die sich zum Abendessen eingefunden hatten, fast wie ein ganz normales und vor allem glückliches Ehepaar aussahen.

»Solche Garnelen bekommst du bei uns nicht. Wie ist deine Seezunge?«, fragte Marion ihn.

»Gut.«

»Lass mal probieren.« Im Nu schnappte sie sich ein Stück von seinem Fisch und ließ ihn sich auf der Zunge zergehen. Robert hasste es, wenn jemand von seinem Teller naschte. Mit Futterneid hatte dies nichts zu tun. Es war einfach unappetitlich und stand an jenem Abend sozusagen sinnbildlich dafür, dass sich Marion immer alles nahm, was sie wollte. Auf den Punkt.

»Das ist doch immer so. Direkt am Meer schmeckt Fisch einfach ganz anders. Überhaupt nicht nach Fisch. Frischer Fisch darf einfach nicht nach Fisch schmecken«, sprach die selbsterkorene Fischexpertin, die sich normalerweise gar nichts aus Fisch machte.

Natürlich hätte Robert jetzt anmerken können, dass der Fisch, den die Touristen auf Gran Canaria vorgesetzt bekamen, zumeist importiert war und somit die gleiche Qualität hatte wie in Deutschland, ihm war aber nicht nach Konversation. Es hatte ihn schon genug Mühe gekostet, sich überhaupt unter die Dusche zu schleppen. Marion musste er zugutehalten, dass sie sich von seiner Niedergeschlagenheit nicht anstecken ließ und immer wieder versuchte, ihn aufzumuntern. Der gemeinsame Strandspaziergang am Nachmittag war im Grunde genommen sehr schön gewesen. Sie hatten landenden Fallschirmspringern zugesehen, Eis gegessen und waren ein Stück durch die Dünen gewandert. Besser konnte ein Urlaub eigentlich gar nicht sein.

»Ich könnte es hier noch länger aushalten. Da will man immer in die Karibik oder sonst wohin, nur um sich in ein schwüles Klima zu setzen und sich abends von Mücken auffressen zu lassen. Ich fühl mich hier viel fitter«, schwärmte sie.

Zu Roberts Überraschung zeigten sich erste Anzeichen dafür, dass Marion nicht um jeden Preis konsumieren wollte. Also doch kein überteuerter Karibikurlaub mehr, nur um damit bei ihren Freundinnen angeben zu können. Gran Canaria, die Insel, auf die seine Frau normalerweise keine zehn Pferde gebracht hätten, gefiel ihr auf einmal. Sehr merkwürdig. Andererseits hatte sie schon immer die bewundernswerte Gabe, nach Konfliktsituationen einfach weiterzumachen, im Hier und Jetzt zu leben und jeden sich bietenden Moment zu genießen. So etwas nannte man gesunden Hedonismus.

Anstatt sich darüber zu freuen, dass sie einen unerwartet schönen Abend verbrachten, kam in Robert immer wieder die quälende Frage auf, warum sie überhaupt noch zusammen waren. Er konnte Marion das Leben, das sie sich wünschte, nicht bieten. Beruflich war er ein Versager, der es noch nicht einmal fertigbrachte, ein gutes Verhältnis zu seiner Mutter zu pflegen. Dann musste er ihr auch noch so brutal mit Worten mitten ins Gesicht schlagen, und das alles nur, weil sich seine Frau ein besseres Leben in München einbildete. Schuld an allem war letztlich Marion. Ihretwegen hatte er seinen zugegebenermaßen langweiligen, aber sicheren Job im Vertrieb der letzten Firma aufgegeben. Und das alles nur, weil sie ihm suggeriert hatte, dass er ein toller Hecht sei und freiberuflich mit seinen Kontakten, die er sich über all die Jahre hart erarbeitet hatte, noch mehr Geld verdienen könnte. Das Märchen vom Fischer und seiner Frau kam ihm in den Sinn. Er hatte sich eindeutig in die Rolle des Fischers drängen lassen. Selbst wenn Marion sich fortan auch mit Feriendestinationen wie Gran Canaria zufriedengeben würde, hatten sie überhaupt noch eine Chance auf eine dauerhaft glückliche Ehe?

»Gehen wir noch was trinken? Heut Abend spielt hier so ein Typ, der das komplette Repertoire von Barry White draufhat«, fragte sie ihn.

»Warum nicht?« Große Begeisterung konnte er sich allerdings nicht abringen. Am liebsten wäre er früh zu Bett gegangen, um zu vergessen. Vielleicht träumte er ja etwas Angenehmes, so dass zumindest die Nacht erholsam und frei von quälenden Gedanken sein wäre.

»Ich hoffe, dass sich deine Laune etwas bessert. Jeden Tag halte ich das nicht aus.«

»Gehört das in einer guten Ehe nicht dazu, dass man Verständnis für den anderen hat?«

»In einer guten Ehe«, amüsierte sich Marion.

»Und wir hatten keine gute Ehe?«, fragte er sofort nach.

»Ich habe keine Lust, hier im Urlaub den Stand unserer Ehe zu diskutieren.«

»Wann dann?«

»Wozu überhaupt?«, versuchte sie abzulenken.

»Findest du, dass wir eine gute Ehe führen?« Robert ließ nicht locker. Wenn das überfällige Thema schon einmal auf dem Tisch war, dann sollte man diesen Punkt auch ausdiskutieren.

»Was heißt das schon, eine gute Ehe? Jetzt komm wieder runter. Ich möchte den Abend genießen«, versuchte Marion ihn abzuwehren.

»Ich habe mir heute einfach ein paar Fragen gestellt.«

Vermutlich eine Frage zu viel. Marion musste schon den ganzen Nachmittag unter seiner miesen Stimmung gelitten haben. Es war sicher ein Riesenkraftakt für sie, ihn zu ertragen.

»Weiß du was? Ich geh noch an die Bar, und du kannst machen, was du willst«, brach es aus ihr heraus. Sie knallte die Serviette auf den Tisch, stand auf und ließ ihn allein sitzen.

»Na, so früh hätte ich dich gar nicht zurückerwartet.« Elkes Unterton war noch immer leicht schnippisch.

»War's denn noch schön?«

Maria konnte sich nicht erinnern, jemals mit Elke gestritten zu haben, aber gleich nachdem sie das Haus betrat, von einer sarkastischen Stimme aus dem Wohnzimmer angemeckert zu werden, überstieg eindeutig ihre Toleranzgrenze. Da half auch alles Verständnis, das sie Elke entgegenbrachte, nichts.

»Es war traumhaft. Der ganze Nachmittag war traumhaft.« Maria ging Richtung Wohnzimmer und blieb im Türrahmen stehen.

»Wundert dich das?«, fragte Elke angriffslustig.

»Ja, um ganz ehrlich zu sein, wundert mich das schon sehr«, sagte Maria.

»Komm mir jetzt nicht mit der naiven Tour. So einfältig, wie du dich sonst gibst, bist du gar nicht.«

Dass sich Elke bereits einen Schlaftee zubereitet hatte, sprach Bände. Vermutlich hatte sie versucht, sich früh hinzulegen, was sie immer machte, wenn sie irgendetwas belastete. Elke hatte ihr mal erklärt, dass dies der einzige Weg sei, um wieder einen klaren Kopf zu bekommen. Letzteren hatte sie definitiv verloren. Sie so anzugreifen, obwohl Elke Pablo von Anfang an ins Visier genommen hatte, war alles andere als fair.

»Wer hat sich denn an ihn herangemacht? Wenn hier jemand naiv ist, dann doch wohl du«, warf Maria ihr zu Recht vor.

»Jetzt bin ich naiv. Ich?« Elke schien fassungslos.

»Dir geht's doch immer nur ums Geld. Du hast dich doch erst so richtig für ihn interessiert, als du die kostbaren Gemälde in seinem Büro gesehen hast.«

Maria erkannte sich nicht wieder. So etwas hätte sie noch vor Wochen niemandem an den Kopf geworfen, schon gar nicht ihrer Freundin. Elke war alles andere als geizig oder gar geldgierig. Sie hatte lediglich schlechte Erfahrungen mit Männern gemacht, dennoch hatte sie sich Pablo nicht nur wegen seines Äußeren in den Kopf gesetzt. Das lag ja wohl auf der Hand, zumal sie selbst keinen Hehl daraus gemacht hatte.

»Du bist so was von gehässig.«

»War's nicht so?«, versuchte Maria ihr Gegenüber festzunageln.

»Und selbst wenn es so wäre. Du erträgst es doch nur nicht, dass er sich auch für mich interessiert.«

»Tut er das?« Maria zog die Augenbrauen hoch.

»Das ist ja wohl offensichtlich. Wir haben sehr viel Zeit miteinander verbracht.«

»Du hast dich an ihn rangezeckt. Was hätte er denn tun sollen?«

»Rangezeckt? Wenn du dich so blöd anstellst. Erst lässt du ihn abblitzen, ignorierst ihn, und auf einmal gibst du Gas, nur weil sich dein Edgar mal im Puff herumgetrieben hat. Edgar wird schon seine Gründe gehabt haben.« Elke war völlig außer sich.

So einen Tiefschlag unter die Gürtellinie hätte Maria von ihrer besten Freundin nicht erwartet. Das war Verrat. Jahrelang war Elke der einzige Mensch, mit dem sie offen über ihren Schmerz und ihre Einsamkeit hatte sprechen können. Selbst Sigrun hatte sie nicht alles erzählt. Elke hatte immer so viel Geduld aufgebracht, außerdem hatte sie die Fähigkeit, auf andere einzugehen und sie mit den richtigen Worten zu trösten. Elke kannte Edgar und musste einfach wissen, dass Maria mit ihm eine gute Ehe geführt hatte, dass er niemand war, der es nötig hatte, regelmäßig in den Puff zu gehen.

Vielleicht hatte sie sich aber tatsächlich die ganze Zeit etwas vorgemacht. Es war durchaus denkbar, dass Edgar an ihrer Seite nie glücklich war. Vielleicht war sie tatsächlich zu prüde, zu sehr die »Treuseele«. Wenn sie ihr eigener Sohn schon so bezeichnete. Elkes Bemerkung tat noch viel mehr weh als Roberts Eröffnungen über seinen Vater. Immerhin schien es ihr leidzutun, Maria derart brutal und unfair angegriffen zu haben.

»Mensch, Maria. Das war nicht so gemeint«, lenkte Elke ein und ging auf sie zu, um tröstend eine Hand auf ihre Schulter zu legen.

Maria war immer noch nicht fähig, etwas darauf zu erwidern. Die Vorstellung, dass aus ihr eine prüde, langweilige Hausfrau geworden war, drückte sie förmlich zu Boden. Vermutlich hatte sich Pablo auch deshalb zurückgenommen. Während der Zeit, die er angeblich brauchte, würde er einsehen, dass sie viel zu langweilig für ihn war. Elke hatte ihm wesentlich mehr zu bieten. Sie war eloquenter, weltgewandt, belesen und konnte viele Interessen mit ihm teilen. »Chancenlos!«, schoss es Maria durch den Kopf. »Ich bin chancenlos.«

Erst als Elke mit tieftraurigen Augen nach ihrer Hand griff, nicht nur, um sie zu trösten, sondern auch, um daran wieder Halt zu finden, löste sich die innere Starre, die Maria kaum noch Luft zum Atmen ließ. Ihre Hysterie, die sie noch vor wenigen Augenblicken gedanklich an den Rand der Selbstzerfleischung getrieben und ihr Selbstwertgefühl gänzlich in Frage gestellt hatte, klang augenblicklich ab.

»Es tut mir wirklich leid. Bitte verzeih mir.«

In Elkes Augen war zu lesen, dass sie es ehrlich meinte. Tiefe Verzweiflung und Reue in den Augen der besten Freundin.

»Was ist nur aus uns geworden? Diese Insel …«, stellte Elke traurig fest.

»Es ist meine Schuld. Du hast ganz recht.« Maria machte sich klar, dass sie sich ziemlich blöd angestellt hatte. Schon vor dem Velázquez-Gemälde hatte sie jene Wärme in Pablos Nähe gespürt, aber sie hatte es sich nicht eingestehen wollen. Ein Wort von ihr hätte genügt, um Elke zurückzupfeifen, dessen war sie sich sicher. Sie hatte Pablo aus bloßem Selbstschutz schlecht behandelt, und ihre beste Freundin konnte nichts dafür, dass ihre Gefühle für den attraktiven Spanier immer stärker wurden.

»Das hat nichts mit Schuld zu tun. Ich hätte an deiner Stelle vermutlich genauso gehandelt.«

Das war wieder die alte Elke. Verständnisvoll, vernünftig.

»Wir haben uns beide aufgeführt wie Schulmädchen. Eigentlich noch viel schlimmer.«

»Viel schlimmer«, gab Maria ihr mit einem Schmunzeln zu verstehen. Sie war erleichtert darüber, dass sie sich wieder auf das Wesentliche besannen, nämlich ihre jahrelange Freundschaft.

Elkes Umarmung tat unendlich gut und brachte das verloren geglaubte Vertrauen mit einem Schlag wieder zurück. Die Umarmung ihrer besten Freundin hatte etwas Heilsames. Maria spürte, wie ihr Herzschlag sich weiter verlangsamte, wie das aufgeregte Zittern wich, wie sie sich wieder entspannte und das Gefühl hatte, sich in Elkes Armen fallen lassen zu können. In einen See aus Liebe, Verständnis und Vergebung.

Manchmal ist es auch schön, wenn man falschliegt. Sigrun war sich absolut sicher, dass es zwischen Miguel und Diego nicht so recht gefunkt hatte. Sicherlich waren sie alle drei schon ziemlich früh am Abend betrunken gewesen, was ihre Menschenkenntnis und ihr sonst untrügliches Gespür für derlei Situationen eingeschränkt hatte. Aber merkwürdig war es schon, dass sich nach drei weiteren Barwechseln einfach keine Intimität zwischen Miguel und seinem Schwarm aufbauen wollte. Immerhin schien Miguel glücklich zu sein, und auch Diego sah nicht danach aus, als ob er sich nicht amüsieren würde. Er konnte im Rahmen seiner sprachlichen Möglichkeiten sogar ziemlich witzig sein. Was hatten sie auf der Taxifahrt zurück gelacht, wobei Miguels Gelächter eigentlich schon zu einem heiseren Krächzen entartet war.

Sigrun hatte aufgehört zu zählen, wie viel sie an diesem Abend getrunken hatten. Für Miguel war es jedenfalls viel. Ohne Diegos und ihre Hilfe wäre er aus eigener Kraft vermutlich nicht mehr aus dem Taxi gekommen. Die an dieser Stelle übliche Frage nach der berühmten Tasse Kaffee war angesichts Miguels desolatem Zustand überflüssig. Ohne Diegos stützende Hände wäre Miguel vermutlich schlaff auf seiner Terrasse kleben geblieben, zumal sein Hausschlüssel zunächst unauffindbar war.

»Bleibst du noch?«, winselte Miguel, als er den Schlüssel endlich aus seiner Hosentasche hervorzog. Die nackte Angst, dass Diego sich verabschieden würde, stand ihm ins Gesicht geschrieben.

»Klar.«

Miguel lächelte erleichtert.

»Na dann, ich hab's ja nicht weit«, verabschiedete Sigrun sich. Miguel nickte nur noch glückselig.

»Gute Nacht. Schlafen Sie gut«, verabschiedete sich Diego von ihr, bevor er mit Miguel im Haus verschwand.

Trotz der inzwischen bleiernen Müdigkeit, die sie schlagartig überfiel, entschied sich Sigrun, etwas von dem gepflasterten Weg abzuweichen und vom Rasen aus noch einen neugierigen Blick zurück auf Miguels Haus zu werfen. Von dort konnte sie gut auf seine Terrasse spähen.

Zumindest einen klitzekleinen Blick musste sie noch riskieren.

Sigrun hatte Glück. Die Vorhänge waren nicht zugezogen, und das Licht brannte in Miguels Wohnzimmer. Durch die weitläufige Terrassentür sah nun doch alles viel besser aus als gedacht. Miguel lag in Boxershorts auf seinem Sofa, und

Diego brachte ihm ein Glas Wasser. In einer freundschaftlichen Geste wuschelte er ihm durchs Haar. Was sonst noch in jener Nacht passieren würde, war zwar in höchstem Maße interessant, aber als Sigrun auch in der Küche ihres Hauses Licht brennen sah, obsiegte die Neugier, wie wohl der gemeinsame Ausflug von Elke und Maria nach Las Palmas verlaufen war. Hatte Elke es geschafft, Pablo endgültig auf ihre Seite zu ziehen, oder war es Maria gelungen, über ihren Schatten zu springen? Sigrun war gespannt, als sie ihr Haus über die halbgeöffnete Terrassentür betrat. Die Tatsache, dass die beiden gemeinsam am Esstisch saßen und vermutlich einen Schlummertrunk zu sich nahmen, konnte nur heißen, dass sie wider Erwarten einen harmonischen Abend in der Inselhauptstadt verbracht hatten.

»Männer bringen nur Unglück« war das Erste, was Sigrun vernahm, als sie das Wohnzimmer betrat. Der Schlummertrunk, normalerweise Nerven- oder Schlaftee, den Elke fast jeden Abend zu sich nahm, entpuppte sich als Tequila, den die beiden offenbar mit etwas Saft und Eis zu einem Cocktail verarbeitet hatten.

»Männer bringen so was von Unglück«, lallte Elke, die Sigrun ein wenig an Miguels Zwischenstadium von vor zwei Stunden erinnerte.

Ihre Freundinnen waren strack, und zwar so was von strack. Beide hatten sie noch nicht bemerkt und rieben sich ungestört Zitronenscheiben auf ihre Handrücken, auf die Elke im nächsten Schritt ein bisschen Salz streute.

»Lecken!«

Maria nickte und schleckte ihren Handrücken ab. Elke tat es ihr gleich, dann wurde gekippt. Die Saftkaraffe stand offenbar schon seit längerem nur noch zur Dekoration auf dem Tisch.

»Wir bleiben … allein.« Um den Entschluss zu bekräftigen, knallte Elke das Schnapsglas vehement auf den Tisch.

»Allein, jawohl. Keine Männer.«

Diese Entscheidung musste offenbar mit einem weiteren Tequila Rapido besiegelt werden.

»Lecken!«

Sigrun konnte nicht mehr anders, als lauthals loszuprusten. Die brave Maria, von der sie bisher angenommen hatte, dass sie zeit ihres Lebens nie über Alsterwasser hinauskam, und die gesundheitsbewusste Elke, Leber-Guru, Müsli-Freak, der viel lieber Soja- als Kuhmilch trank, schütteten einen Tequila nach dem anderen in sich hinein. Ein denkwürdiger Tag. Angesichts ihrer neuerdings männerfeindlichen Einstellung ging Sigrun davon aus, dass der Abend mit Pablo nicht unbedingt nach den Vorstellungen ihrer Freundinnen verlaufen war.

»Sigrun.« Beide starrten sie an wie eine Fata Morgana.

»Willst du auch einen?«, nuschelte Elke und versuchte, dabei möglichst nüchtern zu wirken.

»Wie war der Abend denn so?«

»Scheiße.« Elke übte sich in völlig neuen Sprachebenen.

»Totale Scheiße.« Nun begab sich auch noch Maria in fäkale Verbalgefilde.

»Wir brauchen keine Männer«, posaunte Elke, ehe sie vor lauter Enttäuschung über die inzwischen geleerte Tequilaflasche kraftlos auf dem Tisch in sich zusammensackte. Sie gähnte wie eine Löwin, die sich gerade an einer fetten Antilope vollgefressen hatte, und verfiel in einen todesähnlichen Schlaf.

Maria legte den Kopf ebenfalls auf ihren auf dem Tisch verschränkten Armen ab und sah aus, als würde sie auch bald Schafe zählen.

»Setz dich doch noch zu uns«, hauchte sie stark angeschlagen, nicht ohne dabei auch noch zu gähnen.

Angesichts ihres eigenen bereits über Usus gestiegenen Pegels blieb Sigrun nur noch, den beiden unter Vorgabe bleierner Müdigkeit eine gute Nacht zu wünschen.

Alles um ihn herum war unscharf und schien sich zu bewegen. Die Bilder an der Wand, der Fernseher, ja selbst die Couch, auf der Miguel halbnackt lag. Konnte es sein, dass sich sogar der Boden bewegte? Er versuchte sich aufzusetzen, was ihm nur unter größter Kraftanstrengung gelang. Konnte es sein, dass er noch träumte oder gar noch schlief?

»Diego!«, schoss Miguel durch den Kopf. Angestrengt versuchte er sich an gestern Nacht zu erinnern. Gähnende Leere. Wo war Diego? Vielleicht im Badezimmer? Miguel schleppte sich ins Bad und bemerkte ganz beiläufig die Spuren einer durchzechten Nacht: zugeschwollene Augen, das Gesicht eine einzige Knautschzone, die gerade den Frontalzusammenstoß mit einem Lkw hinter sich gelassen hatte, die Haare ein wahrer Dschungel. Er ließ kaltes Wasser über sein Haupt laufen und zupfte sich die Haare zurecht.

Diego schlief wahrscheinlich noch. Auch wenn er sich nicht daran erinnern konnte, vermutete er, dass er seinem attraktiven Begleiter sein Gästezimmer gezeigt hatte. Oder lag er gar im Schlafzimmer? Der Gedanke beschleunigte sofort seinen Puls. Miguel eilte, so schnell es in seinem angeschlagenen Zustand ging, in den ersten Stock, doch sowohl ein Blick ins Gästezimmer als auch ins Schlafzimmer konfrontierten ihn mit einer erschütternden Erkenntnis. Diego war verschwunden! Einfach so! Er musste sich mitten in der Nacht davongestohlen haben. Sofort machte sich Miguel schwere Vorwürfe. Vermutlich war er so betrunken gewesen, dass er Diego vor den Kopf gestoßen hatte. Kraftlos ließ er sich auf der Gästecouch nieder und starrte in Selbstmitleid badend ins Leere.

Wie jeden Morgen nach dem Frühstück galt es, einen möglichst ruhigen und poolnahen Platz zu ergattern. Robert hatte sich kurzfristig einen Massagetermin geben lassen, was angesichts seiner derzeit äußerst angespannten Lage vielleicht das Beste war, was er für sich, aber auch für sie tun konnte. Marion seufzte. Hoffentlich fand Robert wieder zu sich. Gestern Abend hatten sie kein Wort mehr miteinander gesprochen, und er hatte sich offenbar schon früh hingelegt.

Heute Morgen hatte sie auf ihre Frage, ob sie langsam mal zum Frühstück gehen wollten, nur ein Grummeln zur Antwort bekommen. Robert hatte sich in seine Decke gewickelt und sich damit verabschiedet, dass er noch müde sei. Seine Leidensmiene nervte, aber es kam noch etwas ganz anderes hinzu. Er hatte gestern klar zum Ausdruck gebracht, dass er mit ihr nicht mehr glücklich war. Konnte es sein, dass tatsächlich eine Trennung im Raum stand? Noch vor Tagen hätte sie darüber gelacht. Robert war ihr immer treu ergeben, und der Gedanke, dass er sich eines Tages einmal von ihr trennen könnte, schien absurd. Bisher hatte immer sie ihren Partnern den Laufpass gegeben, versuchte Marion sich zu beruhigen.

Obwohl sie einen der besten Plätze am Pool erhaschte, ließ sich das ungute Gefühl, eine dumpfe Beunruhigung, die von Minute zu Minute stärker wurde, nicht mehr im Zaum halten. Wie würde ihr Leben aussehen, wenn Robert sich tatsächlich von ihr trennte? Marion hatte sich an ihr Leben gewöhnt, daran, dass Robert ihr, sofern es ihm finanziell möglich war, jeden Wunsch von den Lippen ablas. Einen anderen Mann konnte sie sich gar nicht vorstellen. Dieses beunruhigende Gefühl war neu, so neu, dass sie nicht einmal mehr in der Lage war, sich mit den neuesten Trends aus der Modewelt abzulenken. Das Heft wanderte achtlos auf den Beistelltisch ihrer Sonnenliege. Marion kam einfach nicht zur Ruhe. In der Sonne war es ihr zu heiß, im Schatten zu kühl, und im Wasser war zu viel los. Nichts schien mehr so richtig Spaß zu machen. So zappelig kannte sie sich gar nicht, und aus der Beunruhigung wurde regelrecht Angst. Immer mehr schöne Seiten an ihrem Mann fielen ihr ein. Robert konnte ein richtiger Romantiker sein. Die Reise nach Paris im letzten Jahr zu ihrem Geburtstag. Das romantische Candle-Light-Dinner am Montmartre in einem kleinen Restaurant mit Blick auf Sacre Coeur. Robert war gemessen an ihren Ansprüchen ein Schatz. Noch vor Tagen hatte sie all die glücklichen Pärchen, die immer um den Pool herumlagen, gar nicht beachtet. Auf einmal schien sie von purer Romantik umgeben zu sein. Selbst junge Familien mit ihren Kindern hatten plötzlich ihren Schrecken verloren.

In dem Moment platschte ein Ball an den Poolrand, und die Wasserfontäne sorgte nicht nur für abrupte Abkühlung, sondern erfasste auch noch ihre geliebte *Vanity Fair*. Normalerweise ein Grund zum Ausrasten, aber selbst dieser Automechanismus wollte sich nicht mehr einstellen.

»Entschuldigung. Es kommt nicht wieder vor.« Ein attraktiver Mittdreißiger entschuldigte sich bei ihr mit sanfter Stimme.

»Oh, die Zeitschrift hat es ja auch noch erwischt. Ich kaufe ihnen eine neue«, versprach der Mann, der sich als Vater eines kleinen Mädchens entpuppte, das mit seiner Großmutter vor ihr vergnügt im Pool planschte. Er schnappte sich den Ball und schenkte Marion ein nettes Lächeln, das sie nur spontan erwidern konnte. Er wirkte alles andere als bieder, alles andere als unglücklich oder gar genervt. Er war in Form, sexy, charmant. Familienväter sahen ihrer Erfahrung nach normalerweise ganz anders aus, eher langweilig, außerdem schleppten sie fast alle einen Bierbauch mit sich herum.

»Macht doch nichts.« Was war nur in sie gefahren? Ein »Verpiss dich« wäre ihr normalerweise über die Lippen gekommen – und dazu die Gewissheit, dass es gut war, keine Kinder zu haben. Das kleine, etwa fünfjährige erschien ihr auf einmal wie ein kleiner Engel. Sie winkte Marion zu und ließ sich von ihrer Großmutter auf den Arm nehmen.

»Die Kleine ist ihr Ein und Alles, aber in ihrem Alter ist es nicht mehr so einfach, den Ball zu erwischen«, sagte der Mann und zuckte noch mal entschuldigend die Achseln.

Marion nickte verständnisvoll und wunderte sich darüber, wie viel Vergnügen es ihr bereitete, der Oma und ihrer Enkelin beim Wasserballspiel zuzusehen.

Wie wohl das Verhältnis zu Maria aussehen würde, wenn sie und Robert auch ein Kind hätten? Gehörte dies nicht irgendwie dazu? Eine Familie? Würde sich das Verhältnis zu Robert nicht in völlig neuen Bahnen bewegen, ganz abgesehen von ihrem eigenen Leben? Konnte man nicht viel mehr Freude aus den einfachen Dingen ziehen? Wie lange hielt schon die Freude an einem Designerkleid? Wofür brauchte sie diese verdammten Kleider überhaupt? Wem wollte sie damit etwas beweisen?

Wieder beschlich sie dieses dumpfe, lähmende Gefühl. Tausend Gedanken und Lebensperspektiven auf einmal im Kopf zu haben, konnte einen förmlich erschlagen. Na ja, vielleicht wurde sie auch nur krank. In solchen Momenten neigte Marion dazu, ihr ganzes Leben in Frage zu stellen. Gedankengut dieser Art verdarb den Urlaub. Abstellen! Nur wie? Die rettende Bar war Gott sei Dank in Reichweite. Dieter saß am Tresen und lächelte ihr zu. Wenn sie jemand ablenken konnte, dann er. Nichts wie zurück in das normale Leben und schnell jene absurden Gedanken mit einer Piña Colada oder auch zwei herunterspülen.

Dass Maria an diesem Morgen nichts dagegen hatte, noch jemanden um sich herum in der Küche zu haben, war für Elke ein untrügliches Zeichen dafür, dass die gestrige Generalaussprache Früchte getragen hatte. Der Umstand, dass ihre Freundin heute Morgen auf ihre Pfannkuchen verzichtete, die sonst mit verschiedenen Aufstrichvariationen zum Pflichtprogramm gehörten, hatte Sigrun ihr hinter vorgehaltener Hand als gutes Zeichen gedeutet. Die Pfannkuchen würden sie nur an Pablo erinnern, daran, dass sie ihm schmeckten und dass Maria ihm zumindest bis gestern am liebsten jeden Morgen welche serviert hätte. Das Thema Männer war also anscheinend durch.

Man konnte es drehen und wenden, wie man wollte, Männer brachten nichts als Schwierigkeiten, und davon hatten sie im Moment wahrlich genug. Bevor nicht geklärt war, ob sie überhaupt hierbleiben konnten, sollten sie ihr Leben nicht weiter verkomplizieren. Die Frage war nur, wie sie sich gegenüber Pablo künftig verhalten sollten. Immerhin wickelte er die Finanzierung ab, und spätestens am Tag der Ausschreibung würden sie ihn wiedersehen.

»Wir könnten heute nach Teror fahren. Dort soll es einen bekannten deutschen Maler geben«, schlug Maria vor, die es sich mit einem Reiseführer in der Hand bereits mit Sigrun am Esstisch bequem gemacht hatte.

Elke hatte auch schon von Georg Hedrich gehört. Sein kleines Atelier am Kirchplatz war in fast jedem guten Reiseführer erwähnt. Das kleine Dörfchen im grünen Norden der Insel eignete sich ideal für einen Tagesausflug.

»Wusstest du, dass die Spanier einmal pro Jahr dort hinpilgern?«, fragte Maria.

»Warum? Was gibt es denn dort?«, wollte Elke wissen. Ihr Interesse war geweckt.

»Die Virgen del Pino – die Jungfrau von der Pinie. Jeder gläubige Canario pilgert mindestens einmal im Leben von Las Palmas nach Teror. Angeblich erfüllt sie einem jeden Wunsch.«

»Vielleicht sollten wir entgegen meiner allgemeinen Glaubensansichten dort tatsächlich eine Kerze anzünden. Für die Ausschreibung kann das sicher nichts schaden«, warf Sigrun ein.

Wie schön! Endlich waren sie wieder die Alten, voller Tatendrang und auf einer Wellenlänge. Maria würde sicher ein Gebet murmeln, andächtig vor einem Stück geschnitzten Holz knien und sich sicher sein, dass sie das Haus nun bekämen.

Die letzten feingeschnippelten Obststücke wanderten in eine Glasschale, als es plötzlich an der Tür klingelte.

»Ich mach schon auf.« Sigrun, die zweckpessimistisch bereits über dem Immobilienteil der lokalen deutschsprachigen Zeitung brütete, ging zur Tür.

»Wahrscheinlich Miguel. Er könnte doch mit uns frühstücken«, mutmaßte Elke.

»Nach dem, was Sigrun von gestern erzählt hat, liegt der bestimmt noch im Bett. Wahrscheinlich nicht allein.«

Maria feixte. Für sie war der Gedanke, dass Miguel die Nacht mit einem Mann verbracht hatte, immer noch äußerst gewöhnungsbedürftig.

Kapitel 13

»Hallo, Elke.«

Eine zaghafte, leicht verunsicherte männliche Stimme mitten in ihrem Wohnzimmer, eine Stimme, die sie kannte.

Das konnte unmöglich sein. Elkes Hände wurden augenblicklich feucht, ihr Herz begann zu rasen. Am liebsten hätte sie sich gar nicht umgedreht und sich eingeredet, dass sie gestern einfach zu viel getrunken hatte.

»Elke …?«, fragte die Stimme irritiert. Kein Zweifel, die Stimme gehörte Bruno, dem Mann aus dem Online-Portal.

Mit einem riesengroßen Rosenstrauß stand er mitten im Raum und sah sie mit Hundeblick an. Sigrun, die ihn hereingelassen hatte, grinste erwartungsvoll.

»Die sind für dich«, sagte er schüchtern.

Für wen sollten die Blumen denn sonst sein? Was machte Bruno hier? Woher wusste er überhaupt, wo sie war? Freude, Wut und Fassungslosigkeit zugleich zu empfinden, überforderte Elkes Nerven offenbar so sehr, dass der kleine Löffel auf der Kaffeeuntertasse, die sie gerade in Händen hielt, zu klappern begann. Welchem Gefühl sie zuerst nachgeben sollte, wusste sie noch nicht. Die Blumen waren wunderschön, und Bruno hatte sich beeindruckend herausgeputzt. Er war als Endfünfziger mit seinem vollen, gepflegten Haar in der weißen Hose und einem sportlichen Hemd eine äußerst attraktive Erscheinung.

Was fiel ihm ein, ihr hinterherzuspionieren? Hatte sie ihm nicht unmissverständlich zu verstehen gegeben, dass es besser wäre, wenn sie sich nicht mehr sahen? Suchte er am Ende eine Aussprache, weil sie sich mit einer E-Mail von ihm verabschiedet hatte? Am Ende war er nur zufällig hier und hatte sie irgendwo gesehen. Was tun? Schließlich obsiegten sein Lächeln und der Anblick der Blumen, die sie ihm eilig aus der Hand nahm.

»Die sind wunderschön.«

»Maria Freund.« Maria kam herein und reichte ihm die Hand.

»Bruno«, stellte er sich vor.

»Ich hol eine Vase«, sagte sie und ging wieder hinaus. Maria hatte die Wucht dieser romantischen Aktion allem Anschein nach regelrecht verzaubert. Ihr verzücktes Lächeln war irgendwie ansteckend und ließ in Elke gar keine andere Reaktion zu, als sich – zumindest momentan – über diesen überraschenden Besuch zu freuen.

»Wir könnten doch zusammen frühstücken.« Nun setzte Sigrun noch einen drauf.

Gegen Fremdbestimmung war Elke allergisch, und der Gedanke, sich mit Bruno einfach so mir nichts, dir nichts an den Frühstückstisch zu setzen, war schier unerträglich. Sie würden sich in Smalltalk üben, und es gäbe keine Gelegenheit, zu klären, weshalb er es wagte, hier einfach so aus dem Nichts aufzutauchen. Abgesehen davon würde sie in ihrem jetzigen Zustand sowieso keinen Bissen herunterbekommen. Nein, ein gemeinsames Frühstück kam überhaupt nicht in Frage!

»Wir könnten spazieren gehen«, schlug Elke vor.

»Großartig!« Brunos Begeisterung war definitiv aufgesetzt. Er wusste ganz genau, was ihm blühte, jedenfalls kein harmonischer Urlaubsspaziergang.

»Er ist einfach gegangen. Einfach so«, winselte Miguel, als Sigrun wenige Minuten nachdem Elke und Bruno das Haus verlassen hatten, von Neugier getrieben vor seiner Tür stand, um nach ihm zu sehen. Miguel wirkte mindestens so zerknittert wie die zerknüllten Kleenextücher, die vor ihm auf dem Tisch lagen.

»Ich hab alles verkehrt gemacht«, wimmerte er voller Selbstmitleid.

Sigrun konnte sich nicht erinnern, jemals einen Mann mit verheulten Augen gesehen zu haben. Noch nicht einmal im Fernsehen oder Kino flossen Tränen aus Männeraugen, sah man einmal von Ryan O'Neil alias Oliver in *Love Story* ab. Andererseits war Miguel ja kein richtiger Mann im Sinne des Klischees von »harten Männern«, die so schnell nichts umwerfen konnte. Tunten hatten offenbar weniger Probleme damit, ihre Gefühle offen zu zeigen. Miguel tat Sigrun unendlich leid. In so einer Situation half nur eine feste Umarmung, die der Spanier förmlich in sich aufsog.

»Du hast überhaupt nichts falsch gemacht. Vielleicht hatte er einen wichtigen Termin. Kann doch sein«, versuchte Sigrun ihn zu beruhigen.

Miguel beruhigte sich in ihren Armen, und es war ein verdammt gutes Gefühl, wenn man jemandem Trost spenden konnte. Es war schön, gebraucht zu werden, und erleichternd zugleich.

»Vielleicht meldet er sich heute ja wieder.«

Miguel schüttelte nur ungläubig den Kopf.

»War gestern vielleicht noch irgendetwas? Habt ihr gestritten?« Schon wieder diese Neugier, aber Sigrun konnte sie einfach nicht abstellen.

Diegos plötzliches Verschwinden war merkwürdig, und es musste einen plausiblen Grund dafür geben, sich erst mit jemandem zu verabreden, nach kleinen Anlaufschwierigkeiten einen netten Abend zu verbringen und sich dann einfach in Luft aufzulösen.

»Das Schlimme ist, ich kann mich nicht mehr erinnern«, klagte Miguel und hob entschuldigend die Hände.

»Das ist ja auch kein Wunder.« Sigrun lachte.

»War ich so blau?«, fragte er.

»Bei der Menge, die du gestern gebechert hast, hätte man mich mit Alkoholvergiftung ins Krankenhaus einliefern können.«

»Ich war bestimmt unmöglich.«

»Das könnte ich jetzt nicht sagen. Eher gut drauf«, versuchte Sigrun ihn zu beruhigen.

»Wirklich?« Ungläubig sah er sie an.

»Na ja, abgesehen vom abhandengekommenen Gleichgewichtssinn …«

»Ich weiß nur noch, dass wir eine Flasche Wein aufgemacht haben.«

Das musste stimmen, denn die Flasche stand nach wie vor auf einem Beistelltisch – zwei leere Gläser mit eingetrocknetem Rotweinrand daneben.

»Und? Ist noch was gelaufen?« Eine etwas gewagte Frage. So etwas konnte man die beste Freundin fragen, aber doch nicht den netten Nachbarn. Zu spät. Sigruns Neugier hatte obsiegt.

»Wir haben, glaub ich, nur geredet«, antwortete Miguel. Er rieb sich die Augen und sah sie mit Unschuldsmiene an.

»Geredet?« Sigrun schmunzelte. Vermutlich meinte Miguel gelallt, denn soweit sie sich erinnerte, war der Spanier am Ende des Abends nicht mehr ganz Herr seiner Zunge gewesen.

»Und worüber?«

Miguel zuckte nur mit den Schultern. Plötzlich entdeckte Sigrun eine Kopie ihres Verkaufsexposés und ein Prospekt von Sanchez mit Bildern der Anlage gleich neben den leeren Weingläsern. Auf dem Dokument war eindeutig ein Weinfleck.

»Hast du ihm das gezeigt?«, fragte sie verwundert.

Miguel nahm den Verkaufsprospekt an sich und versuchte krampfhaft, sich an irgendetwas zu erinnern.

»Lag das einfach so herum?«

»Nein, normalerweise bewahre ich so etwas in meinem Schreibtisch auf«, beteuerte Miguel.

Wieso war der Verkaufsprospekt vom Schreibtisch zu jenem Beistelltisch gewandert? Die beiden mussten über die Anlage gesprochen haben.

»Moment mal …« Miguel blätterte durch das Exposé und schien sich nun vage zu erinnern.

»Ja, wir haben über das Haus gesprochen.«

»Worüber genau?«

»Das weiß ich nicht mehr. Ich glaube, Diego wollte sich auch etwas im Süden kaufen. Er sagte aber, dass der Preis ziemlich hoch sei.«

Warum interessierte sich Diego, der angeblich erst kürzlich nach Las Palmas gezogen war, für ein Haus in einer Feriensiedlung, die mindestens vierzig Minuten bis eine Stunde mit dem Auto von der Hauptstadt entfernt war? Ein alleinstehender Mann würde sich so ein Haus doch niemals kaufen. Sigrun fiel wieder der verräterische weiße

Rand an Diegos linkem Ringfinger ein. War er am Ende gar nicht alleinstehend? Irgendetwas stimmte hier nicht. Sigrun konnte sich auf ihre Intuition immer verlassen.

»Hast du seine Nummer?«, fragte sie.

»Ja, die Handynummer.«

Miguel kramte aus seiner Hosentasche einen Zettel mit einer handgeschriebenen Nummer hervor. Sigrun stutzte. Noch nicht einmal eine Visitenkarte hatte er Miguel gegeben. Ein Architekt ohne Visitenkarte? So, wie er von seinen Projekten geschwärmt hatte, war er nicht der Typ, der nicht mit beeindruckenden Visitenkarten um sich warf. Auf dem Zettel stand nur sein Vorname.

»Weißt du überhaupt, wie er heißt? Mit Nachnamen?«

Miguel schüttelte nur den Kopf.

»Denkst du, der ist nicht reell?«

Reell war wahrscheinlich noch stark übertrieben. Sigrun beschlich der Verdacht, dass Diego aus ganz anderen Gründen zu Miguel Kontakt aufgenommen hatte.

»Ihr habt euch wirklich eine sehr schöne Gegend ausgesucht«, konstatierte Bruno, als sie die Avenida Gran Canaria entlang der gepflegten Anwesen in Richtung des RIU Palace, einem schneeweiß strahlenden Nobelhotel, an der Plaza Fuerteventura liefen. Von dort hatte man einen besonders schönen Blick auf die Dünenlandschaft. Ein idealer Ort, um zu reden.

»Das ist ja schier unglaublich«, sagte Bruno, nachdem Elke ihm die Ereignisse der letzten Tage geschildert hatte.

»Ich würde sterben, wenn wir das Haus nicht bekämen«, fügte sie anschließend hinzu.

»Na, dann drücke ich euch mal die Daumen«, tröstete er sie mit einem aufmunternden Lächeln.

Elke hatte sich in der Smalltalk-Phase nun ausreichend aufgewärmt, um zum Wesentlichen überzugehen. »Woher weißt du, dass wir hier sind?«

»Von deiner Nachbarin.«

Von der Schneider also. Eigentlich hätte die ältere Frau nur Elkes Blumen gießen sollen, bis klar war, wann und ob sie ihr Frankfurter Apartment verkaufte oder vermietete.

»Und was willst du hier?«

»Dich sehen.«

Brunos verliebter Blick bedurfte keiner weiteren Erklärung. Genau so hatte er sie auch bei ihrem ersten Treffen in einem kleinen Weinlokal in der Frankfurter Innenstadt angesehen. Bruno hatte sich schon während ihres Kontakts über das Internetportal der Partneragentur so angefühlt, als ob er der Richtige für sie sei, aber auf einen Mann, der sie nach dem dritten Date unverblümt auf ihre Finanzen ansprach, hatte sie keine Lust, und an diesem Vorsatz gab es nichts mehr zu rütteln.

»Bruno. Ich bin nicht die richtige Frau für dich«, sagte sie nur.

»Das hast du mir ja schon geschrieben.« Er wollte offenbar nicht aufgeben.

»Genügt das denn nicht?«

»Wir hätten uns noch einmal treffen sollen, um uns auszusprechen.«

»Aber das hätte doch nichts gebracht. Es passt halt nicht.« Elke wandte sich von ihm ab und blickte in die Ferne.

»Und unsere gemeinsame Nacht. Hatte das denn gar nichts zu bedeuten?«

Elke erinnerte sich nur zu gut an jene Liebesnacht, die ihr schier den Boden unter den Füßen weggezogen hatte. Sex war jedoch eine Sache und einen Schuhverkäufer in ihr

Leben zu lassen eine andere. Ihm die Wahrheit zu sagen war unmöglich. Sie müsste zugeben, dass sie ihn angelogen hatte, dass sie gar keine einfache Angestellte war. Schon an ihrem ersten Abend hatten sie sich über Ehrlichkeit und Offenheit unterhalten. Beide waren einhellig zu dem Schluss gekommen, dass dies das A und O in einer guten Beziehung sei. Schon damals hatte sie einen leichten Kloß im Hals gespürt, war sie es doch gewesen, die am lautesten in dieses Ballhorn geblasen hatte. Ihre Vorsicht und jene initiale Lüge hatten sich im Nachhinein als weise Investition erwiesen, denn natürlich war Bruno wie alle anderen Männer nur hinter ihrem Geld her.

»Einfach so? Ich verstehe das alles nicht. Ich war mir so sicher, dass wir füreinander bestimmt sind«, insistierte Bruno.

»Das kann man doch so schnell überhaupt nicht sagen.«

»Gibt es wirklich keinen anderen Grund?«

Bruno ließ nicht locker. Er hatte wohl gerochen, dass sie ihn belog, aber das spielte nun auch keine Rolle mehr. Sie war hier, und die jüngste Erfahrung mit Pablo hatte ihr bewiesen, dass Bruno nicht der einzige Mann auf Gottes Erden war, der ihr gefallen könnte. Kaum hatte Elke diesen Gedanken zu Ende gedacht, stellten sich Zweifel an ihrer Theorie ein. In Pablo hatte sie sich auch verliebt, und jetzt, da Bruno vor ihr stand, musste sie sich eingestehen, dass sie diese Gefühle des Verliebtseins überhaupt nicht miteinander vergleichen konnte. Der Versuch, sich mit ihrem Interesse für Pablo darüber hinwegzutrösten, dass Bruno nur einer von vielen Männern sei, die sie rein theoretisch kennenlernen könnte, schoss wie ein Bumerang auf sie zu und stürzte sie jetzt in eine Blitzkrise. Ihr Magen fühlte sich auf einen Schlag flau an.

»Alles in Ordnung mit dir?« Bruno hatte ihr plötzliches Unwohlsein offenbar bemerkt.

»Lass uns einfach ein paar Schritte gehen«, schlug Elke vor.

Bruno nickte, und sie war dankbar dafür, ihre Gedanken sortieren zu dürfen. Nein, rückblickend war das mit Pablo etwas ganz anderes. Der Spanier sah gut aus und hatte sicher genug Geld, um sich nicht von ihr aushalten lassen zu müssen, aber letztlich war er doch nur ein Schwarm, eine Projektion jenes Wunschbildes, das sie vor sich hertrug. Bruno hingegen war real. Elke musterte ihn, und ihr Blick war ihm offenbar nicht unangenehm. Er lächelte sie zuversichtlich an, aber Grund zur Zuversicht gab es nicht. Nein! Nein! Und nochmals nein! Ein Schuhverkäufer kam nicht in Frage, auch wenn er noch so gut aussah und einer der besten Liebhaber war. Nein, auch wenn sie sich in seiner Gegenwart immer noch sehr wohl fühlte. Nein! Es blieb dabei!

»Es ist nun mal so, wie es ist«, rang Elke sich nach ihrem regenerativen Schweigemarsch mit wenig resoluter Stimme ab.

»Was? Was ist so, wie es ist?«, fragte Bruno verwirrt nach.

»Wir zwei, das geht nicht.«

Bruno war sichtlich enttäuscht.

Sollte sie ihm vielleicht doch die Wahrheit sagen? Es würde zu nichts führen, außer dass er abstreiten würde, auch nur an finanzielle Aspekte gedacht zu haben. Außerdem hatten Maria und sie beschlossen, dass es besser sei, keine Unruhe mehr in ihre Dreierlebensgemeinschaft zu bringen.

»Ich hätte dich nicht so überrumpeln dürfen«, sagte Bruno. »Vielleicht brauchst du ja einfach nur etwas Zeit.

Ich bin noch eine Woche hier. Vielleicht können wir uns ja noch mal sehen.«

Warum gab er nicht einfach auf? Für einen Mann, der erneut einen Korb bekam, war Bruno einen Tick zu gefasst. Wieso hatte er eigentlich vorhin kurz geschmunzelt? Nahm er sie etwa nicht ernst?

»Ich hab noch dieselbe Handynummer.«

Natürlich würde sie ihn nicht anrufen, aber vielleicht hätte sie ja endlich Ruhe vor ihm, wenn sie ihm in Aussicht stellte, dass sie sich vielleicht bei ihm meldete.

Robert kannte eigentlich nur zwei Arten, durch eine Hotelanlage zu gehen: den gemütlichen Spaziergang, wenn man neu in einem Ferienparadies ankam und sich nach der Flugreise und dem anstrengenden Transfer ein wenig die Füße vertreten wollte, oder der schnelle Gang von A nach B, in der Regel der kürzeste Weg zwischen Zimmer und Restaurant oder Pool. Es gab anscheinend noch eine dritte Variante, nämlich tief in Gedanken versunken fast eine Stunde lang ziellos umherzuirren.

Unbeschwertes Urlaubsglück, wohin er nur sah. Robert hingegen fühlte die Last eines unerfüllten Lebens auf seinen Schultern. Sich inmitten des Glücks anderer unglücklich zu fühlen, einfach nicht so wie alle anderen empfinden zu können, machte depressiv und dämpfte die Lebensgeister. Vielleicht hatte er auch nur zu lange geschlafen. Der Gedanke, mit Marion zum Frühstücken zu gehen und das Gespräch über den Stand ihrer Ehe fortzusetzen, hatte lähmende Wirkung.

Als gegen Mittag sein Magen zu knurren anfing, zog es ihn an eine der kleinen Snackbars, die sich in der Nähe der Pool-Landschaft befanden.

»Ist hier noch frei?«, fragte er am einzigen Tisch, der überhaupt noch eine Sitzgelegenheit hatte.

»Tut mir leid, mein Mann und meine Tochter kommen gleich wieder.«

Nicht einmal dazu reichte sein aktuelles Lebensglück, resümierte er auf der Suche nach einer Alternative, und wenn es nur Erdnüsse an einer Bar wären. Vielleicht hatte Marion ja irgendeinen ihrer Schokoriegel dabei, der Weg zur Poolbar führte sowieso an ihrem Platz vorbei. Marions Liege, die nur unschwer anhand der aufgeschlagenen *Vanity Fair* zu erkennen war, stand aber leider unbesetzt in der Sonne. War sie vielleicht im Wasser? Mitnichten! Marion amüsierte sich mit Aerobic-Gott Dieter an der Bar. Was hatte die Hand dieses Kerls auf ihren Hüften zu suchen? Warum massierte er sie am Nacken? Und warum ließ sie sich das gefallen? Robert schnaufte wütend. Seine Frau hatte ihn also abgehakt, einfach so. Ein Grund mehr, die dritte Variante der möglichen Hotelspaziergänge noch ein wenig länger auszukosten.

Wie lange gedachte Elke eigentlich noch, wie angewurzelt vor Brunos roten Rosen zu sitzen und sie anzustarren? Vermutlich ist sie schon am Stuhl festgewachsen, überlegte Sigrun, als sie sich wortlos zu ihrer Freundin setzte. Was hatte Bruno nur mit ihr angerichtet? Vielmehr, was hatte die Insel mit ihr angerichtet? Die kühle Denkerin mit messerscharfem Verstand, die durch nichts so schnell aus der Ruhe zu bringen war, hatte sich im Rennen um Pablo in eine pubertierende Zicke verwandelt und wurde nun von einem ganzen Pfeilbündel aus Amors oder vielmehr Brunos Armbrust durchbohrt.

Elke mit verträumt-melancholischem Julia-Roberts-Blick

dasitzen zu sehen war eine völlig neue Erfahrung für Sigrun. Vermutlich war heute der Tag, an dem sie die Rolle der Seelentrösterin übernehmen musste. Erst Miguel und nun Elke. Normalerweise war sie es, die mit mehreren Männern gleichzeitig zu tun hatte, und das ganze Debakel spielte sich auch noch in einer »männerfreien Zone« ab – eine gewisse Ironie, die Sigrun irgendwie gefiel. Ihr gemeinsamer Wunsch hatte sich ja schon nach wenigen Tagen als Farce entpuppt. Gut, dass Maria nicht im Haus war und sich mit Einkäufen abzulenken wusste. Der morgige Ausschreibungstermin liege ihr im Magen, hatte Maria Sigrun gestanden, bevor sie sich mit zwei Einkaufstaschen auf den Weg zum Supermarkt machte.

»Sie sind so schön«, seufzte Elke, als Sigrun sich zu ihr setzte.

»Aber was will ich von einem Schuhverkäufer, den ich früher oder später durchfüttern muss?«

»Bruno ist wenigstens ehrlich. Erinnere dich nur mal an deine Verflossenen. Unternehmensberater, erfolgreicher Portfoliomanager, und was war der dritte noch gleich?«

»Filialleiter von Porsche in Stuttgart.«

»Siehst du, die haben dich alle angelogen. Bruno ist vielleicht ein recht guter Schuhverkäufer. Überleg mal, wenn du in die Stadt gehst. So galant, wie er ist, so sportlich und attraktiv. Er hat es bestimmt nicht nötig, eine Kundin mit ›Darf ich Ihnen helfen?‹ anzubaggern. Vielmehr stelle ich mir den Schuhkauf bei ihm als erotischen Akt vor. Der Moment, wenn er dir den Schuh über den Fuß streift, dich dabei zufällig an der Wade berührt und du dir am liebsten die Feinstrumpfhose vom Leib reißen würdest.«

»Schuhfetischistin!«, feixte Elke.

Gott sei Dank war Elke aus ihrer Liebesstarre erwacht.

»Ich verstehe dich nicht. Du hast doch bestimmt noch genug Kohle übrig. Deine Eltern hatten immerhin eine Bank!«, sagte Sigrun.

»Was heißt das schon? Nach ihrem Tod wurde das Geld auf meine zwei Brüder und meine Schwester aufgeteilt. Ich hab alles, was übrig geblieben ist, in dieses Haus gesteckt.«

»Um wie viel haben dich die drei Typen denn erleichtert?«, fragte Sigrun vorsichtig nach.

Elke war dieses Thema sichtlich unangenehm. Wie peinlich musste es sein, sich als rational denkender Mensch so ausnutzen zu lassen.

»Eine Viertelmillion.«

»Was? Du hast eine Viertelmillion in den Sand gesetzt?«

»Na ja, Norbert wollte aus der Unternehmensberatung aussteigen und sich selbständig machen. Manfred wollte mein Geld in Optionsscheinen anlegen, angeblich mit fünfzig Prozent Gewinn, und Stefan ist pleitegegangen. Dabei hatte er für uns gerade erst die Villa am Vogelberg gekauft.«

»Wie kann man nur so blöd sein«, entfuhr es Sigrun.

Elke zuckte nur hilflos mit den Schultern.

»Es ist doch nur Geld, und letztlich war es deine Schuld.«

»Natürlich geht es nicht ums Geld. Die haben mich belogen. Darum geht's!«

»Na, dann passt doch alles.«

»Schon, aber ...« Elke zögerte. »Ich hätte halt gerne jemanden, an dessen Schulter ich mich anlehnen kann. Ich mag mich nicht zeit meines Lebens um alles kümmern müssen, verstehst du? Ich brauche einen Mann, der alles im Griff hat«, versuchte Elke es auf den Punkt zu bringen.

Der Pablo-Faktor, schoss es Sigrun durch den Kopf.

»Was kriegt ein Mann im Leben auf die Reihe, wenn er es gerade mal zum Schuhverkäufer gebracht hat? Nichts!

Gar nichts!« Dessen schien sich Elke angesichts ihres resoluten Gesichtsausdrucks sicher zu sein.

Rein rational betrachtet waren Elkes Bedenken nachzuvollziehen, nur machte Bruno auf Sigrun beim besten Willen nicht den Eindruck, als ob er bei Deichmann Schuhe von einem Regal ins nächste räumen würde. Ein Schuhverkäufer mit einem derartigen Charisma, so etwas gab es doch gar nicht. Selbst in teuren Schuhläden hatte sie noch nie einen Mann in seinem Alter bedienen sehen. Es waren überwiegend Frauen, junge Dinger oder ältere Damen, die als Teilzeitkräfte beschäftigt waren. Nein! Es gab überhaupt keine männlichen Schuhverkäufer in Brunos Alter! Welcher gestandene Mann würde so einen miesen Job schon machen? Er hätte sich doch umschulen lassen können. Andererseits sollte es Menschen geben, die sich ganz bewusst für ein einfaches Leben entschieden, um ungestresst nebenbei ihren Hobbys nachgehen zu können.

»Hat er Hobbys?«, fragte Sigrun unvermittelt.

»Nein, warum?« Elke konnte ihr nicht ganz folgen.

»Einfach so.«

»Bruno hat gesagt, dass er gerne ins Kino geht, vor allem in französische Filme. Ach ja, und er testet Restaurants, na ja, nicht professionell, aber er schätzt es sehr, gut essen zu gehen, und immer wenn ein neues Lokal aufmacht, geht er hin.«

Ein Schuhverkäufer als Restauranttester? Das konnte er sich doch gar nicht leisten. Bruno wurde immer mysteriöser. Sigrun beschloss, ihm auf den Zahn zu fühlen.

Seit wann war es verboten, sich auf einen harmlosen Flirt einzulassen? Noch dazu in einer Situation, in der man für jede Ablenkung dankbar sein konnte. Schließlich war sie nur an die Bar gegangen, um ein paar nette Worte zu wechseln, um ihre trüben Gedanken, die sie förmlich gelähmt hatten, endlich loszuwerden. Ich habe mir nicht das Geringste vorzuwerfen, sagte sich Marion, als sie mit Robert im Schlepptau ihr Hotelzimmer aufsperrte.

»Wir müssen wirklich reden«, sagte er und drängte sie förmlich in das Zimmer.

Sich den Nacken von jemandem massieren zu lassen, der eine physiotherapeutische Ausbildung absolviert hatte, war kein Verbrechen. Dennoch saß Marion nun auf der Anklagebank, wobei sich der Korbsessel auf ihrem Balkon angesichts Roberts Laune schon fast wie ein elektrischer Stuhl anfühlte. Hier draußen würde er aber wenigstens nicht herumschreien, allein der Nachbarn wegen.

»Ich weiß ja nicht, was zwischen dir und diesem Aerobicheini läuft, aber eins weiß ich sicher. So wie es läuft, läuft es nicht mehr weiter.«

»Er hat mir bloß den Nacken massiert«, versuchte Marion ihm noch einmal mit Nachdruck klarzumachen.

»Wenn ich nicht rechtzeitig dazugekommen wäre, hätte der Kerl noch was ganz anderes massiert. Da opfert man sich auf, all die Jahre. Ich schufte wie ein Tier, und du spielst die große Dame, die auch noch nach München will, ausgerechnet jetzt, wo es finanziell nicht so gut läuft.«

Der Klassiker, die Geschichte vom armen Mann, der sich für sein undankbares Frauchen aufopferte – ein Argument, wie sie es aus ihrem Freundinnenkreis kannte.

»Und ich leiste nichts, oder wie? Du wolltest doch, dass ich aufhöre zu arbeiten, weil dein Verdienst angeblich für uns beide reicht. Ein Glück, dass ich nicht nachgegeben habe, denn ohne meinen Verdienst wären wir vermutlich längst pleite.«

»Ja, drück's mir nur rein, dass ich ein Versager bin.«

»Du bist kein Versager, du bist im Moment ein richtiger Vollidiot.«

Nichts konnte Marion mehr in ihrem Korbsessel halten. Der Balkon war zum Schlachtfeld geworden, und dass einige verstörte Touristen von den benachbarten Balkonen sie bereits beobachteten, war auch schon egal.

»Wer hat mich denn zum Vollidioten gemacht? Ich hab meinen sicheren Job doch nur deinetwegen aufgegeben. Weil du den Hals nicht voll kriegen kannst«, blaffte Robert.

»Du warst doch jeden Abend unzufrieden und hast über deine Kollegen gemeckert. Wie oft habe ich mir anhören dürfen, dass du in dieser Firma keine Perspektiven siehst und keine Lust hast, darin zu versauern«, hielt Marion dagegen, wobei sie versuchte, nicht laut zu werden.

»Ich hätte nicht kündigen sollen.«

»Es war richtig. Dir fehlt doch nur der Mumm.«

»Ein Feigling bin ich also auch noch.« Robert winkte ab und wandte sich zum Gehen.

»Du kannst dich ja noch nicht mal bei deiner Mutter durchsetzen«, setzte Marion noch einen drauf. Er hielt inne und funkelte sie an. »Lass meine Mutter aus dem Spiel. Ich hab ihr deinetwegen schon genug weh getan.«

»Meinetwegen? Da hast du einmal den Mut, ihr die Wahrheit über deinen Vater zu sagen, und schon ziehst du wieder den Schwanz ein. Dein Vater war ein Arschloch, der sie betrogen hat. Das kann sie doch ruhig wissen.«

»Das ist wieder typisch. Du gehst über Leichen.«

»Und du hast sie im Keller.«

»Komm mir jetzt nicht wieder mit der Erpressertour«, schnappte er.

»Nur weil ich dich daran erinnere, dass du kein Heiliger

bist, erpresse ich dich nicht. Mich kotzt das so was von an. Erst stellst du mich als billiges Flittchen hin, und jetzt bin ich auch noch eine Erpresserin. Kein Wunder, dass deine Mutter mich hasst.« Marion hatte allmählich genug von der Diskussion. »Sie mag halt keine Frauen, die so sind wie du.«

Marion kochte. Eine Frau zweiter Klasse sollte sie sein? O nein, diesen Zahn würde sie ihm ziehen.

»Ach ja? Und sie ist eine Heilige, die Jungfrau Maria mit ihrem Puff-Engel Edgar.«

»So etwas Bösartiges«, empörte sich Robert, dem angesichts dieser Breitseite anscheinend die Luft ausging.

Seine Fassungslosigkeit darüber, dass sie ihm endlich einmal die Meinung geigte, versetzte Marion nur noch mehr in Rage.

»Du hättest von Anfang an bei deiner Mutter auf den Tisch hauen sollen. Aber nein, du hast mich immer vor ihr versteckt. Das meine ich mit Mumm, der dir fehlt. Memme! Und jetzt winselst du hier rum und ich bin das bösartige Flittchen. Einfach widerlich!«

Robert brachte keinen Ton mehr heraus. Wortlos drehte er sich um und knallte die Balkontür hinter sich zu.

Marion glühte. Dennoch war sie froh, dass sie endlich mal eine richtige Auseinandersetzung hatten, die ans Eingemachte ging. Viel zu lange hatte sie immer nur geschluckt. Sie hatte ihre Fehler, und natürlich hatte sie auch ihre Interessen gelebt. Robert hatte sie jahrelang finanziert, aber alles hatte seine zwei Seiten. Offenbar hatte sie ihm zu sehr zugesetzt. Durch die Balkontür beobachtete sie, dass Robert seinen Koffer herauszog und zu packen begann. Wollte er etwa vorzeitig abreisen? Ziemlich albern und dennoch bedrohlich. Vielleicht würde ein versöhnliches Wort helfen, sich in Ruhe auszusprechen, auch wenn ihr dies einiges an Überwindung abverlangte. Marion gab sich einen Ruck und folgte ihm ins Zimmer.

»Jetzt sei nicht albern«, versuchte sie einzulenken.

Robert hörte ihr gar nicht mehr zu. Stoisch packte er seine Hemden in den Koffer.

»Wo willst du denn hin?«

»Ich will dir nicht zumuten, weiterhin mit einer Memme zusammen zu sein.«

Robert verschwand im Bad, packte seine Zahnbürste und den Nassrasierer in seinen Kulturbeutel.

»Geh mir aus dem Weg.«

Marion starrte ihn fassungslos an. Er wagte es, sie äußerst unsanft zur Seite zu drücken.

Wütend warf Robert den Kulturbeutel in den Koffer, der im Nu verschlossen war.

»Viel Spaß mit Dieter oder irgendeinem anderen Vollidioten.«

Welche Theatralik und natürlich ein Abgang, bei dem er die Tür lautstark ins Schloss knallte.

Marion wusste nicht, ob sie lauthals loslachen oder losheulen sollte. Sie hatte sich mal geschworen, dass sie sich nie schlecht von einem Mann behandeln lassen würde. Sollte er doch zum Teufel gehen. Genau jener zornige Gedanke verursachte wieder dieses dumpfe Unwohlsein.

Eigentlich konnte sie froh sein, wenn der Vollidiot aus ihrem Leben verschwand. Sie sah gut aus und konnte jederzeit auch andere Männer haben, aber zugleich machte sie sich klar, dass sie gar keinen anderen Mann wollte, sei er noch so gutaussehend oder wohlhabend. Ausgerechnet dieses ungewöhnliche Gefühl ließ Marion immer unruhiger werden.

Kapitel 14

Obwohl Maria sich mächtig ins Zeug gelegt hatte, ein grandioses Abendessen auf den Tisch zu zaubern, wusste niemand der Anwesenden es zu würdigen. Drei Stunden war sie in Playa unterwegs gewesen, in gleich drei Supermärkten, um sich die besten Zutaten für eine spanische Paella zu besorgen. Weder Sigrun noch Miguel, den sie angesichts seiner jüngsten Enttäuschung zum Essen eingeladen hatten, oder Elke verlor ein Wort des Lobes, ein Umstand, der Maria noch mehr deprimierte. Mit den Einkäufen und dem Zubereiten des Gerichtes hatte sie versucht, sich abzulenken.

Alles nur, um nicht an morgen denken zu müssen. Den Tag der Ausschreibung. Natürlich könnten sie sich immer noch nach einer anderen Immobilie umsehen, aber es war nur schwer vorstellbar, etwas Gleichwertiges in dieser Lage zu finden. Entweder dieses Haus oder gar keines. Insofern hatte die morgige Entscheidung schicksalhaften Charakter. Sollte es nicht klappen, so wäre dies vielleicht ein Wink »von oben«, der ihr sagte, dass es besser sei, in einem deutschen Altenheim zu verrotten. In diesem Fall würde sie Robert gestatten, ihr Haus voll mit einer Hypothek zu belasten. Eigentlich könnte sie es auch gleich verkaufen. Seitdem sie von Edgars Doppelleben wusste, hatte das Haus keinerlei persönlichen Wert mehr für sie. Sie würde sich sicher früher oder später davon trennen. Auch Pablo lag Maria so sehr im Magen, dass sie von der eigenen Paella kaum etwas herunterbrachte. Die anderen begnügten sich ebenfalls mit einer kleinen Portion. Schade um die guten Zutaten.

»Schmeckt es euch nicht?« war insofern eine rein rhetorische Frage, um zumindest etwas Konversation anzuregen. Nichts war schlimmer, als mit Freunden schweigend beim Abendessen zu sitzen. Vielleicht war es ja schon ihr letztes. Das letzte Abendmahl.

»Deine Paella ist vorzüglich.« Miguel hatte zumindest aufgegessen.

»Wirklich, Maria, einfach göttlich.« Immerhin noch ein ehrlich gemeintes Kompliment aus Elkes halbvollem Mund.

Es war nur noch eine Frage der Zeit, bis die morgige Ausschreibung auf den Tisch kam. Wieder Schweigen. Elke war vermutlich in Gedanken bei Bruno, Miguel bei Diego. Selbst Sigrun, die mit ihren spitzen Bemerkungen Tote zum Leben zu erwecken vermochte, war merkwürdig still. So etwas konnte einen ganz schön runterziehen. Was sollte sie nur tun, um die Stimmung wenigstens ein bisschen aufzuhellen? Vielleicht ging es mit dem Plakat, das sie am Ausgang des Supermarktes entdeckt hatte.

»In der Tirajana gibt es einen Malkurs für Landschaftsmalerei. Das wäre doch was für dich«, sagte Maria zu Sigrun, in der Hoffnung, das Schweigen am Tisch zu durchbrechen.

»Ich hab jetzt mein Buch«, lautete die müde Antwort. Was war nur mit Sigrun los? Unter normalen Umständen hätte sie ihr gleich Löcher in den Bauch gefragt und ihnen einen Monolog über ihre Fortschritte gehalten.

»Wir könnten den Kurs doch gemeinsam machen«, warf Miguel ein.

Immerhin hatte Maria es geschafft, Miguel mit ihrer Bemerkung zum Leben zu erwecken. Wie durch ein Wunder begannen auch Sigruns Augen wieder zu strahlen. »Eine großartige Idee«, sagte sie mit wachsender Begeisterung.

Zwar wusste Maria, dass ihre Freundin sich vorgenommen hatte, der Malerei auf der Insel mehr Zeit zu widmen, aber dass sie gleich so positiv auf Miguels Vorschlag reagieren würde, schien selbst Elke zu überraschen.

»Ihr müsstet euch mal die Bilder anschauen, die Miguel gemalt hat. Einfach großartig«, lobte Sigrun.

»Jetzt übertreib mal nicht«, wiegelte der Spanier ab.

»Doch. Er malt göttlich.«

»Ich kann dir gerne ein paar Tricks zeigen. Auf den richtigen Pinsel kommt es an und als Anfänger besser immer nur tupfen und bürsten.« Miguels Strahlen verriet, dass er gerne mehr Zeit mit Sigrun verbringen würde.

»Wer weiß, vielleicht werden wir eines Tages berühmt. Das deutsch-spanische Künstlerduo Sigrun und Miguel, Ausstellungen in London und Paris, mit Landschaftsmotiven der Insel«, schwärmte Sigrun mit visionär verklärtem Blick.

»Wie ich dich kenne, schwenkst du sowieso bald auf Aktmalerei um. Dann malst du richtig scharfe Typen, wie sie sich mit ihren stählernen Muskeln im Sand räkeln«, warf Elke überraschend lebendig ein.

Endlich lachte Sigrun wieder. Das war das Schöne, wenn man gute Freundinnen hatte: Man konnte schwierige Zeiten durchstehen. Dieser Effekt war offenbar auch appetitanregend, und dass nun jeder einen Nachschlag von ihrer Paella haben wollte, munterte Maria noch ein bisschen mehr auf und ließ sie auf einen gemütlichen Ausklang dieses Abends hoffen.

Elke wunderte sich nicht, dass es diesmal überhaupt keine Diskussion darüber gab, wer alles mit zum Ausschreibungstermin fahren durfte. Schließlich ging es um Sein oder Nichtsein, zumindest was ihr Leben auf der Insel betraf. Auf der kurzen Taxifahrt durch die frühmorgens noch leergefegte Touristenmeile bis zum Amtsgebäude fiel kein Wort über Pablo. Die drei spekulierten lediglich darüber, wie viele Gebote es wohl gab. Dabei war Elke schon neugierig, wie Pablo sich ihr und Maria gegenüber verhalten würde. Ihr Zickenkrieg in Las Palmas war ja wohl mehr als peinlich gewesen. Sie fragte sich auch, ob sich nach ihrer Begegnung mit Bruno die fixe Idee, in Pablo immer noch eine reelle Option und nicht nur einen Traummann zu sehen, neue Nahrung bekäme.

Als sie das Gebäude in San Fernando erreichten, wartete Pablo bereits auf sie. Mit seiner Dokumentenmappe in der Hand und in seinem grauen Anzug machte er einen äußerst förmlichen Eindruck. Genauso förmlich fiel auch die Begrüßung aus, fast einen Tick zu distanziert, was dem Spanier allerdings sichtlich schwerfiel. Die Tatsache, dass sie etwas Konkretes zu besprechen hatten, machte es zumindest Elke leichter, nicht an die während ihres nächtlichen Tequila-Besäufnisses offiziell begrabenen Gefühle zu denken. Maria hingegen machte auf Elke den Eindruck, als litte sie unter dieser förmlichen Atmosphäre. Zu ernst waren ihre Augen, die offenkundig Blickkontakt zu Pablo vermieden.

»Ich habe den ganzen Vormittag in unserer Datenbank sämtliche Objekte durchgesehen, die in den letzten fünf Monaten hier verkauft wurden. Ihr habt wirklich den Höchstpreis bezahlt. Inzwischen sind die Immobilienpreise sogar wieder gesunken, es wird also reichen, weniger zu bieten.«

»Ich möchte kein Risiko eingehen«, machte Maria klar.

»Ich auch nicht«, fügte Sigrun mit resolutem Blick hinzu. Einerseits konnten sie Pablos Einschätzung durchaus vertrauen, er saß sozusagen an der Quelle, andererseits hatten Maria und Sigrun recht. Nur kein Risiko eingehen.

»Wir bieten dieselbe Summe«, schloss Elke sich ihren beiden Freundinnen an.

Maria und Sigrun nickten. Grünes Licht für ihren Vorschlag. Die Unterschriften waren an einem kleinen Tisch im Foyer des Gebäudes schnell unter das Dokument gesetzt. Pablo tütete die Papiere ein, verschloss den Umschlag und verschwand damit kurz in einem Büroraum. Mehr konnten sie jetzt nicht mehr tun. Es musste einfach klappen.

Das Kapitel der quälenden Ungewissheit kam nun zu einem Ende, aber genau dieser Umstand brachte wieder jene Gedanken zum Vorschein, die nichts mit dem Haus, sondern mit Pablo zu tun hatten. Elke stellte zu ihrer großen Erleichterung fest, dass sich ihre Wahrnehmung des Spaniers geändert hatte. Zwar war er immer noch derselbe attraktive Mann, aber sie sah ihn inzwischen mit anderen Augen. Sie fühlte sich nicht mehr wie auf Drogen, sondern einen Tick neutraler und nicht mehr hormonell ferngesteuert. Ihr Verstand funktionierte wieder und schenkte ihr die Einsicht, dass sie sich ziemlich pubertär verhalten hatte. Ein regelrechter Rausch der Gefühle kam spätestens jetzt zu einem Ende.

»Jetzt können wir nur noch warten und hoffen«, sagte Pablo ein bisschen resigniert.

»Danke für alles.« Sigrun brachte es auf den Punkt.

Was konnten sie auch anderes darauf erwidern, außer dass sie ihm dankbar waren. Es fehlte nur noch ein »Lebewohl«. Sigruns Worte und Pablos etwas trauriges Nicken hatten den Beigeschmack von Abschied. Ein Seitenblick auf Maria genügte Elke, um zu wissen, dass dies nicht nach ihrem Geschmack war. Während Elke sich inzwischen sicher war, dass Pablo nur für etwas stand, was sie immer an Männern gesucht, aber nie gefunden hatte, ebenjene Eigenschaft, sich an einem starken Partner anlehnen zu können und nicht Gefahr zu laufen, ausgenutzt zu werden, war Maria offenbar nicht in der Lage, ihn abzuschreiben. Es waren nur jene kleinen Blicke, Sekundenbruchteile, in denen Pablos und Marias Augen aufeinander verharrten, und auch ohne jedes weitere Wort war beiden anzusehen, dass dies kein Abschied sein durfte.

»Wir sollten ein Taxi rufen.« Sigruns Vorschlag stieß nicht auf Gegenliebe.

»Kommt nicht in Frage. Ich fahre euch nach Hause«, schlug Pablo vor.

Elke fiel auf, dass Maria erleichtert lächelte. Gott sei Dank würde ihre beste Freundin Pablo nicht einfach so gehen lassen müssen.

»Alles bereit?«, fragte der Spanier und hielt ihnen die Tür auf, damit sie aus der kühlen Luft nach draußen in die sommerliche Hitze treten konnten.

Nein, es waren nicht alle bereit, denn wie schon so oft, wenn es um große Deals und existentielle Dinge in Elkes Leben gegangen war, meldete sich ihre Blase vehement zu Wort.

»Geht schon mal vor. Ich muss noch mal schnell für kleine Mädchen«, entschuldigte sie sich bei den anderen, die draußen bei Pablos Wagen auf sie warten wollten.

»Die Toiletten sind beim hinteren Eingang am Ende des Flurs«, sagte Pablo im Hinausgehen, da er das Gebäude schon von anderen offiziellen Besuchen kannte.

Kaum hatte Elke die Tür erreicht, schoss ein Spanier durch den zweiten Eingang, der ganz in der Nähe der Toiletten lag. Er steuerte ebenfalls so schnell auf die sanitären Anlagen zu, dass es für die beiden kein Ausweichen mehr gab. Eine Mappe, aus der ein Umschlag rutschte, fiel beim Zusammenprall zu Boden.

»Entschuldigung.« Elke bückte sich sofort nach dem Umschlag, der zu ihren Füßen landete, und übereichte ihn dem Fremden. Merkwürdig. Die gleiche Größe wie der Umschlag, den Pablo abgegeben hatte, ebenfalls zu Händen von Señora Marrero adressiert. Vielleicht war der Mann ja jener vermeintliche Mitbieter. Um ein Haar hätte sie ihn darauf angesprochen, aber solche Zufälle konnte es einfach nicht geben. Der Spanier nickte ihr nur kurz freundlich zu und eilte den Gang, den sie gekommen war, hinunter. Elkes Neugier trieb sie dazu, ihm unauffällig zu folgen. Tatsächlich steuerte er schnurstracks auf jenes Büro zu, in dem Pablo auch ihre Dokumente abgegeben hatte. Sicherheitshalber zog sie ihr Handy heraus und tat so, als ob sie eine Nummer suchte. In Wirklichkeit drückte sie jedoch den Auslöser ihrer eingebauten Kamera. Immerhin war es möglich, dass Pablo den Mann kannte.

Es ist ein beruhigendes Gefühl, alles Menschenmögliche getan zu haben, sagte sich Pablo, als er den Motor anließ und sich mit Maria, Sigrun und Elke auf den Weg zurück nach Maspalomas machte. Die Dokumente waren fein säuberlich zusammengestellt, die Finanzierungspläne waren fehlerfrei, und auch die Argumentation, die Señora Marrero und ihren Chef dazu bringen sollte, sich für das Vorhaben der drei deutschen Frauen zu entscheiden, erschien dem Banker stimmig. Die Finanzierung war gesichert, außerdem hatte er auf die bereits bestehende soziale Bindung an Miguel hingewiesen.

Alles lief nach Plan, jedenfalls fast alles, denn dass sich die starken Gefühle für Maria wieder einstellten, obwohl er sich vorgenommen hatte, sich nichts anmerken zu lassen, hatte ihn überrascht. Ebenso die Tatsache, dass Elke sich diesmal nicht nach vorne drängelte und sogar darauf bestanden hatte, dass Maria neben ihm saß. Eigentlich hatte er an diesem Abend mit Elke in die Oper gehen wollen, nach Las Palmas. Es war als Geste der Dankbarkeit und als Gegeneinladung für das Essen gedacht. Elkes Wink mit dem Zaunpfahl und Marias Lächeln, als sie während der kurzen Autofahrt immer wieder zu ihm herübersah, machten seine Pläne jedoch zunichte. Drängen, das hatte er ihr bei dem Essen neulich in Las Palmas versprochen, wollte er sie nicht, aber es sprach nichts dagegen, die Karten ganz beiläufig zu erwähnen. Der Umstand, dass Maria sich auf der Fahrt rege mit ihm unterhielt, dass sie mit ihm über ihre Pläne sprach, wie sie das Haus einrichten wollte, und über den spanischen Kochkurs, den sie belegen wollte, wertete er als gutes Zeichen. Sigruns Verabschiedung, als sie das Haus der drei Frauen erreichten, war kurz und knapp.

»Danke. Jetzt heißt es nur noch Däumchen drücken«, sagte sie mit einem zuversichtlichen Lächeln.

Elke und Maria hingegen standen etwas unentschlossen vor der Eingangstür.

»Ich hätte Karten für die Oper heute Abend. Vielleicht habt ihr ja noch nichts Besseres vor.« Eine weitere Eintrittskarte wäre schnell nachgekauft, und es wäre unhöflich gewesen, eine zweite Karte nicht zumindest zu erwähnen. Letztlich war dies auch ein Test, um zu sehen, wie Maria und Elke reagierten.

»Opern sind nicht so mein Fall, aber Maria könnte dich doch begleiten«, sagte Elke mit einem Augenzwinkern.

»Ich komme gerne mit. Was wird denn gezeigt?« Maria nahm sein Angebot also tatsächlich an.

»*La Traviata*.«

»Singen die nicht auf Italienisch?«

»Es wird dir gefallen«, gab Elke ihr mit einem Seitenblick auf Pablo zu verstehen, um sicherzustellen, dass die Botschaft auch ankam.

»Na dann. Danke für alles, Pablo.«

Elke ließ es sich nicht nehmen, ihn einmal kräftig zu drücken.

Für Pablo fühlte es sich wie eine freundschaftliche Geste an, nichts weiter, und ebenjene Leichtigkeit machte die Gefühlsduselei der letzten Tage vergessen.

Bruno hätte schwören können, dass Elke sich bei ihm telefonisch melden würde. Doch nichts! Abwarten war aber nicht sein Ding. Ein unverbindlicher Besuch auf dem Weg zum Strand stand daher auf dem Programm. Elke nun vor ihrem Haus im Arm eines gutaussehenden Spaniers zu sehen, versetzte ihm einen Schlag. Das könnte der Grund für die Funkstille sein. Da hatte sie sich in Frankfurt als kontaktscheu gegeben und brachte es nun fertig, sich in so kurzer Zeit einen Mann zu angeln. Die Frau neben Elke musste ihre Freundin sein. So wie es aus der Distanz und im sicheren Versteck hinter einer Palme zu erkennen war, ging der Spanier bei der anderen nicht auf Tuchfühlung. Bruno hatte sich seinen Besuch auf der Insel irgendwie anders vorgestellt. Eigentlich hatte er Elke dazu bewegen wollen, mit ihm essen zu gehen, und auch ein Ausflug auf einem Segelboot, das er eigens gechartert hätte, kam in Betracht. Eine sündhaft teure Halskette hätte er ihr geschenkt. Es sollte etwas sein, was sie umgehauen hätte. Ein schöner Plan, nur wäre er daran gescheitert, falls Elke sich tatsächlich diesen Spanier geangelt hätte. Erwähnt hatte sie ihn bisher jedenfalls nicht, was nur heißen konnte, dass die beiden noch nicht lange zusammen waren. Sollte dem jedoch so sein, dann verschwendete er hier nur seine Zeit. Bruno, der sich durch und durch als Pragmatiker verstand, nahm sich weniger aus Eifersucht, sondern mehr aus Neugier vor, herauszufinden, wer der Mann war und ob er ein Auge auf Elke geworfen hatte.

Miguel hatte den ganzen Vormittag nur noch daran gedacht, wie die Ausschreibung wohl verlaufen würde. Sigrun, Elke und Maria als Nachbarinnen zu verlieren, wäre eine Katastrophe. Wen hatte er denn sonst auf der Insel? Nur Pablo, seinen Bruder in Las Palmas, der sich eher sporadisch bei ihm meldete oder ihn zu einer Veranstaltung einlud. Die Vorstellung, dass eines Tages irgendwelche unsympathische Neureiche oder Zugvögel, die nur für ein paar Monate hier waren, neben ihm einziehen würden, zermürbte ihn so sehr, dass er sich dabei ertappte, für kurze Zeit nicht mehr an das Fiasko mit Diego zu denken.

Natürlich hatte er sich nicht mehr gemeldet, und Miguel tat sicher gut daran, sich an den Gedanken zu gewöhnen, für den Rest seines Lebens allein zu bleiben. Wenigstens ersparte er sich dann den ganzen Beziehungsstress, müsste keine Kompromisse machen und könnte sich seinen Hobbys widmen. Außerdem war er ja gar nicht mehr so ganz allein. Mit Sigrun würde er wirklich gern einen Malkurs belegen, überlegte er, während er die letzten Meter zu dem Haus der drei Frauen hinüberging und Sigrun, Elke und Maria auf ihrer Terrasse zusammensitzen sah. Sie war sicher immer für ihn da, wenn es ihm mal schlecht ging.

»Und du bist dir sicher, dass das jetzt nichts mit Bruno zu tun hat?«, wollte Maria von Elke wissen, als Miguel hinzustieß.

Bruno? War etwa noch ein neuer Mann ins Spiel gekommen?

»Hallo, Miguel.« Die drei freuten sich wie immer, wenn er vorbeikam.

»Nein. Ich möchte, dass du glücklich wirst«, sagte Elke und legte ihre Hand auf Marias.

Die war sichtlich gerührt. Ganz spontan umarmte sie ihre Freundin. War ihm da irgendetwas entgangen?

»Ich weiß zwar nicht, wer Bruno ist, aber bei eurer guten Laune gehe ich mal davon aus, dass es mit dem Haus ganz gut aussieht.«

»Das kannst du. Bruno ist übrigens jemand, den ich aus Deutschland kenne. Na ja, eigentlich ist er ein bisschen mehr … Er ist gerade hier.«

Das konnte nur heißen, dass Elke von seinem Bruder abgelassen hatte, warum sonst sollte sie Maria wünschen, dass sie glücklich wurde.

»Ich gehe heute Abend mit Pablo in die Oper«, freute sich Maria.

Endlich mal eine positive Nachricht.

»Wie sieht es aus? Habt ihr auf dem Gemeindeamt schon etwas in Erfahrung bringen können?«, fragte Miguel neugierig.

»Wir haben nur die Anträge unterschrieben und uns ausgewiesen. Um den Rest hat sich dein Bruder gekümmert.«

»Wisst ihr, wie viele Mitbewerber es gibt?«

»Ich dachte, es gebe nur einen«, erinnerte sich Maria.

»Jetzt, wo du es sagst. Ich glaub, ich hab den Typen sogar gesehen.«

Elke friemelte ihr Handy aus der Handtasche.

»Ich wollte das Bild eigentlich Pablo zeigen«, fügte sie noch hinzu.

»Du hast ihn fotografiert?«, fragte Sigrun erstaunt.

»Keine Ahnung, wen ich da geknipst habe. Auf alle Fälle hat der Mann genauso einen dicken Umschlag in der Hand gehalten wie Pablo. Und dann hat er ihn im gleichen Büro abgegeben.«

»Zeig mal her.«

Elke reichte Maria das Handy.

»Also, den kenn ich nicht«, sagte sie und reichte Miguel das Handy.

Was er sah, traf ihn mit der Wucht einer Faust ins Gesicht.

»Diego!«, rief er entsetzt.

»Was?« Sigrun war fassungslos und entriss ihm das Telefon.

»Das glaub ich nicht.« Sie brauchte einen Moment, um sich wieder zu fangen.

»Dieses Schwein«, entrüstete sie sich dann.

Niemand schien so recht zu verstehen, warum Sigrun so außer sich war. Langsam dämmerte es Miguel. Der Abend bei ihm, die langen Gespräche, der Verkaufsprospekt. Diego hatte sich nur deshalb an ihn herangemacht, um ihn auszuhorchen und die drei Frauen zu überbieten.

So musste sich ein Privatdetektiv fühlen, der eine heiße Spur verfolgte. Bruno hatte den Wagen, der vor ihm fuhr, genau im Visier. Hier, auf der um diese Zeit stark frequentierten Autobahn und einzigen Schnellstraße Richtung Norden, würde es gewiss nicht weiter auffallen, wenn er sich sozusagen an die Stoßstange eines anderen Autos heftete. Ein paarmal hatte sich ein überholendes Fahrzeug zwischen sie gedrängt, aber den Spanier vor ihm zu verlieren, war auf der gerade verlaufenden Strecke nahezu unmöglich. Jedenfalls so lange, bis sie den Stadtrand von Las Palmas mit seinen Industriegebieten und den zahlreichen in die Felsen gebauten Hochhäusern und Mehrfamilienhäusern erreichten.

Schlagartig nahm die Verkehrsdichte zu. Der Spanier setzte erst immer im letzten Moment den Blinker und wechselte mehrfach so abrupt die Spur, dass Bruno sich schon die Abzweigung Richtung Santa Catalina verfehlen sah. Sofort erntete Bruno ein Hupen von einem nachfolgenden Lkw, dem er den Weg abgeschnitten hatte. Der Wagen vor ihm steuerte im Slalom durch den Stadtverkehr, ein Fahrstil, der Bruno durchaus lag, nur nicht in einer fremden Stadt. Immer die Panik im Nacken zu haben, die nächste grüne Ampel zu verpassen, konnte einen fertigmachen. Nach einer weiteren Abbiegung, die ins Stadtzentrum führte, hielt der Spanier direkt vor einem Bankgebäude. Den Mann darin ausfindig zu machen würde schwierig werden, wenn er nicht bald einen Parkplatz erspähte. Überraschenderweise betrat Elkes vermeintlicher Lover jedoch nicht das Gebäude, sondern überquerte die

Straße und steuerte schnurstracks auf eine kleine Tapas-Bar zu. Bruno jubelte innerlich. Ideales Terrain, um ihm bei einem harmlosen Tresengespräch aus der Nase zu ziehen, ob er mit Elke zusammen war oder nicht.

Etwas ratlos stand Maria vor dem Kleiderschrank ihres Zimmers, der sehr spärlich mit dem Inhalt ihres Reisegepäcks gefüllt war. Wenn sie doch nur mehr Kleidungsstücke mitgenommen hätte. Sicher waren drei, vier nette Kleider dabei, aber waren die schick genug, um mit Pablo in die Oper zu gehen? Gott sei Dank hatte sie noch kurz vor ihrem Abflug aus Deutschland einen Friseurtermin wahrgenommen. Ihre Haare waren in Ordnung und würden sich mit ihrem Föhn schnell in Form bringen lassen. Ein Blick in den Spiegel brachte allerdings noch weitere ermutigende Erkenntnisse mit sich. Konnte es sein, dass ihr Gesicht, das mittlerweile ein wenig Bräune von der Sonne abbekommen hatte, schon wesentlich erholter und entspannter aussah als kurz vor ihrem Abflug? Fast schien es, als ob die kleinen Fältchen, die ihr noch vor wenigen Tagen das Gefühl vermittelt hatten, in den letzten Jahren unendlich gealtert zu sein, nicht mehr da waren.

Vermutlich setzte eine verjüngende Wirkung ein, wenn man verliebt war, oder die eigene Wahrnehmung spielte einem einen Streich. Sah sie die Welt etwa schon durch eine rosarote Brille und schätzte ihr Äußeres gar falsch ein? Nein, der Anflug von Verhärmtheit war tatsächlich von ihr gewichen, und ihr Lächeln löste sich aus entspannten Wangen zu einem immer breiter werdenden zufriedenen Grinsen. Das Lächeln der Verkäuferin war dem einer in die Jahre gekommenen, aber nicht unattraktiven Frau gewichen. Sigruns Schminkkollektion würde ihr Übriges tun.

Maria überlegte angestrengt. Wann hatte sie sich das letzte Mal so in Schale geworfen? Abgesehen vom alljährlichen Konditorenball waren Edgar und sie so gut wie nie ausgegangen. Ein schönes Kleid anzuziehen und sich so attraktiv wie möglich zu machen, war ein herrliches Gefühl und eine Prozedur, die über all die Jahre in ihrer Ehe in Vergessenheit geraten war.

Schade, dass es in Deutschland zwar spanische Restaurants, aber kaum typische Tapas-Bars gab, in denen am Tresen hinter Glas all die Leckereien auf kleinen, untersatzgroßen Tellern drapiert waren. Hier konnte jeder schnell Hunger und Durst stillen – nicht mit Fastfood, sondern mit Snacks, die immer frisch zubereitet waren. Auf Bruno wirkte die Bar schon in dem Augenblick urgemütlich, in dem er sie betrat. Außerdem war es hier drin angenehm kühl.

Erst sieben Seitenstraßen weiter hatte er einen Parkplatz gefunden und war schnell hergejoggt, um den Spanier ja nicht aus den Augen zu verlieren. Das Mobiliar mit den edlen dunklen Holzmöbeln hatte fast schon einen edlen Touch. Kein Wunder, dass hier viele Geschäftsleute saßen. Vermutlich besprachen sie am Tresen die wirklich wichtigen Deals, zumindest sahen die überwiegend einheimischen Gäste ganz danach aus. Brunos Zielobjekt, von dem er sich einige Informationen erhoffte, saß am Tresen und stärkte sich mit einem Tropical, einem wohlschmeckenden hellen Bier, das hier gerne getrunken wurde. Vor ihm standen zwei Tapas, Schinken und ein Sandwich mit überbackenem Käse.

Bruno trat neben den Spanier.

»*Lo mismo per me*«, rief er dem Ober an der Bar zu. Keine Ahnung, ob dies korrektes Spanisch war, aber der Mann hatte ihn offenbar trotz seines für Einheimische unverkennbaren deutschen Akzents verstanden.

»Sind Sie aus Deutschland?« Wie angenehm, dass der Spanier das Gespräch eröffnete.

»Ja, aus Frankfurt.«

»Es ist selten, dass sich ein Tourist hierher verirrt.« Bruno war erleichtert, dass der Mann offenbar sehr kontaktfreudig war.

»Genau genommen mache ich hier gar keinen Urlaub.«

»Also geschäftlich?«

»Nein, rein privat, allerdings nicht sehr erfolgreich«, gab er freimütig zu.

»Oh, tut mir leid, das zu hören.«

Irgendwie musste Bruno den Einheimischen dazu bringen, beim angeschnittenen Thema zu bleiben. Ein Fremder würde ihm sicher nicht irgendwelche Details aus seinem Liebesleben erzählen, und schon gar nicht, dass er sich in Elke verliebt hatte. Direkt zu fragen wäre verdächtig, aber zumindest verlief das Gespräch in die richtige Richtung. Das frisch gezapfte Tropical, das der Ober vor ihm auf den Tresen stellte, eignete sich bestens, auf irgendetwas Unverfängliches anzustoßen, was sein Gegenüber dazu anregen könnte, etwas mehr über sich zu erzählen.

»Auf die Irrungen und Wirrungen der Liebe.« Bruno hob sein Glas.

Der Spanier lächelte und stieß plangemäß mit an.

»Bruno.«

»Pablo«, stellte sich der andere vor. »Haben Sie sich in eine Spanierin verliebt?«, fragte er nach einer kurzen Pause neugierig.

»Nein, nein, meine Freundin aus Deutschland lebt jetzt hier.«

»Vielleicht kenne ich sie. Ich hab schon vielen Deutschen Finanzierungen vermittelt. Jeder kennt hier jeden.«

Nun war Bruno klar, wie dieser Pablo Elke kennengelernt haben musste. Es konnte sich in der Kürze der Zeit also noch gar nichts Ernstes zwischen den beiden entwickelt haben. Ihren Namen konnte er unmöglich ins Spiel bringen, Pablo machte auf ihn einen intelligenten Eindruck. Eine zufällige Begegnung in einer Tapas-Bar würde er ihm sicher nicht abkaufen.

»Das wäre schon ein Riesenzufall. Soviel ich weiß, hat sie ein leerstehendes Haus gekauft. Keine Erben. Das kommt bestimmt nicht häufig vor.«

»Sie werden nicht glauben, wie viele Häuser auf der Insel leer stehen, weil es keine Erben gibt.«

»Was passiert dann eigentlich damit?«, fragte Bruno neugierig.

»Die Häuser gehen in das Eigentum der Gemeinde über. Ich hatte erst kürzlich so einen Fall. Ein wunderschönes Haus mit Blick auf die Dünen.«

Damit konnte Pablo eigentlich nur das Haus von Elke und ihren Freundinnen meinen.

»Was macht die Gemeinde damit? Verkaufen?«

»Bei Eigenbedarf nein, aber in der Regel gibt es eine Ausschreibung«, erklärte Pablo bereitwillig und biss in sein Sandwich.

»Was muss man denn für so ein Haus hinlegen?«, erkundigte sich Bruno beiläufig.

»Um die vierhunderttausend, schätze ich mal.«

»Ich würde mir hier auch gerne ein Haus kaufen. Um ehrlich zu sein, denke ich schon lange darüber nach. Ist dieses Objekt denn noch zu haben?«

»Nein, ich fürchte, nicht«, erwiderte der Spanier. »Wahrscheinlich geht es in die Hände von drei meiner Klientinnen.«

Volltreffer! Bruno hatte den Mann dort, wo er ihn haben wollte.

»Wahrscheinlich?«, fragte er nach.

»Angeblich gibt es noch einen zweiten Interessenten. Aber ich denke schon, dass wir Erfolg haben werden, es sei denn, es melden sich noch weitere Mitbieter, aber das ist bei der Höhe des Kaufpreises und in der Kürze der Zeit eher unwahrscheinlich.«

Das »wir« deutete darauf hin, dass Pablo sich für sie aus einem bestimmten Grund engagierte, und dieser Grund konnte nur Elke sein.

Pablo hatte sein Bier ausgetrunken und stellte es zurück auf den Tresen. »War nett, mit Ihnen zu plaudern. Ich muss leider los.« Er öffnete seine Brieftasche und reichte Bruno seine Visitenkarte. »Falls Sie mal Rat in finanziellen Angelegenheiten brauchen.«

Bruno las die Karte, während Pablo einen Geldschein hervorkramte. Zwei Opernkarten fielen dabei heraus und schlitterten auf den Boden. Als Bruno sie aufhob und dem Spanier reichte, sah er, dass das heutige Datum auf den Karten stand. Pablo ging also am Abend in die Oper, und es war unschwer zu erraten, mit wem.

»*La Traviata.* Und wieder einmal geht es um die Irrungen der Liebe«, sagte Bruno mit einem wissenden Lächeln.

»Wem sagen Sie das, aber vielleicht sind meine Irrungen ja bald vorbei«, grinste Pablo.

»Da drück ich Ihnen mal die Daumen. Wie heißt denn Ihre Angebetete?« Jetzt oder nie! Das war die Gelegenheit, um sich endlich Klarheit zu verschaffen.

»Maria.«

Bruno verstand die Welt nicht mehr. Maria? Warum hatte dieser Mann dann Elke umarmt? Warum auch immer. Zumindest wusste er nun, dass Pablo nicht mehr zur Debatte stand. Es hatte sich also gelohnt, sich Gewissheit zu verschaffen.

»Ein schöner Name. Viel Spaß!«, sagte er zum Abschied.

Kapitel 15

Was musste seine Mutter auch mitten in der Hochsaison nach Gran Canaria ziehen? Robert stellte mitten auf dem Gehweg der Avenida Tirajana seinen Koffer ab und wischte sich mit einem Taschentuch den Schweiß von der Stirn. Kurze Verschnaufpause, bevor er seinen Koffer weiter hinter sich herzog. Noch hatte er einige Straßenzüge in Richtung Strand vor sich. Die Hotels auf der Insel waren komplett ausgebucht. Er konnte froh sein, dass er gestern Nacht noch auf gut Glück ein Zimmer in einem der RIU-Hotels bekommen hatte. Ab heute war es leider wieder belegt. Den ganzen Tag hatte er damit verbracht, Hotels in der Nähe abzuklappern, was mit einem schweren Reisekoffer in der von einem heißen Tag aufgeheizten Luft eine äußerst kraftzehrende Angelegenheit war.

Seine Hoffnung, über die Touristeninformation ein Zimmer zu ergattern, war ebenfalls im Sande verlaufen. Von Playa bis Meloneras war alles dicht. Zwar gab es noch einige Zimmer im Landesinneren und die überteuerten Geschäftshotels in Las Palmas, aber wer wusste schon, wie sich die nächsten Tage entwickeln würden. Seine Mutter war dabei, ihr Haus zu kaufen. Da durfte er sich nicht weit vom Ort des Geschehens entfernen. Vielleicht würde Marion

Kontakt zu ihm suchen. Per Handy war er ja jederzeit erreichbar. In den Dünen zu übernachten wäre zwar die billigste Alternative, aber aus dem Alter des Rucksacktourismus war er lange heraus. Warum überhaupt ein Hotel suchen, wenn seine Mutter sich mit ihren Freundinnen ein großes Haus teilte? Er würde einfach die restlichen Tage des Urlaubs bei ihr wohnen, und angesichts der Tatsache, dass er sich halb offiziell von Marion getrennt hatte, würde sie ihn bestimmt nicht abweisen.

Mit dem Koffer vor dem Haus der eigenen Mutter zu stehen verstärkte augenblicklich das Gefühl, im Leben komplett gescheitert zu sein. Normalerweise waren es immer die Frauen, die sich in den mütterlichen Schoß begaben, wenn es Probleme mit dem Ehemann gab. Was soll's. In seinem Fall war es eben umgekehrt.

»Robert?«

Seine Mutter fiel aus allen Wolken, als sie ihm die Tür öffnete.

»Was willst du denn mit dem Koffer hier?«

»Kann ich für ein paar Tage bei euch wohnen?«, fragte er.

»Hast du dich mit Marion gestritten?«, lautete die Gegenfrage.

»Ich werde sie verlassen.«

Sicherlich hatte er nicht erwartet, dass seine Mutter Marion oder seiner Ehe auch nur eine Träne nachweinen würde, aber etwas Mitgefühl und ein gewisses Maß an Entsetzen hielt er angesichts der Ernsthaftigkeit der Situation durchaus für angemessen. Stattdessen hatte sie Mühe, nicht laut loszuprusten, und schien sich darüber zu amüsieren, dass er mit seinem Koffer vor ihrer Tür stand.

»Das glaubst du ja selbst nicht. Das ist doch albern.«

Mit allem hätte er gerechnet, aber nicht damit. Was war nur aus seiner Mutter geworden? Überhaupt fiel ihm auf, dass sie sich auch äußerlich verändert hatte. Seit wann verwendete sie Lippenstift? War da nicht sogar etwas Rouge auf ihren Wangen und ein Hauch von Lidschatten? Hatte sie tatsächlich Wimperntusche aufgetragen? Und woher hatte sie dieses phantastische Abendkleid und die Stola? War das überhaupt seine Mutter, Frau Maria Freund?

»Ich finde das überhaupt nicht komisch. Mein Leben liegt in Trümmern, und du lachst dir einen ab«, musste er seinen Frust nun einfach loswerden.

»Du kannst gerne hierbleiben. Komm rein. Sigrun und Elke haben bestimmt nichts dagegen«, sagte Maria darauf nur.

Das Thema schien somit abgehakt. Sie interessierte sich offenbar gar nicht dafür, warum er sich von Marion getrennt hatte. Vermutlich nahm sie die Angelegenheit nicht ernst und war der Meinung, dass seine Frau und er sich sowieso nicht trennten.

»Du kannst deinen Koffer nach oben stellen, in mein Zimmer. Unten haben wir noch eine Gästecouch. Jetzt komm schon rein.«

Just in dem Moment fuhr ein Wagen vor und hupte. Erst jetzt dämmerte es Robert, dass seine Mutter ausgehen wollte.

»Ich hab's eilig. Du kannst mir ja morgen alles in Ruhe erzählen«, sagte sie und wirkte auf einmal ganz nervös. »Wir gehen in die Oper.«

Maria eilte zur anderen Straßenseite in Richtung des Wagens. Ein gutaussehender Spanier stieg aus und öffnete ihr galant die Beifahrertür, nachdem er sich von ihrem grandiosen Aussehen erst einmal hatte überwältigen lassen. War das nicht der Banker, den er neulich erst im Haus gesehen hatte? Bildete er sich das nur ein, oder sagte der Spanier seiner Mutter gerade, dass sie wunderschön aussehe? Die Frage nach dem »wir gehen« war somit beantwortet. Hatte seine Mutter etwa eine Liaison mit einem spanischen Banker? Warum hatte sie ihm nichts davon erzählt? Irgendwie passte überhaupt nichts mehr zusammen.

Aus seiner Mutter war offenbar eine lustige Witwe geworden. Noch vor wenigen Tagen am Strand hatte sie mit Tränen in den Augen und am Boden zerstört vor ihm gestanden, und nun entschwand sie in Richtung eines Mannes, mit dem sie in die Oper gehen wollte. Vielleicht hatte Marion wieder einmal recht. Und wie sie recht hatte. Von Leid konnte angesichts ihrer Wesensveränderung keine Rede sein, so jung und vital, wie sie noch einmal mit ihrem Begleiter zu ihm herlief.

»Ich muss dir noch schnell meinen Sohn Robert vorstellen. Pablo – Robert«, sagte sie ausgelassen.

»Angenehm«, begrüßte ihn Pablo und reichte ihm die Hand. Robert musterte den Mann für einen Augenblick. Sein Vertreterinstinkt sagte ihm, dass seine Mutter in guten Händen war.

»Wir müssen«, drängte Maria. »Es steht noch was zu essen im Ofen. Elke kann dir ja erklären, wie der Herd funktioniert.«

Da fiel einem wirklich nichts mehr ein. Seine Mutter im Höhenflug und er auf Absturzkurs, wenn nicht schon in Trümmern am Boden.

»Willst du uns nicht einen schönen Abend wünschen?«, fragte sie ihn zum Abschied.

»Doch, doch … War nett, Sie kennenzulernen.«

Pablo schenkte ihm ein warmes Lächeln, bevor sich seine Mutter demonstrativ unterhakte, ihrem Sohn ein letztes Mal zuwinkte und in den Wagen stieg.

Eigentlich befand Sigrun es als völlig irrational, mit etwas Neuem anzufangen, wenn man noch nicht einmal sicher wusste, ob es überhaupt einen Neuanfang geben würde. Das Warten auf das Ergebnis der Ausschreibung und der Umstand, dass sie nichts weiter tun konnten, als zu hoffen, dass bis morgen Mittag niemand mehr bei der Gemeinde mit einem weiteren Gebot vorstellig wurde, waren einfach zermürbend. Warten war nicht gerade ihre Stärke. Am besten, sie suchte sich eine sinnvolle Beschäftigung, die ihr höchste Aufmerksamkeit und Konzentration abverlangte. Miguel hatte ihr eine Leinwand, Pinsel und seine Auswahl an Acrylfarben gegeben.Vielleicht war das ja die letzte Gelegenheit, sich in den Garten der Anlage zu setzen und Dünenimpressionen zu malen. Wenn jemand sie überbot, hätte sie immerhin dieses Bild zur Erinnerung.

»Sie haben Talent.«

Sigrun erschrak, als Bruno plötzlich wie aus dem Nichts hinter ihr stand und das Bild bewunderte.

»Bruno!«, entfuhr es ihr.

»Malen Sie schon lange?«, fragte er interessiert.

»Ach was, das ist mehr oder weniger das erste Bild, das nach irgendetwas aussieht«, wehrte Sigrun geschmeichelt ab.

Miguels Ratschlag, mit einem Borstenpinsel zu tupfen, anstatt mit einem weichen Pinsel zu malen, zeigten erste Früchte. Aber Bruno war sicherlich nicht gekommen, um sich mit ihr über die Malerei zu unterhalten.

»Elke ist nicht da«, kam sie ihm zuvor.

»Wann ist sie denn zurück?«

»Keine Ahnung. Sie ist zum Joggen und wollte in der Stadt noch in ein Internetcafé. Wir haben hier ja noch keinen Anschluss.«

»Ich hoffe sehr, dass Sie das Haus bekommen«, sagte Bruno.

»Ich hab irgendwie kein gutes Gefühl«, meinte Sigrun nur.

»Warum, was ist passiert?«

»Es könnte sein, dass uns jemand überbietet.«

»Das kann immer vorkommen, aber Objekte in dieser Gegend haben einen hohen Kaufpreis. So viele Interessenten wird es nicht geben.«

Sigrun zögerte. Warum sollte sie einem Fremden, den sie nur vom Hörensagen aus Elkes Beschreibungen kannte, alles erzählen? Andererseits würde sie es nicht übers Herz bringen, Maria oder Elke mit ihrem unguten Gefühl und ihrer Vermutung, dass Diego sie knapp überboten hatte, zu konfrontieren. Mit Miguel ging dies schon gleich gar nicht. Er würde sich die Schuld dafür geben und sich nie verzeihen, dass er sich hatte ausspionieren lassen.

»Neulich war ein Spanier hier in der Anlage, und ich glaube, er hat herausgefunden, wie viel wir geboten haben.«

»Um welche Summe geht es denn?«, fragte Bruno vorsichtig nach. Sigrun atmete tief ein. »Vierhundertfünfzigtausend«, sagte sie dann.

»Beachtlich.«

Ein merkwürdiges Verhalten für einen Schuhverkäufer, dachte sie. Eigentlich hätte er bei dem Betrag aus allen Wolken fallen müssen. Dass er die Summe lediglich für »beachtlich« hielt, passte irgendwie nicht zu dem Bild, das Elke ihr von diesem Mann vermittelt hatte. Sie musterte ihn kritisch.

»Ist die Ausschreibung schon vorbei?«, erkundigte er sich beiläufig.

»Nein«, erwiderte Sigrun. Sie geht bis morgen Mittag. Warum?«

»Nur so. Dann könnten ja noch weitere Gebote erfolgen«, mutmaßte er.

»Sie machen einem wirklich Mut.«

»Ich bin mir sicher, dass Sie das Haus bekommen werden.«

Bruno klang sehr überzeugend, aber was war die Einschätzung eines Schuhverkäufers schon wert? Nichts als nette Worte, die sie aufbauen sollten. Zumindest war er ein netter Kerl.

»Ich muss mit Ihnen reden, über Elke«, sagte er unvermittelt in ernstem Ton.

Das Gespräch scheint ja doch noch interessant zu werden, dachte Sigrun, aber was Bruno ihr nun eröffnete, sprengte bei weitem ihre Vorstellungskraft. Der einfache Schuhverkäufer entpuppte sich als Industrieller, der genau wie Elke bisher an Partnerinnen geraten war, die ihn ordentlich geschröpft hatten. Sigrun konnte nicht anders, als lauthals loszulachen. Beide hatten sich eine falsche Identität vorgegaukelt, und Bruno suchte nun verzweifelt nach einem Weg, Elke klarzumachen, wer er wirklich war. Sicher hätte er es ihr einfach sagen können, aber seine Bedenken, sich als Lügner zu outen, waren durchaus nachvollziehbar. Andererseits musste sich Elke auch an die eigene Nase fassen. Das Vorhaben lohne sich für ihn aber nur, wenn er sicher wisse, ob Elke noch etwas für ihn empfinde. Immerhin habe sie sich kurzzeitig Pablo in den Kopf gesetzt.

Zwar konnte Sigrun Bruno erstaunlich schnell beruhigen, was das anging, aber auch sie war sich nicht ganz sicher, ob Elke sich nicht schon zu sehr von Bruno distanziert hatte.

»Ich bin so ein Vollidiot«, konstatierte Bruno inbrünstig.

»Nein, Sie sind beide völlig irre, aber irgendwie ist das hoffnungslos romantisch«, meinte Sigrun amüsiert.

»Vielleicht könnten Sie ja mal so ganz nebenbei mit Elke darüber sprechen, ich meine, Sie könnten mal nachfragen, ob sie noch etwas für mich empfindet«, schlug er zögerlich vor.

»Wenn man vom Teufel spricht«, antwortete Sigrun nur.

Elke trabte im Jogging-Outfit auf die Terrasse ihres Hauses zu und blieb wie vom Donner gerührt stehen, als sie die beiden zusammen erblickte.

»Ich hab eine viel bessere Idee«, sagte Sigrun spontan. »Spielen Sie einfach mit!«

»Wie, mitspielen?«, fragte Bruno verwirrt.

»Lächeln, cool bleiben, und wenn ich Ihre Hand nehme, sehen Sie mich bitte mit Interesse an.«

»Hallo, Bruno«, sagte Elke völlig verdattert.

»Hallo«, erwiderte er.

»Bruno und ich haben uns gerade über die Malerei unterhalten«, erklärte Sigrun.

Elke nickte misstrauisch.

»Du malst auch?«, wollte sie wissen.

»Ich wollte damit anfangen«, rang sich Bruno schlagfertig ab.

»Stell dir vor, ihm gefällt mein Bild. Vielleicht sollte ich es ihm schenken.«

Nun galt es, Bruno so anzuhimmeln, dass Elke augenblicklich schlecht wurde, und Sigruns Augenaufschlag erzielte tatsächlich die erhoffte Wirkung. Elke stand völlig irritiert vor ihnen und starrte auf das Gemälde.

»Du musst mir unbedingt noch von der Chagall-Ausstellung erzählen. Wir könnten doch zusammen essen gehen«, schlug Sigrun vor.

»Gerne. Ich hab noch nichts vor«, erwiderte er.

Wie reagierte Elke wohl, wenn ihre beste Freundin, von der sie wusste, dass sie jeden Mann herumkriegen konnte, mit Bruno zum Essen gehen wollte?

»Du hast doch nichts dagegen, wenn Bruno und ich ...«, begann Sigrun vielsagend.

Elke war offenbar viel zu überrascht, um etwas dagegen zu haben.

»Nein, geht nur ...«, stammelte sie, immer noch perplex.

Sigrun kannte ihre Freundin lange genug, um in ihren Augen nicht nur Überraschung, sondern absolutes Gefühlschaos herauszulesen.

»Holst du mich ab, um acht?«, wandte sie sich wieder an Bruno.

Der nickte brav. Er spielte seine Rolle hervorragend, und um dem Ganzen noch eins draufzusetzen, berührte er Sigruns Hand in einer beiläufigen Geste, bevor er sich mit einem Lächeln verabschiedete und durch den Garten zum Ausgang der Anlage schritt.

Elke sah ihm fassungslos und immer noch ziemlich von der Rolle nach.

»Na ja, der Arme fliegt den ganzen langen Weg hierher, um dich zu sehen, und jetzt ist er allein. Außerdem, er hat was. Er hat wirklich was.«

»Viel Spaß!«, wünschte Elke und stürmte ins Haus.

Sehr überzeugend wirkte das nicht. Elke sollte ruhig ein wenig zappeln, und Sigrun war wieder mal ganz in ihrem Element.

Marion war sich absolut sicher, Robert früher oder später an irgendeiner Hotelbar zu finden. Erst seit heute Morgen hatte sie ernsthaft mit dem Gedanken gespielt, nach ihm zu suchen. Wider Erwarten hatte er sich kein anderes Zimmer in ihrem Hotel genommen, sondern blieb verschwunden. Seinen Koffer hatte er auch nicht im Gepäckraum untergestellt.

»Tut mir leid, Ihr Mann hat kein Gepäckstück bei uns hinterlassen«, erfuhr sie von der freundlichen Concierge, die den gesamten Raum auf den Kopf gestellt hatte.

Erst jetzt schien Roberts Drohung Gestalt anzunehmen. Er war tatsächlich weg, aber würde er es allen Ernstes fertigbringen, sie allein hier auf der Insel zu lassen? Immerhin hatten sie den gleichen Rückflug gebucht. Die Nummer des Tour Operators musste doch irgendwo auf ihrem Voucher stehen. Hatten sie nicht irgendeine Nummer von der Reiseleiterin im Transferbus bekommen? Die Nummer steckte Gott sei Dank noch im Umschlag mit den Reiseunterlagen. Immerhin konnte sie die Reiseleiterin am anderen Ende der Leitung dahingehend beruhigen, dass Robert offenbar noch auf der Insel war. Den Rückflug hatte er nicht umgebucht, was allerdings nichts hieß. Immerhin konnte er sich auch ein One-Way-Ticket zurück nach Nürnberg besorgt haben. Vielleicht war er gar bei seiner Mutter eingezogen? Obwohl – dass er sich so weit herablassen würde, war schwer vorstellbar.

Noch vor wenigen Wochen hätte Marion sich einfach mit der Situation abgefunden. Sie hätte sich bestimmt gesagt, dass es noch andere Männer gab, aber bei genauerer Überprüfung dieses Gedankens, der an einer Hotelbar bei einem doppelten Wodka-Orange auf Eis stattfand, musste sie sich eingestehen, dass dies nicht mehr der Fall war.

»Na, alles klar?« Dieter kämpfte lautstark gegen die viel zu hämmernde Musik der Hotelbar an. Zum Glück hatte er eine Blondine im Schlepptau, deren eindeutig zu knappes Top nur darauf wartete, von seinen Händen in einer heißen Nacht heruntergerissen zu werden.

Nichts war klar. Marions Versuch eines souveränen und unverbindlichen Lächelns, normalerweise eine ihrer leichtesten Übungen, fror ihr förmlich ein. Es schien in dieser Bar immer heißer zu werden, aber die Hitzewallungen ließen auch nicht nach, als sie draußen auf der Terrasse einen kühlen Platz ergatterte. Dazu gesellte sich langsam aufkeimende Übelkeit. Die ganze Aufregung mit Robert war ihr wohl auf den Magen geschlagen. Fisch hatte sie keinen gegessen, und bei einem Hotel dieser Kategorie war nicht damit zu rechnen, dass die Lebensmittel nicht in Ordnung waren. Die Übelkeit ließ sich auch mit einem zweiten Glas Wodka nicht besiegen. Es fühlte sich an, als wäre sie seekrank.

Marion erinnerte sich noch gut an eine Überfahrt mit einer Fähre von Dover nach Calais, auf der sie sich halbstündlich übergeben hatte, aber irgendetwas war diesmal anders und ziemlich beängstigend. Die Umarmung der Kloschüssel auf ihrem Zimmer brachte nur vorübergehende Erleichterung. Als sie sich ins Bett legte, verlagerte sich die Übelkeit nur, ging aber nicht weg. Wenn Robert doch nur da wäre. Er könnte ihr zumindest Mut zusprechen oder ihr die Füße massieren, wie er es immer getan hatte, wenn es ihr schlechtging. Elender konnte man sich gar nicht fühlen.

Bruno war ein attraktiver, sportlicher Mann, und hätte Elke ein wenig mehr Menschenkenntnis und ein Gespür für Männer gehabt, hätte sie seinen Schwindel schon viel früher durchschauen oder zumindest stutzig werden müssen. Vielleicht hatte er sich bei ihren Treffen aber auch verstellt und sich weniger eloquent gegeben. Für Sigrun stand jedenfalls fest, dass Elke diesem Mann auf gar keinen Fall den Laufpass geben durfte. Er hatte mehrere Mietshäuser in der Frankfurter Innenstadt, ein Vermächtnis seiner Familie, altes Geld sozusagen. Er hatte die halbe Welt gesehen und konnte charmant, aber auch sehr ernsthaft sein.

»Einen schönen Abend«, hatte Elke ihnen gewünscht, als sie sich auf den Weg zu einem spanischen Restaurant machten. Dass Elke überhaupt fähig war, zynisch zu sein, und sich sogar richtig zickig geben konnte, war der beste Beweis dafür, dass Sigruns Strategie funktionierte.

Überraschenderweise gab es aber noch jemanden, der nicht so ganz glücklich über ihr Date mit Bruno war. Gerade als sie an Miguels Haus vorbeischlenderten, trat er mit einer Geschenkebox in der Hand vor die Tür. Offenbar hatte er sie und Bruno gar nicht bemerkt und machte sich auf den Weg zu ihrem Haus.

»Hallo, Miguel«, rief sie ihm zu.

»Hallo, Sigrun.«

Miguel ging zu ihnen und war sichtlich überrascht, sie in Begleitung eines Mannes zu sehen.

»Darf ich vorstellen: Bruno – Miguel.«

»Angenehm.« Bruno reichte ihm die Hand.

Sigrun sah erst auf das mit einem farbigen Pinsel dekorierte Päckchen, dann in Miguels Augen. Es war nicht schwer, zu erraten, dass er ihr ein Geschenk machen wollte.

»Ich kann es dir auch morgen geben«, meinte er leise.

»Eine Malausrüstung?«, fragte Sigrun ihn begeistert.

Miguel nickte und lächelte sie an.

»Morgen ist auch noch ein Tag«, sagte er mit traurigem Unterton. »Tja, dann bis morgen. Amüsiert euch gut.«

Sigrun nickte und gab Miguel zu seiner großen Verwunderung einen flüchtigen Kuss auf die Wange, bevor sie mit Bruno zu dessen Wagen ging.

Während der kurzen Fahrt zum Restaurant am Ende der Tirajana kreisten ihre Gedanken um die Frage, ob eine Tunte auf einen heterosexuellen Mann eifersüchtig sein konnte, wenn eine gute Freundin mit diesem ausging. Das Merkwürdige daran war, dass sie sich dabei ertappte, ein schlechtes Gewissen zu haben, und zwar nicht wegen des Geschenks, sondern weil sie sich Miguel irgendwie verbunden fühlte. Obwohl sie ihn gar nicht im klassischen Sinn des Wortes betrügen konnte, weil sie gar nicht zusammen waren und Sigrun mit Bruno definitiv nichts anfangen wollte, beschlich sie jenes dumpfe Gefühl das sie nur von einem Seitensprung her kannte.

»Können Sie sich eigentlich vorstellen, mit jemandem zusammen zu sein, den Sie sehr mögen, mit dem Sie sich gut verstehen und dessen Nähe Ihnen das Gefühl von Geborgenheit gibt, auch wenn sexuell nichts läuft? Wenn man sich so geben kann, wie man ist, und man weiß, dass man so, wie man ist, akzeptiert und geliebt wird?«, fragte Sigrun Bruno, gleich nachdem sie ihre Getränkebestellung aufgegeben hatten.

»Wenn das mal nicht die besten Voraussetzungen für eine Ehe sind«, erwiderte Bruno aus voller Überzeugung, bevor er nach der Speisekarte griff und sie eingehend zu studieren begann.

Sigrun nahm sich ebenfalls eine, auch wenn sie sich angesichts dessen, was sie gerade bewegte, nicht auf die Auswahl der Speisen konzentrieren konnte. Waren sie nicht eigentlich verabredet, um über Elke zu sprechen und sich noch weitere Maßnahmen auszudenken, die ihre Freundin zur Vernunft oder vielmehr dazu bringen sollte, endlich genau diese auszuschalten und ihrem Herzen zu folgen? Stattdessen redeten sie nun über sie, ausgerechnet über sie.

Hatte sie sich nicht genau wie Elke und Maria vorgenommen, von Männern ungestört alt zu werden? Nun musste Sigrun sich eingestehen, dass sie sich schon seit langem in Gesellschaft eines Mannes nicht mehr so wohl gefühlt hatte, dabei war Miguel eigentlich gar kein handelsüblicher Mann. Die Frage war nur, was einen Mann zum richtigen Mann machte. Miguel hatte alle Eigenschaften, die man sich als Frau nur wünschen konnte. Er war sensibel, witzig und hatte liebenswerte Marotten. Er war gebildet, und was seinen Spleen für Labels und Mode betraf, so würde sie selbst das mit ihm teilen können. Einziger Haken an der Sache: kein Sex. Stellte dies aber überhaupt ein Problem für sie dar? Wann hatte sie überhaupt das letzte Mal Sex gehabt?

Wenn einem das schon gar nicht mehr ad hoc einfiel und der letzte GUTE Sex bereits ein knappes Jahrzehnt zurücklag, dann konnte man sich nicht mehr einreden, dass dies ein entscheidender Faktor war, noch dazu wenn man zeit seines Lebens so ziemlich alles ausprobiert hatte, was es auf Gottes Erden gab: Fesselspielchen, sämtliche Varianten, ob mit einem oder mehreren Männern, hatte Sigrun hinter sich. Dabei hatte sich wohl eine Art Sättigung eingestellt. Hatte Sex nicht jeglichen Reiz verloren, weil es einfach nichts Neues mehr zu erkunden gab und die meisten Männer sowieso nicht sonderlich viel draufhatten? Vermutlich spielte auch das Alter eine gewisse Rolle. Sigrun hatte einfach kein Verlangen mehr danach, und der Gedanke an den damit verbundenen Aufwand war ihr unerträglich.

»Könnten Sie sich auch eine Beziehung ohne Sex vorstellen?«, fragte sie ganz direkt.

Bruno fiel aus allen Wolken.

»Hat Elke etwas in dieser Richtung bei Ihnen angedeutet?« Er wirkte beunruhigt.

»Nein, ich frage eher generell.«

»Wenn ich jemanden lieben würde ... Um ganz ehrlich zu sein, könnte ich mir das schon vorstellen. Wir können ja ganz offen miteinander reden. Bei Männern lässt das auch irgendwann nach. Sie verstehen schon.«

Natürlich verstand sie, und nur zu gut. Und dass Elke auf Sex mit Bruno verzichten würde, war sowieso ausgeschlossen. Erstens hatten die beiden, soviel Sigrun wusste, bisher nur eine gemeinsame Nacht verbracht, und zweitens hatte Elke nicht das hinter sich, was Sigrun bereits als abgehakt betrachtete.

La Traviata war eine der schönsten Liebesgeschichten, gerade weil sie so tragisch war. Irgendwie kam sich Maria vor wie die Kurtisane, die sich in den gutsituierten Mann aus bürgerlichem Hause verliebt. Immerhin hatte sie Edgar Treue über den Tod hinaus geschworen, von sich aus. Er hatte dies nie von ihr verlangt, und dank Roberts Enthüllungen war ihr nun auch klar, warum. Nein, eine Kurtisane war sie nicht.

Maria war frei, und so frei wie heute hatte sie sich schon lange nicht mehr gefühlt. Neben einem Mann, der ihr gefiel, auf dem Beifahrersitz zu sitzen, die Opernbroschüre zu studieren und Auszügen aus *La Traviata* aus der Stereoanlage seines Wagens zu lauschen, war einfach göttlich. Zur Einstimmung und um ihr die Fahrt zu versüßen, wie Pablo ihr sagte. Schon nach wenigen Minuten Autofahrt hatte sie entdeckt, dass es ihr guttat, mit Pablo zu flirten, Komplimente über ihr tolles Outfit entgegenzunehmen, ohne sich dabei unwohl zu fühlen. Wie hatten ihr seine bewundernden Blicke und ein gewisses Knistern, das in der Luft lag, gefallen. Sie hatte sich dabei ertappt, seine Hände, die ruhig auf dem Steuer lagen, zu beobachten und sich vorzustellen, wie diese Hände sie berührten, kräftige und dennoch sanfte Berührungen auf ihrer Haut, auf ihrem Körper. Sein Rasierwasser war dezent und dennoch wahrnehmbar. Ein gesetzter, eleganter Duft, nicht zu blumig und gerade deshalb so betörend.

Die grandiose Inszenierung tat ihr Übriges. Die ganze Zeit neben Pablo in der Loge zu sitzen, sich gelegentlich ein Lächeln zu schenken, seine Blicke zu spüren, sein Interesse und die vielen kleinen Aufmerksamkeiten, den Champagner in der Pause, hatten schon gereicht, um diesen Abend zu einem echten Highlight ihres Lebens werden zu lassen. Pablo ließ keinen Zweifel daran, dass er sie verwöhnen würde, und das, was er für sie tat, und sei es nur die Art und Weise, wie er ihr die Stola an der Garderobe reichte, war zu keinem Zeitpunkt aufgesetzt oder fühlte sich an, als wollte er sie damit nur beeindrucken. Es war seine natürliche Art, und diese Art gefiel Maria immer besser.

Obwohl die Oper in Las Palmas ein ziemlich unspektakuläres Gebäude war, ein moderner Klotz, der absolut nichts Glamouröses an sich hatte, kam sie sich vor, als führte Pablo sie nach der Vorstellung gerade die Stufen der New Yorker MET hinunter. Er war Nicholas Cage, und sie war Cher, und beide hatten sie an diesem Abend ihr Remake von *Mondsüchtig* inszeniert. »*When the moon hits your eye like a big pizza pie. That's amore*«, klang es in ihrem Kopf, der immer wieder diese Zeile in ihre Ohren legte. In der Tat schien der Vollmond über ihnen so hell, dass er das vor ihnen liegende Meer mit purem Silber überzog.

»Das ist der schönste Abend seit langem. Nein, es ist der schönste Abend meines Lebens«, übertrieb Maria ohne schlechtes Gewissen, denn andere schöne Momente lagen schon so lange zurück, dass sie sich gar nicht mehr daran erinnern konnte. Sie konnte nicht anders, als ihr Glück regelrecht hinauszuposaunen. Pablo musste es wissen, und die ganze Welt sollte es wissen.

»Das freut mich, Maria.«

Pablo schien überglücklich. Er sah sie nur an, lächelte sanft, und sein Schweigen, während er ihr in die Augen sah, war alles andere als unangenehm.

»Ich würde gerne noch mehr solche Abende mit dir verbringen.«

Wenn das keine Liebeserklärung war. Eigentlich klang es sogar schon fast nach einem Heiratsantrag. Maria würde an diesem Abend zu allem ja sagen, und wenn es noch einen kleinen Funken von Widerstand in ihr gab, einen kurzen Impuls, der ihr sagte, sie solle sich einfach noch ein bisschen Zeit lassen, so schmolz dieser dahin, als Pablo ihre Hand nahm und sich ihr näherte. Nun gab es kein Zurück mehr. Er würde sie küssen, nein er musste sie küssen, hier und jetzt, direkt an der Uferpromenade unter sternenklarem Himmel. Der Moment, als sich ihre Lippen berührten, stellte einfach alles in den Schatten, was Maria sich vorgestellt hatte. Pablos Lippen waren weich wie Samt. Ganz vorsichtige Berührungen, die immer intensiver wurden. Maria spürte ihren Herzschlag bis zum Hals. Ihr wurde heiß, und sie begann etwas zu zittern. Seine Umarmung zu spüren gab ihr Halt. Seine Hände wärmten sie, und von ihm so nahe und innig in den Armen gehalten zu werden, fühlte sich an, als würden sie sich nie wieder loslassen.

Um ein Haar hätte Marion an diesem Morgen den Notdienst gerufen, aber nachdem ihr die Rezeptionistin erklärt hatte, dass eine der modernsten Kliniken der Stadt ganz in der Nähe sei, beschloss sie, dass eine Taxifahrt weniger aufwendig sei und sie zudem schneller in die Obhut kompetenter und vor allem deutschsprachiger Ärzte bringen konnte. Die Übelkeit wollte einfach nicht vergehen. Während der fast schlaflosen Nacht hatte sie sich mehrfach übergeben müssen. Es war eine merkwürdige Art von Übelkeit. Auf alle Fälle fühlte es sich nicht so an, als ob sie sich den Magen verdorben hätte. Dennoch war sie ziemlich wacklig auf den Beinen und froh, in das klimatisierte Taxi zu steigen, das sie in der Tat nach nur zehnminütiger Fahrt in ein modernes Krankenhaus brachte.

Der deutschsprachige Arzt Dr. Allando mutmaßte zunächst, dass sie sich einen viralen Infekt zugezogen haben könnte.

»Haben Sie vielleicht Leitungswasser getrunken?«, fragte er als Erstes.

Natürlich hatte sie nicht davon getrunken. Es stand ja in jedem Reiseführer, dass man auf den Kanaren nicht aus der Leitung trinken sollte. Um eine Blutentnahme kam sie also nicht herum. Mindestens eine Stunde sollte es dauern, bis das Ergebnis vorliegen würde. Zeit, um es sich in einem Korbsessel auf der Terrasse des Krankenhauses mit ein paar Zeitschriften bequem zu machen. Ein Virus, das fehlte ihr gerade noch. In diesem Urlaub ging so ziemlich alles schief.

Wären sie doch nur zu Hause geblieben, dachte sie verzweifelt.

Nach etwa zwei Stunden empfing sie Dr. Allando in einem spärlich eingerichteten Zimmer, das ein wenig nach Klinik roch. Der junge Arzt aus Las Palmas wirkte sehr professionell und fast eine Spur gehetzt. Wie sie solche Momente hasste. Marion kannte das Gefühl von diversen Vorsorgeuntersuchungen. Immer saß einem die Angst im Nacken, dass man einen schlimmen Befund bekam. Sosehr sie sich auch bemühte, an Allandos Gesichtsausdruck war nicht zu erkennen, ob sie mit einer schlimmen Nachricht zu rechnen hatte. Fast schien es ihr, als hätte er sie angelächelt. Wer lächelte, der hatte sicher keine fatale Nachricht in petto, zumindest redete sie sich das ein.

»Sie sind kerngesund, Frau Freund«, sagte der Arzt.

Kerngesund? Kerngesund fühlte sich aber anders an.

»Ja, und was habe ich dann?«, fragte Marion. »Irgendetwas muss es doch sein.«

»Sie haben was, aber keine Krankheit, sondern einen guten Grund, gemeinsam mit Ihrem Mann zu feiern.«

Nach Feiern war ihr nun nicht mehr zumute.

»Meinen herzlichen Glückwunsch. Sie erwarten ein Baby«, gratulierte Dr. Allando ihr freudestrahlend.

Das war es also, was sie sich eingefangen hatte. Einen Virus oder eine bakterielle Infektion hätte man irgendwie medikamentös bekämpfen können, aber Nachwuchs? Ausgerechnet sie erwartete ein Kind, und das noch von einem Mann, der sie gestern verlassen hatte.

Kapitel 16

Die klare und frische Morgenluft auf Pablos Terrasse, die den Blick auf einen üppig bepflanzten Garten freigab, wischte die letzten Spuren einer himmlisch anstrengenden Nacht beiseite. Maria fühlte sich wie neugeboren, um Jahre verjüngt, und irgendwie hatte sie nach dem Aufstehen das Gefühl, dass sie wie eine Feder schwebte. Beschwingte und leichte Schritte barfuß auf dem Rasen, die Erde spüren, die Natur, das Hier und Jetzt.

Pablo stand auf einmal wie aus dem Nichts hinter ihr, legte seine Arme um sie und gab ihr einen zärtlichen Kuss in den Nacken.

»Ich mache uns Frühstück«, sagte er.

Es klang so vertraut, so liebenswert und fürsorglich, dass Maria unwillkürlich nach seiner Hand griff. Sie zu spüren, gab ihr die Gewissheit, dass sie nicht träumte und dass die Realität noch viel schöner war als jeder Traum.

Pablo hatte sie schon morgens mit einem sanften Kuss geweckt. Überglücklich hatte er sie minutenlang angesehen und seine Hand durch ihr Haar streifen lassen. Eng aneinandergeschmiegt waren sie noch eine ganze Weile dagelegen, wie zwei Löffel in einem Geschirrschrank, zwei Löffel, die genau aneinanderpassten und sich Geborgenheit und Wärme schenkten. Wertvolle Minuten, um den Zauber der letzten Nacht noch einmal zu genießen.

Sich vor einem anderen Mann als Edgar zu entkleiden hätte Maria bis gestern noch als ein Ding der Unmöglichkeit angesehen, doch Pablo hatte es verstanden, sie bestimmt, aber sehr langsam zu verführen. Keine Scham, obwohl sie Angst davor gehabt hatte, dass ihm ihre vom Alter gezeichneten Brüste nicht mehr gefallen könnten. Nichts dergleichen war der Fall. Ein völlig neues Lustgefühl hatte sie entdecken dürfen. Es hatte nichts mit jener pubertären Lust zu tun, kein Übereinanderherfallen, keine reine Triebhaftigkeit, die sie in jungen Jahren hatte erleben dürfen, sondern etwas ganz Neues. Es war viel Liebe im Spiel.

Schon während der letzten Jahre mit Edgar, als sie noch immer regelmäßig miteinander geschlafen hatten, war der Motor für Zärtlichkeiten und Sex die Liebe gewesen. Lust aus Liebe, aus Nähe. Ein vertrautes Miteinander, sich dem anderen schenken und ihn als Geschenk annehmen, sich vereinigen, um eins zu sein, nicht um die schnelle Lust, die nichts mit der Seele, sondern nur mit körperlichem Verlangen zu tun hatte, zu befriedigen. Auch dieses Gefühl hatte sich gestern Nacht eingestellt, nur war noch etwas hinzugekommen. Pablo hatte es verstanden, alle Sinne in ihr zu wecken, sie geschickt orchestriert zu berühren, ihr Zeit zu geben. Gerade diese ungehetzte Sinnlichkeit hatte ihr Verlangen nach ihm ins Unermessliche gesteigert und ihr das Gefühl gegeben, eine attraktive Frau zu sein.

Der Wind trug die leisen Klänge eines Pianos hinaus in den Garten und riss Maria aus ihren Gedanken an die gestrige Nacht. Der Duft nach Kaffee lockte sie ins Haus, wo ein liebevoll gedeckter Tisch mit frischem Obst, einer Auswahl an Marmeladen und Frühstückseiern auf sie wartete.

Pablo saß in einem Morgenmantel an seinem Piano und spielte für sie. Gab es einen schöneren morgendlichen Auftakt? Gab es überhaupt etwas Schöneres auf dieser Welt?

»Pfannkuchen kann ich leider nicht«, flüsterte er ihr nach einem Kuss ins Ohr, und sie beschloss, ihm ab jetzt jeden Morgen Pfannkuchen zuzubereiten.

Elke wusste, dass man ihr jegliche Gefühlsregung immer sofort ansah. Selbst wenn sie sich bemühte, sich nichts anmerken zu lassen, war sie einfach viel zu ehrlich und viel zu ungeübt in Diplomatie, als dass ihr Gegenüber nicht sofort gewusst hätte, was in ihr vorging. Sie erinnerte sich, dass Sigrun sie einmal mit einem Hund verglichen hatte. Maria hatte auf einem ihrer Bowlingabende sofort verstanden, was sie damit meinte. Hunde versuchten einen gelegentlich auszutricksen, und gerade weil ihre Versuche so durchschaubar waren, sorgten sie dafür, dass man sich den ganzen Tag mit ihnen beschäftigte und sich über sie amüsierte. Elke hatte diese Grundehrlichkeit, die gleiche Offenheit, und wenn sie auch nur versuchte, einen Hauch von Sarkasmus in ihre Wortwahl einfließen zu lassen, sorgte dies in der Regel mehr für Komik als für verletzte Gefühle. Dennoch beschloss sie, dieses Spiel zu spielen, vermutlich allein deshalb, weil sie genau wusste, dass Sigrun sie durchschauen würde.

»Ich hätte nicht gedacht, dass Bruno auf Frauen wie dich steht« war einer jener zaghaften Versuche, gemein zu sein und Sigrun bei einem gemeinsamen Frühstück auf ihrer Terrasse aus der Reserve zu locken.

»Er ist eben auch nur ein Mann, außerdem interessierst du dich doch gar nicht mehr für ihn«, gab Sigrun ihr lakonisch zu verstehen.

»Stimmt! Du kannst mit ihm tun und lassen, was du willst«, log Elke, denn natürlich machte sie sich Gedanken darüber, was letzte Nacht zwischen Bruno und Sigrun passiert sein könnte.

»Na schön, wenn das so ist. Bist du mir dann wirklich nicht böse?«

»Ich? Um Gottes willen. Ich bin froh, wenn ich diesen Betrüger endlich los bin«, versuchte Elke sich an einer weiteren Lüge.

»Nur mal rein theoretisch. Würde dir Bruno eigentlich gefallen, wenn er kein Schuhverkäufer wäre?«, fragte Sigrun, als sie ihrer Freundin einen Kaffee einschenkte.

»Er ist aber ein Schuhverkäufer«, entgegnete Elke schnippisch.

»Und wenn nicht?«

Elkes Neugier war nicht mehr zu bremsen. Das Spiel war beendet. Sie würde nun deutlicher werden müssen.

»Was soll das heißen? Er ist gar kein Schuhverkäufer? Was macht er dann? Städtische Müllabfuhr?«

»Ich würde mal sagen, sieben Mietshäuser in der Frankfurter Innenstadt, einen Landsitz im Spessart und eine Firma mit fünftausend Mitarbeitern mit Filialen in Südafrika und Malaysia, auf Penang, um genau zu sein«, zählte Sigrun auf.

Elke wäre fast die Müslischale aus der Hand gefallen. Mit versteinerter Miene starrte sie Sigrun an, nur um sich schließlich mit immer noch leicht nach unten geklapptem, schlaffem Unterkiefer kraftlos auf einen Stuhl sinken zu lassen.

»Also, warum du dir so etwas entgehen lässt …« Sigruns Süffisanz war schier unerträglich.

»Er hat mich belogen«, seufzte Elke aus tiefstem Herzen.

»Du hast ihn auch belogen.«

»Ich hatte einen guten Grund.«

»Und wer sagt, dass er nicht den gleichen Grund hatte?«

Elke starrte auf den Rosenstrauß, der immer noch in der Mitte des Esstisches stand.

»Belogen, wie kann man jemanden nur so belügen.« Elke war nach wie vor vollkommen fassungslos.

»Schau in den Spiegel«, sagte Sigrun nur.

Elke wirkte vollkommen kraftlos.

»Er liebt dich.«

»Hat er dir das gesagt?«, fragte Elke nach, so leise, dass es kaum zu hören war.

Sigrun nickte bedeutsam.

»Aber irgendwie ist doch alles schon kaputt. Vielleicht kann ich ja gar nichts mehr für ihn empfinden. Hätte ich mich denn sonst in Pablo verliebt, auch wenn das reine Euphorie war? Fast hätte ich ihm Maria auch noch weggenommen. Absurd, einfach absurd.«

»Darüber würde ich mir keine Gedanken mehr machen. Maria ist nicht hier«, sagte Sigrun.

»Verrückte Welt, aber es freut mich für sie.« Elke gönnte es ihrer Freundin von Herzen.

»Allerdings«, stimmte Sigrun ihr zu.

»Und was wird jetzt aus uns?«, fragte sie.

Elke kam nicht dazu, sich weitere Gedanken darüber zu machen, da Sigruns Handy klingelte.

»Hallo? Haberlander? Ah, Señora Marrero …«

Das altehrwürdige Gotteshaus in Agaete war einer jener Orte, die Pablo Maria unbedingt zeigen musste. Mitten in einem malerischen Ort stand eine kleine Kirche, die den Dorfplatz schmückte und nicht so eingezwängt wirkte wie die Kathedrale in Las Palmas. Das Innenleben war schlicht und hatte einen ganz eigenen Charme.

»Hier haben wir geheiratet. Eleonora und ich«, sagte er und sah sie lange an.

Pablo war dieser Besuch vermutlich wichtig, um mit sich und seiner Vergangenheit ins Reine zu kommen. Dass er mit ihr gemeinsam hier war, konnte nur heißen, dass er sich seiner Trauer stellen wollte, gemeinsam mit ihr.

»Ein schöner Ort. Du hast sie sicher sehr geliebt«, antwortete Maria gerührt.

Pablo nickte und zündete eine Kerze an.

»Die Erinnerungen werden immer ein Teil von mir sein.«

Maria würde damit leben können, denn auch wenn Edgar ihr post mortem ein ganz anderes Gesicht offenbart hatte, würde auch er immer ein Bestandteil ihres Lebens bleiben. Auch ohne weitere Worte schien Pablo zu verstehen, was in ihr jetzt vorging, denn er reichte ihr eine Kerze. Dies konnte nur bedeuten, dass auch er ihre Trauer, ihr gemeinsames Leben mit Edgar, ihre Erinnerungen mit ihr teilen wollte.

Während Maria die Kerze entflammte, wurde ihr klar, dass darin eine viel weitreichendere Bedeutung lag. Die Bereitschaft, selbst die Trauer des anderen miteinander zu teilen, hieß zweierlei: zum einen, dass sie zusammenbleiben wollten, dass es keine Geheimnisse zwischen ihnen geben würde. Zum anderen, dass er und sie fortan die Last der Erinnerung, viele melancholische Momente, die sie immer wieder heimsuchten, miteinander teilen konnten. Keine Angst mehr vor schmerzlichen Erinnerungen haben zu müssen, weil es erlaubt war, sie zuzulassen, nahm ihnen den Schrecken und zugleich den Schmerz.

»Das glaube ich nicht. Dann können wir ja gleich unsere Koffer packen. Was wollen wir dann noch hier?«, vernahm Robert Elkes Stimme vom Badezimmer aus.

Er hatte gerade das Wasser der Dusche abgestellt. Offenbar hatte das Gemeindeamt den Frauen gerade mitgeteilt, dass sie die Ausschreibung verloren hatten. Normalerweise ein Grund für Robert, sich zu freuen, aber er war nach einer nahezu schlaflosen Nacht viel zu fertig, um irgendeine Gefühlsregung zu empfinden. Er kam sich vor wie leergelaufen, komplett leer. Nur noch die Mechanik seines Körpers trieb ihn aus purer Gewohnheit in den Tag. Die ganze Nacht hatte er das Für und Wider mit sich diskutiert, ob er nicht doch zu Marion ins Hotel zurückgehen sollte. Einfach so abzuhauen war schließlich nicht die feine englische Art. Sie hatte ihn aber dazu getrieben. Am Ende lag sie bereits in Dieters Armen.

Nicht nur Marion hatte ihn wach gehalten, auch der Umstand, dass seine Mutter nicht nach Hause gekommen war. Mit jeder weiteren Stunde hatte Robert sich eingestehen müssen, dass er seine Mutter völlig falsch eingeschätzt hatte. Die »Treuseele« verbrachte anscheinend die Nacht mit Pablo, und so verwirrend und neu dieser Gedanke auch für ihn war, irgendwie freute er sich für sie. Das Bild seines Vaters stand immer noch in ihrem Zimmer.

Elke hatte Robert angeboten, oben zu schlafen. Die persönlichen Dinge seiner Mutter zu sehen, Dinge, die er von ihrem Zuhause in Deutschland kannte, hatten ihn an so viel schöne Momente aus seiner Kindheit erinnert und ihm klargemacht, dass er eine großartige Mutter hatte, aber auch, dass er sich hätte mehr um sie kümmern müssen, gerade nach dem Tod seines Vaters. Wie sollte es jetzt weitergehen? Robert zwang sich förmlich zur Ruhe.

Als er zum Frühstück nach unten ging, schoss ihm der ketzerische Gedanke durch den Kopf, dass es gut für ihn wäre, wenn seine Mutter sich hier mit einem Spanier verband. Sie bräuchte das Haus dann nicht mehr, und er könnte mit Marion doch noch ihr gemeinsames Vorhaben realisieren. Die Frage war nur, ob er dies überhaupt noch wollte. Alles schien offen. Alles konnte passieren. Robert war jetzt an einem Punkt, an dem ihm so ziemlich alles egal war. Wer am Boden lag, der musste zunächst einmal aufstehen, bevor er sich überlegen konnte, in welche Richtung er seinen Weg fortsetzen wollte. Zunächst musste er sich Klarheit darüber verschaffen, was um ihn herum vorging.

»Was ist denn passiert?«, fragte er Elke, die aufgeregt in der Küche auf und ab tigerte und dabei scheinbar ziellos Frühstücksgeschirr umhertrug.

»Das Haus ist weg«, antwortete sie bitter.

»Weg?«

»Ich habe eben erfahren, dass wir um zehntausend Euro überboten worden sind«, gab ihm Sigrun, die bereits am Esstisch saß und einen Toast bestrich, zu verstehen.

»Das gibt es doch gar nicht«, sagte Robert locker.

Elke hatte Tränen in den Augen.

»Wir haben einfach alles falsch gemacht«, schluchzte sie.

Nur Sigrun wirkte merkwürdig gefasst. Robert sah ihr an, dass es in ihr arbeitete.

»Es gibt nur eine Sache, die mich stutzig macht«, überlegte Sigrun.

Elke musterte sie fragend.

»Marrero hat erwähnt, dass es einen weiteren Interessenten gab. Angenommen, Diego wäre dieser Interessent, woher hat er dann überhaupt gewusst, dass das Haus zum

Verkauf steht? Bis vor unserem Termin bei Marrero wusste niemand von offizieller Seite davon.«

Wie von der Tarantel gestochen schoss Sigrun auf eine Schublade zu und kramte einen Zettel hervor, auf dem eine handgekritzelte Telefonnummer stand.

»Angenommen, du hättest von einem Kunden nur die Nummer und hast seinen Namen vergessen. Gibt es eine Möglichkeit, den Namen und die Adresse desjenigen herauszufinden?«, fragte sie Robert.

»Nichts einfacher als das. Früher war das nicht erlaubt, aber heutzutage bietet jede Telefonauskunft eine Rückwärtssuche an. Du gibst im Internet die Telefonnummer ein und bekommst den dazugehörigen Eintrag«, riet er ihr.

»Was hast du vor?«, wollte Elke wissen.

Auch Robert interessierte dies brennend.

»Ich möchte herausfinden, wer dieser Diego ist«, sagte Sigrun und stürmte aus dem Raum.

Ob Robert noch bei ihnen war? Maria hoffte für einen Moment, dass ihr Sohn sich mit Marion bereits ausgesprochen hatte und wieder bei ihr im Hotel war. Sie konnte Pablos Abschiedskuss, den er ihr im Wagen vor ihrem Haus gegeben hatte, noch schmecken. Obwohl sie bis zur ihrer Rückfahrt in den Süden der Insel geglaubt hatte, dass nichts mehr sie erschüttern könnte, fragte sie sich, wie Robert wohl reagieren würde, wenn sie frühmorgens und guter Dinge nach Hause kam. Alle wussten, dass sie die Nacht bei Pablo verbracht hatte, und natürlich war somit auch klar, was in jener Nacht passiert war.

Ihre schlimmsten Erwartungen schienen augenblicklich Gestalt anzunehmen, als sie das Haus betrat und Robert und Elke mit betretener Miene am Esstisch sitzen sah. Die beiden starrten sie an wie einen Geist. Elke hatte Maria zwar gestern mit ihrem Segen ziehen lassen, hatte sie mehr oder weniger dazu aufgefordert, sich auf Pablo einzulassen, aber an ihrer Leidensmiene war abzulesen, dass sie etwas sehr belastete. Wenn nicht ihre Nacht mit Pablo, was könnte das sein? Auch Roberts Blick war eingetrübt.

»Morgen, Maria. Möchtest du einen Kaffee?«, begrüßte Elke sie.

Maria nickte. Elkes Tonfall, die leise, fast zerbrechliche Stimme, deutete darauf hin, dass sie am Boden zerstört war. Erst jetzt bemerkte Maria, dass Elkes Augen gerötet waren. Hatte sie etwa geweint?

»Am besten, du setzt dich«, sagte Elke mit ernster Miene.

Schlagartig wurde Maria klar, dass die trübe Stimmung nichts mit ihr zu tun haben konnte. Die Ausschreibung! Sie hatten das Haus verloren.

»Wir sind überboten worden«, bestätigte Elke und stellte ihr eine Tasse Kaffee hin.

Marias Elan, der frische Schwung eines überirdisch schönen Morgens, ihre Kraft, ihr Optimismus, ihre Hoffnung, alles brach wie ein Kartenhaus in sich zusammen.

»Mama, es tut mir wirklich leid.«

War das echte Anteilnahme von Robert, oder spielte er ihr das nur vor? Jetzt bloß nicht die Nerven verlieren, sagte sie sich. Der Schock saß tief, aber irgendwie gaben ihr die Stunden mit Pablo Halt, setzten andere Prioritäten. War das Haus überhaupt noch wichtig? Natürlich war es wichtig, vor allem auch für Sigrun und Elke, für Miguel.

»Ich hab den Namen dieses Schweins!«, drang es plötzlich aus Sigruns Kehle, und in Sekundenschnelle stürmte sie vom oberen Stockwerk die Treppe herunter.

»Oh, Maria …«, stutzte sie, als sie den Wohnraum erreichte.

»Sie weiß es schon«, gab Elke ihr zu verstehen.

»Fragt mich nicht, wie lange ich jetzt im Internet gesucht habe. Er heißt Martin.«

Maria verstand kein Wort mehr. Wer war dieser Martin, und warum hatte Sigrun diesen bissigen Gesichtsausdruck?

»Nur, woher wusste er es?« Sigrun blickte fragend in die Runde.

»Du meinst, die Ausschreibung ist nicht mit rechten Dingen zugegangen?«, ahnte Maria.

Sigrun nickte.

Der Gang nach Canossa stand Marion bevor. Was konnte schlimmer sein, als sich auf den Weg zu einem Ehemann zu machen, der einen gerade erst verlassen hatte, um ihm und seiner Mutter, die sie noch nie hatte ausstehen können, zu eröffnen, dass man schwanger war. Vermutlich hatten ihre Hormone deshalb schon seit ein paar Tagen verrückt gespielt und dafür gesorgt, dass sie nicht nur die Welt mit ganz anderen Augen sah, sondern sich auch Roberts gute Seiten bewusstmachte.

Spielende Kinder waren ihr bisher immer auf die Nerven gegangen. Ein Kind war nicht süß, sondern eine Lärmquelle, die leider keinen Schalter hatte, um sie abzustellen. Die vielen glücklichen Paare mit ihren Familien am Pool hätte Marion normalerweise ignoriert und als Spießer abgekanzelt. Vermutlich hatte sie im Taumel ihrer bisher unbekannten Mutterhormone eine völlig neuartige Sicht auf einfach alles, was um sie herum passierte. Ob Hormontaumel oder nicht, Robert kann mich jetzt unmöglich im

Stich lassen, sagte Marion sich auf den letzten Metern zur Wohnanlage, in der sich Marias Haus und vermutlich auch ihr Mann befanden. Als alleinerziehende Mutter sah sie sich jedenfalls nicht. Im Grunde genommen hatte sie sich überhaupt nie als Mutter gesehen, und auch Robert hatte niemals irgendwelche Signale von sich gegeben, die darauf hingedeutet hätten, dass er sich Nachwuchs wünschte. Beste Karten also. Im Prinzip wäre es vernünftiger, gleich wieder umzukehren. Was außer Häme sollte ihr die Mission schon einbringen?

Die Frau, die Marion die Tür öffnete, kannte sie nicht. Es musste eine von Marias Freundinnen sein. Unter normalen Umständen hätte sie ihr gutes Aussehen und ihre geschmackvolle Kleidung sofort bemerkt und auch gewürdigt, aber jetzt galt es nur noch, das alles möglichst schnell hinter sich zu bringen.

»Guten Tag. Was kann ich für Sie tun?«, fragte die dunkelhaarige Frau Marion freundlich.

»Ich bin Roberts Frau. Ist er vielleicht bei Ihnen?«, erkundigte sich Marion mit Frosch im Hals und butterweichen Knien.

»Ja, kommen Sie doch herein.«

»Lieber nicht. Vielleicht könnte er kurz mal zu mir herauskommen?« Sie trat nervös von einem Fuß auf den anderen.

»Wie Sie meinen. Warten Sie, ich hole ihn.«

Die Sekunden fühlten sich an wie eine halbe Ewigkeit, bis Robert endlich an der Tür erschien. Bildete sie sich das ein, oder lächelte er erleichtert, als er sie sah? Nun, das Lachen würde ihm bestimmt bald vergehen, wenn sie ihm die Botschaft überbracht hatte.

»Marion.« Robert sah sie eine Weile verunsichert an.

»Tut mir leid, ich hätte nicht einfach so abhauen sollen. Geht es dir gut?«

Marion überlegte, ob sie ihm gleich den Grund für ihren gegenwärtigen Zustand, den immer noch flauen Magen und die Kreislaufprobleme, mitteilen sollte, entschied sich aber dagegen.

»Nicht so toll. Um ein Haar hätte ich gestern den Notarzt gerufen.«

Robert war sichtlich betroffen.

»Was ist denn passiert? Komm doch erst mal rein.«

»Können wir nicht ein bisschen spazieren gehen?«

Robert musterte sie etwas irritiert.

»Gut, dann laufen wir eben ein paar Schritte.«

Vermutlich nahm er an, dass sie hier war, um sich mit ihm über den Stand ihrer Beziehung zu unterhalten. Vielleicht erwartete er auch, dass sie reumütig ihre Fehler einsah und ihn bat, sie nicht zu verlassen. Letztlich wollte sie genau dies tun, wenn auch aus ganz anderen Gründen. Ihn wieder bei sich zu haben fühlte sich seltsam vertraut und normal an, auch ohne Hormonturbulenzen, die sie immer noch ziemlich durchrüttelten.

»Robert, ich bin schwanger«, platzte es aus ihr heraus, nachdem sie bis zum nächsten Kreisverkehr schweigend nebeneinander hergelaufen waren.

»Was? Nein! Du? Aber wie?« Robert war völlig von der Rolle. »Marion. Ich weiß gar nicht, was ich sagen soll. Bist du dir sicher?«

»Nein, ich bilde mir das nur ein. Ich war in der Klinik.«

»Aber, das ist ja … Wir kriegen ein Baby!«, freute er sich.

Mit allem hätte sie gerechnet, aber definitiv nicht mit einem Mann, dem plötzlich die pure Glückseligkeit und Verzückung ins Gesicht gemeißelt standen. Er freute sich tierisch, und da Robert sich nur mit großer Mühe verstellen konnte, war davon auszugehen, dass seine Freude echt war.

Der heutige Tag hatte es in sich. Erst war das Haus weg, und dann tauchte auch noch Marion auf. Maria war sich absolut sicher gewesen, dass die beiden sich versöhnen würden. Wenigstens privat schien wieder alles ins rechte Lot zu kommen. Eine Stunde waren Robert und Marion nun schon weg. Dass ihre Schwiegertochter sie bei der Aussprache nicht dabeihaben wollte und es ihr unangenehm war, sich auf ihrem Terrain zu treffen, konnte Maria ihr nicht verübeln. Zu oft hatte sie Marion spüren lassen, wie sehr sie sie verachtete. Der Lebensstil der jungen Frau passte einfach nicht zu dem, was sie gewohnt war. Ihre Lebenswerte schienen zu kollidieren. Bescheidenheit traf auf vermeintliche Verschwendungssucht.

Was hatten sie vor Jahren ausgerechnet am Heiligen Abend über den Einsatz von Kosmetika gestritten. Marion war der Meinung, dass eine Frau das Recht hatte, sich schönzumachen und das Beste aus sich herauszuholen. Maria hatte sie im Gegenzug an die Tierversuche erinnert, die notwendig waren, um Kosmetika überhaupt zur Marktreife zu führen. Marion hatte gekontert, dass auch für Medikamente Tierversuche notwendig seien, und letztlich hatte sie recht. Maria hatte sich ja auch für Pablo hübschgemacht, mit Sigruns Kosmetika, für die mit Sicherheit so manche Ratte im Labor ihr Leben hatte lassen müssen. Erneut blickte Maria von ihrem Fenster aus auf die Straße. Die beiden kamen zurück, blieben allerdings zu Marias Verwunderung kurz stehen. Sie beobachtete, wie Marion den Kopf schüttelte und wieder in Richtung Kreisverkehr verschwand. Robert hingegen steuerte auf ihre Anlage zu, und nur kurze Zeit später klopfte es gegen ihre Tür.

»Mama, darf ich reinkommen?«

Maria öffnete ihm die Tür und bemerkte, dass Robert ein gewisses Strahlen in den Augen hatte. Die beiden mussten sich versöhnt haben.

»Warum hast du denn Marion nicht mitgebracht?«, fragte sie.

»Ich wollte erst mit dir allein sprechen.«

Robert setzte sich auf ihr Bett und sah sie für einen Moment nur schweigend an.

»Irgendetwas stimmt doch nicht. Was ist los?«, hakte sie beunruhigt nach.

»Mama, ich weiß nicht, wie ich es dir sagen soll, aber du wirst Oma«, eröffnete er ihr ohne Vorwarnung.

Nun musste sich Maria ebenfalls setzen, und zwar augenblicklich.

Dass aus Marion eine Mutter werden sollte, lag jenseits ihrer Vorstellungskraft. Robert hatte ihr gegenüber nie einen Kinderwunsch geäußert. Wie oft hatte sie ihn darauf angesprochen. Wie sehnlich hatte sie sich ein Enkelkind gewünscht, doch schon nach der ersten Begegnung mit Marion hatte sie sich klargemacht, dass ihre Schwiegertochter nie Kinder haben würde. Dafür war diese Person viel zu egoistisch.

»Du freust dich ja gar nicht«, wunderte sich Robert.

»Doch … Es kommt nur etwas überraschend und …«, stammelte Maria immer noch völlig perplex.

Ihr Sohn wirkte etwas enttäuscht über ihre verhaltene Reaktion, daher entschloss sie sich, ihn spontan in den Arm zu nehmen.

»Natürlich freue ich mich.«

Robert schien erleichtert und drückte sie ganz fest.

»Ich hätte gerne euch beiden gratuliert.«

»Marion war sich nicht sicher, wie du reagieren würdest.«

Hatte sie Marion wirklich immer das Gefühl gegeben, dass sie sie aus tiefstem Herzen hasste? Roberts Frau war schließlich die Mutter ihres Enkelkindes, und vielleicht hatte sie sie von Anfang an falsch eingeschätzt. Waren es nicht letztlich ihre weltfremde Einstellung, ihr Glaube an konservative Werte, an Bescheidenheit und harte Arbeit, die Marion in einem falschen Licht erscheinen ließen? Hatte sie nicht jene Werte in ihrer Nacht mit Pablo jüngst über Bord geworfen? Der Gedanke, Marion unrecht getan zu haben, schmerzte sehr. Robert und Marion hätten sie bestimmt öfter besucht. Sie hätten auf all die Reibereien verzichten können. Es war an der Zeit, mit Marion Frieden zu schließen. Höchste Zeit!

»Wo ist sie jetzt?«, fragte Maria.

»In dem Straßencafé neben dem chinesischen Restaurant. An der Straßenecke, wo es zum Cita-Einkaufszentrum geht.«

»Hallo, Marion.«

Die Worte wurden von einem netten und wohlwollenden Lächeln begleitet, ein Lächeln, das Marion an ihrer Schwiegermutter noch nie gesehen hatte. Völlig unverkrampft und ehrlich.

»Setz dich doch«, sagte sie und deutete auf die freie Sitzgelegenheit neben ihr.

Eigentlich hatte Marion mit Robert gerechnet. Dass Maria keine halbe Stunde nachdem sie sich von Robert verabschiedet hatte, hier auftauchte, überraschte sie sehr. Natürlich sah Maria sie als werdende Mutter nun in einem ganz anderen Licht. Wahrscheinlich nahm Maria sie mit einem Heiligenschein wahr. Der Mutterschutz würde auf verschiedenen Ebenen einsetzen. Mütter waren Heilige. Sorgten sie nicht für den Fortbestand der Nation? Hauptsache schwanger, und alles war gut.

»Marion, ich weiß gar nicht, was ich sagen soll. Es tut mir leid. Die letzten Jahre ... Ich war nie besonders nett zu dir«, stammelte Maria.

Bloße Lippenbekenntnisse oder die Einsicht, dass sie ihre Schwiegertochter wie ein Stück Dreck behandelt hatte, nur weil sie ein anderes Leben zu führen pflegte als die redliche Maria, die nur ihre Brötchen im Kopf hatte? Was sollte sie ihr sagen? Dass sie ihr alles verzieh?

»Du weißt Bescheid?«, versicherte Marion sich.

Maria nickte und sah sie mit sanftem Blick an.

»Ich weiß nicht, wie ich dir das erklären soll, aber in den letzten Tagen ... Mein Leben hat sich förmlich auf den Kopf gestellt, und das war gut so. Du wirst jetzt sicher denken, dass ich nur hier bin, weil ich mich auf mein Enkelkind freue und mich deshalb um ein gutes Verhältnis zu dir bemühe, aber es ist viel mehr passiert. Ich wollte mein Leben in Deutschland aufgeben, und dabei ist es völlig außer Kontrolle geraten.«

Die erste Gemeinsamkeit zwischen den beiden tat sich auf. Einfach alles hatte sich in den letzten Tagen verändert: ihr Leben, Roberts Leben, Marias Leben. Warum nicht einen Neuanfang wagen?

»Wir haben uns nie richtig kennengelernt. Du weißt ja noch nicht einmal, wer ich bin«, sagte Marion.

Maria musste lächeln.

»Du hast recht, ich weiß wirklich nicht, wer du bist.«

Mit dieser Bemerkung hatte ihre Schwiegermutter auf einen Schlag jeglichen Schrecken verloren. Sie war offen und zeigte sich von einer menschlichen Seite, die Marion bisher nicht an ihr bemerkt hatte.

»Ich hab so viele Fragen …«, begann Maria und lächelte ihre Schwiegertochter herzlich an.

Die Tatsache, dass Maria sich zum ersten Mal für ihr Leben interessierte, zeigte die ältere Frau in einem völlig neuen Licht. Sie hatten Zeit, sehr viel Zeit, und wo sonst, wenn nicht in einem gemütlichen Straßencafé auf einer der schönsten Inseln der Welt, könnten sie sich zum ersten Mal näher kennenlernen.

Sigrun hatte Pablo heute Morgen telefonisch darum gebeten, zu recherchieren, wer Diego Martin sei. Sie vermutete, dass er sich über Miguel Informationen über den Kaufpreis des Hauses verschafft hatte, um sie zu überbieten. Sigrun hatte ihm zudem Martins Handynummer und seine private und geschäftliche Anschrift in Madrid gegeben, die sie über die Suchmaschine eines Business-Portals für freie Architekten herausgefunden hatte.

Pablo kostete es über die spanische Schufa nur wenige Mausklicks, um Näheres über diesen Diego Martin zu erfahren. Ein weiteres Business-Portal eröffnete schier Unglaubliches. Der Mann entpuppte sich als verheirateter Sprössling einer ziemlich erfolgreichen und renommierten Architektenfamilie. Er hatte zwei Brüder und eine Schwester namens Soledad, die nach ihrer Eheschließung mit einem ortsansässigen Bananenexporteur namens Marrero auf Gran Canaria lebte. Schlagartig war Pablo klar, wieso Diego wissen konnte, dass das Haus herrenlos war. Seine Schwester musste es ihm gesteckt haben, nachdem Elke und er bei ihr vorgesprochen hatten. Sie hatte mit Sicherheit gewusst, dass ihr Bruder ein Haus im Süden kaufen wollte.

Das Schlimme daran war, dass ihnen juristisch die Hände gebunden waren. Martins Gebot war gültig. Es war den Inhabern öffentlicher Ämter schließlich nicht verboten, dem eigenen Bruder Informationen über die Ausschreibung einer Immobilie zu geben. Der Nachweis, dass Diego sich über die Hintertür Informationen erschlichen hatte, war vor Gericht kaum zu erbringen, zumal Diego nicht hatte sicher sein können, dass seine Mitbewerberinnen den ehemaligen Kaufpreis tatsächlich bezahlten. Am liebsten wäre Pablo gleich in den Süden gefahren, um Sigrun, Maria und Elke diese Informationen persönlich zu überbringen, aber er erinnerte sich an sein Gespräch mit Maria. Sie hatten darüber gesprochen, sich eventuell eine Zeitlang nicht zu sehen. Schweren Herzens griff er zum Telefonhörer.

Sigrun meldete sich am anderen Ende der Leitung.

»Pablo, hallo.«

»Wie geht es dir? Hast du etwas herausfinden können?« Pablo erzählte ihr die Neuigkeiten, und wie nicht anders zu erwarten, war Sigrun fassungslos. Elke und Maria mussten sich um Sigrun versammelt haben.

»Das gibt es doch nicht.« Elkes Stimme klang erschüttert.

»Und der arme Miguel fällt auf so jemanden rein«, nahm Maria seinen Bruder in Schutz.

Kein Zweifel, die drei waren tief erschüttert. Gerade als Pablo sich mit tröstenden Worten, dass er sich bemühen werde, ein ähnlich schönes Haus für sie zu finden, verabschieden wollte, bat Maria darum, ihn zu sprechen.

»Ich habe auch Neuigkeiten«, sagte sie. Schritte, die er durchs Telefon vernahm, deuteten darauf hin, dass sie nach oben ging, um mit ihm ungestört reden zu können. Dabei erfuhr er, dass ihr Sohn Vater wurde. Erst als Maria in ihrem Zimmer war, änderte sich die Färbung ihrer Stimme. Sie wirkte auf einmal weniger sachlich, um nicht zu sagen ziemlich traurig.

»Robert hat zwar überhaupt keinen Druck ausgeübt, aber ich weiß einfach nicht, was ich tun soll«, sagte sie.

Maria wurde Großmutter, und Pablo konnte sehr gut nachvollziehen, wie viel ihr das bedeutete. Nach allem, was sie beide gestern erlebt hatten, konnte er sich sehr gut vorstellen, mit dieser Frau den Rest seines Lebens zu verbringen, aber würde sie überhaupt noch mitziehen? Könnte sie überhaupt noch hier leben, in der Gewissheit, dass ihr Enkelkind in Deutschland ohne sie aufwuchs? Sie würde das Kind sicher vermissen, und er könnte es ihr noch nicht einmal übelnehmen.

»Du willst zurück nach Deutschland, hab ich recht?«, fragte er und presste die Finger an die Schläfen.

»Ich weiß es nicht, Pablo. Ich weiß es einfach nicht.«

In Marias Stimme lag so viel Verzweiflung, dass es Pablo richtig weh tat. Er hatte Angst, dass ihm ein Abschied von Maria für immer bevorstand. Dass die drei Frauen ihr Haus verloren hatten, kam ja noch erschwerend hinzu.

»Du müsstest nicht gleich fahren.«

»Davor habe ich Angst, Pablo«, gestand sie ihm mit gebrochener Stimme.

»Aber warum? Du könntest später immer noch nach Deutschland zurück. Wir haben uns nicht einmal richtig kennengelernt. Es gibt noch so viele Dinge, die ich dir zeigen möchte«, sagte er.

»Und dann? Wäre es dann nicht umso schlimmer, wenn ich zurückginge?«, fragte sie traurig.

Sie hatte zweifelsohne recht, aber der Gedanke, sie für immer zu verlieren, erschien ihm unerträglich. Er liebte diese Frau. Alles würde er für sie aufgeben.

»Ich könnte auch mit dir nach Deutschland gehen«, bot er spontan an.

»Aber du bist hier zu Hause. Du liebst diese Insel. Hier ist dein Leben«, gab Maria zu bedenken. »Pablo, ich weiß nicht, wie es weitergehen soll«, gestand sie schließlich.

Er wusste es auch nicht, aber selbst wenn Maria nun von Zweifeln geplagt wurde, durfte er sie auf keinen Fall dazu überreden, hierzubleiben.

»Nimm dir Zeit, Maria. Ich liebe dich. Vielleicht finden wir einen Weg, aber nimm dir Zeit.«

Maria bedankte sich bei ihm, und ihre Reaktion ließ keinerlei weitere Schlüsse zu. Es würde ihm das Herz zerreißen, wenn sie ihn verlassen würde, aber sie an seiner Seite zu wissen und zu spüren, dass sie darunter litt, ihre Familie nicht oft genug zu sehen, würde er auch nicht ertragen.

Kapitel 17

Die Sonne schien von einem tiefblauen Himmel und tauchte die Dünenlandschaft in gleißendes Licht. Perfektes Urlaubswetter. Ströme von Touristen waren auf den mit farbigen Pfosten markierten Trampelpfaden durch die Dünen auf dem Weg zum Meer. Kein Anblick konnte einladender sein, mehr zum Träumen anregen, für immer hierzubleiben.

Dennoch war nun die Zeit der Umarmungen gekommen, die Stunden, in denen jeder auf Trost angewiesen war, machte sich Sigrun klar, als sie zu Miguel ging, um ihm den Verlust des Hauses und die Umstände, die dazu geführt hatten, zu erklären.

Miguel machte sich entsetzliche Vorwürfe. Er gab sich offenbar die Schuld daran, dass Diego sie überboten hatte. Sigrun berichtete ihm auch noch von dem Anruf des Gemeindeamts. Schon morgen müssten sie ausziehen, den Schlüssel an den neuen Eigentümer übergeben.

»Ich könnte ihm den Hals umdrehen«, sagte Miguel.

Er sprach Sigrun aus der Seele. Sie konnte seine Wut auf Diego und auf sich selbst nur allzu gut verstehen.

»Und dann wird der auch noch mein Nachbar. Am besten, ich suche mir eine neue Bleibe.«

»Von so einem würde ich mich nicht vertreiben lassen«, sagte Sigrun resolut.

»Aber was will ich denn noch hier? Wenn ihr weg seid ... Ich hab doch sonst niemanden, außer Pablo«, gestand er traurig.

»Wer weiß, vielleicht finden wir ja etwas anderes«, überlegte Sigrun laut.

»Hast du mit Maria und Elke schon darüber gesprochen?«

Sigrun schüttelte den Kopf. »Die sind im Moment viel zu sehr mit sich selbst beschäftigt.«

»Das kann ich gut verstehen. Mir geht es ja genauso. Und du? Würdest du denn hierbleiben? Ich meine, auch wenn Elke und Maria zurück nach Deutschland gehen würden?«

Darüber hatte Sigrun im Eifer des Gefechts noch gar nicht nachgedacht. Sie könnte sich ein kleines Apartment nehmen, aber so ganz allein auf der Insel, ohne ihre Freundinnen? Die Art, wie Miguel sie aus fast schon flehenden Augen ansah, machte ihr klar, dass sie nicht allein sein würde. Hatte sie nicht eine neue »Freundin« gefunden? Elke und Maria könnten sie besuchen, jederzeit. Sie könnte mit Miguel den Malkurs besuchen und es sich hier gutgehen lassen. Sie hatte in Deutschland auch niemanden, von »guten Bekannten« mal abgesehen.

»Du könntest gern auch bei mir wohnen. Mein Haus ist groß genug«, schlug Miguel ihr überraschend schüchtern vor.

Miguel hatte wohl ebenfalls bemerkt, dass sie gut zusammenpassten. Eine Tunte und eine in die Jahre gekommene männermordende Bestie – eine verrücktere Kombination konnte es wohl kaum geben. Da fiel ihr wieder Miguels

Exkurs über die »Welpen« und ihre »Daddys« ein, die in einer symbiotischen Beziehung gut koexistierten. Letztlich würde auch ihre Symbiose funktionieren, und sie könnte sich an seiner Seite so geben, wie sie nun mal war. Kein Beziehungsstress mehr, kein Sich-verkaufen-Müssen. Was konnte es Schöneres geben? Dennoch war der Gedanke so revolutionär und ungewöhnlich, dass sie sich der Ernsthaftigkeit von Miguels Absicht versichern musste.

»Meinst du das wirklich ernst? Du würdest es mit mir aushalten?«, fragte sie nach und musterte ihn kritisch.

Miguel, der generell ziemlich nahe am Wasser gebaut zu sein schien, bekam feuchte Augen. Sigrun nahm ihn spontan in den Arm. Nähe ohne irgendwelche Hintergedanken. Es fühlte sich schon jetzt an wie ein neues Zuhause.

»Wirst du hierbleiben?«

Robert schien diese Frage mindestens genauso zu beschäftigen wie sie, warum sonst war er vorbeigekommen, gleich nachdem sie ihm telefonisch Bescheid gegeben hatte. Dabei wäre Maria viel lieber allein gewesen. Elke ging es wohl genauso. Sie zog sich in ihr Zimmer zurück. Zeit zum Nachdenken, Zeit, um die Wunden zu lecken.

»Ich weiß es noch nicht«, antwortete sie.

Sie hatten es sich auf ihrer Terrasse bequem gemacht und saßen im Schatten nebeneinander.

»Ich finde, du solltest bleiben.«

War das ihr Robert? Warum versuchte er nicht, ihr klarzumachen, wie dringend er und Marion sie brauchten? Dass die beiden nun eine größere Wohnung benötigten, war klar. Natürlich würde sie die beiden unterstützen. Hatte ihr Sohn sich tatsächlich in den letzten Tagen nach dem Streit mit Marion und der künftigen Vaterschaft so sehr verändert, oder versuchte er nur, sie mit Verständnis zu ködern? Ein Blick in seine Augen verriet Maria, dass er es ernst meinte.

»Du liebst diesen Pablo?«, fragte Robert.

Maria nickte, und an der Art, wie sie nickte, musste er abgelesen haben, dass sie nicht glücklich war.

»Wir kommen auch allein klar«, fuhr er fort. »Du kannst uns jederzeit besuchen, und eine Oma auf den Kanaren zu haben ist doch großartig.«

Die Leichtigkeit, mit der dieser Satz über Roberts Lippen kam, und sein aufmunterndes Lächeln, das nicht aufgesetzt wirkte, waren schier entwaffnend.

»Du musst ja nichts überstürzen. Bis das Baby da ist, vergehen ja noch ein paar Monate. Wenn es mit Pablo und dir nicht läuft, kannst du immer noch zurück.«

Genau dies war aber das Problem. Natürlich würde es mit Pablo gut laufen, und was dann? Das Enkelkind wäre da, und sie würde es vermissen. In der Zwischenzeit hätten Pablo und sie sich aneinander gewöhnt. Sie müsste fortan mit dem Schmerz leben, dass ihre Familie Tausende von Kilometern entfernt lebte.

»Und offiziell lebst du bei uns. Dann gibt's auch keine Probleme mit der Rente«, schlug er obendrein vor.

»Du willst mich wohl loswerden?«, fragte Maria und knuffte ihn in die Seite.

Robert lachte. »Nein, aber ich glaube, du hast es dir verdient, glücklich zu sein.«

Der letzte Abend in ihrem Haus, ein letztes Mal auf der Terrasse, an ihrem Esstisch. Das letzte Mal den Sonnenuntergang in Richtung Leuchtturm beobachten, den kühlen

Westwind genießen. Ein letztes Mal hatte Maria in ihrer geliebten Küche etwas für sie zubereitet. Tortillas mit Hühnchen und leckerer Avocadopaste. Elke machte sich erst jetzt klar, wie schlimm ihr der Abschied fallen würde. Sie wollte nicht zurück nach Deutschland, aber was blieb ihr anderes übrig?

Sigrun hatte ihnen am Nachmittag eröffnet, dass sie auf alle Fälle hierbleiben wolle, bei Miguel. Ausgerechnet Sigrun, die sich nie im Leben hatte binden wollen, die es vorzog, das Leben in vollen Zügen zu genießen, ging nun eine Lebenspartnerschaft mit einem homosexuellen Mann ein. Das war an Ironie nicht mehr zu überbieten, aber die beiden passten sehr gut zusammen. Miguel hatte Elke natürlich sofort angeboten, dass sie ebenfalls bei ihm wohnen könne, aber irgendwie würde sie sich wie das fünfte Rad am Wagen vorkommen, auch wenn Sigrun und Miguel kein Paar im klassischen Sinn waren. Sein Haus war zu klein für drei, und sie würden sich früher oder später im Weg stehen.

Sigruns Date mit Bruno war also nichts weiter als der Versuch, sie eifersüchtig zu machen, was ja letztlich auch funktioniert hatte. Elke hätte es nicht ertragen, wenn Sigrun und Bruno ein Paar geworden wären. Mehrfach hatte sie inzwischen versucht, ihn telefonisch zu erreichen, aber er war wie vom Erdboden verschluckt. Gerade angesichts der neuen Situation hätte Elke sich gerne mit ihm ausgesprochen. Reinen Tisch gemacht. Vielleicht war er abgereist, oder er wollte sie etwas zappeln lassen? Sigrun konnte sich Brunos Verschwinden jedenfalls auch nicht erklären. Selbst Marias köstliche Tortillas, die bis auf die Terrasse hinaus dufteten, vermochten Elke nicht aufzuheitern.

»Er wird sich schon wieder melden«, war sich Sigrun absolut sicher.

»Vielleicht ist ihm etwas passiert?«

»Quatsch. Was soll hier denn schon passieren?«, warf Maria zu ihrer Beruhigung ein.

»Willst du wirklich abreisen?« Miguel war anzusehen, dass er sie vermissen würde.

»Natürlich könnten wir versuchen, etwas anderes zu finden, aber ich glaube nicht, dass wir noch mal so ein schönes Haus entdecken. Vielleicht sollte es einfach nicht sein«, resignierte sie mit bitterem Lächeln.

Elke machte sich in dem Moment klar, dass es ihr letztlich gar nicht einmal so sehr um das Haus ging. Früher oder später würde sicher wieder eines frei werden, das ihnen zusagen würde, und es gab noch einige andere schöne Ecken auf der Insel. Alles nur eine Frage der Zeit. Es ging vielmehr darum, dass das, was sie sich vorgenommen hatten, nämlich eine Wohngemeinschaft zu dritt, nun nicht mehr stattfinden würde. Dass sie sich in ein paar Monaten oder Jahren noch einmal dazu aufraffen würden, hielt Elke für fraglich, und das war das Schlimmste daran.

Sigrun hatte Miguel und Maria ihren Pablo, zumindest sah alles danach aus. Dass Maria jetzt überhaupt noch Bedenken hatte, war für Elke nur schwer nachvollziehbar. Sicher, die Aussicht auf ein Enkelkind hatte Marias Lebensplanung verändert, aber nachdem sie mit Robert und selbst mit Marion nun wieder im Reinen war, würde sie das Kind sicher oft genug sehen.

»Das Schlimme daran ist, dass ich euch sehr vermissen werde.« Elke musste sich zusammenreißen, um nicht loszuheulen.

»Meinst du, mir geht es anders? Ich weiß ja noch nicht einmal, wie es mit Pablo laufen wird. Das ist alles noch so frisch und …«

»Nichts und! Wage nicht einmal daran zu denken, wieder nach Deutschland zurückzukehren«, fiel Sigrun Maria resolut ins Wort.

»Und du könntest auch hierbleiben. Dann suchen wir eben etwas Neues«, wandte sie sich an Elke.

Nein. Es sollte wohl nicht sein, und man konnte sein Glück nicht erzwingen. Sie hatte hier mit ihren Freundinnen eine tolle Zeit verbracht. Die Insel zeigte sich zum Abschied noch einmal von ihrer schönsten Seite. Die untergehende Sonne überzog den wolkenlosen Himmel und das Meer mit purpurnen Farben, und Marias Essen duftete verführerisch. Da wäre es eine Sünde, diesen Moment nicht zu genießen, auch wenn es das letzte Mal war, dass sie so etwas Schönes erleben durfte.

Sigrun hatte an diesem Morgen ihren letzten Koffer bei Miguel eingelagert. Marias und Elkes Gepäck stand vor dem Haus. Zu wissen, dass sie seinen Traum, zumindest was die Immobilie betraf, nur um wenige Meter innerhalb der Bungalowanlage verschieben musste, milderte Sigruns Abschiedsschmerz ein wenig. Maria hatte sich wohl dazu entschlossen, noch ein paar Tage im Hotel mit Marion und Robert gemeinsam zu verbringen. Obwohl die Insel so gut wie ausgebucht war, hatte sie noch ein Einzelzimmer bekommen. Das Hotel war Gott sei Dank nur einen Katzensprung entfernt, und sie könnten sich zumindest noch ein paarmal sehen. Robert, Marion und Maria hatten mit Sicherheit einiges aufzuarbeiten und nachzuholen. Die gemeinsame Zeit tat ihnen bestimmt gut.

Auch wenn sie Maria dazu ermutigt hatte, zu Pablo zu ziehen, konnte Sigrun ihre zögerliche Haltung verstehen. Blieb nur zu hoffen, dass Maria sich mit Marion und Robert nicht am Ende so gut verstand, dass ihr eigenes Glück im Gefühlstaumel einer werdenden Großmutter auf der Strecke blieb. Dass Pablo sie nicht drängte und wohl ebenfalls Angst davor hatte, ins kalte Wasser zu springen, nur um dann nach neun Monaten festzustellen, dass Maria hier unglücklich war, war durchaus verständlich. Noch hatte sie sich nicht entschieden, ganz im Gegensatz zu Elke, die unbedingt wieder zurück nach Deutschland wollte.

Miguel hatte ihr vorhin zwar gesagt, dass er bei der Schlüsselübergabe nicht dabei sein wolle, aber die Neugier trieb ihn nun doch aus seinem Bungalow. Es war kurz vor elf, als vor dem Haus ein dunkler Wagen hielt. Jemand stieg aus. Schritte kamen näher. Sigrun sah Maria und Elke an, dass sie mindestens so angespannt waren wie sie selbst. Zu dritt nebeneinander warteten sie auf Diego, der nun sein Eigentum einfordern wollte. Miguel hatte die Fäuste geballt. Maria und Elke starrten auf den Weg, auf dem jeden Moment der Mann auftauchen würde, der ihren Traum zerstört hatte. Sigruns Herz begann zu rasen. Doch es waren gar nicht Diego und seine Schwester, die da auf ihr Haus zusteuerten, sondern zwei bekannte Gesichter: Pablo und Bruno! Elke suchte Halt an Marias Hand.

»Bruno!«, rief sie.

Sigrun stutzte. Was ging hier vor? Hatte Pablo diesem Diego am Ende doch noch einen Strich durch die Rechnung und den Kauf rückgängig gemacht? Es hatte allen die Sprache verschlagen. Miguel warf ihr einen fragenden Blick zu. Bruno ging schweigend auf Elke zu und überreichte ihr eine mit roter Schleife umhüllte Urkunde.

»Ich habe lange überlegt, wie ich es wiedergutmachen kann, dass ich dich belogen habe. Ich liebe dich. Schon als wir uns das erste Mal sahen, hat es mich erwischt.«

Sigrun wechselte einen Blick mit Maria, die noch mehr von Brunos Liebeserklärung gerührt zu sein schien als Elke. Letztere stand wie paralysiert da und starrte Bruno an, als sei er ein Geist.

»Ich hab all meine Ersparnisse zusammengekratzt«, fuhr er fort und überreichte ihr die Urkunde. »Ich bin zwar kein einfacher Schuhverkäufer, aber selbst wenn ich einer wäre, hätte ich eine Bank ausgeraubt, um dir deinen Traum zu erfüllen. Das Haus gehört dir.«

Fast sah es so aus, als könnte Elke augenblicklich einen Schwächeanfall erleiden. Mit zittrigen Händen öffnete sie die Urkunde. Bruno hatte ihr tatsächlich das Haus gekauft. »Du ... du ... du ... ich weiß nicht ... ich ...« Elke war offenkundig völlig von der Rolle.

»Ich ... aber Bruno ... Das gibt es doch nicht ...«, stammelte sie. »Warum um alles in der Welt ...«, setzte sie erneut an, doch Bruno ließ ihr keine Zeit mehr, die Frage zu vollenden.

Er fiel vor Elke auf die Knie und zückte ein Etui, das er ihr überreichte. Zum Vorschein kam ein Ring mit einem Diamanten, für den die Monroe gemordet hätte.

»Willst du meine Frau werden?«, fragte er.

Elke starrte nur auf den Ring. Sie wirkte wie gelähmt.

»Jetzt nimm ihn endlich, sonst nehme ich ihn.« Sigrun war schon ganz hibbelig.

Elke nahm den Ring an sich und verfiel in einen regelrechten Heulkrampf, bevor sie nach Luft japste und aus angeschlagener Kehle ein deutlich vernehmbares »Ja« von sich gab. Dann fiel sie ihrem Bruno endlich in die Arme.

Maria war so gerührt, dass sie ebenfalls Tränen in den Augen hatte, und nach Miguel musste Sigrun sich gar nicht erst umdrehen. Sein verzücktes Schluchzen war unüberhörbar.

Pablos Garten war nicht wiederzuerkennen. Inmitten des gepflegten Rasens stand ein weißer Baldachin, den ein Partyservice für die Feierlichkeiten aufgestellt hatte. Es gab zwei Buffets, eines mit Getränken und eines mit spanischen Spezialitäten. Drei Ober in weißer Uniform bedienten die Gäste. Brennende Fackeln sorgten in einer sternenklaren Nacht für eine gemütliche Atmosphäre. Knapp vierzig Gäste waren geladen.

Sigrun und Miguel unterhielten sich mit einer Gruppe von Bankern, langjährigen Freunden von Pablo. Elke und Bruno belagerten das üppige Buffet und erzählten jedem, der es hören wollte, dass sie von nun an gemeinsam in ihrem Haus in Maspalomas lebten und Nachbarn von Miguel seien. Robert und Marion standen bei Fernando Gonzalez, einem von Pablos langjährigen Geschäftskontakten, mit dem er schon so manchen Segeltörn unternommen hatte. Ein wunderschöner Rahmen für eine Feier.

Pablo hatte all dies ursprünglich für den Abschied geplant, wie Maria vom deutschsprachigen Koch des Catering-Service unter der Hand erfahren hatte, nur war es nun doch keine Abschiedsfeier geworden. Noch vor fünf Tagen hatte sie sich innerlich darauf eingestellt, die Insel zu verlassen.

Die Tage mit Marion und Robert waren mit die schönsten ihres Lebens gewesen. Es war unglaublich, wie gut sie sich mit ihrem Sohn verstanden hatte, von ihrer Schwiegertochter ganz zu schweigen. Wer hätte noch vor Wochen daran gedacht, dass sie einmal gemeinsam mit Marion zum Einkaufen gehen würde? Und es machte großen Spaß, sich von einer Frau beraten zu lassen, die von Mode Ahnung hatte.

Der Gedanke, dieses frisch entdeckte Familienglück zu verlieren, wenn sie hierbliebe, hier bei Pablo, hatte Maria jeden Abend beschäftigt. Sigrun hatte sie davor gewarnt, sich zu sehr an Marions und Roberts neues Familienglück zu klammern. Ihre Freundin war offenbar davon überzeugt, dass Maria ihr eigenes Glück dabei vergessen könnte, doch das genaue Gegenteil war der Fall. Der neue Umgang miteinander hatte ihr Vertrauen geschenkt, die Gewissheit, dass sie ihre neugewonnene Familie nicht wieder verlieren würde, selbst wenn sie Tausende von Kilometern voneinander entfernt wären. Robert hatte versprochen, eine Webcam für sie einzurichten, damit sie das Baby so oft sehen konnte, wie sie wollte. Sie würden sich, wann immer es ging, besuchen. Wozu waren Ferien denn da? Die beiden sollten einen vernünftigen Neustart haben. Eine Hypothek auf ihr Haus kam für Maria nicht mehr in Frage. Sie hatte vor, einen Makler mit dem Verkauf des Hauses zu beauftragen und den beiden so viel Geld zu geben, wie sie für ihr neues Familienleben brauchten.

Pablo hatte sie in jenen Tagen nur einmal abends angerufen. Allein seine Stimme zu hören hatte ihr klargemacht, dass es kein Zurück mehr gab. Vor zwei Tagen hatte er sie in der Hotelanlage besucht. Dass er sich mit Robert so gut verstand, war mehr als überraschend. Pablo hatte tatsächlich jemanden an der Hand, der händeringend nach einem Geschäftsführer für den Vertrieb spanischer Weine in Deutschland suchte, und Robert den Kontakt zu Señor Gonzalez vermittelt. Ein sicheres Anzeichen dafür, dass Pablo immer Anteil an ihrem Familienleben nehmen würde.

An jenem Abend vor zwei Tagen hatte Maria sich entschieden. »Wenn du mich immer noch willst, bleibe ich hier«, hatte sie ihm ganz unspektakulär auf dem Weg vom Hotel zum Parkplatz gesagt.

Pablos Strahlen, sein überschwengliches Nicken und die darauffolgende Umarmung, bei der er sich mit ihr fast wie ein Derwisch im Kreis drehte, waren unvergesslich.

So war aus der Abschiedsfeier eine Verlobungsfeier geworden, ihre Verlobung mit einem Mann, den sie über alle Maßen liebte. Alles war letztlich ganz anders gekommen, als sie es sich vorgestellt hatte. Es war zu schön, um wahr zu sein. Vielleicht war es nur ein Traum, aber als Pablo zu ihr auf die Terrasse trat und den Arm zärtlich um sie legte, wurde ihr klar, dass dies noch viel besser als ein Traum war.

Vielleicht hatte Edgar ja recht gehabt. Pablos verliebter Blick und sein Kuss, der nicht mehr enden wollte und die Blicke vieler Gäste auf sich zog, schienen der ganzen Welt zu beweisen, dass Rosinen tatsächlich nicht zu verachten waren und umso besser schmeckten, je reifer sie wurden.

Susanne Fülscher

Mit Opa auf der Strada del Sole

Originalausgabe
Roman. www.list-taschenbuch.de
ISBN 978-3-548-60919-5

Astrid Conrady ist alles andere als begeistert vom Geburtstagswunsch ihres 80-jährigen Vaters: Dieser möchte noch einmal nach Italien, an den Ort seiner ersten großen Liebe. Da es ihm keiner abschlagen kann, macht sich die fünfköpfige Familie im klapprigen alten Citroën auf die lange Fahrt von Berlin gen Süden. Pannen, Streits und Katastrophen reihen sich aneinander. Doch der miesepetrige Opa zeigt sich plötzlich von einer ganz neuen Seite, und auch Astrid und Thomas entdecken neu, was im alltäglichen, mühevollen Kampf des Familienlebens untergegangen war: ihre Liebe zueinander.

List Taschenbuch

L375

Elisabetta Severina
Der Duft von zu Hause

Deutsche Erstausgabe
Roman. www.list-taschenbuch.de
ISBN 978-3-548-60885-3

Elisabetta hält das Rezeptbuch ihrer Familie in den Händen. Als ihre Mutter mit nur 43 Jahren starb, war sie selbst noch ein kleines Mädchen. Beim Blättern spürt sie den Düften ihrer Kindheit nach und erinnert sich an die Geschichte ihrer Familie. Und versteht schließlich, was ihre Mutter ihr mit auf den Weg geben wollte: ein glücklicher Mensch zu sein, ein eigenes Leben zu führen, also neue Rezepte zu erfinden und dem Buch der Familie hinzuzufügen.

»Eine berührende Familiengeschichte, aufgespürt mit Zartheit, Leidenschaft und erzählerischem Können.«
Il Sole, 24 ore